Mai con il tuo nemico

Jules Barnard

Capitolo Uno

Hayden

Quello stronzo è stato promosso?

Rileggo la mail avvicinando la faccia allo schermo. Adam Cade è al Blue Casinò da soli nove mesi, assunto come assistente della direttrice dell'ospitalità e adesso la sta sostituendo?

Faccio qualche respiro profondo con il volto che si scalda fino quasi a esplodere. Promuovere Adam a direttore dell'ospitalità gonfierà l'ego già gigantesco di quel belloccio, fino ad assumere proporzioni planetarie. Era troppo qualificato quando è stato assunto come assistente, ma insomma... Appoggio la fronte sulla scrivania e la sbatto un paio di volte, col fiato che appanna la superficie liscia. Significa che Adam e io siamo pari grado. *Che si aspettano che lavoriamo insieme.*

Sento bussare e alzo in fretta la testa. Che probabilità ci sono che sia Adam? Con la sua propensione a farmi infuriare? Parecchie.

Spingo via la tastiera e mi alzo, andando a guardare il panorama fuori dalla mia finestra. Le montagne di Lake Tahoe e le acque blu sono le cose a cui ricorro quando le cose vanno a catafascio. E, fino a poco tempo fa, mi ero lasciata tutto alle spalle.

La promozione di Adam è solo un piccolo fastidio in cima a tutta la merda che ho incontrato dopo essere tornata a Lake Tahoe per lavorare al Blue Casinò. Quello in cui mi sono imbattuta di recente è peggiore di quello che mi aveva fatto scappare undici anni fa, nel mezzo della notte insieme alla mia famiglia, perché non coinvolge solo poche persone.

Raddrizzo le spalle e faccio un respiro profondo. «Avanti» dico e guardo verso la porta.

Sono una professionista, posso farcela.

Risuona il clic della maniglia seguito dal frusciare del legno sopra la folta moquette. Sulla porta c'è un uomo favoloso, con un completo di Armani. Il mio respiro diventa superficiale e le farfalle nello stomaco prendono il volo, come fanno sempre quando entra in una stanza, maledizione.

Adam contrae le labbra, i suoi acuti occhi azzurro intenso mi studiano il volto e la postura delle spalle. Sono quasi certa che si renda conto dell'effetto fisico che ha su di me, ma non lo ammetterò mai.

Un altro impiegato passa oltre la mia porta, si ferma e stringe la mano a Adam. «Congratulazioni, amico. Era quasi ora. Adesso sei *dentro*.»

Al Blue Casinò, essere *dentro* significa conoscere e avere accesso alle attività illegali del casinò e c'è una forte possibilità che Adam adesso ne faccia parte. Anche con le sue qualifiche, nessuno fa carriera così in fretta, a meno che abbia un contatto all'interno.

Adam fa un cenno amichevole con la testa. «Grazie»

dice e l'uomo continua per la sua strada. Adam chiude la porta, sigillandoci all'interno. Il suo sguardo torna su di me.

Adam Cade è esattamente il tipo di uomo ricco e snob che disprezzo. Nella sua vita ha avuto tutti i lussi: ricchezza e i contatti giusti, mentre io ho dovuto farmi il culo accademicamente e professionalmente e ho dovuto guadagnarmi ogni briciola. «Non è necessario che ti vanti.» Mi volto di nuovo verso la finestra, sperando che la vista renda meno penoso questo incontro. «Ho letto l'e-mail.»

Avrei dovuto essere informata della promozione di Adam *prima* che fosse annunciata; dopotutto dirigo il reparto delle risorse umane. Adam era nel mio elenco, ma mi ero data da fare giorno e notte per assumere qualcun altro, certa che avrei potuto trovare una persona più qualificata. Il fatto che l'AD abbia promosso Adam a mia insaputa significa rimettermi nuovamente al mio posto e tenermi fuori dal giro.

Volto la testa quando non commenta subito.

La sua bocca sexy è atteggiata a un finto broncio. «Niente congratulazioni, Hayden?» La mano forte e mascolina, più ruvida di quanto dovrebbe visto com'è cresciuto, da ragazzo ricco, preme nello spazio sopra il cuore. «Mi ferisci, davvero.»

Sbuffo e continuo a fissare il lago. Non mi sorprende che Adam abbia un legame con l'AD. Joseph Blackwell, capo del casinò, non *voleva* assumere me, ma aveva avuto le mani legate quando un membro della sua squadra era stato colto mentre cercava di stuprare una dipendente. Blackwell mi aveva scelta nel mucchio di candidati per sostituire il direttore delle risorse umane appena licenziato e mantenere le apparenze. Alla luce dello scandalo, assumere una donna alla direzione era stato un bel colpo per le pubbliche relazioni.

Ansiosa di arrivare in cima e dimostrare il mio valore, mi ero resa conto del motivo per cui mi avevano assunto solo *dopo* aver accettato.

Ero tornata a Lake Tahoe per dimostrare a me stessa che non sono debole. Non ho nessuna intenzione di scappare dal Blue e dal modo subdolo dell'AD di gestire il casinò. Quelli al potere al Blue hanno danneggiato dei dipendenti in passato e credo fortemente che lo stiano facendo ancora, anche se non ho prove concrete.

Sento che Adam si sta avvicinando e la pelle si scalda sotto la camicetta aderente che indosso.

«Come festeggiamo?» La sua voce profonda è accanto al mio orecchio e mi obbliga a spostarmi di lato. Detesto essere fisicamente attratta da un simile stronzo. «Ti permetterò perfino di offrimi da bere e un po' di alette piccanti.»

Scuoto la testa e fisso il lato del suo profilo cesellato da scuola privata. Ci sono talmente tante cose sbagliate in quella dichiarazione che non so da dove cominciare. Comincio dalla più ovvia: «Alette piccanti?».

Il suo sguardo azzurro cattura il mio e stringo le labbra, di pari passo allo stringersi del mio stomaco. Quando mi guarda, *veramente*, dimentico chi sono. «Sono le mie preferite» dice innocentemente.

Adam non è il tipo di uomo che puoi fissare a lungo senza ovulare, ma l'umorismo dietro i suoi occhi annulla la mia nebbia ormonale. Quando scherza o usa il sarcasmo per controllare una conversazione, mi ricordo dell'uomo che è veramente. È il tipo di stronzo privilegiato che non ci penserebbe due volte a distruggere una persona. E lo so bene.

«Non ti avevo preso per un tipo da alette piccanti» gli dico.

I tipi da alette piccanti sono quelli a cui piacciono il football la domenica e le ragazze in bikini, non quelli in carriera con i vestiti di Armani e legami con le persone più ricche in città.

Lo guardo di sottecchi. Il suo ghigno perenne è sparito, l'espressione che l'ha sostituito è indifesa, una cosa che non gli ho mai visto prima. Per un momento penso furiosamente. Ho ferito i suoi sentimenti? E perché dovrei preoccuparmene? Non gli devo niente.

Lui mi guarda in modo seducente e vorrei prendermi a sberle per essermi chiesta se avessi toccato un nervo scoperto. «Non giudicare il libro dalla copertina, Hayden. È quello che fai, vero?» Il suo sguardo va ai libri di testo, riviste di affari e la miriade di altri volumi sugli scaffali che coprono due terzi delle pareti del mio ufficio.

I libri e perfino il mio quadro astratto, la silhouette di una donna mentre si abbraccia da sola, si scontrano con l'arredamento del Blue. Ho comprato il quadro la settimana in cui mi sono laureata in Economia Aziendale. Tutto ciò con cui ho riempito il mio ufficio mi ricorda la mia educazione e fino a dove sono arrivata. Solo perché mi sono affidata ai libri per arrivare dove sono non significa che non sia capace di vedere la gente per quello che è.

Adam è esattamente quello che credo che sia: un presuntuoso bel ragazzo ricco. Molto bello, a essere sincera, nel suo completo color tortora che aderisce alle spalle larghe. Essere sensibile alle belle cose della vita è il mio peggiore difetto. Le Louboutin che ho ai piedi, l'ufficio che ho arredato secondo il mio gusto e che chiamo casa, e perfino Adam.

Proprio come alle superiori, quando mi ero fidata di un'altra bella faccia, mi ritrovo a tentare di uscire da un pozzo senza una fune, graffiando i lati delle mie scarpe firmate e la spina dorsale che mi sono guadagnata. Avevo pensato che il Blue Casinò fosse il nuovo inizio che mi ero costruita da sola. Non ne sono più così sicura. Ma non mi sbaglio su Adam.

«Stasera sono occupata.» Adam mi manda fuori di testa ma la mia indesiderata attrazione nei suoi confronti non è colpa sua. È nato bello e ogni donna è sensibile alla sua presenza. Non è giusto scaricare *quella* particolare frustrazione su di lui. «Comunque congratulazioni. Per la promozione. Un bel colpo. Blackwell ti ha preso in simpatia fin dall'inizio. Vedrai che in men che non si dica ti includerà nei suoi Blue Star.»

Lo guardo per vedere se ci sono segni di nervosismo, ma la mandibola cesellata di Adam non si muove. Non appare niente sul suo volto, tranne il leggero sorriso che ha sostituito il lampo di vulnerabilità che pensavo di aver colto.

Beh, ecco. Probabilmente si aspetta di diventare un Blue Star, altrimenti avrebbe detto qualcosa quando ho suggerito che l'AD lo avrebbe cooptato.

I Blue Star sono un gruppetto di uomini che si pavoneggiano nel Blue Casinò con l'anello di zaffiro che hanno ottenuto per una performance eccezionale o, secondo le voci, perché sono dei completi coglioni e gestiscono un giro di prostituzione e droga dentro il casinò.

Qualcuno deve mettersi dalla parte delle vittime in questo posto. Per quanto ne so, non lo fa nessun altro. Scoprirò che cosa sta succedendo, nonostante la determinazione dell'AD di escludermi da qualunque attività di una certa rilevanza, e riferirò le informazioni alla Polizia. Se mai riuscirò a rivoluzionare questo posto e fare del Blue Casinò il lavoro da sogno che speravo fosse, beh, sarà tutto quello che potrei mai chiedere.

Vado alla mia scrivania per tornare al lavoro ma Adam mi prende il braccio, mandandomi una brivido per tutto il corpo. Il mio sguardo va al suo petto ampio, oltre la bella bocca e il naso diritto, su fino agli occhi che mi stanno mandando segnali contraddittori.

La sua espressione cambia, c'è di nuovo quel lampo di vulnerabilità e questa volta la sento nella sua voce. E poi sparisce.

Si volta e va verso la porta. «Puoi raggiungerci al Farley's dopo il lavoro. Offro io le alette piccanti.»

Lo fisso mentre esce perché non posso fare a meno di guardarlo, specialmente quando lui non mi vede farlo. «Non contarci.»

Perché, dopo tutti questi mesi, sto cominciando a chiedermi se ho mal giudicato Adam? Non ho bisogno che i dubbi influenzino le mie decisioni. Non quando sfidare il casinò è la cosa giusta da fare. Blackwell e gli uomini che lo seguono entusiasti sono colpevoli di una serie di crimini. Devo solo trovare delle prove certe: le voci di corridoio non bastano. Ma Adam? Non voglio mettere in dubbio la colpevolezza di Adam. Questione di giustizia. Per le donne che lavorano al Blue Casinò, e Dio sa chi altro, l'AD e i suoi accoliti hanno manipolato e ferito negli anni.

E se Adam Cade è coinvolto... cadrà con loro.

* * *

Adam

«Signor Cade, ci penso io.» James, il parcheggiatore, mi tiene aperta la portiera mentre scendo dalla mia Jaguar XKR, regalo di qualche anno fa di mio padre quando mi sono laureato in Economia Aziendale.

Getto le chiavi a James ed entro al Club Tahoe dalla porta sul retro, attraversando in fretta i lucidi pavimenti di legno e i folti tappeti, oltre un vaso con fiori rossi su un tavolo di pietra lucida. Il Club Tahoe è un'opera d'arte, perfino nella zona degli uffici.

Esther, la segretaria ultrasessantenne di mio padre, si accorge del mio arrivo dalla sua scrivania accanto al suo ufficio e sorride. Indossa un tailleur grigio chiaro con la gonna. Sopra i risvolti del colletto appare la ruche di una camicetta color ametista. L'insieme di colori accentua i capelli d'argento e la sua presenza di donna sofisticata di una certa età. Esther è un'istituzione al Club Tahoe come il lampadario di tre metri di vetro e ferro battuto all'ingresso.

«Adam.» Si alza e mi abbraccia calorosamente.

Quello che pochi sanno è che, oltre a essere elegante e sicura di sé, Esther è come una seconda madre per i miei fratelli e me. O come una prima madre, dato che la nostra è morta quando ero un bambino e mio fratello minore aveva pochi mesi.

Mia madre aveva scelto di mettere al mondo Hunter invece di lottare contro il cancro al seno che i medici avevano scoperto durante il secondo trimestre della gravidanza. A volte mi chiedo se avrebbe preso la stessa decisione di rimandare le cure fin dopo la nascita se avesse saputo come sarebbe stato Hunter. È uno dei miei fratelli preferiti ma è anche un edonista impenitente.

«Com'è l'umore del vecchio oggi?»

Esther ritorna alla sua scrivania dove, ne sono sicuro, c'è ancora il kit di pronto soccorso che usava per rattoppare i miei fratelli e me quando eravamo ragazzini. Andavamo da Esther per farci confortare perché la nostra bambinaia era una vera stronza. «Abbastanza buono. La massaggiatrice l'ha visto un'ora fa. Ottima scelta di orario dopo la sua riunione con gli investitori.»

Non importa quanto vada bene il Club Tahoe o che sia famoso in tutto il mondo, nostro padre non è mai soddisfatto e i suoi investitori sono ugualmente avidi. Vogliono di più. Più pubblicità. Più clienti ricchi, anche se il prezzo per una stanza standard è più alto di un biglietto aereo da costa a costa. Qualunque cosa abbia mio padre, non basta mai. È il motivo per cui i miei fratelli e io abbiamo smesso di cercare di impressionarlo tanto tempo fa. Risultati scolastici e sportivi non significavano niente a paragone del resort che aveva costruito.

Dopo la morte di nostra madre, Ethan Cade non era più stato emotivamente presente. Oh, certo, controllava che si stessero prendendo cura di noi, ma pagava la gente perché si occupasse di quei particolari. Provvedeva finanziariamente a noi, ma anche quello aveva un prezzo. Io sono l'unico dei Cade che se la sente ancora di pagarlo.

Ho degli standard e mi piace lo stile di vita che mi permettono i soldi della famiglia. Quindi sto al gioco di mio padre e vivo nel lusso, mentre i miei quattro fratelli se la cavano appena in un mondo che si sono costruiti da soli.

Li invidio da morire.

Dopo aver bussato due volte sulla grande porta rustica di mogano, aspetto di sentire la voce di mio padre. Dice «Avanti» con il suo tono baritonale ed entro, con tutta la sicurezza innata in un Cade. Se c'è qualcosa che ho imparato come figlio di Ethan Cade è di non apparire mai debole, di non dubitare mai di me stesso.

Mi siedo davanti al patriarca, che mi studia attentamente, cercando una crepa nel mio aspetto esteriore. Non la troverà. Mi ha addestrato bene.

«Adam, che cosa ti porta qua oggi?» Getta la stilografica sulla scrivania. Sembra distratto. «Immagino che vada tutto bene al Blue Casinò.»

«Più che bene.» Cerco di non far vedere la mia soddisfazione. Ciò che ho da dire non lo impressionerà. Non so nemmeno perché sono venuto per riferirglielo, quando sarebbe bastata una telefonata. Il fatto che abbia guidato fin qua dimostra che desidero ancora piacergli, e quasi sicuramente otterrò l'effetto opposto. Ma volevo vedere la sua espressione. Vedere se, per una volta, ho fatto qualcosa che lo rende fiero di me, anche se non lo dirà mai.

Rialzo leggermente i pantaloni sopra le ginocchia prima di accavallare le gambe, cercando di mantenere la calma. «Mi hanno promosso a dirigente al Blue, con effetto immediato.»

L'espressione di mio padre non cambia. Quando non risponde, rimetto il piede a terra e vorrei non averlo fatto. Vorrei essere rimasto immobile.

«È una sorpresa.»

Fingo nonchalance. «Non proprio. Se ben ricordi, mi sono laureato tra i primi della classe alla Cornell.» Probabilmente *non* lo ricorda. «L'AD è stato generoso fin dall'inizio.» Un fatto che ha notato perfino Hayden e che sembra infastidirla, eppure non è un tipo meschino. Non so che motivo abbia. «Ero troppo qualificato per il posto che mi hai *incoraggiato* ad accettare» gli ricordo. «La promozione era scontata.»

Mio padre abbassa gli occhi. Sospira e poi ruota la sedia di pelle verso la finestra che dà sulla piscina a sfioro e sui giardini punteggiati dai pini che danno un aspetto naturale al panorama. Appena oltre la piscina c'è il blu profondo del lago e le sue rive sabbiose. «Sei sempre stato leale. Non mi ero mai reso conto di quanto ti avrebbe frenato.»

La sua frase mi ammutolisce per un attimo.

Mio padre non retrocede mai, né ammette di aver sbagliato. Il suo intero mondo ruota intorno al Club Tahoe. Scommetterei la mia vita che voleva che anche il mio mondo ruotasse intorno al club. Lo aveva praticamente dichiarato, in effetti, quando aveva insistito che lavorassi al Blue Casinò per ampliare la mia esperienza prima di tornare a lavorare a tempo pieno al Club Tahoe.

È una specie di trucco? Sta mettendo alla prova la mia lealtà? «Mi piaceva il lavoro che facevo al club.»

Lui non distoglie gli occhi dal panorama. «Sì. Ai tuoi fratelli non è mai piaciuto.»

C'è un accenno di malinconia nella sua voce? *Che diavolo?*

Non posso dire che mio padre detesti i miei fratelli, ma sono anni che non parla con alcuni di loro. Non hanno mai fatto ciò che voleva lui e la loro presenza tende a fargli salire la pressione, facendolo diventare chiazzato di rosso in volto.

Allungo il collo e mi guardo attorno, aspettandomi che qualcuno balzi fuori e urli: "Scherzetto!".

Quando torno a guardarlo, gli occhi di mio padre sono disperati. Ho lo strano desiderio di consolarlo e non mi è mai successo. Ethan Cade non è un tipo debole. Non ha bisogno di essere confortato. È sempre padrone di sé. Che diavolo gli è preso?

«I miei fratelli si sono risentiti perché volevi cacciare loro in gola la società» gli ricordo.

Ecco. Questa assomiglia di più alla nostra tipica conversazione.

Lui mi guarda fisso in faccia. «È stato un errore. Non avrei mai dovuto fare tante pressioni. Avrei dovuto permettere a te e ai tuoi fratelli di scegliere la carriera che volevate.»

Porca puttana. Chi è quest'uomo? Sentire mio padre anche solo accennare che avrebbe dovuto accettare che lavorassimo in un posto che non fosse il Club Tahoe sembra così fuori dal mondo. E perché lo sta dicendo adesso? «Papà, Levi, Wes, Bran e perfino Hunt si sono fatti una vita, il passato è passato. Non ti devi preoccupare.»

Lui annuisce rigidamente. «Pensi che verranno a trovarmi?»

Ridacchio senza allegria. «Da quando vuoi che veniamo a trovarti? Che lavoriamo qui, certo, ma...»

Lui guarda la foto di famiglia di noi sei, presa un anno dopo la morte di mia madre. Nella fotografia, mio padre è dietro di noi accanto ai cancelli di entrata del Club Tahoe. I miei fratelli e io indossiamo polo azzurre identiche e pantaloni che non potevamo nemmeno sfiorare con un dito, tanto meno sporcare. Ciò che la fotografia non mostra è che i miei fratelli e io avevamo aspettato per un'ora che nostro padre si facesse vivo. Era stato troppo preso al lavoro per arrivare in orario, lasciando quattro ragazzi e un bambino di diciotto mesi irrequieti e confusi.

«Non ci sono stato per voi» dice, sorprendendomi ancora di più. «Non avrei dovuto mettere il Club Tahoe al primo posto. Ho intenzione di cambiare questa situazione.»

C'è qualcosa che non va, oppure è una trappola. Ha perso la testa. Ho ventisette anni; i miei fratelli vanno da ventidue a ventinove anni. Siamo adulti. Anche se non fosse uno scherzo, oramai è troppo tardi. «Ascolta, papà. Non so che cosa stai pensando o che cosa abbia in programma, ma non fare pressioni sugli altri. Sono contenti così.»

Quasi faccio un passo indietro davanti all'intensità dell'occhiata che mi rivolge mio padre. «Sei sicuro?»

«Che siano contenti?» chiedo, solo per essere sicuro di aver capito. Perché tutta questa conversazione è surreale.

Lui annuisce.

Vorrei rispondere che sì, certo che sono felici ma la verità è che non lo so. A volte sospetto che i miei fratelli si sentano persi come me.

Mi chino in avanti. «Sono uomini adulti. Hanno fatto le loro scelte.»

Lui mi studia a lungo prima di distogliere lo sguardo. «Congratulazioni. Per la promozione. Ti piace lavorare lì?» Mi guarda quando fa l'ultima domanda come se la mia risposta fosse importante, quando la mia felicità non è mai stata importante per lui. Per tutta la mia vita, mio padre non mi ha mai chiesto che cosa volessi.

«Il lavoro mi piace.» Meglio dirsi d'accordo e farla finita con questa conversazione spiacevole, ma, appena finisco di dirlo, mi rendo conto che è la verità. Lavorare al Blue mi è sembrato giusto fin dall'inizio. O, almeno, da quando ho visto Hayden Tate per la prima volta.

Hayden è... diversa. Non è il tipo che si tira indietro. E questo mi piace, non so perché. È una boccata d'aria fresca in uno stile di vita che diventa sempre più stantio. O forse è il modo in cui ancheggiano i suoi fianchi rotondi quando la faccio incazzare e si allontana da me. Non l'ho ancora deciso. In un modo o nell'altro, ha reso sopportabile il Blue e adesso sono stato promosso. La situazione può solo migliorare.

Da quanto ho sentito, i bonus per i dirigenti, oltre all'aumento che riceverò, mi permetteranno di vivere comodamente. Non avrò bisogno dei soldi di mio padre per essere agiato. E farei di tutto per dimostrare ai miei fratelli che posso farcela da solo.

Ho perso il loro rispetto quando ho attinto al fondo fiduciario che nostro padre ci aveva fatto penzolare sotto il naso, mentre loro se ne andavano a vivere le loro vite. I miei fratelli mi proteggono le spalle ma non hanno mai capito perché sopporto le stronzate di mio padre.

Pensavo che il lavoro che mio padre mi aveva ordinato di accettare al Blue Casinò fosse per assicurarsi che continuassi a essere il suo lacchè, solo con più esperienza. In parte lo credo ancora. Ma se ciò che ha detto è vero, che accetterebbe che lavorassi da qualche altra parte, preferirei non lavorare più al Club Tahoe. Vorrei essere padrone di me stesso, come hanno fatto i miei fratelli. E significa che non posso incasinare l'opportunità che mi ha offerto il Blue.

Mi alzo e allungo la mano sopra la scrivania, stringendo saldamente quella di mio padre, come mi ha insegnato quando avevo quattro anni. «È meglio che vada. Mi vedrò con degli amici per festeggiare.»

«Fatti vedere, Adam.» Mi stringe il palmo, ha un'espressione sincera.

«Certo» balbetto. «Certo.» Ma non so di che cosa sta parlando. I miei fratelli e io non siamo abituati a farci vivi con lui. Io solo un po' più degli altri.

Esco dal suo ufficio e mi fermo nella sala d'attesa fissando la parete opposta senza vederla. Qualunque cosa gli stia succedendo non dev'essere importante, altrimenti lo avrei sentito dai notiziari locali. Tornerà a essere il solito prepotente e ostinato in men che non si dica.

«Va tutto bene?» Esther è seduta alla sua scrivania, con le sopracciglia aggrottate per la preoccupazione.

«Bene.» Sorrido e prendo una caramella mou dalla tasca, mettendogliela davanti. I miei fratelli e io avevamo l'abitudine di lasciare a Esther le sue caramelle preferite ogni volta che venivamo a trovarla. Ora sono l'unico che mette piede in questo posto.

Vado verso l'uscita e sento la voce dolce di Esther dietro di me. «È fiero di te, lo sai.»

Irrigidisco la schiena e mi blocco, con una sensazione di disagio. L'atmosfera qui è strana. Non sono abituato a conversazioni intime con mio padre. E nemmeno con

Esther, nonostante sia stata così gentile con tutti noi in questi anni.

Pensavo di volere che mio padre fosse orgoglioso di me. Ora che so che lo è, sono troppo turbato dal suo comportamento per provare qualcosa che non sia confusione.

Rivolgo a Esther un sorriso che vuole dimostrare una sicurezza che non provo ed esco dal Club Tahoe.

Capitolo Due

Hayden

La receptionist informa Blackwell che sono qui e riceve l'okay a farmi entrare, ma il mio capo è un uomo davvero sinistro e non gli sono mai piaciuta.

Esito sulla porta, prego che sia di buon umore ed entro. «Ha un momento?»

Lui non alza gli occhi dal suo computer. «Fai in fretta. Sto aspettando una chiamata.»

Chiudo la porta alle mie spalle e mi appiccico un sorriso sul volto. «Volevo parlarle della posizione di direttore dell'ospitalità.»

«Già assegnata» dice, cliccando su un documento che ha sullo schermo.

«Sì... Ed è per questo che sono qui. Mi aveva chiesto di assumere qualcuno.»

Blackwell mi guarda, gli occhietti marroni ancora più piccoli dietro gli occhiali dalla montatura di metallo che porta. «E? Hai problemi con la persona che ho scelto?» La voce secca dice che sarà meglio che non abbia problemi.

«Mary!» urla. La sua receptionist si precipita dentro e lui le consegna una cartellina. «Consegnala. Sai dove. Subito.»

Capo sinistro.

«No, ovviamente non ho problemi» dico quando la receptionist se n'è andata. «Pensavo solo che avrebbe voluto consultarsi con me riguardo ai candidati che ho intervistato prima di prendere una decisione e annunciarla a tutta la società.»

«Ahh.» Si sposta in modo da guardarmi in faccia. Sento il desiderio di tirarmi indietro, ma resto ferma. «È quello il problema? Che non ho chiesto la tua opinione, Hayden?»

Non mi ha invitata a sedermi, quindi resto accanto alla porta con le scarpe firmate che mi danno un senso di sicurezza. Perché le ho guadagnate con il duro lavoro, esattamente come ho ottenuto la laurea che mi ha procurato un lavoro in un casinò di lusso come il Blue. «Mi preoccupa il modo in cui la squadra percepisce la mia posizione» dico. «Mi preoccupa che il suo ignorare il lavoro che ho fatto per coprire quella posizione dia ulteriori munizioni ai dirigenti che hanno un'impressione sbagliata sul ruolo che ho qui.»

«E quale sarebbe questa impressione?» Il suo tono è minacciosamente smielato.

Faccio inavvertitamente un passo indietro. «Che sia solo una figura di comodo alle Risorse Umane.» *Porca paletta. L'ho detto ad alta voce?*

«E io che credevo che non ci fossimo capiti.» Si sente la voce della receptionist all'interfono che dice che ha una chiamata. Blackwell solleva la cornetta sulla sua scrivania. «Ora, se vuoi scusarmi...» Preme la luce rossa che lampeggia. «Ed, grazie per aver aspettato.» Ruota la sedia voltandomi la schiena, congedandomi.

Blackwell *vuole* che la gente pensi che sono solo un fantoccio? È quello che sospettavo, ma pensavo comunque che mi avesse scelto perché ero in gamba. Che senso ha il fatto che io sia qui?

Giusto, questioni di pubbliche relazioni. Non si metterà bene per il Blue se mi licenziano e assumono qualcun altro. A Blackwell non interessa minimamente che faccia il mio lavoro, purché gli resti fuori dai piedi.

Allungo la mano verso la maniglia e lui mi chiama. Mi volto lentamente, fissandolo direttamente. «Adam assumerà diversi impiegati per un nuovo progetto.» Ha la mano sopra la cornetta che impedisce di sentire alla persona con cui sta parlando. «Restagli fuori dai piedi e non discutere delle persone che assumerà. Se non lo farai, non ti piaceranno le conseguenze. Capito?»

Oh mio Dio. In che cosa mi sono cacciata quando ho accettato questo lavoro? Sapevo che la situazione era brutta quando avevo scoperto la storia delle molestie sessuali del Blue, ma adesso sta peggiorando.

«Sì.» Esco dal suo ufficio prima di vomitare, quasi scontrandomi con Eve nella mia precipitosa fuga. Eve è una delle due donne che sospetto lecchino il culo a Blackwell così spesso da poterne descrivere il sapore.

«Scusami, Hayden.» Sposta le cartelline che ha in mano e abbassa smaccatamente la scollatura della sua camicetta. Blackwell guarda la porta aperta con il telefono all'orecchio. Indica a Eve di entrare e lei mi rivolge un sorriso insincero che quasi non le fa muovere le labbra mentre passa accanto a me.

Cammino lungo il corridoio, disgustata e così maledettamente arrabbiata con me stessa per non aver chiesto in giro prima di precipitarmi ad accettare il posto al Blue. Diversamente da Adam, io *non* ero qualificata. O almeno ero al limite per la posizione di Direttore delle Risorse Umane. Quando il Blue mi aveva assunta, avevo le credenziali accademiche giuste, ma non l'esperienza di anni necessaria. La lista dei candidati per il mio lavoro doveva essere stata lunga. Pensavo avessero visto qualcosa di speciale in me...

L'unica cosa che avevano visto era che ero un facile bersaglio.

* * *

Adam

Entro da Farley's e vedo due tizi con lui lavoro. Non definirei Paul e William *amici*, ma siamo collaboratori stretti. Scambiamo due chiacchiere nell'area ristoro e si sono assicurati che fosse tutto spesato le poche volte in cui sono andato nel nightclub del Blue.

Paul e William girano per il casinò come se fossero celebrità e non posso dire che mi importi. Sono un Cade e sono abituato all'ossequio di cui godo al Lake Tahoe.

«Congratulazioni, amico.» Paul mi afferra la mano e la stringe, con gli occhi castani che scintillano. Lo osservo mentre richiama l'attenzione del barista e indica il Gran Patrón Platinum. Farley's è una bettola ma tengono la roba buona per i dirigenti che si fermano dopo il lavoro per scaricare la tensione.

Il barista mette tre bicchierini di fronte a noi e Paul alza il suo. «Al nuovo progetto.»

Prendo il mio bicchiere e ruoto il polso, bevendo il liquido chiaro. La tequila di primissima qualità va giù liscia.

Faccio scivolare il bicchiere vuoto verso il barista che lo ritira e lo sostituisce in fretta con una bottiglia di Corona. Quasi come se Paul o William l'avessero già ordinata. Da Farley's sono bravi, ma non fino a quel punto.

Alzo un sopracciglio e mi rivolgo ai due uomini.

«Capisco che stiamo festeggiando, ma perché questa riunione? Ha a che fare con il progetto a cui stavate lavorando e di cui non volevate discutere? Blackwell non è sceso nei particolari questo pomeriggio, ma ha menzionato il fatto che l'ospitalità si occuperà della facciata mentre voi due vi occuperete di quello che c'è dietro.» Ed è uno strano modo di descriverlo, ma, ehi, parole di Blackwell, non mie.

Paul e William sono rimasti abbottonati riguardo al nuovo progetto e sono ansioso di capire il motivo di tutto quel mistero.

Paul beve un sorso di birra, abbassando la testa come se stesse cercando di nascondere la sua espressione. Si gratta la testa di lato. «A tempo debito. Non preoccuparti, ti metteranno al corrente.»

Bevo un lungo sorso di birra. È ridicolo. Ho tenuto la bocca chiusa, senza fare domande, quando ero solo un umile assistente del direttore dell'ospitalità, ma adesso sono io che gestisco il settore. È ora che qualcuno mi metta al corrente.

Non reagisco, dando loro un'occhiata alla Cade.

William si schiarisce la voce, dando a Paul un'occhiata complice. «Blackwell ci ha detto che assumerai gente nuova. Assicurati di scegliere quella *giusta*. I migliori che puoi trovare e assicurati che siano discreti. Ancora meglio se sai qualcosa di compromettente su di loro.»

«Stai parlando di ricatto?»

Le sopracciglia nere di William scattano verso l'alto. Alza una mano, con un sorriso da stronzo sul viso. «L'hai detto tu, non io.»

Appoggio la birra sul bancone. Capisco la natura competitiva del turismo e dei casinò in particolare. Ci vivo da tutta la vita. Ma Paul e William adesso hanno tutta la mia attenzione. «Che altro?»

William guarda Paul, che abbassa il mento puntuto

nascondendo un sorriso. «Ragazze sexy» dicono contemporaneamente. «Con una bassa moralità» aggiunge Paul.

Infilo una mano in tasca, esteriormente tranquillo, ma dentro di me mi sto chiedendo di che cazzo di progetto si tratta. Non può essere illegale. Non è passato molto tempo da quando il Blue Casinò era su tutti i notiziari per quello che aveva fatto uno dei dirigenti. Da quanto mi avevano detto, spegnere quell'incendio era costato una piccola fortuna in relazioni pubbliche. Blackwell non rischierebbe una ripetizione.

Paul si china in avanti e mi mette una mano sulla spalla. «Trova le ragazze più sexy con la moralità più scarsa e che terranno la bocca chiusa.»

Mi tiro indietro e socchiudo gli occhi. A essere sincero, non mi sono mai piaciute le ragazze facili. Spesso significa che hanno poca stima di sé e la cosa non mi attira. «Se questo progetto serve a procurare un'altra fonte di reddito, perché non scegliere qualche impiegato tra quelli che abbiamo? Scegliete i migliori e promuoveteli.»

«Niente da fare.» William scuote la testa. «Non può essere nessuno di quelli che lavorano già qui. Ci abbiamo già tentato e non ha funzionato. Devono essere nuovi assunti che capiscono il bisogno di discrezione.»

Chi pensano che siamo, la CIA? «Mi aiuterebbe capire che cos'è questo progetto.»

«È praticamente nelle tue corde. Ospitalità» dice William. «Saremo *molto* ospitali con i nostri clienti. I nuovi assunti forniranno tutto ciò che i clienti possono volere da un resort di lusso, con l'accento sull'assunzione di rischi e il piacere. Esattamente quello per cui vengono al casinò.»

Paul picchietta il suo anello con zaffiro sul lato della bottiglia di birra. «Guardala in questo modo: puoi cominciare assumendo un'assistente. Assicurati che sia sexy e non puritana. Ti consiglio di cercarla negli strip club. Ognuna di quelle ragazze darebbe l'anima per un lavoro al Blue. Alzale lo stipendio e assicurati che firmi l'accordo di riservatezza che ti manderemo domani. Blackwell ha dei nomi per le guardie del corpo. Gente che conosce dai contatti che aveva prima di dirigere il casinò. Si assicureranno che tutto fili liscio.»

Di colpo, la mia velocissima promozione e il fatto che i due abbiano insistito che venissimo da Farley's fanno nascere dei sospetti. «Ditemi una cosa.» Prendo la mia bottiglia di birra e bevo un lungo sorso. «In questo momento stiamo lavorando?»

«Affari e piacere.» Il mento stretto di Paul sembra ancora più appuntito quando sorride. «Vanno di pari passo. Comportati nel modo giusto, trova le persone giuste, aiutaci a riempire quelle suite con clienti ricchi, in cerca di piacere e vedrai bonus di sette cifre in men che non si dica.»

Può bastare. Studio i loro volti per assicurarmi di aver capito bene.

Sette cifre, oltre ai mio stipendio regolare e me la caverò alla grande senza dover ricorrere ai forzieri dei Cade. Potrei prendere completamente le distanze e i miei fratelli non potrebbero più dire che sono aggrappato al portafoglio di papà perché non ne avrò bisogno. Non ho intenzione di tagliare completamente i ponti con mio padre come hanno fatto loro. Sono sempre stato in grado di compartimentalizzare le sue stronzate ed è il motivo per cui abbiamo una specie di rapporto, anche se si tratta perlopiù di lavoro. Ma con questo nuovo progetto non dovrò più dipendere finanziariamente dalla mia famiglia.

Ordino un altro giro. Quindi questa faccenda ha degli elementi sospetti: le spogliarelliste, tanto per dirne uno. Non può essere così male, altrimenti non riuscirebbero a cavarsela. E non sono un santo. Normalmente non cerco donnine facili, ma non dico di non averlo mai fatto. Chi sono io per giudicare? «Ditemi solo di quante persone abbiamo bisogno e ci penserò io.»

«Sì!» William mi dà una pacca sulla schiena. «Sapevo che eri uno di noi.»

«Assicurati però di tenere quella tizia, Hayden, fuori da questa storia» dice Paul e sento un brivido nella schiena. «Usala per avere i tesserini di accesso, quel tipo di roba, ma non dirle niente. Anzi, probabilmente sarà meglio tenere le cartelline dei nuovi dipendenti chiusi a chiave nel tuo ufficio.»

Non mi piace sentire il nome di Hayden uscire dalla bocca di Paul, per non parlare poi della sua smorfia mentre lo pronuncia. Mi chiedo quante volte lo abbia rifiutato per suscitarla. «No, non la coinvolgerò assolutamente.» Perché, cazzo, non voglio che Hayden abbia a che fare con questi coglioni.

Hayden può anche disprezzarmi, ma è perché sono uno stronzo e lei è intelligente. Ho bisogno di questo progetto e dei soldi che ne posso ricavare, ma capisco anche quanto sia losco e non voglio che Hayden sia coinvolta. «Quando si comincia?»

Paul e William mi spiegano il numero di persone di cui abbiamo bisogno e descrivono il lavoro in termini generali, con altre spiegazioni che seguiranno. Per ora vogliono candidate e candidati attraenti e malleabili. Paga alta, basso profilo e se riesco a trovare qualcosa di sporco su di loro meglio ancora. Gesù Cristo.

Ho scoperto che il festeggiamento della mia promozione era una specie di investitura. Ma ci sto. Purché questo lavoro mi fornisca un futuro che non coinvolga l'impresa di famiglia.

Capitolo Tre

Hayden

Quando ieri sono uscita dalla stanza dell'AD, volevo allontanarmi il più possibile dal Blue. Ma quella è la mia reazione istintiva quando sono davanti a un bullo. Qualche ora di riflessione e mi è tornata la voglia di lottare. Sono tornata a Lake Tahoe per costruirmi una vita qui perché questa zona mi piace. Non mi tirerò indietro e non scapperò come ho fatto in passato.

Fisso il mucchio di lavoro davanti a me. Il mio primo pensiero era stato che a Blackwell non importasse quello che facevo al Blue, ma era una stupidaggine. Mi licenzierà in un attimo per sostituirmi con un'altra donna se non faccio il mio lavoro.

A Blackwell non dispiace farmi lavorare come una schiava. Semplicemente, non me ne riconoscerà il merito. I bonus sono riservati ai suoi Blue Star, il gruppo con il quale Adam fa comunella, ci scommetterei la testa. Quei due stronzi, William e Paul, sono andati avanti e indietro dall'ufficio di Adam per tutto il giorno. Me lo hanno detto le mie piccole spie.

Mira, la mia assistente, e Nessa, che lavora nel marketing, sono sedute davanti a me. Sia Mira sia Nessa hanno lunghi capelli scuri, ma quelli di Mira sono leggermente ondulati e i loro volti sono totalmente diversi. Nessa è minuta, con un viso a forma di cuore e lineamenti classici, Mira è stupenda, zigomi alti e labbra rosee a forma di arco di Cupido. Ha anche la pelle leggermente più scura di Nessa, grazie ai suoi antenati Washoe.

Gli occhi colore del caramello di Mira lampeggiano interessati. «Si dice in giro che Adam stia cercando un'assistente.»

Affondo i tacchi a spillo nella folta moquette del mio ufficio, ringhiando. «Maledizione.»

Mira mette un documento con una freccia che indica dove firmare. Guardo il modulo e scribacchio il mio nome. È il modulo per la promozione di *Adam*.

Lascio cadere la penna. «Come fa ad assumere gente senza passare da noi?» Come capo delle Risorse Umane so benissimo che il protocollo non è questo. Voglio solo sentirglielo dire perché è una stronzata.

Mira fa spallucce. «Ordini di Blackwell.»

Scosto la frangia ancora una volta e sbuffo. «Bene. Va tutto bene. Lasciamo che Adam assuma chi vuole. Toccherà a lui sbrogliare la situazione se non farà i controlli di sicurezza giusti e finirà per assumere un serial killer.» Do un'occhiata a Mira. «Sei sicura che Tyler non voglia tornare a lavorare al Blue come guardia di sicurezza? Potrebbe proteggerci dalle persone che assumerà Adam.»

Mira mi guarda come se stesse prendendo in considerazione il mio assurdo suggerimento. «Direi di sì. Il suo libro è alla terza edizione e lui è in lista per una cattedra permanente al college statale.»

«Bene.» Sbuffo drammaticamente. «Immagino che il mondo abbia bisogno di un brillante biologo più di quanto il Blue abbia bisogno di una guardia del corpo di buona moralità. Anche se è discutibile.»

Appoggio la testa sulla mano, con il gomito appoggiato sulla scrivania. Il sorriso di Mira svanisce quando mi guarda in faccia. «Quante ore hai dormito la notte scorsa?»

Allungo il collo senza nemmeno alzare la testa dalla mano. Troppa fatica. «Un'ora. Forse due. Non riuscivo a dormire. Troppo agitata dopo il mio incontro con Blackwell.»

Nessa inspira bruscamente. «Stronzo.» Mira e io la guardiamo stupite. «Che c'è? È vero.» Nessa è quella dolce nel nostro gruppo, ma il suo sfogo non mi sorprende. Queste ragazze sono leali e Blackwell è sulla nostra lista nera.

«Vieni da noi stasera. Quante volte ti ha invitato Zach? Cinque, sei? Devi sempre lavorare. Dimentica questo posto per una notte e vieni a bere qualche margarita con noi.»

«Davvero, Hayden» insiste Mira. «Smetti presto di lavorare. Mettiti qualcosa di comodo e vieni a stomaco vuoto. Zach e Nessa si prenderanno cura di te.»

Zach è un mazziere al Blue, ma è anche il ragazzo con cui convive Nessa e, da quanto ho sentito, è un ottimo cuoco. Ospita una cena a base di tacos per i suoi amici tutte le settimane.

Il rombo profondo di una voce familiare mi fa fare una smorfia. Guardo oltre la testa delle ragazze e vedo Eve che passa davanti al mio ufficio appiccicata al fianco di Adam. Stanno parlando a voce bassa come se non volessero che qualcuno li senta.

Affondo ancora di più i tacchi nella moquette. «Sapete una cosa? Ci vengo. Un margarita non mi farebbe male.»

Mira sorride. «Passeremo a prenderti Tyler e io, così potrai bere senza preoccuparti di doverti moderare.»

«Mi sembra perfetto. Sono stufa della moderazione.»

* * *

Nonostante quanto adori le mie scarpe con il tacco alto, a volte una ragazza ha bisogno di vestirsi comoda. Faccio quello che mi ha suggerito Mira: sneakers bianche con jeans arrotolati in fondo e una semplice maglietta. Il tempo è stato insolitamente caldo nonostante siamo solo all'inizio dell'estate quindi non mi preoccupo di prendere una giacca. Pettino i capelli biondo scuro e tiro dietro le orecchie la frangia lunga ai lati sentendomi pronta per una serata rilassante con gli amici e buon cibo. Ma proprio mentre mi sto adattando all'idea di una serata diversa dal solito mi rendo conto che rilassarmi potrebbe non essere possibile.

Mira, Tyler e io arriviamo a casa di Zach e Nessa e vedo un fantasma del mio passato dall'altra parte della stanza. Fisso l'uomo alto e attraente, coi capelli più scuri e più corti dell'ultima volta in cui l'ho visto, quando si era fatto vivo a casa mia per chiedere scusa. È cambiato da allora, ma lo riconosco. È una persona che non dimenticherò facilmente.

«Jaeger?» La voce mi esce soffocata.

Jaeger alza di colpo gli occhi mentre sta bevendo un sorso di birra. «*Beth?*»

Appoggia la bottiglia sul ripiano e una ragazza carina, con i capelli biondo fragola si avvicina e gli tocca il braccio. Jaeger la tira vicino e le dice qualcosa all'orecchio. Lei gli rivolge un sorriso triste.

Mira abbassa la voce. «Perché Jaeger ti ha chiamato Beth?»

Prima che possa rispondere, Jaeger viene da me con la donna carina che presumo sia la sua ragazza. «Cali, questa è Beth...»

«Hayden» dico. «Adesso mi chiamo Hayden. Elizabeth è il mio secondo nome.»

«Hayden» si corregge Jaeger, un po' sorpreso. «Questa è la mia ragazza, Cali.» Guarda gli altri nella stanza che sembrano tutti interessati a noi. «Hayden e io abbiamo frequentato le superiori insieme.»

Li saluto e stringo la mano alla sua ragazza, poi guardo Mira e Nessa. «Questa è la Cali di cui mi parlavate?» Annuiscono entrambe. «Wow.» Sorrido e scuoto la testa. «Immaginavo che mi sarei imbattuta in Jaeger una volta tornata a Lake Tahoe, ma non avrei mai pensato di frequentare i suoi amici.»

Mira e Nessa hanno parlato di Cali e del suo ragazzo, senza mai menzionarlo per nome.

Jaeger dà un'occhiata a Mira e a Nessa, notando le loro espressioni interrogative. Stanno fissandoci perfino Zach e Tyler che ho conosciuto tramite le loro ragazze e il lavoro al casinò. «Hayden e io siamo usciti insieme per un breve periodo» spiega Jaeger. «Sono stato uno stronzo nei suoi confronti.»

Cali stringe la vita di Jaeger e lui l'abbraccia a sua volta. Almeno adesso sta con una ragazza dolce.

«Le circostanze non erano favorevoli» dico.

Jaeger non è una cattiva persona e non lo incolpo per quello che è successo. Ha avuto un ruolo nell'accaduto ma, tutto sommato, era stato un ruolo minore.

Lui scuote la testa. «Non avevo idea che fossi tornata in città.»

«Mi ha assunta il Blue.»

«Oh, Gesù» dice Cali, alzando le mani proprio mentre dietro di noi sta arrivando un'altra coppia.

Mira, Tyler e io ci togliamo dalla porta per farli entrare.

«Perché "Oh Gesù"?» chiede la bruna alta, con begli occhi nocciola che è appena entrata. «Salve.» Sorride e mi tende la mano. «Sono Gen e questo è Lewis.» Indica l'uomo dai capelli scuri dietro di lei, che, in quanto a statura, rivaleggia con Jaeger.

Le stringo la mano. «Stavamo parlando del mio lavoro al Blue Casinò.»

«*Ohhh.* Mi dispiace?»

Gen ha più ragioni di chiunque altro per provare compassione per una donna che lavora al Blue. Poco dopo averla assunto, Mira mi aveva spiegato che la sua amica Gen era stata aggredita e quasi stuprata da uno dei dirigenti. «Ho saputo della tua esperienza mentre lavoravi al casinò. Mi dispiace veramente. Sto cercando di assicurarmi che non succeda più niente di simile.»

«Non so quanto possa essere sicuro lavorare al Blue, ma sembra che la tua presenza sarà un bene per le dipendenti» dice. «Quel posto avrebbe bisogno di qualche altra persona con una coscienza.»

Nessa vede che sposto la borsa sulla spalla e allunga la mano. «Dammela, la metto in una delle camere» dice e sparisce lungo un corridoio. Quando torna va in cucina, diretta a un frullatore gigante, con quello che presumo sia il famoso mix per i margarita. E in questo momento non mi dispiacerebbe averne un bicchiere.

Imbattermi in Jaeger è sempre stata una possibilità. Non pensavo però che potesse succedere tra i miei nuovi amici. Stasera non mi aspettavo di dover affrontare il mio passato.

«Aspetta» dice improvvisamente Mira, come se avesse

finalmente risolto un dubbio. «La maggior parte di noi è andata a scuola insieme. Come mai allora non ti conoscevo?»

Mira e io siamo sempre andate d'accordo da quando l'ho assunta, ma è solo da poco che siamo diventate intime. Non le ho mai raccontato del mio sordido passato a Lake Tahoe. Non ne ho ancora parlato a nessuno dei miei nuovi amici.

Dopo un rapido scambio delle nostre età, gli anni in cui abbiamo frequentato le superiori e gli amici che frequentavamo abbiamo capito perché allora non li conoscevo. Mira era un paio d'anni indietro, Tyler e Zach frequentavano solo gli atleti delle rispettive squadre sportive. Oltretutto, io avevo frequentato solo i primi due anni di superiori a Lake Tahoe.

«Eravamo come navi che si incrociano nella notte» dice Mira sorridendo.

Io rido. «Qualcosa di simile.»

Ci trasferiamo nella zona pranzo e Cali mette un qualche tipo di aggeggio intorno al collo di Gen. Ne prende altri due e li mette al collo di Nessa e Mira. Poi si rivolge a me.

«Mira mi ha informato che sarebbe venuto il suo capo» dice e scuote un altro di quegli aggeggi da mettere al collo. «Mi sono assicurata di portarne un altro.» Parla a voce bassa, in tono diabolico.

La luce maliziosa negli occhi di Cali, insieme al fatto che Jaeger sta scuotendo la testa, mi preoccupa, anche se apprezzo che Cali voglia farmi sentire la benvenuta. Non ce l'ha con me per il mio passato con il suo ragazzo.

Sto al gioco e fingo diffidenza guardando Mira mentre Cali mi fa passare dalla testa quell'affare elastico. Versa il margarita in un bicchiere gigante da vino, poi inserisce il bicchiere in quell'aggeggio che lo sostiene magicamente senza far versare il drink.

Cali infila una cannuccia nel bicchiere. «Ecco, adesso sei una di noi.»

Do un'occhiata a Mira e Nessa, che stanno cercando di non sorridere, con lo stesso ridicolo aggeggio intorno al collo. «So che ho detto che stasera non voglio moderarmi, ma preferirei riuscire a stare in piedi alla fine della serata.»

Mi guardo attorno. Jaeger sta ridacchiando piano, Tyler e Zach sono appoggiati al ripiano con le braccia incrociate e un sorriso sulla faccia. Lewis si china e beve un sorso del margarita di Gen, proprio sopra il suo seno. Lui ammicca e lei gli dà un pugno sul braccio.

Bevo un lungo sorso attraverso la cannuccia. «Okay, mi piace. Cioè, sembro ridicola ma, dai, è comodo.»

Cali batte le mani, entusiasta. «Sapevo che ci saresti stata! Compro online questi piccoletti. Fammelo sapere e te ne ordinerò uno.»

Alzo la mano. «No, no... Sto bene così.»

Cali fa il broncio e Jaeger le mette un lungo braccio muscoloso sulle spalle. «Dai, baby. È la sua prima volta. Lasciale il tempo di abituarsi alla nostra gang prima di riempirla di armamentari per bere.» Si rivolge a me, scuotendo la testa. «Non riesco ancora a credere che ci siamo ritrovati in questo modo.»

Sorrido mestamente. «Il mondo è piccolo.»

Cali incrocia le braccia. «Bene, non ne ordinerò un altro, ma non restare sorpresa se lo riceverai come regalo di Natale.»

Bevo un altro sorso dal bicchiere che mi pende dal collo. «Sono stata avvisata e non ho paura.»

Se la depressione associata al mio lavoro non occupasse una parte così grande della mia energia mentale potrei sentirmi leggermente a disagio bevendo margarita da un aggeggio intorno al collo e passando il tempo con Jaeger Lang, che una volta mi aveva tradito, per quanto adesso sia dolce. Ho chiuso il cerchio, eppure non mi sembra che sia terribile come pensavo.

Sento una sensazione di calore nello stomaco; braccia e gambe sono rilassate quando l'alcol fa la sua magia. Prendo una manciata di patatine e le intingo nella salsa fatta in casa che ha portato Mira, chiacchierando mentre mangio e sorseggio il margarita dal bicchiere appeso sotto il collo. Mira cerca di arrivare alla cannuccia senza usare le mani. La urta con il mento e Nessa e io ridacchiamo quando le dà la caccia con la lingua. È esattamente ciò di cui avevo bisogno. Buon cibo, brava gente e un motivo per essere un po' sciocca.

Mi ficco in bocca un'altra patatina carica di salsa e sopra il brusio e la musica bassa si sente bussare alla porta.

Dalla cucina dove stava chiacchierando con i ragazzi, Jaeger si sposta per andare ad aprire... e lì c'è Adam.

Che diavolo!

Prima Jaeger e adesso Adam?

Jaeger e Adam erano buoni amici alle superiori. Merda.

Adam entra e dà una pacca a Jaeger sulla spalla. «Come va?» Adam è alto ma perfino lui ha dovuto alzare la mano per dare la pacca a Jaeger, che è alto quasi due metri.

«Abbiamo appena cominciato.» Jaeger chiude la porta alle spalle di Adam, che indossa jeans scuri e una camicia con le maniche arrotolate fino ai gomiti.

Non ho mai visto Adam senza giacca e cravatta ed è così bello da farmi male al cuore, anche in una stanza piena di uomini attraenti. Questo posto è una specie di paradiso per le donne, tra Jaeger, Lewis, Tyler e Zach. Ma, non so perché, Adam porta a un altro livello il grado di bellezza maschile. Come se fosse il nuovo standard e nessun altro potesse reggerne il confronto. Detesto il fatto che mi piaccia il suo aspetto. È superficiale; non dovrebbe interessarmi specialmente sapendo ciò che so di lui. Ma nonostante la sua bellezza esteriore non rifletta quella interiore, non posso fare a meno di essere attratta da lui.

Mi tremano le mani, il respiro diventa corto. Mi scoccia da morire perdermi dietro a quest'uomo. È peggio ancora adesso che quando siamo al lavoro, dove almeno mi sento un po' più sotto controllo. Ironico, visto quant'è incasinato quell'ambiente. Ma durante le lunghe ore di lavoro c'è un ordine in tutte le cose, quando uso il cervello per risolvere i problemi. Da quando Adam ha messo piede al Blue Casinò le mie fondamenta si sono spostate e non sono più riuscita a ritrovare l'equilibrio. Che si infiltri anche nella mia vita privata? Inaccettabile.

Adam entra in soggiorno e ci guardiamo negli occhi. Lui aggrotta la fronte e poi il suo sguardo cade sul drink che penzola dal mio collo.

Accidenti.

Tiro indietro le spalle, sfidandolo con gli occhi a dire qualcosa, *qualunque cosa*, e gli darò un pugno direttamente sulle sue belle sopracciglia virili.

Gli angoli della sua bocca si sollevano ma segue Jaeger in cucina e prende la birra che gli offre. Nemmeno un secondo dopo il suo sguardo torna su di me e lo ignoro platealmente.

Cercando di calmarmi do un'occhiataccia a Mira e Nessa, entrambe con un'espressione colpevole.

«Merda» borbotta Mira. «Avevo dimenticato che a volte viene anche lui.»

«A volte?» sibilo.

«È amico di Jaeger» spiega Nessa.

Lo sapevo già, ma non pensavo di imbattermi in Jaeger, tanto meno in Adam.

«È un po' che Adam non veniva» continua Nessa. «Aveva cominciato a venire un paio di anni fa, quando Jaeger e Cali si sono messi insieme. Sinceramente è venuto solo qualche volta e sono passati mesi dall'ultima volta. Non avevamo idea che sarebbe venuto stasera.»

Cali torna dopo aver riempito nuovamente il suo bicchiere. «Che cosa c'è che non va? Perché non volevi Adam?»

Meraviglioso. Deve averci sentito.

Bevo un lungo sorso del mio margarita attraverso la cannuccia, arricciando il naso quando la fronte mi fa male per il freddo.

«Adam adesso lavora al Blue» dice Mira a Cali. «Ma sono sicura che Jaeger te ne ha parlato. Comunque Adam, in un certo senso, lavora con noi e... Hayden. E lui è...»

«Sexy?» aggiunge Cali bevendo un sorso del suo margarita mentre controlla pigramente il fisico di Adam.

Non la biasimo affatto. Dare languide occhiate dovrebbe essere perfettamente legale quando si tratta di Adam.

Mira storce la bocca. «Sì, d'accordo. Ma è anche...»

Cali si picchietta il mento e si lecca le labbra come se Adam fosse un pezzo di bacon cui vuol dare un morso. «Sexy, in quel modo da fighetto atletico?» suggerisce.

«È innamorata di Jaeger, giusto?» chiedo.

«Beh, sì» dice Mira. «Ma Adam è...»

Stringo i pugni con le unghie corte che si conficcano nel palmo. «Esasperante. Superiore. Viziato.» Mira, Nessa e Cali mi guardano e io ingollo il resto del margarita finché la cannuccia emette un forte rumore gorgogliante. «Senza offesa. So che è un amico per voi.» Stacco il bicchiere dal mio petto. «Ce n'è ancora?»

«Sì.» Nessa sembra riaversi dallo stordimento e si affretta ad andare verso la caraffa mezza vuota sul ripiano. La seguo, evitando di guardare Adam negli occhi, ma lui sembra non aver ricevuto il messaggio. Gira intorno a Jaeger, mettendosi proprio sulla mia strada.

«Ehi, Hayden, bello il tuo giogo porta bicchiere.» I suoi occhi sorridono anche se non lo fa la sua bocca.

Giogo porta bicchiere? È il termine tecnico?

È divertente e anche quello mi irrita. Come fa a disarmarmi quando voglio tenere la mia armatura e rispondere al fuoco?

Tocco l'aggeggio. «È comodo.» Sono così incazzata con questo tizio e furiosa con il mio capo al lavoro, ma sto indossando un gioco porta bicchiere e perfino io riconosco che la situazione è umoristica. Stringo le labbra per nascondere i miei pensieri, ma il mio sorriso deve trasparire perché anche Adam sorride.

L'ho visto sogghignare, flirtare e muoversi spavaldo, ma non avevo ancora visto un sorriso sincero. Ha distrutto il mio equilibrio *senza* sorridere. Con quel sorriso l'effetto è molto più devastante.

Respiro piano e permetto al sorriso di vincere, ma solo per un momento. «Non significa che siamo amici.»

Il sogghigno ritorna. «Oh, non me lo sognerei mai, Hayden.»

Detesto il modo in cui pronuncia il mio nome. Condiscendente e sexy allo stesso tempo. Mi stavo solo divertendo con Mira e gli altri. Ma non potrò più tornare da Zach e Nessa se Adam fa parte del pacchetto. Non c'è la minima possibilità che possiamo diventare amici. «Mi hanno invitato Nessa e Mira questa sera. Non mi ero resa conto che tu fossi un ospite regolare.»

Adam si passa la mano sui capelli castano scuro, più lunghi in cima che ai lati. Dà un'occhiata agli altri. «Zach è un bravo ragazzo. Ho cominciato a frequentarlo più spesso negli ultimi due anni. Adesso lavoriamo insieme al Blue...» Alza una spalla. «Che posso dirti? Il mondo è piccolo, specialmente a Tahoe.»

Adesso sta copiando i miei pensieri? «Già, il mondo è proprio piccolo.»

Adam inarca le sopracciglia. «Adesso mi dai ragione? Perché non mi dispiacerebbe che lo facessi, una volta tanto.» Sorride e, grazie al cielo, non è il sorriso sincero.

Scuoto la testa e indico Jaeger. «Un tempo ci conoscevamo. Tanto tempo fa.»

Mi sono sempre chiesta se Adam mi avesse riconosciuta quando aveva cominciato a lavorare al Blue. Se devo basarmi sulla sua espressione, direi di no.

Quando imparerò? Tipi come Adam non ricordano le ragazze come me, né, tantomeno, le difendono.

Smette di sorridere e mi guarda un po' più attentamente. Si ficca una mano in tasca e ruota la birra nell'altra. «Tanto tempo fa?»

Sbuffo, felice che la leggera sbronza permetta una conversazione con un minimo disagio. Sono tornata a Lake Tahoe per affrontare il mio passato; non ha senso scappare adesso. I miei nuovi amici dovrebbero conoscere il mio passato. E Adam dovrebbe conoscere il ruolo che ha avuto...

«Jaeger era il mio ragazzo alle superiori, quando ero al secondo anno e sono stata accusata di andare a letto con un insegnante. Sono la ragazza che gli hai consigliato di scaricare.»

Capitolo Quattro

Okay, sono stata brusca, ma sono stanca di nascondere il mio passato. Sono scappata da Lake Tahoe per allontanarmi dai pettegolezzi. Mi facevano sentire debole e impotente. Non sono più la sedicenne indifesa che ero allora. Ed è giusto che Adam sappia quello che aveva fatto.

Adam si soffoca con la birra e nella stanza cade improvvisamente il silenzio.

Mira si avvicina e dice gentilmente. «Hayden, eri tu *quella* Beth? Beth Tate...» Smette di parlare come se stesse facendo due più due.

Ovvio che Mira avesse sentito i pettegolezzi riguardo a me e all'insegnante, anche se non la conoscevo quando ero alle superiori. Li avevano sentiti quasi tutti. «Sì.»

«Non era vero.» L'espressione di Jaeger è severa. Si è avvicinato, evidentemente aveva sentito la conversazione.

In qualche modo, il sostegno pubblico di Jaeger, anche in questo ambiente informale, mi fa venire le lacrime agli occhi. Sbatto le palpebre per respingerle e continuo: «Nessuno mi credeva, nemmeno Jaeger allora. Anche se oramai l'ho perdonato». Jaeger distoglie gli occhi, come se si vergognasse, e Adam ha una strana espressione sul viso.

«Per farla breve,» dico a ognuno di loro, perché ora stanno *tutti* ascoltando e non voglio che ci siano segreti, «l'insegnante si è dimesso, io sono scappata da Lake Tahoe e ora sono tornata. Undici anni dopo. Va tutto bene.» Prendo una manciata di patatine e ne metto una in bocca, concentrandomi sul sapore del sale sulle labbra.

Il volto di Adam è immobile, gli occhi ardono con... Qualcosa. «Vediamo se ho capito. Tu eri la ragazza di Jaeger... *Quella* ragazza? Beth...» Lui mi esamina la faccia e il corpo, come se stesse calcolando tutti i cambiamenti e li stesse sommando.

«Per un breve periodo, sì. Lui ha rotto con me quando ha sentito dell'insegnante. So che hai avuto un ruolo chiave in quella decisione.» Mastico un'altra patatina e guardo il tic nella sua mandibola.

«E per quello te ne sei andata da Lake Tahoe» deglutisce come se anche *lui* non riuscisse a digerire la verità.

«Beh, non per la parte di Jaeger, ma sì, per l'altra roba. Gli studenti mi tormentavano, praticamente tutta la città. Patatina?» gliene porgo una, non ho più voglia di mangiarle.

Lui non guarda il cibo che ho in mano. Adam si afferra la nuca. «Ho bisogno di un'altra birra» borbotta, buttando giù il resto di quella che ha in mano.

Cali si avvicina e riempie nuovamente il bicchiere appoggiato al seno nel suo giogo. Jaeger si unisce a lei. «Mi dispiace veramente per quello che è successo, Hayden» dice. «Sapevo che era dura per te. Non mi ero reso conto *quanto* fosse dura.»

«Ti sei scusato anni fa. Acqua passata.»

Anche se quell'acqua aveva fatto sbattere le rocce contro la riva, lasciando solchi profondi. Ma le cicatrici lasciate avevano meno a che vedere con Jaeger e più con il fatto che l'intera città si era rivoltata contro di me. Non avere una sola persona, tranne i miei genitori, a cui potermi appoggiare mi aveva fatto sentire vuota. Anche Adam, che non mi conosceva, aveva aggiunto danno al danno.

«Scaricala» aveva detto Adam mentre io ero dietro l'angolo vicino all'armadietto di Jaeger, aspettando che finisse di parlare con il suo amico. Mi ero fermata quando li avevo visto insieme, senza sapere se avrei dovuto interromperli.

Jaeger aveva cambiato i libri, aveva alzato gli occhi, salutando distrattamente un tizio che passava, un atleta che faceva parte della squadra di football. Jaeger conosceva tutti gli atleti. Era popolare, eppure aveva scelto di uscire con me, un topo di biblioteca.

Aveva chiuso l'armadietto e si era appoggiato. «Pensi che l'abbia fatto?»

Adam aveva sbuffato. «Non essere sciocco. Scappa finché puoi. Non è necessario che la sostenga solo perché esci con lei da un paio di settimane. Nessuno ti biasimerà se la scarichi.» Adam aveva alzato la testa e aveva sorriso a una bella ragazza che passava di lì. Avevo visto la ragazza nella mia classe di economia. Non era brillante, ma era stata gentile con me le poche volte che avevamo parlato.

La ragazza aveva sorriso dolcemente a Adam e aveva continuato per la sua strada con la sua amica.

L'espressione di Jaeger era diventata pensosa. «Hai ragione.»

Adam aveva rialzato lo zaino sulle spalle, senza guardarlo. «Certo che ho ragione.»

Quello stesso giorno, mentre uscivo da scuola, Jaeger mi aveva raggiunta. Aveva rotto con me ai piedi della scala che portava al parcheggio. Grazie a Adam Cade che aveva dato il colpo di grazia, il mio ragazzo mi aveva voltato le spalle durante il momento più buio della mia vita, insieme al resto della città. Non potevo entrare in un negozio senza che qualcuno mi indicasse.

Le piccole città sono stronze.

Mira mi mette il braccio sulle spalle e Gen si unisce a noi. «Che situazione di merda» dice Mira. Detto dalla ragazza che ha appena perso la madre per l'abuso di droga.

Quello che era successo fa schifo. A quel tempo era stato brutale e non perdonerò mai Adam per essere stato uno stronzo durante quel periodo, ma sono tornata perché sono pronta a voltare pagina. «Purché il mio sordido passato non ti disturbi, io me ne sono fatta una ragione.»

«Il tuo sordido passato non è niente rispetto al mio.»

«O al mio» aggiunge Gen. «Per la maggior parte della mia vita non ho saputo chi era mio padre. La tua è robetta. E le voci non erano nemmeno vere. Anche se sarebbe una bella storia da raccontare, se avessi veramente fatto sesso con un insegnante sexy.»

«Io non ho un passato sordido» ammette Nessa. «Ma adesso penso che tu sia ancora più una dura perché sei tornata in città e vai alla grande.» Fa una mossa esagerata di karate e sferra un calcio con le sue scarpe con la zeppa.

Zach si china e la bacia in cima alla testa. «Carina» dice sorridendole.

L'ora successiva fila liscia. Nessuna discussione riguardo ai disgustosi pettegolezzi. E Adam mantiene la distanza. Mangiamo ed è solo quando siamo all'esterno, seduti intorno alla buca per i falò che Zach e Nessa hanno appena costruito, che Adam si avvicina di nuovo a me. Si abbassa sulla sedia da campeggio accanto alla mia e stende le lunghe gambe. «Ero amico di Jaeg alle superiori.»

Gli do un'occhiataccia. «Sì, lo ricordo. Sei stato un *così* buon amico.» Lascio uscire il fiato e torno a fissare il fuoco. Non sono tornata in città per continuare a portare rancore. «Ascolta, so che hai convinto tu Jaeger a rompere con me. Forse l'avrebbe fatto comunque. In ogni modo, non mi conoscevi.»

«Hayden...»

«Anche così, è stato tanto tempo fa. Eravamo giovani e capita di fare un errore. Non posso dire che non abbia avuto effetti su di me, ma non importa più.»

Adam resta in silenzio per un lungo momento, con la bella faccia più seria di quanto l'abbia mai vista. «Hai ragione, non ti conoscevo, ma non ci sono scuse per quello che ho fatto. E tu mi giudichi per quello che ho fatto in passato visto come mi hai trattato al Blue. Ne hai tutti i diritti. Mi dispiace per quello che ho detto allora a Jaeger. È stata una vera stronzata.»

Non riesco a sopportare l'espressione dei suoi occhi. È una delle sue rare espressioni sincere e mi incasina. Mi confonde. E la sua confessione.... Non ho mai pensato che avrei sentito da lui delle scuse come queste.

Segue un lungo silenzio mentre cerco di digerire le sue parole. Adam si volta e fissa il fuoco. «In ogni caso,» dice, con la voce bassa e dolce, «*vorrei* averti conosciuta.»

Attira la mia attenzione perché, che si sia scusato o meno, il messaggio di Adam allora era che fossi polvere sotto i suoi piedi.

Lo guardo di sottecchi, scuotendo la resta. «Nessuno voleva conoscermi dopo lo scandalo, e prima, se ricordi, non ero niente di speciale.»

«Abbastanza speciale perché Jaeger ti agguantasse.» Per un attimo sul suo volto appare un'espressione enigmatica.

«Hai una specie di gara in corso con Jaeger?»

Adam sbuffa ridacchiando. «Jaeger è uno dei miei migliori amici. Non avremmo mai sconfinato nel territorio dell'altro.»

Mi sfugge una mezza risata. «Stiamo parlando di donne o di rubare polli?» È una conversazione seria ma non posso lasciar perdere quel commento sullo sconfinare.

Si volta a guardarmi. «Donne, sempre donne.»
Maledizione.

Di colpo sono agganciata, non riesco a distogliere gli occhi. Lo sta facendo di nuovo, mi fissa intensamente. Perché ha detto una cosa simile? Finora non si era nemmeno reso conto che fossi la stessa Beth delle superiori.

«Eravamo amici» balbetto. Non so perché sento il bisogno di spiegarmi. «Lo aiutavo con un progetto d'inglese. Siamo diventati un po' più che amici per un breve periodo.»

Adam si stringe le gambe sopra le ginocchia con le mani grandi. «Tu... Tu provi ancora qualcosa per lui?»

«Cosa!?» esclamo con un sussurro un po' troppo forte e do un'occhiata dove sono seduti Jaeger e Cali, a un metro di distanza. «No, ovviamente no.»

L'ultima cosa che voglio è che la gente si chieda se il mio cuore arde ancora per Jaeger. Qualunque sentimento romantico provassi per lui era svanito quasi subito quando mi aveva scaricato. È una brava persona, ma è tutto.

La conversazione è diventata troppo personale. Mi abbasso e raccolgo un ago di pino. «Com'è andato il tuo festeggiamento da Farley's? Hai mangiato il tuo peso in alette piccanti?»

L'espressione di Adam diventa meno seria e si strofina

l'angolo della bocca. «Non esattamente. Ma questo potrebbe interessarti: assumerò nuovo personale.»

Mi porto al naso l'ago di pino, aspirando il profumo fresco e legnoso. «C'era da aspettarselo, dato che la tua promozione ha liberato il posto di assistente. Sarò lieta di pubblicare l'avviso lunedì.»

«No» risponde bruscamente Adam. «Non sarà necessario. Blackwell vuole che mi occupi direttamente delle nuove assunzioni.»

Volto la sedia da campeggio per guardarlo e non è facile perché la tela sprofonda al centro e riesco a spostarla solo a tratti. «Quali sono gli impieghi? E perché non devi usare le Risorse Umane? Abbiamo avuto i nostri malintesi, ma andiamo abbastanza d'accordo per lavorare insieme.»

Adam guarda oltre il fuoco. Mira ci sta guardando con un'espressione preoccupata, probabilmente a causa della mia voce alta. «Vieni a fare due passi con me.» Adam si alza e va verso il terrazzo.

Mi alzo dalla sedia da campeggio e lo seguo lentamente, osservandolo sedersi sul bordo del coperchio chiuso della vasca idromassaggio.

Allunga la mano. «Vieni.»

Il mio bisogno di scoprire perché sta assumendo nuovi dipendenti senza passare dalle Risorse Umane supera il mio bisogno di evitare ogni contatto con lui. Allungo la mano e me la prende, scaldandomi dall'interno. Mi aiuta a sedermi e mi sposto subito, con i piedi penzoloni oltre il bordo, creando spazio tra di noi.

C'è solo una cosa che voglio da Adam e non è l'impronta della sua mano sul mio corpo. «Che cosa sta succedendo al Blue? So che c'è qualcosa in ballo, quindi non fingere di non saperlo.»

Ho chiesto in giro. Le voci dicono che Paul, uno dei

Blue Star di Blackwell, una volta era esattamente come Drake Peterson, l'uomo che aveva fatto del male a Gen e il motivo per cui il Blue aveva assunto me. Un paio di segretarie hanno detto che Paul allungava le mani sulle colleghe e faceva spesso delle avance alle cameriere di sala. Non che mi fidi al cento per cento dei pettegolezzi. So benissimo quanto possano essere false le voci che girano, ma con tutta la segretezza nella dirigenza non posso fare a meno di chiedermi che cosa sta nascondendo Blackwell sui suoi Blue Star. E dato che non faccio parte della sua cerchia ristretta, non mi faccio problemi a sondare Adam per ottenere qualche informazione.

Lui si china all'indietro appoggiandosi ai gomiti. «Niente di cui possa parlare. Alcune cose sono... Esclusive.»

Mi sento ribollire il sangue. Mi volto, piegando la gamba sopra il coperchio per guardarlo in faccia. «Che razza di stronzata è questa?» Do un'occhiata ai nostri amici e faccio un respiro profondo, abbassando la voce. «Hai idea di quanto siano schifosi gli uomini con cui stai facendo comunella?»

Adam aggrotta la fronte e mi raddrizza, con la faccia a pochi centimetri dalla mia. «Perché? Che cosa hanno fatto?»

«Jaeger ti deve aver raccontato quello che hanno fatto a Gen e Cali.»

«Sì, certamente. È stato terribile, ma era un uomo solo, non l'intero casinò. E quell'uomo è in prigione. Non c'è niente di cui preoccuparsi.»

«Ah, davvero?» Il mio tono sarcastico mette in chiaro che non sono d'accordo.

«Che cosa sta succedendo, Hayden? Tu che cosa sai?»

«Alcune cose sono *esclusive*.» È un commento immaturo, ma dimentichiamolo. Adam sta diventando un Blue

Star; probabilmente sa tutto di Gen e un mucchio di altre cose, come, per esempio, la suite con le droghe che avevano trovato Mira e Tyler più o meno quando era stato licenziato Drake. Ma adesso sa che *io so*, beh, almeno qualcosa, e che non intendo ignorare quello che succede dietro le quinte come ha intenzione di fare lui.

Lui mi studia per un momento. «Perché mi odi tanto? È per quello che ho fatto anni fa?»

«Ti odio?» esclamo. «Perché non mi butto ai tuoi piedi come ogni altra donna?»

Lui alza gli occhi, come se stesse riflettendo. «Le donne si buttano ai miei piedi? Se lo fanno me le devo essere perse. E sono piuttosto attento quando si tratta di donne.»

Ignoro la provocazione. «Entri al Blue come se niente fosse, senza la minima idea di che cosa sta succedendo e di colpo ti ritrovi a essere un dirigente e ad assumere gente per un progetto segreto che ti mette nella posizione di essere controllato da Blackwell? Non so, Adam, perché mai non dovrei fidarmi di te?»

Lui si china più vicino. Probabilmente perché più parliamo, più la mia voce si alza di tono. «Non lo so, *Hayden*. Se sei sincera e non stai più pensando al passato, allora che cos'hai contro di me?»

Contro di lui. Le sue parole echeggiano nella mia testa e di colpo torna tutto quel calore: quello che si irradia dal suo corpo e quello che nasce in me quando è vicino.

I suoi occhi azzurro intenso, quasi neri in questa luce, si abbassano sulla mia bocca e io risucchio il fiato.

«Fottiti.» Salto giù dal coperchio della vasca e vado verso il gruppo, ma Mira sta già venendo verso di noi.

«Che cosa sta succedendo?» mi chiede, guardando verso Adam che è di nuovo chino all'indietro appoggiato ai gomiti. Ma questa volta sta guardando in basso, accigliato.

«Niente. Chiamo un Uber e vado a casa. Sono stanca.»

«Andiamo insieme. Specialmente se Adam si sta comportando da stronzo.» Lo guarda oltre la mia spalla.

Mi rendo conto che non è Adam. È il Blue. «No, non è così.»

Non so con certezza se Adam è in combutta con i Blue Star. Avere dei sospetti sul Blue Casinò e non sapere niente di sicuro mi sta facendo ammattire. «Sono solo frustrata per il lavoro» le dico.

Torniamo dal gruppo e Mira trova una scusa per andarcene. Salutiamo e qualche minuto dopo andiamo verso la Land Cruiser di Tyler parcheggiata nel vialetto.

Mi sento chiamare e mi volto.

Adam sta correndo verso di noi. «Aspettami» dice.

Mira mi guarda incuriosita, ma lei e Tyler salgono sul suo fuoristrada mentre io resto lì con Adam, che mette una mano nella tasca dei suoi jeans firmati. «So che è strano, il fatto che assuma della gente senza che tu dica la tua, lo capisco. Ma è così che vuole Blackwell.»

Dovrebbe fare più fresco qui fuori, lontano dal fuoco, ma non è così. Mi sento calda e nervosa. «Capisco. Devi eseguire gli ordini di Blackwell. Ma assumere gente non è così semplice come sembra.»

Lui sogghigna. «Quanto può essere difficile assumere un assistente?»

Eccoci di nuovo. Questo è l'Adam che mi fa infuriare al lavoro.

Invece di reagire con una rispostaccia mi viene un'idea... Forse è la tequila che ho bevuto stasera o forse il fatto di aver raccontato il mio complicato passato ai miei nuovi amici, ma sento il bisogno di dargli una lezione. «Che ne dici di una scommessa?»

«Adesso scommettiamo?» dice ridacchiando. «Il nostro

rapporto si è deteriorato fino a questo punto? Non ti prendevo per il tipo che ama il gioco d'azzardo.»

«Sono disposta a scommettere, quando sono sicura dei risultati.»

Adam si china verso di me, appoggiando il braccio sul lato del veicolo. «Che cosa avevi in mente?»

Sento il profumo di sapone e uomo e la mia mente si svuota.

Mi appoggio pesantemente al fuoristrada e sbatto le palpebre. «Scommetto che licenzierai subito chiunque assumerai come assistente.» Alzo gli occhi, calcolando mentalmente. «Ti do due settimane.»

Adam mi guarda negli occhi. Sul viso gli passa qualcosa... Curiosità? Rispetto? «Okay, accetto la tua scommessa. In quanto a te, se vinco starai alla larga dalle persone che assumo. Non dovrai sbirciare nelle loro cartelline né controllare il loro operato.»

La scelta dei criteri è interessante. Ed è anche incriminante, se è coinvolto con i Blue Star. «E se vinco?»

Lui fa spallucce. «Qualunque cosa vorrai. Sono piuttosto bravo con le mani. Sorride maliziosamente e io sbuffo. «Sei single. Sono sicuro che ci sia qualcosa in casa per cui ti serve un aiuto.»

«Tutto qui quello che riesci a fare? Non credo che sostituire una lampadina possa equivalere a me che ignoro attività sospette al lavoro. Ma a parte quello, come fai a sapere che sono single? Solo perché non sono interessata a te non significa che non sia interessata a un altro.»

«Sei single?» è la sua reazione.

Lo ignoro. Non gli darò la soddisfazione di conoscere la mia vita privata. «Tornando a bomba, come fai a sapere che non sono brava con le mani?»

C'è un momento di silenzio mentre Adam mi fissa, con

le mascelle serrate come quando mi ha fatto la domanda. «Sei brava con le mani, Hayden?»

Sembrava un doppio senso. E, accidenti a lui, ha scatenato le farfalle nel mio stomaco. E no, non sono brava a sistemare le cose. «Bene. Se vinco, lascia perdere le riparazioni... Puoi *costruire* qualcosa per me. Dato che sei così bravo con le mani.»

Oooh, mi piacerebbe proprio vedere il bel ragazzo che cerca di costruire qualcosa... *Qualunque cosa.* Scommetto che si darebbe una martellata sul pollice, imprecherebbe e pagherebbe qualcun altro per farlo fare. Già quello mi darebbe munizioni da usare contro di lui per mesi. Ne varrebbe la pena. Inoltre non è assolutamente possibile che vinca la scommessa.

Adam alza un sopracciglio. «Nessun accenno a che cosa dovrei costruire?»

«Lo saprai quando avrò vinto.» Do un'occhiataccia al suo braccio accanto alla mia testa, che mi intrappola e mi manda spirali di calore lungo tutto il corpo.

Adam abbassa il braccio e io apro la portiera. Salgo, pronta ad allontanarmi dal suo profumo che mi sta facendo venire in mente cose strane.

Tyler saluta Adam che sta girando intorno al fuoristrada e mette la retromarcia.

«Va tutto bene?» chiede Mira.

«Sì. Solo una piccola, amichevole scommessa che intendo vincere.»

Capitolo Cinque

Adam

Torno nel soggiorno di Zach e Nessa, con il petto in fuori, i pugni stretti che vibrano per l'adrenalina. L'unico motivo per cui ho accettato la scommessa di Hayden è che non è assolutamente possibile che io perda. E ho bisogno che stia alla larga dal progetto in cui mi ha coinvolto Blackwell.

Non c'è niente di male nell'assumere qualche persona, ma Paul e William si sono comportati in modo ambiguo per mesi riguardo a questo progetto e non mi fido di loro. Non ci sono abbastanza motivi perché mi tiri indietro, ci vorrebbe molto, ma molto di più perché rinunci all'opportunità di staccarmi dai soldi dei Cade, ma ho intenzione di tenerne fuori Hayden, tanto per stare tranquillo.

Jaeger mi fissa come se avessi perso la testa. «Che diavolo sta succedendo?»

Ha sentito la mia conversazione con Hayden? Perché, devo dirlo, mi è piaciuto il nostro piccolo scontro. Mi fa sempre scorrere più forte il sangue nelle vene, ma non voglio che lo sappia Jaeger. Potrebbe farsi l'idea sbagliata. Fingo indifferenza. «Di che cosa stai parlando?»

«Tu e Hayden. Che cosa sta succedendo?»

«Niente. Discutiamo. Tipico tra di noi.»

Jaeger piega la testa di lato. «Non ti ho mai visto dare la caccia a una donna.»

Mi gratto il collo. «Non direi che le ho dato la caccia.»

«Dato la caccia.» Jaeg ripete le parole con lentezza deliberata.

Quando non stavo lavorando con mio padre, insegnavo snowboard a Heavenly, con Jaeg e un paio di altri amici durante le vacanze invernali. Allora eravamo inseparabili e da allora siamo sempre stati amici. Mi conosce bene e in questo caso è decisamente inopportuno.

«Bene. Mi fa ammattire, ma lavoro con lei. Non voglio che ci sia tensione tra di noi domani. Sono andato da lei solo per appianare le cose.» Più o meno. Potrei anche averla provocata, ma non è colpa mia. Hayden tira fuori l'animale che c'è in me.

Stanno tutti zitti: Jaeg, Cali, Zach, Lewis. E mi stanno fissando. «Allora, che c'è?»

Jaeg guarda Zach, che stringe le labbra e scuote la testa come se non mi credesse nemmeno lui o non riesca a credere a ciò che vede. Va verso i fornelli e raduna le pentole mettendole nel lavandino. Lewis mette un lungo braccio sulle spalle di Gen e continua a fissarmi come se non mi avesse mai visto prima.

Gesù, un uomo non può fare due chiacchiere con una donna senza che tutta la gang ci metta un'etichetta?

Vado al tavolo da pranzo di Zach. È nuovo, un enorme miglioramento rispetto a quello di seconda o terza mano che aveva prima. Ho partecipato già un po' di volte alle cene a base di tacos di Zach. Di solito non mi interessa che mobili ha la gente. So che sono fortunato a potermi permettere ciò che ho. Ma i vecchi mobili di Zach sfidavano l'umana decenza. Quella roba doveva avere almeno sessant'anni ed era pacchiana da morire. Grazie al cielo la sua ragazza, Nessa, ha buon gusto. Ho notato un deciso miglioramento in alcuni dei mobili da quando lei è venuta a vivere con lui. Per quanto mi riguarda, è una da tenersi stretta. Oltretutto, Zach è innamorato cotto, proprio come Jaeg di Cali. Posso fare a meno di quella parte, ma così va la vita.

Cali piomba sulla sedia accanto alla mia. «Allora, Adam. Hayden.»

Ed ecco che cominciamo. Mescolo un mazzo di carte che ho trovato sulla libreria accanto al tavolo. «Pensavo avessimo finito con questa conversazione.»

«Sì, sì. Ma pensavo che tu volessi... Sai. *Confidarti.* Perché sono una ragazza. Siamo intuitive, noi ragazze. Chiedilo a Gen. Sono un genio nel sezionare la mente femminile e aiutare le coppie a riunirsi.»

Gen tossisce sussultando da un metro di distanza. Lewis le dà un colpetto sulla schiena mentre lei si mette la mano sul petto, con gli occhi di fuori. «Cali!» dice.

Cali fa un gesto indifferente, continuando a fissare me, e me solo. «Ci penso io, Gen. Perché tu e Lewis non andate a fare una passeggiata, o qualcos'altro?»

Gen si massaggia le tempie e Lewis l'abbraccia sorridendo.

Mi sembra di capire che c'è dietro una storia. Finché Cali e Gen si scontrano, Cali si dimenticherà di Hayden e me. Faccio una partita di solitario e aspetto che Zach finisca con i piatti in modo che possa prepararci un dessert. L'ultima volta in cui sono stato qui aveva servito delle coppe di gelato. Ho visto che qualcuno ha portato dei brownie. Mi andrebbe bene un brownie al doppio cioccolato con mezzo chilo di gelato alla vaniglia.

Cali si ripiega le mani in grembo e mi fissa. «Jaeger ha ragione, Adam. Sei diverso. Ricordo com'eri un paio di estati fa con la tua ultima ragazza. Non vorrei dire che eri uno stronzo, ma...»

Conto tre carte dal mazzo che ho in mano e le giro. «Ma pensavi che fossi un coglione?»

«Forse, un po'.»

La mia ultima ragazza era come tutte le altre: bella e presuntuosa. E l'attenzione che le prestavo non era mai sufficiente. Non posso biasimare né lei né nessuna altra donna che ho frequentato. *Ero* uno stronzo. Ma anche loro si aspettavano molto: viaggi costosi, bei regali. Potevo permettermelo ma mi sono stancato dei secondi fini. Perfino le donne ricche che frequentavano il Club Tahoe e mi infilavano le chiavi magnetiche nei pantaloni mi stavano usando per qualcosa.

Verso la fine di quell'ultima relazione, la mia ex pensava che avessi l'occhio lungo. Io non direi che fosse proprio così, ma riuscivo a vedere che non avevamo un futuro. Se pensavo che una relazione stesse finendo, cambiavo immediatamente registro e mi assicuravo di essere il primo ad andarsene. E Jaeg ha ragione, non mi cruccio per quelle che ho lasciato indietro. Una volta fuori dalla mia vita non ci penso più. Cosa che, riflettendoci, è una vera cazzata.

Sono sempre stato un bastardo scontroso dopo una rottura, ma non è per i motivi che credono gli altri. Non ero sconvolto perché la relazione era finita, ma perché non provavo niente. Assolutamente niente. E quando non provi niente, a volte, in qualche occasione, sembra che non ci sia niente per cui vivere. Non ho mai pensato al suicidio, ma posso capire quel posto desolato e buio dove la gente va con la mente quando la vita fa schifo.

Sono rimasto da solo per gli ultimi due anni perché non volevo avere a che fare con quelle stronzate. Perché impegolarsi quando alla fine porta solo frustrazione a entrambi? Ho copiato la filosofia del minore dei miei fratelli. Portatele a letto e non fare promesse. Facile.

Quindi, se Jaeg ha ragione, perché sto dando la caccia ad Hayden?

Penso a lei più di quello che dovrei. È bella e intelligente, ma non c'è la minima possibilità che faccia una cosa simile. Mi piace battibeccare non lei perché non le manda a dire e mi rimette al mio posto, proprio come fanno i miei fratelli. Ma Jaeg ha ragione in una cosa: quando c'è lei provo qualcosa, troppo. E non va bene. Devo tenere sotto controllo la situazione. Mantenere una distanza di sicurezza.

Cali mi fissa mentre tutte queste stronzate mi passano per la mente e mi rendo conto di una cosa dopo l'altra, arrivando a una conclusione che non mi aspettavo.

Mi piace Hayden?

Mi scrollo di dosso il brivido che mi scende lungo la schiena. *Niente da fare.*

Proprio quando penso che Cali smetta di frugare nei miei *sentimenti*, lei cambia direzione come un samurai dai capelli di fiamma, lasciandomi senza fiato. «Lei mi piace, Adam. Non ferirla.»

La mia mente lavora mentre cerco di reagire a quel colpo inatteso. «Hayden è solo una collega.»

Ma non sto certo dimostrandolo facendo cazzate come correrle dietro nel vialetto. Cali ha ragione, l'ultima cosa che voglio è ferire Hayden. L'ho fatto in passato e, coglione come sono, non me n'ero nemmeno reso conto. La donna che mi fa ammattire al lavoro è la stessa ragazza che il mio subconscio aveva notato a scuola. E che stava uscendo con il mio migliore amico.

Questa Hayden, la dirigente del Blue, sicura di sé, vestita in modo impeccabile, non assomiglia alla Beth che usciva con Jaeg. Ma ha lo stesso effetto sui miei istinti.

Avevo lasciato un messaggio a uno dei miei compagni della squadra di calcio, mentre aspettavo Jaeg accanto al suo pick-up rosso nel parcheggio delle superiori. Mio fratello aveva ottenuto i biglietti per il concerto di una band in città e volevo dare il suo a Jaeg prima di andare alla riunione obbligatoria per i dipendenti del Club Tahoe. Lavoravo in piscina, servendo drink e venendo discretamente palpeggiato e riempito di mance dalle donne vogliose che potevano permettersi le vacanze nel resort di mio padre. Un lavoro da favola.

Mio padre voleva che facessi esperienza nella sua impresa. Non credo sapesse che stavo facendo esperienza su come compiacere casalinghe annoiate mentre i loro mariti giocavano a golf. Se facevo bene i calcoli, potevo usare entrambe le mie pause per fare centro. Sedici anni, un metro e ottantacinque e le donne mi notavano. E avevo un mucchio di energia per intrattenerle.

Facendo mentalmente una mappa di quale dei ripostigli discreti accanto alla piscina sarebbe andato bene per la bruna dalle gambe lunghe che mi adocchiava dal giorno prima e che mi aspettavo tornasse, avevo finalmente individuato Jaeg che scendeva i gradini di cemento verso il parcheggio. Stava sorridendo mentre andava verso la ragazza in jeans e t-shirt oversize accanto a una panchina di metallo.

L'avevo già notata, ovviamente e l'avevo etichettata come una timida nerd senza curve sotto quella maglia senza forma. Non il mio solito tipo. Il suo zaino era grande quasi quanto lei e gli occhiali le nascondevano i lineamenti. Ma i capelli lunghi, biondo sabbia erano folti e setosi nella coda di cavallo e si capiva che aveva delle belle gambe sotto quei jeans. Anche se non era il mio tipo l'avevo tenuta d'occhio mentre aspettavo Jaeg.

Lei aveva sorriso e abbassato la testa quando Jaeg si era avvicinato. Lui si era fermato davanti a lei e le aveva preso la mano. Avevo sentito una strana stretta al petto, che avevo imputato al doppio-doppio cheeseburger che avevo mangiato a pranzo. Avevano parlato per un momento, poi Jaeg l'aveva abbracciata e se n'era andato. Mentre si allontanava, la ragazza si era voltata a guardarlo con un magnifico sorriso, come un fottuto raggio di sole, che le illuminava il volto.

Non avevo mai visto una donna sorridere in quel modo. I sorrisi che ricevevo erano licenziosi, calcolatori... Proprio come piaceva a me. C'era troppo da perdere in un sorriso talmente caldo e sincero che ti lasciava vulnerabile.

Nonostante il mio disinteresse per la ragazza timida e il fatto che Jaeg l'avesse rivendicata, mi ero ritrovato a cercarla nel campus. E non ero andato oltre. Non avevo mai chiesto chi fosse né chi fossero i suoi amici. Non avevo mai chiesto a Jaeg del suo interesse per lei. Anche se non fosse stata la ragazza di Jaeg, non l'avrei mai avvicinata. Era diversa dalle ragazze che frequentavo allora. Era una giusta. E, a sedici anni, la cosa mi spaventava a morte.

Mi spaventa ancora.

Una piccola parte di me è contenta che le cose non abbiano funzionato tra Hayden e Jaeg. Preferirei ovviamente cancellare il fatto che fosse scappata dalla città, se potessi. Anche allora, quando ero uno stronzo estremamente egoista, avrei risparmiato ad Hayden il dolore di frequentare me. Alla fine l'avrei ferita e Hayden sopportava abbastanza stronzate a scuola. Non meritava di dover sopportare anche il mio tipo di fardello emotivo.

Le cose sono diverse adesso. Sono più vecchio. Più furbo, spero. Ma significa solo che so che non è il caso nemmeno di pensare a una relazione con lei, come mi aveva fatto notare Jaeg. Provo sentimenti troppo forti quando è vicina. Non significa però che mi piaccia l'idea di lei con qualcun altro. Accidenti a lei. Perché non ha risposto alla mia domanda se sta con qualcuno? Mi sta rodendo dentro, ma lascio perdere. Non ho alcun diritto su di lei. Né allora né adesso.

Metto le carte sul tavolo e fisso Cali. «Hai finito di farmi il terzo grado?»

«Sì» dice lei allegramente. «Volevo solo chiarire che devi stare attento con Hayden, altrimenti sperimenterai la mia furia.»

Era ovvio. E non perché abbia paura di quella piccoletta di Cali, anche se è un concentrato di energia che preferisco non far incazzare. Non potrei mai avere una storia con Hayden. Perfino io mi rifiuto di cominciare qualcosa sapendo che potrei ferire qualcuno. Ho una lunga storia di donne che mi sono lasciato indietro e Hayden è l'ultima persona a cui vorrei causare dolore.

Capitolo Sei

Hayden

Carico il mio vassoio con insalata, bastoncini di pollo e un dolcetto. Alcune donne dimenticano il dessert ma è una follia. Sono irritabile, se non soddisfo la mia voglia di dolce una volta al giorno. Limito i danni mangiando una delizia per il palato a mezzogiorno invece che prima di andare a letto. Mi dà il tempo di smaltirlo correndo in giro come una pazza per tutto il casinò.

Mira appoggia il suo vassoio davanti al mio a uno dei tavoli della mensa. Il suo pasto è ragionevole come il mio, meno l'insalata. Il nostro metabolismo però non è lo stesso. Mira ha il fisico di una supermodella mentre io ho quello che si potrebbe chiamare a clessidra, o a pera, quando colpisce la sindrome premestruale. «Che cosa hai scoperto su Blackwell?»

«Niente» borbotto.

Mira si ferma mentre sta masticando, con il dolcetto a metà strada verso la bocca. Lei mangia il dessert per primo, e devo ammirarla per questo. «Niente? Sono passati mesi da quando hanno condannato Drake.» Appoggia il dolcetto sul vassoio. «Sta già scontando la pena per l'aggressione e quella stronzata del riciclaggio di denaro che il casinò gli ha appioppato. Drake era un bullo, ma nessuno viene colto in fallo in quel modo spettacolare, a meno che sia una semplice pedina. C'è qualcun altro al comando.»

«Lo so.» Lascio perdere il cibo sano e do un'occhiata al dolcetto. Forse Mira ha ragione. Prima il dessert.

Ho cercato di trovare qualcosa da riferire alla Polizia sul Blue. Ho esaminato ogni database cui ho accesso e ci sono volute settimane durante le pause. Ho perfino partecipato fuori orario agli eventi che organizza il casinò, sperando di poter cogliere qualcosa. Ma niente. Non è successo niente ultimamente che potrei definire sospetto, a meno che si consideri la promozione di Adam. Cosa che io faccio.

Sfortunatamente non è illegale promuovere qualcuno, esattamente come non è illegale licenziare qualcuno per scarso rendimento. Il capo di Adam, una donna, era stata licenziata quando la cartellina che conteneva le informazioni sulla suite trovata da Mira e Tyler era finita tra le mie mani mentre lei era in malattia. È chiaro che era stata licenziata per aver inavvertitamente fatto trapelare delle informazioni, che erano poi misteriosamente sparite dalla mia scrivania.

Sulla carta, il Blue Casinò è trasparente come il lago da cui prende il nome. Ma se si scava un po' si trova il centro torbido. Lo so e basta.

Come ha detto Mira, è difficile credere che Drake fosse l'unico criminale in questo posto. Forse sto permettendo ai bulli del passato di rovinare i miei rapporti con l'Amministratore Delegato. Ci sono capi merdosi in giro che non sono coinvolti in attività illegali. E potrei crederlo, se Blackwell non fosse così deciso a tenermi fuori dai progetti che coinvolgono i suoi Blue Star e se Mira e Tyler non avessero trovato la suite piena delle droghe che sembra che il casinò fornisca.

«Non posso addebitargli niente e, credimi, ci ho provato.» Do un morso al mio dolcetto. Non credo minimamente che il Blue Casinò abbia smesso di fare quello che facevano in quella suite solo perché è stata improvvisamente svuotata. E c'è qualcosa nel fatto che questa gente la faccia franca che mi fa veramente infuriare. Forse perché ero stata io quella a cui la gente aveva rovinato la vita, bulli diversi, stessa città, ma non posso assolutamente lasciare perdere.

Rimetto sul vassoio il mio dolcetto mezzo mangiato. «Non riesco a trovare una traccia materiale. Blackwell e gli stronzi con l'anello di zaffiro sono stati particolarmente cauti da quando Drake Peterson è finito in galera.»

Mira rabbrividisce. «In un certo senso sono contenta. Magari adesso qui è tutto pulito?»

Scuoto la testa. «Ci ho pensato, ma hai detto che stavano spostando le cose che tu e Tyler avete trovato nella suite, non che stessero chiudendo bottega. Sono contenta che non ci siano più stati rapporti di aggressioni e che non abbiamo trovato un'altra suite piena di droghe ma il casinò sta nascondendo qualcosa. Perché altrimenti Blackwell impedirebbe a me di assumere i nuovi dipendenti? È come se stesse preparando qualcosa in cui non mi vuole coinvolta.»

«Hai ragione. È strano.»

«Ho rinunciato a cercare all'interno. Blackwell tiene tutto ben nascosto. Non posso entrare nella sua piccola cerchia di Blue Star, quindi ho cominciato a fare ricerche sul suo passato. Magari troverò qualcosa lì.»

«Male non può fare.» Mira dà un morso alla portata principale, ora che ha finito il dolce. Mi studia il volto come se stesse cercando di decidere qualcosa. «C'è una persona che lavora con i tizi dell'anello con zaffiro a cui potresti avvicinarti.»

Mangio uno dei miei bastoncini di pollo. Okay, forse il grasso va bene come lo zucchero per tirarsi su. Deglutisco il boccone. «Sono sicura che non ce n'è. Ho tentato e non senza una bella dosa di umiliazione. Quei somari che baciano il culo di Blackwell mi scherniscono. Mi fanno sapere che non sono la benvenuta, pur continuando a flirtare senza vergogna. Sono sicura che uno o due di loro sarebbero ben felici di portarmi a letto, ma non otterrei nessuna informazione. Non che prenderei mai in considerazione di fare una cosa così disgustosa.» Rabbrividisco al pensiero di andare a letto con Paul, o con qualunque altro degli uomini che girano per il casinò con l'anello con zaffiro al dito.

«Non mi stavo riferendo a *quegli* uomini.» Mira sorride maliziosa.

«Oh no.» La scintilla nei suoi occhi avrebbe dovuto avvertirmi. «Non pensarci nemmeno.»

«Dai, Hayden. Che cos'hai contro Adam? So che lo vuoi.»

Soffoco con l'ultimo boccone di pollo. «*Lo voglio?* Preferirei farmi depilare completamente le sopracciglia che avvicinarmi a quell'untuoso bastardo. È tutto fascino e bell'aspetto, ma non ci si può fidare di lui.»

Mira beve un sorso di limonata. «Le sopracciglia, davvero? Sto solo dicendo che dovresti provarci. Ti respinge come gli altri?»

«Non esattamente» dico cauta.

«Esatto. Non lo fa. L'altra sera hai anche detto che non era con lui che eri arrabbiata, ma per qualche cosa che hai dovuto accettare al Blue. Da quanto ho visto, Adam ha cercato di essere un amico. Certo, ti dà sui nervi, e penso che lo faccia apposta per farti reagire. Non è una brutta persona.»

«Mi molesta.»

Mira arriccia il naso, incredula.

«Discute continuamente con me» aggiungo.

«Non sono molestie.»

«Mi fa venire voglia di lanciargli una cucitrice in testa, quindi le considero molestie.»

Mira accartoccia il suo tovagliolo e passa la gamba sopra la panca, facendo sì che ognuno delle teste maschili presenti si giri nella sua direzione. «Sto solo dicendo che oltre a fare un controllo sul passato di Blackwell, potresti, che ne so... Essere un po' più aperta a fare amicizia con Adam. È una risorsa di cui non hai ancora approfittato.»

«Approfittato?» Che diavolo vuole che faccia con lui?

Mira sbuffa. «Non ho scelto la parola giusta. Sai che cosa intendo dire.»

Mi pulisco la bocca con il tovagliolo e mi alzo. «Tenterò, ma non faccio promesse. Se mi infastidirà abbastanza da pensare a strozzare il suo bel collo, non sarò responsabile del suo omicidio.»

Mira ridacchia. «Voi due. Avreste dovuto trovarvi una stanza mesi fa.»

Trovarci una stanza? È pazza? «Non mi interessa quanto sia bello Adam; mi fa ammattire. Quando succederà il finimondo ti ricorderò che era un *tuo* suggerimento.»

Mira sorride. «Non vedo l'ora, dovrebbe essere interessante.»

Dopo essermi separata da Mira nella mensa, mi dirigo verso il mio ufficio, superando quasi di corsa la porta dell'ufficio di Adam, giusto nel caso sia lì fuori. Ho detto che avrei tentato. Non ho detto che avrei cominciato oggi.

Ho superato il suo ufficio di qualche metro quando mi sento chiamare. Mi cadono le spalle. Gemo piano e mi volto.

«Hai un momento?» chiede Adam, con le mani infilate nelle tasche dei pantaloni, la giacca aperta e una camicia aderente al torace atletico e alla vita sottile.

Sono forte. Ce la posso fare.

Forse Mira ha ragione. Magari adesso è il momento perfetto per cominciare a essere più cortese con Adam. Mi appiccico un sorriso sul volto. «Certo, che c'è?»

Adam mi guarda sorpreso. Okay, forse sono stata un po' troppo allegra rispetto al mio solito comportamento con lui.

«Pensavo volessi sapere che ho trovato un'assistente. L'ho assunta stamattina. È la persona *ideale*.»

Il luccichio nei suoi occhi non può essere un buon segno. Ho visto Adam ieri sera. Come diavolo ha fatto a trovare e assumere qualcuno in poche ore? *«Una* assistente?»

«Sì.»

«Dove l'hai trovata?»

«Diciamo che è una professionista dell'assistenza ai clienti. Sarà perfetta nell'ospitalità.»

Civile e amichevole, mi ricordo. «Bene, congratulazioni. Non vedo l'ora di conoscerla.» La mia buona educazione ha un limite. «Ma sai, non hai ancora vinto la scommessa. Siamo rimasti d'accordo per due settimane. Ne potremo parlare se per allora sarà ancora qui.»

Lui sorride, ma socchiude gli occhi. «Non puoi licenziarla, Hayden. Annullerebbe il nostro accordo.»

Mi volto e continuo lungo il corridoio, dicendo, senza voltarmi: «Oh no, quello toccherà a te».

Capitolo Sette

Adam

Sta andando tutto secondo i piani. Ho assunto un'assistente prima di quanto pensassi e la ragazza è perfetta, esattamente come avevano indicato Paul e William. Voto massimo in quanto all'aspetto, certo e anche molto venale. Mi ha fatto il terzo grado sul salario prima ancora che le offrissi il posto. Dev'essere brava se sa negoziare in questo modo.

Scolo la pasta che ho cominciato a cucinare quando sono arrivato a casa dal lavoro e spengo il fornello sotto la salsa. La maggior parte delle volte mi accontento del take-out ma a volte anche quello è un fastidio di troppo. Negli anni ho imparato a cucinare le cose più semplici. Un'abilità di cui i miei fratelli, che dichiarano di essere auto-sufficienti, approfittano volentieri, arrivando verso l'ora di cena, indesiderati ospiti.

Preparo la tavola e accendo la TV su Sports Center, pronto a tuffarmi su una montagna di pasta e notizie sportive, quando suona il campanello.

Gesù, come fanno i miei fratelli a saperlo sempre? Il loro tempismo è incredibile.

Spengo l'audio della TV e attraverso il soggiorno per andare alla porta. Ma non è uno dei miei fratelli.

«Sei Adam?» La donna davanti alla porta è bionda, ha un trucco pesante e così tanti brillantini sulle orecchie, il seno e le scarpe che per un momento resto abbagliato.

Guardo la sua amica, una bruna con un collarino nero e le labbra dipinte di rosso. Entrambe le donne hanno tacchi altissimi e vestiti che arrivano appena sotto l'inguine. Sono piuttosto certo che sarei in grado di indovinare la loro taglia di reggiseno, visto quanto ce n'è in mostra.

«Sì, sono Adam. Che cosa posso fare per voi?»

«Ci ha mandate Paul.» Blondie mi dà il cognome di Paul e la descrizione. «Ci ha detto di farti divertire stasera. Ovviamente, se i poliziotti lo chiedono, non si chiamava Paul ed era un tizio alto, dall'aspetto di un vichingo.» Sorride da gattina e mi porge un sacchetto di velluto con coulisse che ha preso dalla borsa. «Voleva che ti dessi questo. Ha detto che ti sarebbe piaciuto.»

Prendo il sacchetto e guardo dentro: una busta sigillata di polvere bianca.

Cazzo. Solo gli idioti con cui lavoro potevano mandarmi prostitute e cocaina.

Capisco che Paul e William siano contenti che faccia parte della squadra, ma questo è decisamente troppo. In effetti, sembra una specie di test.

Se fosse veramente un festeggiamento per la mia promozione, Paul e William sarebbero qui. È qualcos'altro. Non so esattamente cosa ma rimandare a casa queste ragazze sarebbe una mossa sbagliata. Conoscendo Paul, lo prenderebbe come un insulto personale. E se si tratta di un test non posso fallire. Ho bisogno che si fidino di me se voglio i bonus che coprirebbero quello che ora prelevo dai fondi della famiglia.

Sorrido e mi sposto. «Entrate signore. Mettetevi comode.» Prendo il telefono e mando un veloce messaggio.

Le donne entrano e si mettono comode. E intendo *veramente* comode. Si tolgono i vestiti e restano in perizoma e reggiseno con gli strass.

Verso due bicchieri di vino, controllando l'ora. Mantengo l'espressione neutra e amichevole.

La bruna con il collarino nero si avvicina. Le porgo il bicchiere di vino ma invece di prenderlo, mi mette la mano sull'inguine. Laggiù succede qualcosa, non posso farne a meno. Sono casto da non so quanto. Mesi? Troppo a lungo.

Sorrido, sicuro di me. «Perché non vi sedete al tavolo? Potete unirvi a me per la cena.»

Blondie dà un'occhiata al rigonfiamento nei miei pantaloni. «Vedo già la mia.»

«Anch'io» dice Collarino Nero, avvicinandosi.

«Signore, che gentiluomo sarei se vi portassi direttamente a letto?»

«Uno normale.» Collarino Nero fa una risatina acuta, un po' fuori personaggio, visto che è dipinta come Elvira la vampira.

Controllo il telefono sotto il ripiano e prendo uno dei piatti di pasta. «Beh, dite pure che sono vecchio stile, inoltre vi servirà l'energia.» Ammicco e porgo il piatto a Blondie prima di prendere l'altro e controllare ancora il telefono, anche se l'ho fatto due secondi fa. Passo il piatto a Collarino Nero che adesso si è seduta.

Questa volta allunga la mano e me la passa sul sedere. «Magari preferiamo che tu non sia vecchio stile.»

Si merita dei punti per la sfacciataggine.

Non mi arrendo, tenendo il piatto tra di noi. Lei fa il broncio e poi lo prende.

Mi sposto in fondo al tavolo e proprio mentre sto per sedermi la porta si apre. Beh, si spalanca. Il mio fratellino ribelle la apre con tanta forza che sbatte contro la parete.

Sospiro e scuoto la testa. Il petto di Hunt si alza e si abbassa visibilmente. Sta respirando affannosamente. Dall'aspetto disordinato dei suoi capelli e la camicia mezza fuori dai pantaloni, immagino che non abbia perso tempo a guardarsi allo specchio prima di precipitarsi qui.

Hunt fissa lo sguardo sulle due donne mezze nude sedute al tavolo e si sistema i capelli con la mano. «Ehi, salve signore.»

Nel suo caso il nome è azzeccato, Hunter – il cacciatore – e, oddio, sono contento che sia così. Non mi interessa intrattenere queste donne anche se non posso mandarle per la loro strada e fallire il test di Paul. Ma quello sciupafemmine di mio fratello sarà ben felice di farmi il favore.

«Giusto in tempo. Signore, questo è mio fratello, Hunter. È molto amichevole e gli piace passare il tempo con le belle donne.»

Blondie si lecca le labbra e spoglia con gli occhi il mio fratellino. «Appetitoso.» Se non sapessi che Hunter si mangia i tipi come lei a colazione, comincerei a preoccuparmi per lui.

Hunt si toglie le scarpe perché sa che non mi piace che si porti lo sporco in casa e si avvicina. «Come vi chiamate?»

Collarino Nero fa la sua mossa distintiva, mettendogli la mano sull'inguine e quel puttaniere di mio fratello si china verso di lei, mettendole la mano sul seno che lei gli sta spudoratamente mettendo sotto il naso. Blondie si alza e lo accarezza da dietro. Hunt porta indietro la mano e le afferra la chiappa nuda... Ed è il mio segnale di andarmene.

Batto in ritirata, prendo una scatolina dal cassetto delle cianfrusaglie ed esco dalla sala da pranzo, diretto al bagno. Una volta dentro, prendo il sacchetto di velluto e scarico la polvere bianca nel WC, tirando tre volte l'acqua per essere sicuro che sia andata tutta, poi prendo un fiammifero dalla scatolina e brucio la bustina di plastica, scaricando nuovamente l'acqua.

Crollo a sedere sul coperchio del WC e aspetto finché non sento più parlare. Ma aspetto ancora un po'. Il fatto che non parlino significa che stiano facendo altro, e spero che quel puttaniere di mio fratello abbia avuto il buonsenso di spostarsi nella stanza degli ospiti. Gli do un altro minuto o due.

Hunter è il fratello senza vergogna. Non che gli altri non si siano dati da fare, me incluso, se ci ripenso, dopotutto ero un bagnino al Club Tahoe. Hunt ha solamente portato i nostri metodi a un altro livello di depravazione.

Gli ho mandato un messaggio appena sono arrivate le ragazze, ma ha superato le mie aspettative ed è arrivato entro pochi minuti. Deve aver guidato come un pazzo.

Mi chino in avanti, con gli avambracci sulle ginocchia. Meglio che non sia stato un errore passare le donne a Hunt. Oh, non mi preoccupo per mio fratello. Mi ringrazierà domani. Sono più preoccupato per quello che penserà Paul. Andare a letto con le donne che mi ha mandato non mi interessa. Non sono più un bagnino. Da allora i miei gusti sono diventati più raffinati.

Qualche minuto dopo, sbircio dalla porta del bagno e il soggiorno è vuoto. È ridicolo, nascondermi in casa mia... Eppure, esco in silenzio e oltrepasso la cucina.

Il fatto che non veda mio fratello o le donne non significa che non siano più qui. In effetti, più mi avvicino al soggiorno, più forte sento i suoni che provengono dal corridoio. Almeno Hunt non ha usato la camera padronale. Lo avrei ucciso lentamente se l'avesse fatto.

Con le donne occupate e senza più la cocaina, prendo le chiavi e scappo a gambe levate da casa mia. L'aria della notte è tiepida quando scendo le scale verso il molo. La casa che ho preso in affitto dall'anno scorso mi costa un patrimonio ma ne vale la pena per poter uscire sull'acqua con il Chaparral ogni volta che voglio. E adesso sembra un buon momento, con mio fratello e due prostitute che profanano la mia casa.

Sgancio la barca dal molo e salgo a bordo, prendendo una giacca a vento dal ripostiglio di prua. Metto in moto e oltrepasso la zona a velocità limitata.

La mia casa è sulla riva est, appena a nord del confine tra la California e il Nevada. Mi dirigo a sud, e i profili al neon dei casinò si stagliano contro lo sfondo delle montagne scure.

Paul non mi è mai sembrato un cittadino modello, ma sto ridefinendo la mia opinione di lui minuto dopo minuto. Quel tizio porta guai, ma che sia o meno così, ho bisogno di lui e ho bisogno del Blue Casinò.

Purché nessuno si faccia male, quanto può essere grave la situazione? Okay, per il nuovo progetto Blackwell vuole che assuma individui poco esigenti. Chi sono io per giudicare?

Ce la posso fare.

Guardo il cielo stellato. Qui fuori io sono nessuno e chiunque voglia essere. Qui fuori, lontano dal mondo, la pressione diminuisce. Posso separarmi dalla mia famiglia, dal mio lavoro, da tutto.

Per la prima volta, però, non mi basta. Voglio di più e questo mi spaventa a morte.

*** *

Rotolo fuori dal letto la mattina dopo e mi metto una t-shirt e dei jeans. Le donne e Hunt erano ancora qui quando sono tornato dal giro in barca, ma guardando fuori dalla finestra vedo solo la convertibile sportiva delle ragazze. Paul non scherzava. Ha pagato dei bei soldi per queste donne.

Vado in cucina scuotendo la testa. Meglio preparare un po' di uova strapazzate. La delusione sarà minore per le donne se preparerò loro la colazione.

Qualche minuto dopo, le signore arrivano, i volti un po' meno truccati di ieri sera, i capelli un po' in disordine. Non ho mai sentito di una prostituta che si fermi tutta la notte. E dimostra l'effetto che ha Hunt sulle donne. Bastardo.

Blondie si guarda in giro. «Dov'è tuo fratello?»

Servo le uova su due piatti. «Andato. Il caffè lo volete col latte?»

Le donne si scambiato un'occhiata. «Andato?» chiede Collarino Nero, senza il collarino stamattina, con un'espressione desolata. «Se n'è andato senza salutare?»

Perfetto, Hunt riesce a spezzare il cuore perfino alle squillo. «Speravi di avere il suo numero?» chiedo seccamente.

Le donne si siedono riluttanti e mangiucchiano la colazione che ho preparato.

«Tanto per essere chiari,» dico riempiendo di nuovo le loro tazze di caffè, «ieri notte vi siete divertite, giusto?»

«Oh, sì.» Blondie ha un'espressione sognante. «Tuo fratello è un dio a letto.»

Faccio una smorfia. «Okay, non avevo bisogno di saperlo.» Prendo una pila di banconote che ho preso dal comodino prima di uscire. «Se qualcuno lo chiede, i vostri servizi sono stati usati e apprezzati. È chiaro?»

Blondie mi guarda a occhi stretti. «Non vuoi che Paul sappia che non sei venuto a letto con noi.»

Sorrido. «Ragazza sveglia.»

«Sei gay?» chiede Collarino Nero, mangiando un boccone, curiosa ma senza giudicare.

Ridacchio. «Uhm, direi proprio di no.» In effetti, c'è una donna che mi ha piantato i suoi tacchi a spillo nel petto e sta diventando una spina nel fianco.

Avrei dovuto accettare l'offerta di queste donne ieri sera, visto che non sono interessato ai legami, specialmente se sono coinvolte emozioni forti. E con Hayden tutto sarebbe intenso. Non ne ho bisogno e non lo voglio.

Le donne finiscono la colazione e fortunatamente non c'è bisogno che le inviti a uscire. Prendono le borse e vanno alla porta.

Blondie si volta. «La prossima volta che Hunt ha voglia di fare festa, digli di chiamare Celia. Ho messo il mio numero nella tasca posteriore dei suoi jeans.»

La guardo stupito. «Sapevi che non sarebbe stato qui stamattina?»

Lei fa spallucce, sorridendo. «Gli uomini come lui non restano. Ma tornano per il bis.» E con quello lei e la sua amica se ne vanno.

Capitolo Otto

Hayden

Mi ficco in bocca una manciata di noccioline ricoperte di cioccolato e mangio per far passare lo stress. Non ho trovato un bel niente con le mie ricerche sul casinò, ma scrollando online le notizie sul laptop, con i piedi caldi nei calzini pelosi, mi sono imbattuta in articoli sul passato di Blackwell che raccontano una storia interessante.

> *Joseph Blackwell, erede del patrimonio immobiliare dei Blackwell, usa i suoi contatti di San Francisco per farsi un nome nel settore immobiliare di Lake Tahoe. – **The Lake Tahoe Merchant.***

> *Joseph Blackwell, erede e proprietario del Season Hotel di San Francisco, pranza con il suo padrino e uomo d'affari messicano José de la Cruz. De la Cruz è stato collegato al traffico di droga, ma non è mai stato condannato. – **The San Francisco Tribune***

Giusto, *collegato*. Questo è il metodo dei media di dire: *siamo sicuri che sia uno psicopatico signore della droga, ma dato che è stato abbastanza furbo da non farsi beccare, non abbiamo prove.* Non è un centro diretto ma comunque non pensavo che ne avrei trovato uno, altrimenti Blackwell non sarebbe stato il nostro amministratore delegato. Mira e gli altri stanno venendo per stabilire che cosa dovremmo fare da ora in poi ed è qualcosa che posso mostrare loro.

Forse Blackwell non sta gestendo un giro di droga e prostituzione al Blue. Forse è questo tizio, De la Cruz? Mentre rifletto sul legame, sullo schermo appare un'altra faccia, proprio accanto alla mia.

«Saaaalve» dice Mira, ridacchiando.

Faccio un balzo indietro, quasi cadendo dal divano. «Porca paletta!» riesco ad afferrare il laptop con la punta delle dita e mi ancoro tra il divano e il tavolino per riprendere fiato.

Appoggio con cura il computer sul tavolo e mi affretto ad aprire la porta. Mira è piegata in due per le risate, in mano un grosso sacchetto di carta. «Non è divertente» dico. «Avresti potuto farmi venire un infarto. Dovrei licenziarti per avermi fatto una cosa simile.» Non c'è assolutamente niente di vero nelle mie parole, ma, maledizione, riesce a sorprendermi tutte le volte.

Mira si raddrizza con un'espressione innocente sul viso. «Hayden, tu mi vuoi bene. Non mi licenzieresti mai.»

Mira è seguita in casa da Gen, Lewis e Tyler. «Mi rendi la vita più facile al Blue» ammetto. E ha ragione: le voglio bene come a una sorella.

Quando sono tornata al Lake Tahoe, la casa in cui ero cresciuta mi era sembrata più piccola, ma con i ragazzi che entrano sembra scoppiare. La testa di Lewis è a poca distanza dalle travi a vista del tetto di legno e, stando spalla a spalla, Lewis e Tyler potrebbero tranquillamente toccare le pareti ai due lati.

I miei genitori avevano comprato questa casa con l'idea di trasferirsi in seguito in una più grande. Ma, anno dopo anno, era così comoda che eravamo rimasti. E con una sola figlia, il fatto di avere solo due camere non era un problema. Ovviamente cambia tutto con due maschi troppo cresciuti e le loro ragazze. Da un momento all'altro cominceranno a rimbalzare tra di loro come la pallina di un flipper se non riuscirò a sistemare i due ragazzi.

«Sedetevi.» Indico un piccolo divano a L accanto alla stufa a legna che mio padre aveva installato quando avevo cinque anni.

Lewis e Tyler si siedono sul divano e Mira, che è già stata qui, va verso il cucinino che ho rimodernato sei mesi fa. La sento armeggiare rumorosamente nel frigorifero. Quando torna, sta tenendo in equilibrio le lattine di birra per poi distribuirle. Io occupo la sedia a dondolo davanti ai ragazzi.

Gen apre la sua lattina e si siede sul bracciolo del divano occupato dal grosso corpo di Lewis. «Oggi ho parlato con mio padre.» Il famoso ex-quarterback, padre di Gen, è stato fondamentale per far finire dietro le sbarre Drake Peterson, dopo la sua aggressione. «I suoi avvocati dicono che non possiamo fare niente, a meno che non troviamo altre prove contro il casinò o Blackwell. Ed è più o meno quello che sapevamo già. Non riesco a credere che Blackwell sia riuscito a mantenere segreta la nuova posizione di quelle suite. Sono passate settimane dalla condanna di Drake.» Dà una gomitata a Lewis. «Non potresti accedere alle telecamere mentre stai lavorando sulla parte elettrica o roba simile?»

Lewis e suo padre sono i proprietari della Sallee

Construction e spesso il casinò li assume per lavori di costruzione.

Lui fa una smorfia. «Illegale. Perderei la licenza e tu non potresti usare i video. Sono sicuro che ci voglia un mandato per ottenere quel tipo di roba.»

Mira si stringe tra le gambe di Tyler sull'altro divano. «Potremmo tentare con gli addetti alla sicurezza che lavorano al sistema di sorveglianza. Oops, ci siamo appena accorti del video di un vecchietto che sta pagando il casinò per la droga e il sesso perverso con una bella donna.»

«Ho già tentato» dico. «Gli addetti alla sorveglianza hanno firmato un accordo di riservatezza. Potrebbero finire in prigione se rubassero i video. E come ha detto Lewis, non credo che sarebbero accettati in tribunale.»

«E c'è bisogno di prove certe per chiedere un mandato di perquisizione.» Gen sospira e scivola dal bracciolo finché non è seduta su una delle gambe di Lewis. Lui la tira distrattamente più in alto, finché l'ha in grembo. «Secondo mio padre, per quanto riguarda la Polizia, era Drake Peterson la causa delle attività illegali del casinò e se ne sono occupati.»

«Quindi non abbiamo niente.» Tiro indietro la testa e fisso il soffitto di legno. Adoro questo soffitto ma in questo momento lo vedo appena. «Sono una dirigente. Dovrebbe essere facile trovare qualcosa da portare alla Polizia, se veramente c'è qualcosa in ballo.»

Ci siamo sbagliati?

Mira ringhia. «Quei tizi con l'anello di zaffiro sono dei veri stronzi. Come diavolo riescono a nascondere tutto?»

Scuoto la testa. «Mi piacerebbe saperlo.»

«E il controllo sul suo passato? Hai trovato qualcosa su Blackwell?»

Ricordando gli articoli che avevo trovato, dondolo in avanti e mi alzo. «In effetti sì.»

Vado nella stanza degli ospiti e prendo le stampate che ho fatto. Ne do una a Tyler e a Mira e l'altra a Gen e Lewis. «Blackwell viene da una famiglia ricca. E ha dei contatti veramente importanti. La sua famiglia ha cominciato con le proprietà immobiliari a San Francisco, ha fatto una fortuna e poi ha comprato e gestito diversi alberghi di successo. Controllate il legame tra lui e il tizio messicano della droga.»

Mira legge in fretta l'articolo. «Il sospetto trafficante? Non c'è niente che lo confermi.» Prende il suo iPhone e comincia a ricercare.

«Nessuna prova. Ma, dai, un grosso trafficante di droga? Sappiamo che il Blue aveva stoccato droghe illegali in una suite, l'avete trovata tu e Tyler. Non può essere una coincidenza.»

Mira scuote la testa mentre legge sul telefono. «Uno o due articoli suggeriscono un legame tra lui e quel tizio, ma non c'è molto.»

«Lo so,» dico, «ma non pensate che possa essere il fornitore di Blackwell?»

Tyler si sposta dietro a Mira. «È un po' labile. Gira parecchia droga in città. Se Blackwell voleva un contatto con un rivenditore, sarebbe bastato affacciarsi alla porta.»

Mi mordo un labbro. «Sono l'unica a pensare che questo legame sia sospetto?»

Mira ripone il telefono. «Stiamo solo facendo l'avvocato del diavolo, Hayden. Potresti avere ragione, ma non è quello il punto. Ci servono le prove. Che Blackwell venga aiutato o meno da De la Cruz, succede tutto dietro le porte chiuse. Non abbiamo niente su cui basarci.»

Blackwell non riuscirebbe a farla franca vendendo droga e prostitute in uno dei suoi hotel a San Francisco, ma qui? Il Nevada promuove il gioco d'azzardo e il peccato. È la posizione perfetta. D'altro canto, il Blue Casinò non è un qualsiasi bordello legale un po' fuori mano. Se Blackwell sta nascondendo droghe illegali e quello che sospettiamo sia un giro di prostituzione, succederebbe all'interno di un'impresa convenzionale.

«E Adam?» chiede Mira. «Hai accettato il mio suggerimento?»

Sbuffo. «Ci ho pensato e sarai fiera di me. Gli ho addirittura sorriso quando ci siamo separate l'altro giorno dopo il pranzo.»

Mira scuote la testa. «È un inizio, ma sarà meglio che ti prepari a fare un voltafaccia e baciargli il culo.»

«*Mira.*»

«Che c'è? Provaci, dai. È la nostra pista migliore.»

Lewis si sposta, lasciando più spazio a Gen per sedersi. Fissa Mira. «Che cosa ha a che vedere Adam con questa faccenda?»

Tyler si getta in bocca una nocciolina ricoperta di cioccolata, presa dalla ciotola che avevo lasciato mentre facevo ricerche su Blackwell. «Mira e Hayden pensano che Adam si stia lasciando coinvolgere dai Blue Star di Blackwell.» Mastica la nocciolina e si gratta la testa. «Adam e io eravamo insieme nella squadra di calcio alle superiori. Può essere stronzo a volte, ma è una persona onesta. Non credo che lo farebbe.»

«Non mi sembra da Adam» conferma Lewis.

Tyler inarca un sopracciglio rivolto a Mira, come per dire: *te l'avevo detto.*

Lei incrocia le braccia. «Tyler, hai visto le stesse cose che ho visto io.» Dà un'occhiataccia a Lewis. «E che cos'è successo alla lealtà familiare?» Mira è come una sorella minore per Lewis. Sta chiaramente giocando la carta della famiglia. «Sta succedendo qualcosa. Non possiamo semplicemente ignorarlo.»

«No,» dice Lewis, «ma non credo che Adam sia coinvolto. Per non dire poi che la sua famiglia è la più ricca della città. Che cosa ne ricaverebbe?»

Arriccio il naso. Avevo dimenticato la famiglia di Adam. Cioè, se ne va in giro vestito come un modello di Armani. Anche con lo stipendio da dirigente, non è niente rispetto a quello che deve guadagnare solo *essendo* un Cade.

Allora, perché dovrebbe rischiare tutto facendosi coinvolgere da Blackwell? Lewis ha ragione. Non ha senso.

Mi sono sbagliata pensando che Adam stia lavorando con l'AD? È un opportunista, ma forse non è male come pensavo originariamente. Sembrava sincero quando gli ho detto che ero io la ragazza che aveva detto a Jaeger di scaricare.

Tyler prende un'altra manciata di noccioline. «Parlerò con Adam. Gli chiederò come vanno le cose al lavoro.»

Mira si gira e gli ruba una nocciolina. «Credi che ti direbbe che cosa stanno facendo al Blue?»

Tyler fa spallucce. «Non costa niente chiedere.»

Mira torna a rivolgersi a me. «Devi cercare di parlare con lui anche tu. Adesso lavorate fianco a fianco.»

Mi premo le dita sulla fronte. «Non ricordarmelo.»

Ho perdonato Adam per il passato, ma non significa che mi fidi di lui. Mira però ha ragione. Ci servono informazioni dall'interno e sono la persona più adatta per avvicinarlo al lavoro e fare dei controlli. E per la prima volta spero che Lewis abbia ragione e che Adam non sia coinvolto in niente di illegale.

Capitolo Nove

Adam

Bridget arriva per il suo primo giorno di lavoro e arriva portando il caffè.

Entrando in ufficio, appoggia una tazza da asporto sulla mia scrivania. «Niente panna o zucchero. Non mi sembri il tipo da roba dolce.» Ammicca e voilà, la mia giornata è cominciata bene.

Bridget indossa un tailleur pantaloni di tweet leggero, una blusa panna con i primi due bottoni slacciati che mostrano un po' di seno, pur rispettando il buon gusto. Una donna lungimirante e con un buon senso dell'estetica, che altro potrei chiedere? Per quanto mi concerne, io sono un genio. Ho assunto l'assistente perfetta.

Hayden sarà furiosa.

Mi alzo dalla scrivania, allacciandomi la giacca. «Grazie, Bridget. Ti faccio vedere il tuo ufficio.» Prendo il caffè e annuso. Sapore di nocciole, erbaceo. Caffè gourmet.

Questo secondo incontro con Bridget è completamente diverso dal primo. Il giorno in cui l'ho assunta l'avevo rintracciata al Club Desire. Era stata raccomandata da Paul e indossava molti meno vestiti. Nonostante la mancanza di indumenti durante il colloquio, si era comportata con un'aria professionale ed era sembrata desiderosa di cambiare ambiente.

L'accompagno fuori dal mio ufficio e a destra, dove c'è un'altra stanza, piccola ma efficiente. «Il reparto informatico ha installato il tuo computer e collegato la linea telefonica. La maggior parte della nostra corrispondenza sarà via e-mail. Hai detto che sai usare i software d'ufficio.»

«Oh, sì. Era necessario per noi ragazze.» Passa un dito lungo il bordo della scrivania, con un'espressione imperscrutabile. «Saresti sorpreso da quanto lavoro extra si faccia al computer.»

Voglio sapere a che cosa si sta riferendo? No, ho un'ottima immaginazione.

«Perché non ti colleghi e prendi confidenza con l'ambiente? C'è una password preimpostata sul monitor e le istruzioni su come cambiarla. Ho già collegato il mio calendario al tuo. Vorrei che partecipassi a tutte le riunioni segnate in verde e prendessi gli appunti, quindi controlla le date e l'ora.»

«Certo.» Bridget appoggia la borsa dietro la sedia e accende il computer. Mi guarda, sorridendo. «Bene, comincio.»

«Eccellente.» Che bel momento per vantarmi. Hayden mi ha già accusato di farlo; non è il caso di deluderla. «Tornerò tra qualche minuto per parlare della prima riunione che avremo nel pomeriggio.»

Cammino lungo il corridoio quasi saltando di gioia. Busso alla porta che mi è familiare quanto la mia.

«Avanti» dice Hayden.

Entro nel suo ufficio e noto la sua scrivania che è

ingombra come al solito. E poi c'è Hayden dall'altra parte della stanza, perfetta in un cardigan leggero con la cintura su una gonna diritta blu scuro che aderisce ai suoi fianchi rotondi mentre si sta allungando per mettere un raccoglitore sul ripiano più in alto della libreria.

Una delle prime cose che ho notato di Hayden è il suo fisico fantastico e non intendo magro da ragazzina, ma curve nel posto giusto e una vita sottile.

I capelli del colore del miele e gli occhi dorati lampeggiano quando mi vede. «Oh, sei tu» dice, come se sapesse già che sarei venuto.

Sono così prevedibile? Mmm. Non so perché ma non mi preoccupa.

Mi avvicino e allungo la mano sopra la sua testa, togliendole di mano il raccoglitore e infilandolo al posto giusto.

«Grazie» mormora, coprendo il labbro inferiore con quello superiore, poi lasciandolo uscire, pieno, bagnato e invitante. Sento una fitta di desiderio molto più potente di quando Collarino Nero mi aveva afferrato il pacco ieri sera.

Mi schiarisco la voce e guardo la sua scrivania. «Dovresti fare ordine in modo che la squadra delle pulizie possa fare il suo lavoro.»

Lei mi guarda socchiudendo gli occhi che emettono scintille. «Sei venuto per qualche motivo?» Ritorna dietro la scrivania, con le spalle rigide e si siede.

Non riesco a trattenere un sorriso. Dio, come adoro il mio lavoro.

La seguo e passo un dito sulla superficie. Lei segue il mio movimento mentre strofino le dita come ci fosse polvere. «Volevo solo sapere se hai avuto l'occasione di conoscere la mia nuova assistente.»

Bridget è entrata nell'edificio solo dieci minuti fa, quindi so che Hayden non l'ha ancora vista. Ragione in più per far sapere ad Hayden che la mia assistente è qui e che la scommessa ha inizio.

«Sta familiarizzando con il mio calendario.» Alzo la tazza d'asporto che ho in mano. «Mi ha perfino portato il caffè. Bridget è veramente premurosa.»

Hayden fa una smorfia e incrocia le braccia.

Mi volto e vado alla porta. «Preparati a perdere la scommessa, Hayden.»

«Non è ancora finita» mi dice mentre esco sorridendo. Sento un piccolo tonfo dall'altra parte della parete e il mio sorriso diventa a trentadue denti.

Fischietto e vado dalla mia eccellente nuova assistente.

* * *

Okay, allora *eccellente* non è stata una scelta di termini azzeccata. Bridget è al Blue solo da un paio d'ore. Ovviamente ci vorrà un po' di tempo perché si adegui.

«Mi dispiace, Adam. Non mi ero resa conto che avrei cancellato gli appuntamenti anche dal tuo calendario.» Bridget sorride dolcemente con un'espressione dispiaciuta sul volto, davanti a me nel mio ufficio.

Tutti commettono degli errori ogni tanto, giusto? «È il tuo primo giorno. Non mi aspetto la perfezione. Assicurati solo di metterti in contatto con la segretaria di Blackwell e reinserisci gli appuntamenti cancellati. Ne ho bisogno prima della fine della giornata. Resta fino a tardi, se necessario.»

«Oh, sì, certo. Lo farò subito.» Bridget si affretta ad andare verso la porta proprio mentre sta entrando Paul, che si fa da parte per farla passare, ammiccando e guardandole il sedere quando esce.

Paul la indica col pollice. «Ti ho detto che era quella giusta, no?»

«Lo sarà, una volta che avrà imparato come muoversi.» Mi metto gli occhiali e guardo la piantina che mi ha illustrato la segretaria di Paul prima del pranzo. «Allora, questa che cos'è?»

Paul chiude la porta. «*Questa* è quello che volevi sapere. È il nuovo progetto. Come capo dell'ospitalità, i tuoi servizi sono una parte integrante di Bliss. Abbiamo cominciato con due suite ma ne stiamo costruendo quattro nuove.»

«A che cosa servono esattamente? Gioco d'azzardo privato, massaggiatrice personale? Vedo che c'è un bar in ognuna.»

Lui sorride, con la mandibola che si muove come se stesse cercando di non sembrare divertito. «Quelle cose, certo. E di più.»

Appoggio i progetti sulla scrivania e respiro a fondo. «Spiegami che cosa intendi per *di più*.»

Paul si siede in una delle sedie davanti a me e accavalla le gambe. «Innanzitutto ci saranno donne, chiamiamole ballerine professioniste.»

«Stai assumendo delle spogliarelliste?»

«Danzatrici esotiche. E saranno sotto contratto, non vere e proprie dipendenti del casinò.»

«Quindi spogliarelliste. Che altro?» Do un'altra occhiata ai progetti. Ci sono quattro camere in ogni suite e quella che sembra una zona pranzo comunitaria grande e molto elaborata, una zona con una scrivania, che sembra quasi una reception all'interno della suite. Niente balcone. Tutte le suite del Blue hanno un balcone. Secondo questi progetti, le suite Bliss sono più grandi di qualunque cosa abbiamo nel casinò. Perché non hanno un balcone?

«Sai che quelli ricchi e famosi portano droga con sé e

non ci possiamo fare niente.» Annuisco. «Noi» muove la testa come se stesse cercando di trovare le parole giuste «continueremo a far finta di niente. I balconi e le finestre basse sono troppo comodi per chi vuole spiare. Vogliamo proteggere la nostra migliore clientela.»

«Quindi donne e droga» dico, accertandomi di aver capito bene i punti principali.

Paul annuisce con un'alza di spalle. «Fondamentalmente.»

Mi tolgo gli occhiali e mi strofino le tempie. Paul sta omettendo qualcosa e non è il tipo che sta zitto. Ha la tendenza a dare *troppe* informazioni, specialmente quando si tratta delle sue conquiste femminili. «Dici che mi piacerebbe sapere quello che non mi stai dicendo?»

«Non so di che cosa stai parlando» risponde senza cambiare espressione. «Quello che vedi è fondamentalmente quello che è. E il tuo lavoro» dice lentamente, come se fossi un bambino «è aiutarci ad assumere le spogliarelliste, le guardie del corpo e addestrare Bridget in modo che possa assistere i concierge delle suite.»

Con quattro fratelli ho imparato a controllarmi. Ma qualunque cosa non mi stia dicendo Paul del Bliss e, specialmente, il modo condiscendente in cui mi sta parlando mi fa ribollire il sangue.

Mi alzo e guardo la finestra e il panorama del lago. La mia vista è diversa da quella di Hayden, verso nord-ovest, la mia casa e il Club Tahoe invece di Haevenly e South Shore. Un diverso tipo di bellezza.

Questo lavoro è la mia occasione per affrancarmi dai fondi della famiglia. Potrei trovarne un altro, ma sarebbe sufficiente per mantenere il mio stile di vita? Non è probabile, nonostante la mia laurea dell'Ivy League. E significa che devo sopportare la boccaccia condiscendente di Paul.

Non può essere peggiore di quello che sopportavo lavorando per mio padre.

Volto la schiena alla finestra e appoggio il fianco al davanzale, incrociando le braccia. «Come ho detto quando mi hai proposto questo progetto, dammi la lista dei dipendenti e le caratteristiche che desideri, dato che sono sicuro che tu abbia qualcosa in mente se vuoi assumere delle spogliarelliste, e me ne occuperò io.»

Paul si alza e china la testa verso l'ufficio di Bridget. «Altre come lei. Farò una lista di quello che stiamo cercando e te la farò avere subito domani mattina.» Va alla porta e la apre. «Stasera ho intenzione di vedere che programmi ha la tua assistente.»

«Paul» dico prima che esca. «Tieni le mani lontane da Bridget. Ricordi l'ultimo dirigente che pensava di poter allungare le mani?»

La faccia di Paul diventa di pietra. «Tu non c'eri quindi ti suggerisco di farti gli affari tuoi.»

Esce, lasciando la porta aperta e va verso Bridget.

Non ho dubbi che lei possa cavarsela con tizi come Paul. Probabilmente ha avuto a che fare tutti i giorni con persone del genere nel suo precedente lavoro. Ma adesso lavora per me e la terrò comunque d'occhio.

Mi risiedo e fisso i progetti. Che cosa sei, Bliss? Una suite di lusso costruita per il piacere e che altro?

Capitolo Dieci

Mi fermo davanti a casa di Levi, il maggiore dei miei fratelli. Vive in una casa di tronchi appena fuori dalla State Route 207. Questa parte a est del bacino del lago Tahoe è diversa da quella a ovest. Qui il terreno è coperto da boscaglia e cespugli di sempreverdi. Migliaia di anni fa i ghiacciai avevano eroso il lato ovest, ma qui il suolo era rimasto intatto. Le montagne dove vivono i miei fratelli sono quasi lussureggianti rispetto al granito scosceso e ai pini dell'Emerald Bay.

Grace, il cane di Levi, si precipita fuori dalla porta e si lancia contro le mie gambe, sbattendo il suo piccolo corpo compatto contro di me. «Ehi, Gracie. Hai fatto la brava?» La gratto dietro le orecchie con una mano e chiudo la portiera con l'altra, chinandomi verso il suo corpo in modo che non venga intrappolata tra la portiera e il lato dell'auto mentre si dimena freneticamente.

Grace lecca la gamba dei miei pantaloni e lascia un segno sulle mie scarpe lucide con la lingua, prendendosi un momento per annusarne una. «Sono solo io, ragazza. Non ti ho scambiato con un'altra signora.»

La zanzariera si apre di nuovo e Levi esce saltellando, con una caviglia ingessata e una barba quasi piena sul volto. Non ho mai visto un occhio nero come quello che ha Levi nelle ultime due settimane. Gli copre la faccia, da metà della fronte, scende lungo la curva del naso fino a metà della guancia e sembra veramente orribile.

«Quand'è stata l'ultima volta in cui hai visto un rasoio?» Le barbe sono tornate di moda ma Levi è un tipo da guance rasate. Gli era cresciuta prima che a tutti noi e da allora è sempre stata una lotta.

Si gratta la barba. Almeno la t-shirt che indossa sembra pulita. «Non lo ricordo.» Levi fa una carezza a Grace che oramai mi ha abbandonato e ha riportato l'attenzione su di lui. «Che cosa porta qui il tuo misero culo?»

Si sposta di lato sul portico e appoggia la gamba ingessata su una panchina, sedendosi sul dondolo.

Salgo i gradini e guardo intenzionalmente il completo italiano che indosso, poi riporto lo sguardo sul suo gesso. «Il mio misero culo? Il mio misero culo è in perfetta forma, o così mi dicono le signore.» Sorrido spavaldo.

«È quello che dici loro per farti portare a letto?» dice distrattamente, massaggiandosi la gamba sopra lo stivaletto che gli arriva fin sotto il ginocchio.

«Non ce n'è bisogno, fratello. Arrivano a frotte.» Ovviamente non dico a Levi da quanto tempo non vado con una donna. Mi prenderebbe in giro senza pietà.

Le donne in città vogliono farsi una famiglia oppure cercano qualcuno ricco da sfruttare ed entrambi i tipi sono facilmente riconoscibili. C'è una sola eccezione... Hayden è vivace, ma mi tiene sul chi vive. Non so che cosa darei per farle cambiare idea e farla rispondere al mio flirtare. Mi piace pensare di essere abbastanza sveglio da non avvicinarmi al disastro che sarebbe se tentassimo di avere una relazione, ma non sono certo che sia il mio cervello che comanda quando si tratta di lei.

Piego la giacca e l'appoggio sulla panchina di fronte a Levi, rialzando la gamba dei pantaloni per non sgualcirli quando metto la caviglia sopra il ginocchio. Scuoto la testa. «Levi, dobbiamo farti uscire da casa. Sembri un boscaiolo e nemmeno uno tanto in forma.» Non è del tutto vero. Levi è un Vigile del Fuoco. È sempre stato in perfetta forma fisica ma le parti di pelle che non sono nere o viola adesso sono pallide, grigiastre.

Levi si batte sulla gamba e Grace si affretta ad andare da lui, leccandogli freneticamente la mano. Quel cane è veramente amichevole. «Sto benissimo qui. Ho pensato che fosse meglio restare in casa e risparmiare alle madri di dover parlare dell'uomo nero.»

«A chi interessa che aspetto hai? Il blocco di cemento che ti è crollato sulla testa avrebbe potuto ucciderti. Sei fortunato di esserne uscito con tutti gli arti e il cervello intatto. Quando hanno detto che puoi tornare a lavorare?» Se c'è qualcosa che può far uscire Levi dalla depressione è tornare alla stazione dei Vigili del Fuoco. Ama il suo lavoro più dei suoi stessi fratelli.

Levi gratta il fianco di Grace e le fissa il pelo, mormorando con una voce che riesco a malapena a sentire: «Niente più lavori».

Ci vuole un minuto prima che riesca a decifrare che cosa vuol dire. «La caviglia è messa male ma guarirà, tornerai a lavorare.»

«Ho detto *lavori*. Gli incendi. Non posso tornarci. Vogliono assegnarmi un lavoro d'ufficio. Quindi ho dato le dimissioni.»

Abbasso la gamba e mi chino in avanti. «Perché? Saresti

diventato capitano fra un paio d'anni.» Do un'occhiata al gesso. «Hai detto che era una frattura netta.»

Lui si tocca distrattamente il lato sinistro della fronte, appena sopra la cicatrice rossa causata dal colpo ricevuto quando è crollato parzialmente un tetto durante il suo ultimo incendio. «La frattura della caviglia è netta. Il colpo alla testa... Ho perso una parte della visione periferica. Niente di cui non possa fare a meno, ma abbastanza perché il comando mi imponga un lavoro d'ufficio.»

Noto l'espressione desolata sulla sua faccia, la tensione nelle sue spalle larghe. Levi ha sopportato il peso della famiglia, era quello responsabile mentre io facevo i comodi di nostro padre e gli altri si scatenavano. Ci sbatteva insieme le teste quando litigavamo, ci diceva di rialzarci quando cadevano e affrontava nostro padre quando si incaponiva sugli amici che dovevamo avere, i nostri programmi dopo la fine delle superiori, praticamente su tutto. E adesso Levi sta cercando di non crollare: il fratello che ha sempre avuto il controllo di tutto.

Deglutisco il groppo che ho in gola. Non è possibile. I Cade sono alti e atletici, ma Levi è come le case che protegge. È una montagna d'uomo ed è innaturale vederlo indebolito, mentalmente o fisicamente.

Mi strofino la faccia. «Gesù.» Essere un Vigile del Fuoco è l'unica cosa che ha sempre voluto. Un lavoro d'ufficio sarebbe una campana a morto per lui. Non mi stupisce che si sia rintanato in casa nelle ultime due settimane, senza voler vedere né i miei fratelli né me. L'unico motivo per cui sono qui è perché sono un bastardo invadente, che non ascolta mai quello che dicono i miei fratelli.

In famiglia ero quello che si conformava, accettando le auto sportive che nostro padre mi regalava ogni volta che facevo qualcosa che gli andava a genio. Mi vestivo come un

Cade, con abiti firmati, vivevo lussuosamente mentre il resto dei miei fratelli faceva il cazzo che voleva. Avevano trovato un lavoro al di fuori del Club Tahoe, vivevano mese per mese con i loro stipendi da classe lavoratrice, facendo i camerieri, le guide turistiche, o il Vigile del Fuoco, mentre io ero la marionetta che mio padre faceva ballare e facevo tutto quello che Ethan Cade mi diceva. Purché ricevessi l'assegno mensile dal mio fondo fiduciario.

Fisso ciecamente la pila di ceppi su un lato della casa. Ero venuto qua oggi per appoggiarmi a Levi e chiedergli che ne pensava del progetto Bliss ma è lui quello che ha bisogno di qualcuno a cui appoggiarsi. E io non sono bravo in quello.

Mi alzo, slaccio la camicia e la sfilo, appoggiandola sopra la giacca. «C'è la legna da spaccare.» Tolgo la maglietta dai pantaloni e vado dove c'è l'ascia.

Non so se Levi ha bisogno o meno di altra legna tagliata, ma l'avrà comunque perché ho bisogno di spaccare qualcosa.

Mio fratello non può essere incasinato. Perché in questo modo toccherebbe a me, il secondogenito, occuparmi di tutto. Nessuno dei miei fratelli mi rispetta. Mi vogliono bene? Certo, come possono volersi bene i fratelli che hanno litigato e discusso per tutta la loro vita. Ma ho perso il loro rispetto anni fa quando mi sono arreso alle pretese di mio padre.

Capitolo Undici

Hayden

Controllo i documenti per l'evento dell'asta e dello spettacolo di burlesque. Ho passato ore e ore facendo ricerche sulle società per trovare le persone giuste per il progetto di cui Blackwell ha incaricato William. William è uno dei Blue Star di Blackwell, ma sorprendentemente mi ha lasciato parecchia libertà nel modo in cui lo aiuto. Mi ha passato mansioni di cui probabilmente si sarebbe dovuto occupare lui, come, per esempio, scegliere le ditte che organizzano le feste. Non posso lamentarmi. Mi sarei comunque dovuta occupare della documentazione, come capo delle Risorse Umane. In questo modo mi sono divertita a scegliere la scenografia della festa, anche se è stato un lavoro extra.

Guardo i contratti che ho davanti. La documentazione è rigorosa; si vede quanto lavoro mi è costata. Blackwell non può ignorare i miei sforzi. Ho fatto molto più di quello che dovevo. Non mi aspetto delle lodi, anche se sarebbe bello sentirmi apprezzata.

Nessa entra e si ferma accanto alla porta. «Sei occupata?» Indossa pantaloni neri e una camicetta bianca, ma oggi è di media statura, quindi so che sotto quei pantaloni lunghi ci sono scarpe con la zeppa, altrimenti sarebbe dieci centimetri più bassa.

Nessa normalmente mi arriva alle ascelle. È minuta in tutti i sensi e bella. Probabilmente non fa fatica a trovare i vestiti giusti quando fa shopping mentre io devo comprare tutto di una taglia in più e adattarmi o stringerli in vita. Accidenti.

«Ho un minuto, ma sto per andare a una riunione dei dirigenti.» Impilo le cartelline e controllo capelli e trucco nello specchio che tengo nel cassetto della scrivania. Niente ciocche di capelli che sparano, il rossetto è a posto. Sono pronta per andare a fare una buona impressione.

«Non ti tratterrò molto» dice Nessa. «Volevo solo chiederti se hai visto la ragazza nuova.»

Uffa, di nuovo. Perché tutti quanti vogliono che veda la donna assunta da Adam? «No, non ho ancora visto la nuova assistente di Adam.»

«Ha fatto in fretta» sussurra Nessa. «L'ha raccattata per strada?»

Giro intorno alla scrivania e raggiungo Nessa sulla porta. «Non ne ho idea, ma ho scommesso con lui che non durerà.»

Nessa spalanca gli occhi. «Davvero? Una scommessa? Quindi Mira ti ha convinta. Mi ha detto che vuole che ti avvicini a lui in modo da scoprire che cosa sa.»

Grugnisco sarcasticamente. «Mira vive nel mondo dei sogni se crede che saremo mai amici, ma sono stata dura con lui. È irritante da morire ma non è una cattiva persona.» Mi raddrizzo il maglione. «E in quanto alla scommessa, l'ho fatta per dimostrare una tesi.»

«Che sarebbe?»

«Che il mio lavoro non è facile come tutti sembrano pensare.»

Nessa aggrotta le sopracciglia. «Chi pensa che il tuo lavoro sia facile? Sei una di quelli che lavora di più.»

E mi viene voglia di piangere. Voglio bene a Nessa e Mira. Sanno quanto impegno ci metto. E che voglio rendere il casinò il posto migliore possibile, nonostante ciò che crede Blackwell. Deglutisco e faccio un respiro profondo. «Grazie.»

Nessa sbuffa, incredula. «È la verità. Beh, guarda, non ti trattengo. Devo incontrarmi con Deborah per parlare dello spettacolo di burlesque.» Spalanca gli occhi eccitata. «Aspetta di vedere il nostro progetto per la pubblicità. Ti entusiasmerà. Tu porta le celebrità e le ballerine e il marketing farà il resto.»

* * *

Adam

Con la cupola di vetro scuro che dà sul cuore della sala da gioco, la sala riunioni del Blue Casinò è di una classe a sé stante. E ho il Club Tahoe come paragone, un casinò da tremila metri quadrati situato sulla riva del lago Tahoe e progettato per assomigliare a uno chalet di tronchi. Non c'è niente che possa paragonarsi al Club Tahoe, con il suo fiume lento al coperto con al centro buche per i falò per arrostire gli s'more. Ma il Blue Casinò ha un'atmosfera che il Club Tahoe non ha. I clienti vengono al Blue Casinò per le poste alte, in un'atmosfera sfavillante e con le cameriere di sala più belle da questa parte della frontiera tra gli stati.

Prendo l'ordine del giorno dalla pila all'entrata e vado

verso il tavolo a forma di U. Blackwell di solito gestisce le riunioni con la massima efficienza, ma non si sa mai. Le riunioni di mio padre spesso finivano all'ora di pranzo. Sto ancora aspettando che il collega logorroico finisca di annoiarci a morte con il suo rapporto meticoloso sugli ombrellini da cocktail e i rifornimenti per i distributori automatici. Così scelgo il posto ideale per osservare la gente nel salone di sotto nel caso la riunione si prolunghi.

Controllando l'ordine del giorno, noto gli eventi imminenti. Il Blue Casinò è uno dei luoghi di intrattenimento più importanti di Lake Tahoe. Data la portata delle prossime serate, oggi saremo tutti coinvolti e significa che ci sarà Hayden. E parlando di lei...

Hayden si ferma sulla porta, con il fisico accentuato nell'abito aderente con le maniche corte. Ha una voluminosa collana d'oro intorno alla gola, scarpe con il tacco a spillo che mettono in risalto i polpacci e accidenti se non ne sono affascinato. Mi piacciono le donne ben vestite. Anche se attirerebbe il mio interesse con una tuta da ginnastica indosso. È l'effetto che mi fa Hayden, nonostante la sua natura pungente, o forse proprio per quella.

Una ciocca di capelli biondo scuro le copre un occhio mentre cerca tra una pila di cartelline. William, accidenti alle sue mani lunghe, le tocca la spalla, avvertendola che sta bloccando l'entrata. Lei si affretta a spostarsi di lato e prende una copia dell'ordine del giorno. Guardandosi intorno mi nota e si acciglia. Si precipita dalla parte opposta del tavolo solo per essere bloccata da Eve, che le ruba il posto accanto a Blackwell.

Giusto, Hayden, restano solo due posti liberi.

Hayden si lancia verso il secondo posto, dall'altra parte del tavolo, ma William lo occupa per primo.

L'universo ce l'ha con lei. Non riesco a contenere la

gioia che mi esplode nel cuore sapendo che Hayden sarà obbligata a sedersi accanto a me. Capita spesso che siamo costretti a stare vicini. Non che mi lamenti. A me lo spettacolo piace, ma credo che lei obietterebbe. Se fossi un uomo differente potrei sentirmi dispiaciuto per lei, ma dato che mi piace irritarla questo è solo uno dei vantaggi del mio lavoro.

«Siamo tutti qui?» chiede Blackwell, anche se la domanda è retorica. Ha già indicato a Eve di chiudere la porta. «Facciamo in fretta. Ho una riunione tra mezz'ora.» Blackwell ci dà in fretta qualche particolare sul concerto che ci sarà tra poco e controlla la situazione con la persona incaricata. Quando arriva allo spettacolo di burlesque e l'asta delle celebrità si rivolge ad Hayden. «Hai lavorato con William sui contratti per subappaltare le scenografie? Stiamo spendendo una fortuna per trasformare il club quel fine settimana.»

«Sì.» Hayden spinge avanti le cartelline. «Ci sono due contratti che sostengono la politica della nostra società. Queste due imprese sono le migliori disponibili. E le ballerine di burlesque...»

Blackwell alza una mano. «Quelle sono di pertinenza di William. William?»

William si alza e gira intorno al tavolo. Hayden gli passa le cartelline, con un'espressione attonita e confusa. «Ho appena ricevuto le bozze di contratto. Tre su quattro delle società di burlesque sono in conflitto con la nostra politica. Speravo di discuterne con lei prima di continuare.»

«Non sarà necessario. D'ora in poi ci penserà William. Questo evento dev'essere un successo. Faremo in modo che i contratti passino attraverso un conto speciale.»

Hayden resta a bocca aperta e, per essere sincero, sono rimasto attonito anch'io. «Non capisco» dice. «Ogni volta che assumiamo qualcuno, anche se solo temporaneamente, i subappaltatori e i nuovi dipendenti devono essere preselezionati.»

Blackwell unisce le dita e si risiede. «E così sarà. Come ho detto, se ne occuperà William.»

«Ma...» Le stringo il ginocchio sotto il tavolo e lei squittisce, ma smette di parlare. Fissa diritto davanti a sé, con le labbra strette.

Dopo un momento mi dà un'occhiata e io sostengo il suo sguardo. Blackwell l'ha esclusa dal progetto nel quale avrebbe dovuto essere coinvolta, ma protestare con l'AD è un suicidio professionale.

Blackwell si rivolge a Eve. «Qual è il prossimo argomento?»

Eve delinea alcune nuove politiche messe in atto dal casinò per tenere al sicuro i dipendenti. Tutte stronzate visto che Blackwell aggira i suoi stessi sistemi, annullando in effetti le politiche, visto che nessuno controllerà che siano messe in atto.

Entra una segretaria. «È arrivato il suo prossimo appuntamento, signor Blackwell.»

Blackwell preme le mani sul tavolo e si alza. «Per oggi è tutto.»

Hayden continua a fissare nel vuoto mentre la squadra dei dirigenti esce. «Perché l'hai fatto?» Mi guarda, furiosa, una volta che sono usciti tutti.

Mi alzo e chiudo il primo bottone della giacca. «Perché eri sul punto di far incazzare il nostro capo e non potevo restare a guardarti fare un errore simile. Da quanto ho potuto notare in questi mesi, sei già su un terreno scivoloso con lui.»

Hayden aveva delle buone ragioni ogni volta che si è messa contro il nostro illustre AD, ma lavorare al Blue è una partita a scacchi politica. E Hayden sembra decisa a non giocarla. Egoista da parte mia, ma mi piace averla intorno. Non voglio che la licenzino.

Si alza e gonfia il petto. L'effetto è di attirare lì la mia attenzione anziché sui suoi occhi. «Perché diavolo pensi di potermi dire come fare il mio lavoro?»

«Hayden.» La mia voce è profonda, un avvertimento. È per la sua protezione e non so per quanto tempo posso ancora lasciare che pensi di poter dire la sua. Non è solo per evitarle di essere licenziata. Più cose so di Blackwell, Paul e il resto della squadra dirigenziale del Blue, più li trovo senza scrupoli. Ho ancora intenzione di vincere la mia scommessa con Hayden, ma anche se il mondo si dovesse spostare dal suo asse e io restassi fermo, non ho intenzione di lasciare che attizzi la rabbia di un AD dal dubbio carattere.

Lei incrocia le braccia. «Hai idea quanto tempo ho passato a scegliere le ditte per questo evento? Non abbiamo mai ospitato uno spettacolo di burlesque e oltre a quello un'asta di celebrità. Ho passato mesi, *mesi*, Adam, a contattare e incontrare gente. E Blackwell passa tutto a William, come se William avesse idea di quello che sta facendo... È ridicolo!»

«Non prenderla sul personale.»

«Non prenderla... Hai mai lavorato come un matto per vedere ignorati i tuoi sforzi?» Alza una mano e distoglie gli occhi. «Ovviamente no. Tu sei il principe di Lake Tahoe, Adam Cade, che non può fare niente di sbagliato.»

Mi chino in avanti, la sua furia e il petto ansante che mi sta buttando in faccia mi fanno venire voglia di gettarla sul tavolo e dimostrarle quanto posso essere cattivo. «Ci sono passato.»

Lei mi dà un'occhiataccia. «Stronzate.»

Ho lavorato al Club Tahoe ogni estate da quando avevo sedici anni, in ogni aspetto dell'impresa e i miei sforzi non sono mai stati riconosciuti, nemmeno quando sono riuscito a far rientrare il campo da golf nel tour del professionisti PGA. Ho visto il mio lavoro passato ad altri con più anzianità, le mie idee ignorate o usate senza darmene il merito. So che cosa sta passando Hayden, ma qualunque cosa le dica, lei vorrà continuare a credere che sono lo stronzo insensibile che ha convinto il suo ragazzo a mollarla.

«Non importa quello che ho passato» le dico. «Ciò che conta è che non puoi mostrare le tue emozioni quando il tuo capo ti fa incazzare. Tu sei come uno di quei libri di cui hai riempito il tuo ufficio, Hayden. Ti si leggono in faccia tutte le emozioni che provi.»

Lei fa un passo avanti, quasi sbattendomi addosso. «Ed è peggio che essere un iceberg?» Stringe gli occhi. «Ti piace rintanarti nella tua caverna di ghiaccio, Adam? Ti tiene caldo la notte? È per questo che sei il loro beniamino? Perché sei così gelido, proprio come loro?»

Respiro profondamente, contraendo i muscoli delle braccia. L'afferro per la vita e la tiro verso di me, annullando quei pochi centimetri. Si sbaglia. Su tutto. «Non ho detto a Jaeger di scaricarti perché stavo pensando a *lui*.»

Sussulta con il petto che si alza e si abbassa. Guarda per un attimo le mie labbra e deglutisce. Prima che possa riprendere il controllo e capire che cosa diavolo credo di fare, Hayden si stacca.

«Torna nella tua caverna di ghiaccio, Adam.»

Capitolo Dodici

Hayden

Con le mani che tremano, chiudo la porta del mio ufficio e mi ci appoggio contro. Porca paletta. Quando Adam mi ha afferrata, il mio primo istinto non era stato di dargli uno schiaffo o scappare, era stato di afferrargli la testa e baciarlo.

Che cosa diavolo ho che non va?

Se la riunione di questo pomeriggio ha dimostrato qualcosa, è stato confermare la complicità di Adam nei piani di Blackwell per il casinò, qualunque essi siano. Adam sostiene i Blue Star, altrimenti non mi avrebbe detto di restare zitta. Certo, ha detto quella roba sul fatto che non voleva che mi licenziassero, ma perché gli interessa?

E se è coinvolto nelle attività segrete del Blue, perché diavolo dovrei lasciare che mi stia intorno?

È attraente, ma sono sempre stata in grado di distanziare le emozioni dalle qualità fisiche. Finora. A meno che non sia solo la superficie che mi attrae.

«Dio.» Attraverso la stanza e mi siedo alla scrivania,

appoggiando la testa sulla superficie. «Che cos'ho che non va?»

A Adam piace infastidirmi, ma non supererebbe mai i limiti, vero? Perché se lo facesse... non sono sicura che lo rifiuterei. Vorrei pensare che lo farei, perché ho bisogno di uno stronzo senza scrupoli nella mia vita quanto di un infarto alle coronarie. Ma con la bocca sexy di Adam appena sopra la mia, il suo braccio muscoloso intorno alla mia vita, temo che lo bacerei anch'io, almeno prima di riprendere il controllo.

Mira si precipita dentro e io sobbalzo, sbattendo il ginocchio contro il fondo della scrivania. «Mira, accidenti, smettila di piombarmi addosso in questo modo.»

Lei alza una mano. «Scusami, non sapevo che stessi avendo un momento...»

«No. Non è così. Sto solo... La riunione non è andata bene.»

Lei aggrotta le sopracciglia, preoccupata. «Hai le guance rosse.» Viene avanti e si siede, appoggiando distrattamente delle carte sulla mia scrivania. «Che cos'è successo? Di nuovo Blackwell?»

Mi massaggio le tempie. «Tra le altre cose.»

Dire che ho la confusione in testa sarebbe un eufemismo. Ci sono Blackwell e il mio lavoro, ma, non so come, le labbra di Adam prendono il sopravvento.

Quanta della tensione che si è accumulata in questi ultimi mesi è causata da Blackwell e da come mi tratta e quanta dipende dal fatto che lavoro con Adam? Pensavo di odiarlo per via del nostro comune passato. Ma forse non ho mai voluto approfondire i miei sentimenti.

Lo desidero?

Gemo, frustrata, e Mira mi guarda perplessa.

Non posso desiderare Adam. Non è cattivo come

pensavo quando aveva cominciato a lavorare al Blue, ma non si fa scrupolo ad accettare quello che vogliono Blackwell e i suoi accoliti con l'anello di zaffiro. E significa che non lo conosco veramente, perché ho forti dubbi sulla liceità dell'attività dei Blue Star.

«Che cosa devo fare?» borbotto. Nonostante il mio schifoso capo, il mio lavoro mi piace veramente. Non ho apprezzato il modo in cui mi ha stoppato, ma Adam aveva ragione. Mi farò licenziare se non riuscirò a mantenere la calma con Blackwell.

Mira si china in avanti e incrocia le braccia sopra la scrivania. «Abbiamo un piano, Hayden. Sappiamo, o sapremo, qual è il marcio di Blackwell. Non sei l'unica persona che ha sofferto per il modo in cui gestisce il Blue e non sto parlando del fatto che si comporta da stronzo verso i suoi dipendenti. Il quasi stupro di Gen e le suite che penso stia usando per fornire droga e forse condurre altre attività illecite qui al casinò sono cose che non dovrebbero succedere da nessuna parte, per non dire essere approvate in un normale casinò. Blackwell sta usando il Blue come copertura e lo fermeremo.»

Mira pensa che la tensione visibile sul mio volto sia tutta causata dall'AD, ma è più complicato. Però ha ragione su una cosa. Devo rimanere concentrata su quello che stiamo facendo per ripulire il Blue. Non sono l'unica a cui piace il suo lavoro. Anche Mira e Nessa hanno trovato la loro vocazione qui. Non c'è ragione che non possiamo rendere questo posto sicuro per tutti.

«Hai ragione. Abbiamo un piano e lo porteremo avanti.» Le rivolgo un sorriso non proprio convinto e controllo i documenti che mi ha portato. «C'è qualcosa che volevi farmi vedere?»

Lei sfoglia i documenti. «Questi sono arrivati questo

pomeriggio. Sono gli ultimi due contratti che aspettavi. Sono dell'All Out Burlesque e del Bags o' Fun.» Sorride. «Bags of fun, un sacco di divertimento. Le compagnie di burlesque sono esilaranti.»

Scuoto la testa. «Sì, bene, puoi passarli a William. Blackwell mi ha rimosso da questo incarico.»

Mira sospira. «Perfetto. Ti ha fatto fare tutto il lavoro e poi lo passa a un altro? Che cavolo sta pensando?»

«A quanto pare assumerà i vari artisti tramite un account speciale. È una scappatoia per poter bypassare le Risorse Umane prima di firmare qualunque cosa.»

«Perché?»

«Non lo so. Ma ho la sensazione che se riuscirò a scoprirlo sarò un passo più vicino a trovare le suite.»

* * *

Adam

Fisso Paul e William, confuso. «Pensavo che voleste delle spogliarelliste.»

Paul guarda William che fa spallucce. «Sì, è così. E queste sono spogliarelliste di alto livello, alcuni dei seni migliori in questo settore. Il burlesque mostra talenti sexy, di stile. Non sono semplicemente spogliarelliste: seducono. È roba di classe. Blackwell ritiene che saranno una bella aggiunta alle suite. Saranno già qui per lo spettacolo e vogliamo controllare se è possibile reclutarne alcune.»

William mi porge una brochure delle ballerine di burlesque. «Assicurati di vederle la settimana prossima. Affascinale. Se qualcuna di loro ha un successo clamoroso, le faremo un'offerta che non può rifiutare.»

Getto la brochure sulla scrivania. «State spendendo un

sacco di soldi. I bonus, pagate la mia assistente uno stipendio da dirigente. Voglio il successo come chiunque altro, ma la spesa vale la candela?»

Paul sorride diabolicamente. «Sicuramente. Basandoci sulle cifre della fase uno di questo progetto, recupereremo abbondantemente con gli introiti che faremo.» Dà un'occhiata a William e fa un cenno verso la porta.

William si alza e attraversa la stanza. Chiude la porta, zittendo il suono delle voci e dell'attività negli uffici dall'altra parte.

Paul accavalla la gamba. «Blackwell non avrebbe approvato le suite se non fossero state lucrative. E Bridget non è solo un'assistente. Sarà molto di più appena le suite del progetto Bliss saranno in funzione. Quindi smettila di cercare di metterci dei freni. Sta diventando fastidioso. O hai cambiato idea sul fatto di fare una fortuna in bonus tenendo la bocca chiusa? Le donne che ti ho mandato non ti hanno trattato bene? Hanno detto che si sono divertite. Pensavo che fossi d'accordo di essere coinvolto nel progetto. Mi sbagliavo?»

Paul e William mi guardano in silenzio. L'ultima cosa che voglio è incasinare l'unica cosa in grado di fornirmi velocemente la libertà finanziaria.

«Certo che no. Parteciperò alle riunioni con William, quando non starò facendo colloqui di lavoro con la dozzina di spogliarelliste e le guardie del corpo che mi avete mandato. Perché è il mio lavoro, giusto? Assumere? Oh, aspettate, io lavoro nell'ospitalità, non alle Risorse Umane.»

Paul mi rivolge un sorriso a labbra strette. «Stai attento, Cade. Ci serve che tu sia la persona di riferimento.»

Meno di un quarto d'ora fa stavo facendo la predica ad Hayden sulla necessità di mantenere la calma e adesso sto quasi per mandare all'aria un'occasione d'oro. «Contate su di me. Ci penserò io.»

Paul e William se ne vanno e procedo a mettere in ordine le mie priorità. Sedurre Hayden non è una di quelle. Anche se non mi aveva fermato nella sala riunioni. Non so che cosa fosse... Un'astinenza troppo lunga. Jaeger ha ragione: non sono più io quando c'è lei e significa che devo starle alla larga.

Ho fatto un gioco pericoloso con Hayden e me ne sto rendendo conto solo adesso. Non è come le altre e non lo è nemmeno la mia reazione nei suoi confronti. Devo ricordare che sono al Blue Casinò per una ragione solamente. In origine, per compiacere mio padre. Adesso è per affrancarmi dalla Cade Enterprises e i soldi da cui dipendo da troppo tempo.

Controllo la mia agenda e i colloqui che Bridget ha programmato per la settimana prossima. C'è un conflitto con la riunione che Paul e William hanno organizzato con le ballerine di burlesque. Invece di mandarle un'e-mail, vado alla porta accanto per parlare del conflitto e vedere come se la cava nel suo nuovo lavoro.

Solo che quando arrivo non riesco a vederla per l'orda di uomini che affolla il suo ufficio.

Busso forte sulla porta aperta. «C'è qualche problema?» chiedo. La mia pazienza questo pomeriggio è quasi esaurita.

Tra perdere la testa e quasi baciare Hayden, in ufficio oltretutto, e ricevere una strigliata da quei coglioni dei miei colleghi, non sono dell'umore giusto per qualunque cosa sia.

La testa di Bridget appare sopra i colleghi chini sulla sua scrivania che stanno scrivendo quello che sembrano essere annotazioni sui biglietti da visita. «No, Adam. Va tutto bene.» Sorride, con un accenno di nervosismo negli occhi.

Entro, guardando storto uno degli uomini tra i piedi, che

riceve forte e chiaro il messaggio e se ne va in fretta. «Che cosa sta succedendo?» Parecchi altri notano la mia espressione e infilano in fretta i loro biglietti da visita nella mano tesa di Bridget.

«Oh, non è niente. Volevo solo assicurarmi di avere tutte le loro informazioni.»

Bridget non viene da un ambiente societario ma immaginavo che conoscesse almeno le basi del funzionamento di un ufficio. «Hai già le loro informazioni. I contatti sono indicati nella rubrica aziendale e nella tua e-mail.»

Lei gira intorno alla scrivania e l'ultimo degli uomini, tranne uno, escono dalla stanza. «Oh, giusto. Ma questi erano i loro numeri di cellulare, solo in caso di emergenza.»

«Giusto.» Paul continua a restare accanto alla scrivania. Deve essere venuto direttamente qua quando è uscito dal mio ufficio. «Se capita qualcosa, specialmente riguardo al progetto speciale che abbiamo in ballo, vogliamo che siano tutti contattabili. Bridget se ne sta occupando in modo da potersi mettere in contatto con noi dovunque siamo. Giusto Bridget?»

Lei sorride e abbassa gli occhi. «Sì, assolutamente.»

«Anche i tecnici?»

«Specialmente i tecnici. Le suite del progetto Bliss sono ad alta tecnologia.» Paul mi dà una pacca sulla spalla e se ne va a passo lento dall'ufficio di Bridget.

Lo guardo uscire poi mi rivolgo a Bridget, che si è spostata dietro il computer. «Ti stanno infastidendo? Perché se è così...»

«Oh no.» Bridget alza in fretta la testa, con un'espressione sincera. «Va tutto bene. Davvero. Sono stati tutti amichevoli.» Sorride e infila in una scatola di plastica i biglietti da visita che le hanno dato gli uomini.

Forse sto reagendo in modo esagerato. Non posso dire

che le mie azioni siano state brillanti questo pomeriggio. Ma tant'è. Sono state primitive, istintive. «Fammi sapere se cambia qualcosa.»

«Sono sicura che non succederà. Sono stati tutti molto cordiali.»

Troppo cordiali. È come se l'intera forza lavoro maschile sapesse che Bridget è un'ex spogliarellista. E se anche così fosse?

Torno nel mio ufficio e mi fermo sulla porta. Sono le quattro e mezza, ma mi volto e vado verso l'uscita. Non ho la testa a posto. Meglio uscire presto e tornare domani a mente fresca.

Rallento il passo quando passo davanti all'ufficio di Hayden. Mi chiedo se sia il caso di scusarmi per quello che è successo.

Ma non sono mai stato uno che si guarda indietro. Non è il caso di cominciare adesso.

Capitolo Tredici

Il giorno dopo, Bridget, Paul, William e io andiamo verso le suite che stanno costruendo per il famigerato progetto Bliss.

Il corridoio è zeppo di operai che stanno finendo gli ultimi ritocchi. Gli stemmi sulle loro magliette non mi sono familiari. «Non stiamo usando la Sallee Construction? Pensavo avessimo un accordo con loro.»

Paul spalanca una porta. «Non erano disponibili.»

Non mi suona giusto. L'impresa di costruzioni di Lewis ha un rapporto di lunga data con il Blue Casinò. Prendo un appunto mentale di chiamare Lewis.

Il primo pensiero che mi viene in mente quando entriamo nella suite sono le sue dimensioni. Vedere il progetto non mi aveva preparato. Il salone centrale è almeno tre volte le dimensioni delle suite di lusso del Blue.

Divani e poltrone moderni rosso bruciato ancora avvolti nella plastica forniscono i posti a sedere. I pavimenti sono di legno d'ebano e ci sono ricchi tappeti bianchi arrotolati accanto a una parete. In fondo alla stanza c'è un tavolo ovale per dieci persone, di vetro color onice con una base bianca e sedie acriliche. Anche il vetro e le finiture cromate sono coperti di plastica, le pareti sono fatte dello stesso legno d'ebano e creano un'atmosfera accogliente.

Non c'era niente come il Bliss al Blue Casinò. Solo una suite nel resort Club Tahoe di mio padre si avvicina a questa in termini di dimensioni e lusso, ma la suite presidenziale non riesce ad arrivare ai livelli di stravaganza del Bliss, eppure la suite presidenziale del Club Tahoe costa parecchie migliaia di dollari per notte.

C'è qualcosa che non va in questo progetto. Tanto per cominciare, perché tutta la segretezza? Le suite sono quasi complete e il casinò non le ha mai menzionate al pubblico. La quantità di denaro investito nella loro costruzione dev'essere stata astronomica. Ogni società che paga un conto del genere dovrebbe cercare di farsi pubblicità.

«A che cosa servono le suite?» chiedo a bassa voce, ma gli occhi di Paul si spostano su di me e significa che mi ha sentito.

«Bridget» dice. «Vai a vedere Eve. Ti metterà al corrente di quello che ci servirà per le camere.»

Bridget annuisce e va dove Eve sta parlando con un subappaltatore. Dopo un breve saluto, Eve porta Bridget in una delle camere.

«Beh?» dico, una volta che le donne sono fuori portata d'orecchi.

Paul dà un'occhiata a William, accennando al subappaltatore. William va da lui e riprende da dove ha lasciato Eve.

«Le suite del Bliss sono esclusive» dice infine Paul.

Guardo gli operai, ma la mia attenzione è concentrata sul viscido dirigente che da un pezzo mi dà briciole di informazioni su un progetto sul quale comincio a nutrire forti dubbi. «Definisci esclusivo. Le suite sono enormi e ben arredate. Come ti aspetti di riempirle?»

«Ogni cliente che vuole usarle paga un prezzo speciale per la proprietà parziale di una suite. La tua famiglia possiede il Club Tahoe. Pensala a come se fossero membri di un resort di golf.»

«I nostri pagano oltre un quarto di milione di dollari per diventare membri del club e del golf e oltre a quello c'è la quota annua.»

Lo sguardo di Paul è intenso e acuto. «Precisamente.»

Mi guardo intorno. «Perché qualcuno dovrebbe pagare un quarto di milione di dollari per una suite all'attico che può affittare altrove per qualche migliaio di dollari per notte?»

«Bliss non è solo una suite, è un'esperienza. Un'esperienza di altissimo livello, seducente, per i veri conoscitori del piacere. Ci saranno donne, come quelle del burlesque, che forniranno ai nostri membri... Beh, un assaggio di beatitudine, per mancanza di un termine migliore. Vogliamo fornire ai clienti qualsiasi cosa chiedano. A caro prezzo, ovviamente. Chiunque metta piedi al Bliss deve avere più di diciotto anni ed essere consenziente. È nel contratto che firmano i membri.»

Penso a questa città: il gioco d'azzardo, le droghe e i bastardi ricchi e debosciati con i quali sono cresciuto al Club Tahoe. Ho perso la verginità con la moglie trentacinquenne di un miliardario. C'è una vasta gamma di depravazioni, e le droghe non sono certo in cima alla lista.

Continuo a guardarmi attorno. «Che altro, oltre all'accesso alle prostitute e al gioco d'azzardo?»

«È più o meno tutto. Non preoccuparti. Saranno tutti al sicuro, in parte perché sarà fatto tutto all'interno. È questa la bellezza del Bliss. Si diventa membri solo su invito e in modo confidenziale, un requisito dei soci fondatori.» Fa un cenno verso le finestre. Pur essendo quasi un metro e novanta dovrei saltare per guardare fuori, visto a che altezza sono. «Le celebrità non vogliono che i paparazzi scoprano il loro rifugio segreto. Avremo le guardie del corpo, di cui presumo ti sei già occupato.»

«Ho parlato con due degli uomini dell'elenco che mi hai mandato. Nessuno dei due è arrivato a diplomarsi alle superiori, ma hanno esperienza come guardie del corpo private. Uno dei candidati è un ex-marine.»

Paul annuisce. «Le guardie del corpo sono una precauzione necessaria. Una delle tante che abbiamo messo in atto. Indica il lato di una stanza, oltre gli operai e i mobili coperti dalla plastica. «Una di queste porte dà su un ascensore, accessibile con un codice, che porterà la gente a un piano regolare e anche a pianterreno in caso di emergenza. Uno dei membri ha avuto un infarto nella prima serie di suite di lusso che avevamo progettato. È stata una sfida portarlo in una stanza regolare prima che arrivasse l'ambulanza.»

Sbatto gli occhi. «Starai scherzando. Avete fatto rischiare la vita a quel povero bastardo per nascondere la sua amante?»

Paul fa spallucce. «Aveva pagato per la privacy. È sopravvissuto. Per un pelo. In ogni caso, se te lo stai chiedendo, è stato uno dei primi a registrarsi nel Bliss 2.0. Se non avessimo gestito la situazione come abbiamo fatto non sarebbe tornato.»

«Ci sono dei masochisti in giro; non li rende buoni giudici di che cosa è meglio per loro.»

Paul indica una delle camere con il mento. Entro nella stanza e lui chiude la porta alle nostre spalle. «Il casinò non entra nel merito di che cosa è meglio per i suoi clienti. Pensavo che potessimo contare su di te, Cade. Allora, che cosa preferisci? Bonus e prestigio oppure cercarti un altro lavoro? E se credi di poter parlare del progetto Bliss ripensaci. Il Blue Casinò ti inchioderà per diffamazione.» Stringo i denti davanti a quella minaccia palese. Paul si ficca le mani nelle tasche dei pantaloni, con le spalle tese. «Guarda, non tentare di metterti contro Blackwell. Non sai che contatti ha. Ti rovinerà, e quello solo se si sente generoso. Capisci quello che ti sto dicendo?»

«Non credo. Mi stai minacciando di morte?» L'occhiata che gli do lo fa sussultare.

Alza una mano e torna il sorriso finto. «Non io. E non dobbiamo arrivare a questo punto, purché tu tenga la bocca chiusa. Ma devo sapere se posso contare su di te.» Sospira. «Dai, Adam. Abbiamo scelto te perché resti calmo sotto pressione. Nessuno sa che cosa c'è dietro la facciata che presenti al mondo. Quello è il tipo di discrezione che vogliamo. Hai il carattere giusto per il progetto Bliss.»

Do finalmente un'occhiata alla stanza. Ci sono pochi mobili ma c'è un'asta per la pole dance ai piedi di un letto ovale. La vista sul bagno mostra una vasca idromassaggio per sei persone e specchi su ogni parete. «È consensuale al cento percento? Non si fa male nessuno?»

«No, a meno che lo vogliano.» Paul si mette la mano sul petto. «Onore di Scout. E nessun minorenne.»

L'avevo sentito la prima volta. Non m'infonde fiducia il fatto che Paul senta il bisogno di ripetere quella dichiarazione.

Tiro indietro la testa e fisso il soffitto. C'è un altro specchio, questo con il logo del Bliss.

Sesso, gioco d'azzardo, bere e chissà che altro. Ma che m'importa? Almeno in questo ambiente c'è qualcuno che controlla per assicurarsi che non sfugga di mano.

Chiunque paghi un quarto di milione di dollari per diventare membro sa a che cosa va incontro. Devo presumere che Blackwell abbia trovato qualche scappatoia per tenere tutto in regola.

Potrei vivere per rimpiangere questa decisione, ma per ora.

«Ci sto.»

Mi strofino gli occhi sotto gli occhiali da lettura, con le parole che si confondono sullo schermo, ma non perché sia stanco. Non riesco a smettere di pensare alla palese minaccia di Paul quando ha pensato che potessi tirarmi indietro dal progetto. Riuscirei a pestarlo a sangue se tentasse qualcosa e lo sa. Non si trattava di lui. Mi stava avvertendo di Blackwell e dei suoi contatti.

Una donna si schiarisce la voce e alzo gli occhi. C'è Hayden sulla porta del mio ufficio. Immediatamente le mie preoccupazioni svaniscono e si crea un altro tipo di tensione.

Mi alzo e giro intorno alla scrivania, appoggiandomi con un fianco e incrociando le braccia. «A che cosa devo il piacere?» Di solito sono io che vado a cercarla. Solo per ragioni di lavoro. E per vantarmi, o per provocarla. Ma, ehi, la sto tenendo all'erta. Non vorrei che si addormentasse sul lavoro.

Hayden fissa i miei occhiali. «Stavo... Da quando hai gli occhiali?»

Tolgo gli occhiali da lettura con la montatura nera e li getto sulla scrivania. «Li ho sempre avuti, ma non li porto sempre.»

Lei sbuffa. «Perfetto» borbotta.

«Scusami?» Questa volta non l'ho provocata intenzionalmente, quindi mi interessa sapere come ci sono riuscito così facilmente.

Lei si pianta un sorriso sul volto. «Non è niente. Sono venuta perché volevo sapere se hai sentito qualcosa riguardo alle ballerine di burlesque. William ha deciso?»

Noto l'espressione indifferente che cerca di mostrare. Poi, dato che non riesco a farne a meno, il mio sguardo scende. Indossa una gonna blu scuro a piccoli pois bianchi e una camicia trasparente attraverso la quale potrei vedere, se non fosse per quell'accidente di canotta. Hayden non è piccola e, con i tacchi alti, la cima della testa è giusto al livello dei miei occhi. Le scarpe, noto, hanno un cinturino sexy intorno alla caviglia e mi inviano al cervello immagini di me che li allaccio, anche se di solito non ho questo feticcio.

Con Hayden non c'è più niente di normale per me. Mi posso vedere fare un mucchio di cose che normalmente non farei, solo per scuoterla, oppure – oh, merda – per farla felice. Da dove diavolo è venuto questo pensiero?

Mi schiarisco la voce. «Hayden, stai cercando di sondarmi per avere informazioni privilegiate?»

Lei entra completamente nell'ufficio e chiude la porta.

Il mio cuore aumenta i battiti al pensiero di essere da solo con lei, visioni di lei nuda ancora vicine alla superficie. Inarco le sopracciglia. «Abbiamo bisogno di privacy?»

«Smettila di fare il difficile. È una domanda semplice. Voglio solo sapere qual è la società che ha scelto William.» Si sposta vicino a me, appoggiando il fianco rotondo contro la mia scrivania, in una posa simile alla mia, solo che la sua figura è un'opera d'arte. Allunga la mano e giocherella distrattamente con i miei occhiali.

La guardo. «Hai un debole per gli occhiali. Sarei lieto di rimettermeli.»

Lei ritira in fretta la mano. «Che cosa? No!»

Bussano alla porta e da dietro l'angolo appare la testa di Bridget. Passa lo sguardo dalla faccia arrossata di Hayden alla mia. «Oh, scusate, non sapevo che ci fosse una riunione. Dove tornare?»

«Va tutto bene, Bridget» dico. «Che cosa posso fare per te?»

Apre del tutto la porta, portando la sua borsa e un foglio di carta. «Vado a fare shopping. Ci sono alcune cose... Dal mio precedente posto di lavoro che Eve vuole che prenda. Nel negozio di souvenir» dice cautamente.

Visto che era una spogliarellista prima che l'assumessi, immagino esattamente che cosa ha in mente Eve.

«Oh, non preoccuparti» aggiunge in fretta Bridget. «Eve ha ordinato online la maggior parte di quello di cui ha bisogno. Ci sono solo alcune cose... Specializzate del mio vecchio impiego.... Qualche prodotto che raccomandavo.»

Do un'occhiata veloce ad Hayden, che ha aggrottato la fronte. «Sì. Bene. Ti rimborseremo.»

Bridget esce e Hayden mi guarda a occhi stretti. «Che diavolo era?»

«Niente.»

La mandibola delicata si sposta. «Perché devi fare il difficile? Io sto cercando di essere educata.»

«Educata» dico, ripetendo la parola e studiando la sua espressione vivace.

«Sì, educata. Siamo colleghi, amici, giusto?» La sua espressione adesso è quasi entusiasta, ed è una novità. Hayden non è mai stata interessata all'amicizia con me, per questioni di lavoro o altro.

«Davvero? Non me n'ero reso conto.»

«Lascia perdere.» Si volta per andarsene ma le afferro la

mano. Lei si muove appena, mantenendo le distanze, cosa prevedibile. Vuole qualcosa e non è l'amicizia.

Le lascio andare la mano. «Scusami. Discutere con te è una cattiva abitudine.» Afferro con le mani il bordo della scrivania dietro di me per resistere alla tentazione di toccarla di nuovo. «Sì, siamo colleghi. E no, non so niente su chi vuole assumere William per il burlesque, ma ho una riunione con lui la settimana prossima. Presumo che prenderemo allora la decisione.»

Hayden sorride, ma non mi fido. I sorrisi di Hayden sono rari e lontani tra loro e non sono mai indirizzati a me con sincerità. «È stato così difficile?»

Picchietto le dita sulla scrivania. «È tutto o vuoi che mi rimetta gli occhiali?»

Arrossisce e deglutisce. «No, dovrei andare.» Va in fretta verso la porta e fisso i suoi fianchi che ondeggiano mentre cammina agitata.

La dolce Hayden ha un feticcio per i nerd. Non dovrebbe sorprendermi, visto le sue tendenze da secchiona.

Torno al mio computer. È tardi ma davanti a me ho una settimana piena di lavoro. Vorrei che la dozzina di colloqui che ho vadano lisci. Farli mi piace quasi quanto cenare con mio padre, vale a dire per niente. Prima assumeremo le guardie del corpo e le ballerine di burlesque, prima potrò impedire ad Hayden di curiosare ed esprimere un interesse ingiustificato nel mio lavoro al Blue.

Non vedo l'ora che arrivi la fine delle due settimane di Bridget e il giorno in cui vincerò la scommessa con Hayden.

Capitolo Quattordici

Hayden

I miei uccellini (alias Mira e Nessa) mi dicono che Adam ha fatto dei colloqui di lavoro negli ultimi due giorni. Si sono svolti tutti nella grande sala conferenze, completamente insonorizzata, accidenti. Non che non sia passata davanti parecchie volte per mettere alla prova quella teoria.

È ora di fare una visitina alla nuova assistente di Adam. Sono una dirigente, non può rifiutare le mie domande. A meno che Blackwell l'abbia avvertita, come ha fatto con tutti i suoi accoliti. Incrociamo le dita e speriamo che abbia fatto quello che fa sempre, cioè lasciare al loro destino le segretarie e le assistenti.

Per rompiballe che sia, Adam non soddisfa ogni minimo desiderio di Blackwell come il resto della mandria di dirigenti. È probabilmente il motivo per cui parla ancora con me. Non credo che abbia detto a Bridget di starmi alla larga.

Bevo le ultime gocce del mio mezzo litro di caffelatte con il caffè espresso, finisco di scrivere l'ultima e-mail al data manager che si occupa di aggiornare il sistema delle Risorse Umane e scuoto la gonna a pieghe. Il casinò è una ghiacciaia, con tutta l'aria condizionata all'interno, ma, tra la bevanda calda e l'energia super che mi infonde fare ricognizioni subdole mentre Adam è occupato in riunione, ho addirittura le guance arrossate.

Prendo un taccuino e mi affretto a uscire prima di perdere il coraggio e mi scontro con Mira.

«Indietro, indietro, *indietro*.» Mi spinge dentro l'ufficio. «Non puoi andare a spiare.»

«Perché no? Mi hai appena informato che la via è libera.»

«Sì, era così, ma si è fatto vivo tuo padre.» Ha gli occhi spalancati e preoccupati.

«Cosa? Perché?» chiedo, parlando tra me e me. La mia famiglia si è trasferita a Reno dopo l'incidente alle superiori. Vengono a trovarmi, ma mai senza farmelo sapere prima.

Mira alza le mani, esasperata. «Lo chiedi a me? E non importa. Sta parlando con Adam.»

«Pensavo che avessi detto che Adam era occupato con un colloquio.»

«Beh, non è così, sta parlando con tuo padre.»

Sento montare l'ansia. «Deve smetterla, subito. Non voglio che Adam faccia amicizia con mio padre. Che diavolo pensa di fare?»

Mira mi volta le spalle, apre la porta e mi spinge fuori. «Dovresti andare a chiederglielo, perché mi sembra un po' troppo a suo agio con tuo padre ed è probabilmente meglio che li faccia smettere.»

Snella com'è, Mira è maledettamente forte. Riesco a riprendermi prima di inciampare nei miei stessi piedi e finire a pelle di leopardo.

Guardo lungo il corridoio e, proprio come ha detto

Mira, mio padre e Adam stanno parlando a parecchie porte di distanza. Mio padre sta perfino ridendo a qualcosa che gli ha detto Adam.

Adam alza gli occhi e mi vede per primo e sul suo volto passa un'espressione subdola.

Che diavolo succede? Doveva essere la mia missione di ricognizione, non il giorno in cui Adam si infiltra nella mia vita privata. Mi affretto lungo il corridoio, lo sguardo di Adam scende sui miei fianchi e sorride. Mi fermo davanti a lui e lo guardo storto.

Mio padre mi guarda e sembra confuso. Di solito sono più educata, ma mio padre non ha idea quanto Adam riesca a irritarmi.

«Hayden» dice Adam. «Non sapevo che tuo padre fosse un fan dei Warriors.»

Lo fisso. A chi interessa se mio padre è un fan dei Warriors?

A quanto pare agli uomini sì perché mio padre sorride, come se quella fosse l'unica credenziale che gli serve e dice: «Forza Dubs».

Sbuffo, frustrata. «Papà, che ci fai qui? Dovevamo vederci? Non l'avevo in agenda.»

«Beh, no. Ero in città e ho pensato di venire a trovarti.»

«Oh.» Suono delusa. Merda. Certo che voglio vedere mio padre. Il problema è che ero eccitata per la missione di raccolta informazioni mentre Adam era occupato altrove, o almeno lo credevo.

Mi volto verso mio padre per escludere Adam dalla conversazione. Per qualche motivo è ancora lì. «Bello, papà. Vuoi cenare con me? Finirò tra un paio d'ore.»

«In effetti, tesoro, Adam si è appena offerto di farmi visitare il casinò.»

Do un'occhiata irritata a Adam. Che sta sorridendo.

«Ma papà, ti ho fatto visitare l'ultimo casinò dove lavoravo. Non ricordi?»

«Certo, tesoro, ma questo è il Blue Casinò. Ho sempre desiderato visitare un posto come questo. Vedere come vanno le cose in quelli eleganti.» Sorride sfacciatamente.

Oh, merda, allora Adam è la persona migliore per far visitare il casinò a mio padre. È coinvolto in tutto, con il resto dei Blue Star di Blackwell. «Scusa, papà, non me n'ero resa conto. Sarò lieta di portarti in giro io.»

Lui mi stringe un braccio e mi bacia la guancia. «No, no. Tu torna a lavorare. Farò un giro veloce con Adam e tornerò più tardi a prenderti. Va bene intorno alle cinque e mezza?»

Non riesco a nascondere l'ostilità che trasuda da me a ondate mentre trafiggo Adam con gli occhi. Perché sta cercando di farsi amico mio padre? Come ha fatto ad abbindolare così in fretta il mio astuto padre?

«Puoi concederci un minuto, papà?» Senza aspettare la sua risposta, tiro Adam verso la stanza vuota più vicina, che per caso è l'ufficio del facility manager, il responsabile dell'intera struttura. Chiudo la porta e mi volto a guardarlo. «Che cosa stai facendo?»

«Porto tuo padre a visitare il casinò?» risponde lo stronzo, l'immagine dell'innocenza.

«Non credo.»

«No?» Ridacchia come se si stesse divertendo.

«Hai in mente qualcosa. Pensi che possa in qualche modo annullare la scommessa?»

Adam fa un passo verso di me. «Perché dovrei volerlo? Non vedo l'ora di vincerla.»

Per un secondo netto mi agito per il suo tono malizioso e la sua vicinanza e lo considero un progresso, visto come mi disarma solitamente la sua presenza. «Lasciane fuori mio padre.»

Il volto di Adam diventa serio e la sua voce si addolcisce. «Hayden, si era perso e gli stavo dando le indicazioni. Quando mi ha spiegato che era tuo padre, abbiamo cominciato a chiacchierare. Ecco tutto. Gli ho offerto di fargli visitare il casinò perché ha detto che non era mai stato qui. Sinceramente, non riesco a credere che lavori al Blue da quasi un anno e non gliel'hai mai fatto visitare.»

Okay, bene. Sono una pessima figlia. Ma in mia difesa non avevo idea che a mio padre interessasse il Blue. Non ne ha mai parlato. «Una visita ed è tutto?»

«Prometto che lo riporterò in tempo per la vostra cena.» Si tira indietro, lasciandomi lo spazio per girargli attorno e uscire, ma, di colpo, mi rendo conto dell'importanza di dove siamo. L'ufficio del facility manager, la persona che ha accesso a ogni stanza nell'intero edificio.

Adam segue il mio sguardo. «Non mi piace la tua espressione subdola. Che cosa stai pensando?»

Perché non ci ho mai pensato? Non sono Adam e la sua assistente le persone su cui dovrei concentrare la mia attenzione. Ci sono persone con le informazioni a portata di mano che potrebbero servirmi di più e non fanno nemmeno parte dei Blue Star.

«Hayden, mi hai sentito?»

Vado alla porta. «Meglio che ti affretti, Adam. Mio padre ti aspetta.»

Apre la porta, con ancora un'espressione turbata e lo supero, ma sento il suo sguardo puntato sulla mia schiena.

Sorrido a mio padre. «Tutto a posto, papà. Adam ti farà da guida.»

Mio padre mi guarda sospettoso. «Davvero? Bene, sono contento che *tu* abbia deciso.»

Lo abbraccio per salutarlo. Quindi è sembrato sospetto che abbia tirato Adam in una stanza per parlargli in privato.

Ma mio padre non ha la minima idea di come funzionano le cose al Blue ed è meglio così. Si preoccuperebbe e lo scopo di tornare a Lake Tahoe non era dare ai miei genitori un'altra ragione per preoccuparsi. Era per dimostrare a loro e al mondo che avevo superato quello che mi era successo in passato.

Do un'occhiataccia a Adam. «Prenditi cura di lui.»

Adam reagisce al mio avvertimento con un sorriso affascinante che probabilmente ha persuaso centinaia di genitori ignari a consegnargli le loro preziose figlie, sicuri che le avrebbe trattate bene. Mi preoccuperei, ma so che mio padre se la può cavare da solo.

Torno verso il mio ufficio. Ah, non per molto. Intendo seriamente tornare nell'ufficio del facility manager. Appena Mira mi avrà confermato che sarà libero per almeno mezz'ora.

Sbircio lungo il corridoio per assicurarmi che nessuno mi veda ed entro in fretta nell'ufficio del facility manager, chiudendomi la porta alle spalle. Mira dice che ho tre quarti d'ora prima che torni.

Corro alla sua scrivania, coperta con tutte le statuine con la testa snodata mai inventate e guardo con attenzione i documenti in cima. Solo un indizio su dove si trova la suite segreta (un qualche tipo di progetto edilizio) è tutto quello che mi serve.

I documenti sulla scrivania sono per il contratto di locazione di un venditore, un'altra pila per un progetto di risparmio energetico, niente di quello che sto cercando.

Aprendo i cassetti della scrivania, sfoglio in fretta le

cartelline dei servizi di sicurezza, parcheggio... *Forza, amico, dove tieni le informazioni sulle suite segrete?*

Non c'è modo che il facility manager non sia al corrente della suite che hanno trovato Mira e Tyler. Ha accesso a tutto ciò che succede nell'edificio. Chiudo il cassetto sbattendolo e tutte le statuine annuiscono confermando il mio pensiero.

Ispezionando il resto della stanza il mio sguardo si ferma su uno schedario alto in un angolo. Uno dei cassetti è chiuso a chiave ma gli altri no. Mi avvicino e li apro uno per uno. E faccio centro. Il direttore tiene lì i progetti dell'edificio e le cartelline di tutti i lavori di manutenzione e impiantistica. Fuochino.

Frugando tra le carte non trovo niente fuori dall'ordinario. E coincide con tutto quello che ho trovato finora. Ho ispezionato ogni piano del Blue Casinò e devo ancora trovare una suite che non sia come tutte le altre. Uno dei piani è stato in costruzione per mesi, ma è il primo che ho controllato. La parte completata è okay. E anche questi documenti.

Chiudo l'ultimo cassetto in basso e fisso quello in alto, chiuso a chiave. Se qualcuno volesse nascondere qualcosa lo metterebbe sottochiave.

Torno in fretta alla scrivania e cerco le chiavi. Sto esaurendo il tempo che ho a disposizione e il direttore ha circa duecento chiavi nel suo cassetto tra cui scegliere. Solo alcune sono abbastanza piccole che potersi adattare. Afferro quelle piccole e torno allo schedario provandole a una a una. Niente da fare.

Merda. Mi guardo di nuovo intorno. L'ufficio è semplice: una scrivania con una poltroncina, lo schedario e una montagna di statuine. La maggior parte delle statuine è a tema sportivo ma alcune sono interessanti, incluso il piccolo scheletro di pirata con un forziere... Un forziere che sembra si possa aprire.

Rimetto le chiavi nel cassetto e fisso il forziere del pirata. Apro il coperchietto.

Dentro c'è una piccola chiave.

Porca paletta.

L'afferro e torno allo schedario, con le mani che tremano. Infilo la chiave nella serratura e gira. Il cassetto dello schedario si apre.

Gli schedari chiusi a chiave sono sempre sospetti, ma non è quello il motivo per cui sento il cuore che batte nelle orecchie, sono le file di cartelline etichettate *Bliss* al suo interno. Tutto ciò che ho trovato finora poteva essere ricondotto in qualche modo alla normalità del casinò, ma non Bliss. Non ho mai sentito parlare di questo progetto e, come dirigente, ne avrei dovuto avere notizia.

Prendo una manciata di cartelline, vado alla scrivania e le appoggio.

L'ala dove ci sono le suite dell'attico è in costruzione da mesi. Blackwell ci aveva informati un po' di tempo fa che la stavano ristrutturando ed era stato il primo posto che avevo controllato quando Mira e Tyler avevano trovato la stanza sospetta. Le suite erano sembrate normali ma secondo i progetti del Bliss una metà del livello dell'attico, una sezione separata da una veranda esterna, è completamente diversa dall'altra. E l'accesso a questa parte di piano è stato bloccato per i dipendenti durante i mesi dei lavori.

Secondo questi documenti, ci sono quattro suite, ciascuna con la stessa configurazione. E sono talmente grandi da essere ridicole. Abbiamo clienti ricchi che occupano regolarmente le suite dell'attico, che costano un paio di migliaia di dollari a notte. Quelle stanze vengono perlopiù prenotate per eventi speciali e non ho mai sentito che qualcuno se ne lamentasse. L'unico motivo per cui il casinò le ristruttura è per tenerle sempre al passo con la moda. Ma forse c'era un altro scopo per questo ammodernamento.

Le quattro suite del progetto Bliss che occupano la metà del piano sono follemente stravaganti, con un bar, un soggiorno molto sofisticato e un ascensore privato, quasi nessuna finestra, ed è strano. Le suite dell'attico sono note per i loro terrazzi e il panorama sulle montagne e sul lago.

Per tutto questo tempo, pensavo che Blackwell cambiasse spesso stanza per le sue attività illecite. Ma se invece di intrufolarle tra le altre avesse creato uno spazio tutto per loro? Uno spazio così vistoso che si confonde con gli standard elevati del piano attico?

Tecnicamente nessuno ha potuto guardare quella sezione del piano attico. Per il casinò è una responsabilità mandare dipendenti non autorizzati in una zona in costruzione. Il solo rumore ci ha obbligato a chiudere tutto il piano sotto per mantenere alto lo standard di qualità per gli ospiti dell'albergo. Ma, riflettendo, non permettere alla gente di arrivare a quei piani ha anche fornito un cuscinetto e un livello di privacy per qualunque cosa stiano facendo lassù.

Le suite del Bliss sono enormi, la loro disposizione è strana e, basandomi sul progetto, non c'è motivo che non possano avere lo stesso ruolo della suite che hanno trovato per caso Mira e Tyler. Dev'essere così.

Fuori dalla porta dell'ufficio si sentono voci maschili.

Alzo lo sguardo e ci sono le cartelline sparse a caso sulla scrivania. «Merda.»

Le chiudo alla svelta e corro allo schedario, rimettendole nel cassetto e chiudendolo. Potrei fingere di volergli lasciare un biglietto. E significa che devo prepararne uno, maledizione.

Torno in fretta alla scrivania e scarabocchio in fretta un messaggio chiedendo al direttore di venire da me. Troverò poi un motivo perché debba farlo. Mi precipito verso la porta e mi blocco a metà strada.

La chiave.

Mi volto in fretta e corro per rimettere la chiave nel forziere del pirata, ma inciampo nella moquette. Barcollo in avanti e la chiave mi vola via dalla mano. Riesco ad afferrarmi al bordo della scrivania prima di finire faccia a terra, ma la chiave è sparita.

Merda. *Merda.*

Mi metto carponi e striscio, cercando sotto la scrivania. Cerco freneticamente con la mano sotto la scrivania, senza molta fortuna. Poi sento un brivido percorrermi la schiena.

Da dietro arriva il suono della porta che si chiude e risucchio il fiato, trattenendolo.

«Hayden? Che cosa stai facendo?»

Solo Adam. Posso farcela a togliermi d'impaccio.

Lascio uscire il fiato, arretro per uscire da sotto la scrivania e vedo la chiave appoggiata a una delle gambe. Volto la testa e catturo il suo sguardo. «Come facevi a sapere che ero io?» Allungo la mano verso la chiave mentre mi sta fissando in volto.

Lui guarda intenzionalmente il mio sedere e sorride pigramente.

«Sono molestie sessuali, sai.» Mi rimetto in piedi barcollando nelle scarpe con il tacco da dieci centimetri, desiderando di aver scelto qualcosa di più pratico, con la chiave stretta in mano.

Lui si avvicina, guarda dietro la scrivania e io rimetto la chiave nel forziere del pirata mentre non sta guardando. «Oh, per favore. Non è una molestia riconoscere qualcuno da... Dietro.» Il suo sguardo va di nuovo brevemente al mio sedere.

Storco la bocca. «Divertente.»

Lui indica il pavimento. «Che cosa stavi facendo lì sotto? E non dirmi che hai lasciato cadere qualcosa. L'espressione colpevole sul tuo volto mi dice tutto quello che ho bisogno di sapere.»

«Bene, non ti dirò che ho lasciato cadere qualcosa.» Mi sposto per andarmene. «Arrivederci, Adam.»

Lui mi afferra la mano e mi tira verso di sé, facendomi urtare piano la spalla contro il suo petto. «Non farlo.» Per una volta, i suoi occhi sono sinceri.

Il mio sorriso compiaciuto sparisce. «Fare cosa?»

«Non farti coinvolgere, Hayden.»

«Perché dovrebbe interessare all'uomo di ghiaccio che sei?» C'è solo una ragione cui posso pensare ed è perché non vuole essere beccato, insieme al resto dei dirigenti del casinò, una volta che avrò scoperto che cosa hanno in ballo.

«Preferisco cavernicolo.» Mi mette una ciocca di capelli dietro l'orecchio e abbassa gli occhi sulla mia bocca. La sua espressione preoccupata diventa in fretta qualcosa di più... Ardente. C'è parecchio calore dietro quegli occhi.

Mi sento girare la testa. La sua mano è calda intorno alla mia, il petto ampio e mi sfiora il seno sinistro. Di colpo, le sue azioni non sembrano così egoistiche.

Il fiato mi esce tremante. Detesto l'effetto fisico che ha su di me. Mi incasina la testa. Adam è colpevole. È in combutta con Blackwell e gli altri. Lo so ma non riesco a distogliere gli occhi dalla sua bocca.

Le sue labbra sono di una tonalità più scura della pelle leggermente abbronzata, il labbro inferiore un po' più pieno di quello superiore. Vorrei che le premesse sulle mie e mi tenesse stretta, che mi dicesse che andrà tutto bene. Perché

Adam è il Re di Ghiaccio. Niente lo sfiora e, anche se sta lavorando con il nemico, la sua forza mi aiuterebbe. Devi essere una roccia per essere sempre sotto controllo e non mostrare mai debolezza. Vorrei essere forte come lui. Non so se ammirarlo o disprezzarlo, ma il mio corpo dice ammirarlo. Decisamente ammirarlo.

Adam deglutisce e fa un passo indietro. I suoi occhi sono cambiati, l'intensità che brucia in fondo non è più piena di desiderio. «Maledizione, Hayden, smettila di farti coinvolgere.» Mi supera ed esce dalla porta.

Crollo. Qualunque cosa mi tenesse sospesa nello stesso posto si è rotta.

Non voglio che Adam sia nient'altro che quello per cui l'avevo preso il primo giorno di lavoro, quando non si era ricordato di me: superficiale ed egocentrico.

Ma gli stronzi superficiali ed egocentrici non si prendono la briga di avvertire le ragazze del pericolo. E in questo momento non riesco a dire se è più preoccupato per la sua pelle o la mia.

Capitolo Quindici

Mio padre mi riempie il piatto di riso Jasmine, seguito un momento dopo dal pollo al curry e tagliolini Pad Thai. Quando è venuto a prendermi per la cena abbiamo deciso di scegliere il nostro ristorante tailandese preferito.

«Il mio giro con Adam è stato breve.» Fa un verso contrariato, come se fosse colpa mia.

«Sono sicura che avesse da fare» dico distrattamente. Non ho ancora dimenticato la rabbia sul volto di Adam quando mi ha lasciata questo pomeriggio. Dovrebbe preoccuparmi il fatto che per un momento sembrava che stesse per baciarmi, ma no. Quello che non mi era piaciuto era la rabbia.

Mio padre non prende i tagliolini. «Ho avuto l'impressione che ci fosse una certa tensione tra voi due.»

Eufemismo. «Adam e io ci scanniamo continuamente. Non andiamo d'accordo.» Non c'è bisogno che sappia da dove provengono tutte le frustrazioni mie e di Adam.

Papà si mette in bocca una forchettata di pollo, con la fronte aggrottata come se stesse riflettendo. Mastica per un momento. «Non è quello che mi è sembrato. Durante la visita, sembrava che volesse tornare da te. Stai attenta. Le relazioni tra colleghi possono essere complicate.»

«Papà, non c'è nessuna relazione.» Come faccio a spiegare Adam a mio padre? «Se voleva tornare da me, era solo per rendermi la vita difficile.»

«L'ha fatto? È tornato e ti ha fatto una predica?»

Adam mi ha beccato mentre spiavo in un ufficio e mi ha messo in guardia, quindi... «Sì.»

Mio padre versa il tè nelle piccole tazze del ristorante. «Non è il tuo capo, vero?»

«No.» Ingoio il cibo che ho in bocca. «Anche se penso che gli piacerebbe, per potermi comandare.»

Mio padre appoggia la tazzina. «Non mi piace. Mi era sembrato una brava persona quando abbiamo parlato nel corridoio e durante la visita. Devo essermi sbagliato.»

Potrei permettere a mio padre di crederlo e lo avrei fatto, qualche settimana fa. Ma non posso ignorare le volte che ho visto qualcosa in Adam, che mi ha fatto cambiare idea. «No, non ti eri sbagliato. Non è una cattiva persona. Semplicemente... Non andiamo d'accordo.»

Mio padre prende un altro boccone e mi esamina il volto. «Ed è tutto? Non c'è altro che ti preoccupa? Sembravi distratta l'ultima volta in cui hai chiamato a casa. Tua madre mi ha spedito qua per accertarsi che andasse tutto bene. Ti stai facendo degli amici in città?»

Non importa quanti anni abbia. I miei genitori si preoccupano sempre.

«Sì. Va tutto bene. È solo roba di lavoro.»

«C'è qualcosa di cui mi vorresti parlare?»

Mi padre uscirebbe di testa se gli dicessi quello che sospetto stia succedendo dietro le porte chiuse al Blue Casinò. Ed è il motivo per cui non ho intenzione di farlo. La sua espressione mi dice che è ancora preoccupato. «Papà, ho ventisette anni. Posso cavarmela da sola.»

Cerca di sorridere e mi dà un colpetto sulla mano. «L'età non conta. Sei sempre mia figlia.»

«Capito, una volta genitore, genitore per sempre. Adesso mangia. Non vogliamo che la mamma debba aspettare troppo per scoprire com'è andata la nostra cena.»

Da quando è diventata vicepreside in una scuola media a Reno, mia madre lavora un mucchio di ore. Non viene qua spesso come mio padre, ma non significa che non sia al corrente di tutto.

Mio padre sorride. «Giusto. Sono sicuro che mi chiamerà mentre sono per strada. Quindi sarà meglio che ottenga qualche informazione altrimenti non smetterà mai di chiedere.» Beve un sorso del tè caldo. «Quindi, tornando a Adam. Perché non andate d'accordo?»

«Papà, davvero?» Lui alza un sopracciglio, sfidandomi a negare che ci sia qualcosa di insolito nei miei rapporti con Adam. «È complicato.»

«Adam sembra essere professionale e attraente e sembra interessato. Continuo a non essere sicuro che sia una buona idea frequentare un collega, ma se dici che è una persona decente, allora...» Fa spallucce con un'espressione interrogativa.

«Cosa? *No*. Niente da fare.» Scuoto la testa. «Adam...» Sto per dire *mi odia*, quando mi fermo. Perché non è vero. Nelle ultime due settimane ho capito abbastanza di lui da sapere che non mi odia. Mi fa ammattire, ma non mi odia.

«Adam non è interessato a niente di serio» dico alla fine. Non che Adam abbia espresso interesse per me, ma almeno mi toglierà di dosso mio padre senza che gli debba spiegare il nostro complicato passato.

«Mmm» dice mio padre, torcendo la bocca.

Non mi piace l'espressione pensierosa sul suo viso. «Che cosa significa quel *mmm*?»

«Beh, il fatto è che la maggior parte di noi uomini non è il tipo che si fa una famiglia... Finché lo fa.»

«È un qualche folle tipo di logica maschile? Che cosa dovrebbe significare?»

Mio padre mi getta una mentina e tira il conto dalla sua parte del tavolo. «Solo che non sappiamo mai chi di voi ci metterà fuori gioco. In modo permanente.»

«Quindi stai dicendo che non ci sono uomini decenti lì fuori. Che sono tutti donnaioli finché non trovano la ragazza giusta?»

«Ci sono uomini perbene. Ma perfino loro restano fulminati quando trovano *quella giusta*.»

Sento il calore che sale alle guance. «Bella conversazione, papà. Lieta di sapere che eri un donnaiolo prima di conoscere la mamma. Dovrò lavar via quell'immagine dalla testa con la candeggina. Per ora, pensi che potresti venire a casa mia per pulire le grondaie?»

Capitolo Sedici

Adam mi ha evitato per tutta la settimana. Come faccio a saperlo? Perché non l'ho visto e dimostra che tutte quelle volte in cui ci siamo imbattuti o siamo stati costretti a stare l'uno vicino all'altra nelle sale riunioni erano state orchestrate al puro scopo di *irritare Hayden*. Ma l'alternativa non mi piace. Perché ho bisogno di stargli vicino. L'ufficio del facility manager è stato un grosso passo in quella direzione. Adesso so che cosa sto cercando. Ma se voglio sapere di più del Bliss ho comunque bisogno di qualcuno all'interno.

Ho tentato di ritornare nell'ufficio del FM, armata di telefono per ottenere prove fotografiche, ma l'ufficio era chiuso a chiave. Non un gran deterrente. Ma quando, con l'aiuto della mia fidata assistente, Mira la scassinatrice, ero riuscita a entrare, lo schedario dove avevo trovato quelle cartelline interessanti sul Bliss era sparito. Completamente rimosso dall'ufficio.

È colpa di Adam. Ha capito le mie intenzioni e deve avergli ordinato di far sparire lo schedario. Ma non permetterò che mi fermi. Adesso so del progetto Bliss, so dov'è. E scommetterei tutti i miei soldi che è lì che Blackwell ha trasferito la sua suite illegale.

Bridget ritira le sue carte dopo la riunione di marketing che abbiamo appena finito per lo spettacolo di burlesque. «Hai un minuto?» le chiedo.

«Certo.» Sorride e poi si morde un angolo del labbro. «Ti dispiace seguirmi in ufficio? Devo mandare in fretta un'e-mail.»

Le dico che va bene e percorriamo il corridoio. Adam e Blackwell possono anche avermi avvertito di stare alla larga dalla nuova assistente di Adam, nella mia veste di direttore delle Risorse Umane, ma non significa che non possa parlare con una collega, giusto?

Bridget e io chiacchieriamo e Mark, del Reparto Informatico, ci passa accanto, sudato e un po' rosso in viso. «Ciao, Bridget» dice sottovoce.

Sono impressionata. Normalmente Mark evita di guardare la gente negli occhi.

Bridget lo saluta e io gli faccio un cenno con la testa, poi riprendiamo la nostra discussione sulla pubblicità da fare per il grande evento.

Non più di due secondi dopo, passa un altro dipendente, con la stessa espressione infatuata sul volto.

«Salve, Bridget.» Questa volta è uno dei tecnici. Un uomo incredibilmente timido. L'unico motivo per cui finora mi ha detto due parole è perché firmo i suoi assegni.

Che diavolo? Do una seconda occhiata. «Sembra che abbia dei fan» dico sorridendo. È una bella cosa se Bridget riesce a far uscire le persone dal loro guscio.

«Oh, sì. Sono stati tutti così carini.» La sua espressione è modesta e mi rendo conto che Bridget mi piace davvero. È carina quindi capisco perché piaccia agli uomini, ma è altrettanto cordiale con le donne da quanto ho potuto vedere. E Adam non ha detto niente di negativo sul suo lavoro. Dovrò presumere che sia perché è contento di lei e non perché stia nascondendo qualcosa solo per vincere la nostra scommessa.

Accidenti. Non riesco a credere che Adam finirà per vincere. Ero certa che non sarebbe stato in grado di assumere un candidato adatto. Renderà più complicato sapere qualcosa delle altre persone che sta assumendo. Ho promesso di tenere il naso fuori dai suoi affari, se dovesse vincere. Ovviamente continuerò a ficcanasare, ma ora dovrò essere più furtiva.

Entriamo nell'ufficio di Bridget e chiudo la porta. «Non abbiamo avuto l'occasione di sederci a fare una chiacchierata e volevo essere sicura che ti stessi ambientando. Vedere se ti serve qualcosa dalle Risorse Umane.»

Sto completamente disobbedendo agli ordini di non parlare a Bridget in veste di direttrice delle Risorse Umane, ma ho bisogno di una scusa per parlare con lei, e comunque è una regola stupida. A Bridget potrebbe servire qualcosa dal mio reparto e com'è possibile che possa ottenere aiuto se non possiamo parlare tra di noi? Inoltre ho bisogno di un motivo per fare domande approfondite su Adam. Mi sta evitando. A mali estremi, estremi rimedi.

Lei fa allegramente spallucce. «Tutto a posto. Anche se ho una domanda sui benefit sanitari. Puoi aspettare un attimo che mando l'e-mail di cui ti ho parlato?»

«Certo. A meno che preferisca venire tu nel mio ufficio quando avrai finito.»

«Oh no. Ci vorrà solo un minuto.» Bridget apre il programma di posta e scorre in fretta le schermate.

Mi dà un'occhiata e sorride nervosamente. Mi rendo conto che la sto fissando, quindi mi guardo intorno per darle un po' di privacy.

«Ecco» dice, riducendo la schermata a icona. «Tutto fatto.»

Bridget mi fa qualche domanda sui benefit sanitari della società. Cose che Mira e io le avremmo spiegato se Adam mi avesse permesso di mettere al corrente Bridget quando aveva cominciato a lavorare qui, ma sono lieta di aiutarla adesso.

«Grazie mille per le informazioni» dice. «Hai veramente chiarito parecchie cose.»

«Ah, bene.» Mi alzo per andarmene. Forse non dovrei dirlo, ma voglio essere disponibile per tutti i dipendenti, che si fottano Adam e Blackwell. «Vieni pure se avrai altre domande.»

Bridget sorride felice e so che parlare con lei è stata la mossa giusta. Sì, avevo un secondo fine, ma è comunque una dipendente e merita tutto ciò che le risorse umane possono offrirle.

Farà schifo, una volta che le due settimane di Bridget saranno finite. Adam e io dovremo mettere dei paletti a questa faccenda di non-fare-domande-ai-nuovi-assunti, perché è ovvio che sono loro ad avere domande cui lui non sa rispondere. Almeno penso che le avranno, a meno che Blackwell li ingaggi a contratto. L'impiego di Bridget non è così, ma non so che cos'ha in programma Blackwell per gli altri.

Mi fermo accanto alla porta. «Prima che vada, come sta Adam? Ultimamente non l'ho visto alle riunioni.» Spero che la mia piccola indagine non sia troppo evidente, ma, accidenti, Adam è scomparso e sono così vicina a capire che cos'è il progetto Bliss.

«È occupato con le nuove suite. Blackwell lo sta facendo lavorare fino a tardi per assicurarsi che sia tutto pronto in tempo per lo spettacolo di burlesque. È tutto segretissimo, ma, tanto perché tu stia tranquilla, sta andando tutto *veramente* bene. Dovresti vedere che cos'ho comprato per le stanze. Quelle suite saranno fantastiche.»

Non ho sentito niente di speciale sulla ristrutturazione delle suite, a parte che era in corso. Né mi ero resa conto che Blackwell le volesse pronte per lo spettacolo di burlesque. I commenti di Bridget confermano che le suite in costruzione sono qualcosa di più di quello che il casinò fa credere al pubblico e al resto dei dipendenti e che sia lei sia Adam sono coinvolti. Non mi meraviglia che non voglia che mi avvicini a lei.

«Che tipo di cose hai comprato»?»

«Stai interrogando i miei impiegati?»

Mi volto, con il cuore che vuole uscire dal petto. Adam è sulla porta e sembra incazzato. «Volevo solo conoscere la tua nuova assistente.» Non mi lascerò intimidire da lui. «Aveva qualche domanda sui benefit.» Guardo indietro. «Bridget, ti lascio tornare al lavoro. Ricorda quello che ho detto sul venire da me ogni volta che ne hai bisogno.»

Lei sorride e io vado da Adam, fermandomi davanti a lui. «Posso parlarti nel mio ufficio?»

Lui si fa da parte e lo sorpasso. Una volta fuori dal suo ufficio e non più a portata d'orecchio di Bridget, Adam mi raggiunge. «Blackwell ti ha dato ordini specifici di non interferire con l'assunzione della mia assistente.» La sua voce ha la sua normale cadenza elegante, ma è dura, con un fondo di asprezza.

È vero, sono colpevole perché ho fatto a Bridget domande di cui sapevo che Adam non avrebbe voluto che conoscessi le risposte, ma c'è qualcosa in ballo in questo posto e scoprirò che cos'è.

Gli do un'occhiata. «Blackwell non ha detto niente sul non parlare ai nuovi dipendenti, una volta assunti. La tua assistente aveva domande specifiche da fare riguardo ai benefit. Dubito fortemente che saresti stato in grado di rispondere senza venire da me.»

«Le stavi chiedendo del mio lavoro.»

Entro nel mio ufficio e Adam si chiude la porta alle spalle. «Non è un crimine. Qualunque progetto l'ospitalità abbia in ballo anche ogni altro membro della direzione dovrebbe esserne a conoscenza» dico dolcemente.

Adam sbuffa, frustrato. «Hayden, mancano quanti, due giorni alla fine delle due settimane di Bridget? La nostra scommessa è quasi finita. E non ti avevo preso per una che si tira indietro su una scommessa. Ammetti di avere perso, in modo che possiamo smettere di pensarci.»

«No. Ma anche se perderò la scommessa, dobbiamo stabilire dei termini. L'accordo era che stessi alla larga dal procedimento di assunzione. Non puoi pretendere che non parli mai con i nuovi assunti. Dovrò essere a loro disposizione riguardo ai loro benefit e altre cose di cui possono avere bisogno dalle Risorse Umane.»

Invece di sedersi sulla sedia degli ospiti, Adam viene dalla mia parte della scrivania, con la mano infilata nella tasca dei pantaloni. Fissa fuori dalla finestra. «Gli altri saranno assunti a contratto. Nessun benefit. Possono venire da me per qualunque domanda.»

Nella nostra ultima riunione, Blackwell aveva detto che le ballerine di burlesque sarebbero state assunte a contratto tramite un account speciale. Mi sorprende che Adam stia assumendo gente con un procedimento simile. Ma la cosa mi fa incazzare. È sbagliato. Il reparto delle Risorse Umane è fatto proprio per proteggere la società e i suoi dipendenti. Ma non possiamo farlo se evitano di usarci, se operano al di fuori della nostra giurisdizione.

E non so come fare a farli smettere.

Incrocio le braccia sul petto. «È una ridicola perdita di tempo per tutti. Vuoi seriamente essere l'intermediario?»

Mi guarda come se fosse frustrato. «Se devo...»

Okay, non gli sto rendendo le cose facili, ma è per un buon motivo.

Studio gli angoli aspri della sua bella faccia. «Perché è tutto così misterioso?» La mia voce è piena di giudizi severi. Voglio che il Signor Iceberg ammetta ciò che sappiamo entrambi. Il Blue Casinò sta facendo qualcosa di illecito.

Adam mi guarda socchiudendo gli occhi. Apre la bocca per dire qualcosa e suona il mio telefono. Mezzo secondo dopo suona anche quello di Adam.

Smette di fissarmi e si fruga in tasca. Io prendo la borsa cercando il telefono perché se abbiamo entrambi ricevuto un messaggio probabilmente si tratta di qualcosa di importante.

Il testo viene da Bridget, insieme a una serie di immagini. Per un attimo non so che cosa sto guardando. «È un cetriolo nella sua...? Oh. *Ohhh!*»

«Cazzo!» Adam si ficca il telefono in tasca e si precipita fuori dal mio ufficio.

Porca paletta. Bridget aveva detto di dover mandare un'e-mail importante. Era sembrata nervosa quando si era resa conto che le guardavo sopra la spalla. Ma da allora è passata mezz'ora. Forse quello che stava facendo si riferiva a questo?

Appoggio le mani sulla scrivania, sbattendo gli occhi, incredula. Perché avrebbe dovuto...? Non importa. È fatta.

Controllo nuovamente il messaggio. L'ha mandato a tutti. A tutta la direzione, ma non ai clienti, grazie al cielo. Possiamo arginare la cosa.

Prendo il telefono e chiamo il Reparto Informatico. «Toglietelo dal server. Immediatamente!»

«Stoi già provvedendo» dice il tizio del supporto tecnologico, in tono ansioso.

La chiamata successiva è per la sicurezza. «Sono Hayden Tate, delle Risorse Umane. Ho bisogno che scortiate fuori una dipendente. La stiamo licenziando.»

O almeno lo spero. Immagino che Adam stia andando lì adesso.

Ciò che ha fatto Bridget, anche se è stato un errore, è un grosso NO. Supera di parecchio un'azione inappropriata. Ed è un caso serio di pessima condotta sessuale. Non è una questione da poco, da rimprovero scritto. Specialmente così presto dopo il caso di aggressione da parte di un ex-dipendente nei locali della società. Le azioni di Bridget sono motivo di licenziamento immediato.

Vado verso il suo ufficio e dal corridoio sento la voce di Adam. «Che cosa diavolo stavi pensando?» Il suo tono è calmo, gelido. Non quello duro che aveva usato con me prima, che avevo interpretato come pura frustrazione nei miei confronti. Questa voce è più spaventosa tanto è gelida.

Adam non farebbe mai del male a Bridget, ma corro ugualmente verso l'ufficio.

«Mi dispiace.» La voce di Bridget trema mentre supero l'angolo. «È stato un incidente. Doveva andare solo a poche persone.»

Bridget è davanti alla scrivania, con il volto pallido mentre clicca disperatamente sul telefono. «Devo aver sbagliato a scrivere un nome e l'autocorrezione ha inserito una delle liste. Non riesco a credere che sia successo.»

«Innanzitutto, perché stavi mandando immagini sessuali esplicite ai dipendenti?» dice Adam. Bridget stringe le labbra. «Rispondimi» ringhia lui.

Lei si siede e distoglie gli occhi. «Era un'attività parallela.»

Whoa. Di colpo ha senso: l'attenzione che Bridget stava ricevendo dal contingente maschile del Blue, perfino dagli uomini timidi. Pensavo fosse perché era gentile. Gentile, davvero. Talmente gentile da mandare loro immagini sconce di sé.

«Questo non è un locale di spogliarello. Avevi capito che tipo di condotta ci aspettavamo da te?»

«Sì.» Adesso sembra disperata e si sta torcendo le mani. «È stato un errore, Adam. Non succederà più. Gli altri, i dirigenti, erano d'accordo. Beh, purché la cosa restasse discreta...»

Oh, sono sicura che i dirigenti del Blue Casinò fossero d'accordo con il suo secondo lavoro. Sporchi bastardi. Mi dispiace per lei ma, accidenti, non è una cosa su cui possiamo passare sopra.

«Raccogli le tue cose. Sei licenziata.» Adam si volta e mi passa accanto, così furioso che non mi guarda nemmeno.

Bridget mi guarda implorante. «Puoi parlargli tu? Non voglio perdere il lavoro. Pensavo veramente che fosse okay, purché non succedesse niente del genere.» Guarda in basso, addolorata.

Scuoto la testa. Bridget mi piace ma non c'è modo che riesca a tirarla fuori dai guai. «Quello che fai nel tuo tempo libero sono affari tuoi, ma Adam ha ragione. Sei al lavoro. Anche se avessi mandato le tue immagini a pochi uomini selezionati che... le volevano, questo genere di cose non è permesso durante le ore lavorative. Lo capisci?»

Lei chiude gli occhi e poi allunga la mano verso la borsa. Guarda la scrivania e afferra la scatola di plastica, togliendone i biglietti da visita. «Prendo solo questi.»

Infila i biglietti da visita nella borsa e guarda oltre la mia spalla. «Hai chiamato la sicurezza?»

Mi volto e vedo una guardia dietro di me, appena fuori

dalla porta. «Ci sono dei moduli che Bridget deve firmare» gli dico. «Poi vorrei che la scortassi fuori.»

«Non sono una minaccia» dice Bridget.

«No, ovviamente no.» La mia voce è gentile, sincera. «È il protocollo per situazioni simili.» Anche se, a pensarci bene, dubito che al Blue Casinò sia mai capitata un'infrazione a base di selfie sporcaccioni.

Bridget abbassa la testa ma mi segue nel mio ufficio e compila i moduli che le presento. Sono documenti tipici di un fine rapporto e, anche se era Adam il responsabile per la sua assunzione e il suo licenziamento, dubito che Blackwell voglia rischiare che non venga seguito il protocollo corretto. Dopotutto era stata regolarmente assunta come dipendente.

La parte più bella del mio lavoro è offrire un impiego a un candidato valido ed eccitato. La parte peggiore è licenziare qualcuno. Vorrei sapere se andrà tutto bene per Bridget. Vorrei chiederle se potrà tornare al suo vecchio lavoro, ma le darebbe la possibilità di contrattare per riavere il posto e la società non se lo può permettere. Invece non dico niente, con un nodo allo stomaco mentre Bridget segue la guardia di sicurezza fuori dal mio ufficio.

Forse è un bene per lei. Bridget era coinvolta in qualche modo con le suite del progetto Bliss e adesso non ci sarà quando esploderà il caso.

Porto i documenti di fine rapporto di Bridget al reparto paghe e poi vado nell'ufficio di Adam. La sua porta è sempre aperta, ma non oggi.

Busso due volte, così forte che mi fanno male le nocche.

«Avanti» dice Adam.

È di spalle quando entro, con l'immagine delle spalle larghe e delle gambe lunghe proiettata contro la finestra. «Sei venuta a gongolare, Hayden?»

«Sei un bastardo.»

Lui si volta lentamente. «Scusami?»

«Odio licenziare la gente. È colpa tua se ho dovuto mandare via quella povera ragazza.»

Sulle labbra appare un sorriso sghembo. «Quella povera ragazza ha mandato immagini inappropriate all'intero staff dirigenziale. E non l'hai mandata via tu, l'ho fatto io.»

«Forse. Ma tu non hai visto le sue mani che tremavano mentre compilava i moduli e non l'hai vista andare via con i gomiti premuti contro le costole, scortata dalla sicurezza. Non mi piace quello che ha fatto, Adam. Ovviamente no. Ma l'hai portata tu al Blue. Eri responsabile per il suo addestramento, dovevi essere la sua guida. Come hai potuto lasciare che succedesse?»

Forse non è giusto da parte mia, ma non posso fare a meno di dirigere la mia rabbia verso di lui. Adam sa che cosa sta succedendo al Blue e sta permettendo che accada. Sembra che alcuni dei dirigenti sostenessero quello che stava facendo Bridget, finché non è stata colta con le mani nel sacco. Adam non indossa l'anello dei Blue Star, ma è coinvolto. È lui il responsabile.

Lui sospira e si china contro il davanzale della finestra, con le dita premute sulla fronte. «È stata una lunga giornata. Possiamo discuterne dopo?»

Mi piacerebbe sapere esattamente che cosa stesse facendo e perché sembra così esausto, ma so anche che Adam è deciso a tenere tutto segreto. Fino al punto di voler scommettere con me per impedirmi di scoprire la verità. Ho il doppio delle informazioni sulle suite che avevo ieri e posso aspettare un po' per scoprire il resto.

«Mi aspetto che sistemi tu le cose con Blackwell» dico dopo un po'.

Lui lascia cadere le mani, con un'espressione stanca.

«Già fatto. "Nessun danno, non ci sono problemi" sono state le sue parole.»

«Com'è possibile che... Ah, lascia perdere» dico, irritata e mi volto per andarmene.

«So che cosa stai pensando» mi dice Adam mentre mi allontano.

Volto la testa.

«Non è vero. A Blackwell potrà non importare quello che è successo oggi, perché non ha danneggiato il casinò, ma a me importa.» Guarda fuori dalla finestra. «Mi assumo la piena responsabilità per aver licenziato Bridget, per quanto abbia sbagliato.»

È più di quanto mi aspettassi da Adam. Pensavo che avrebbe fatto finta di niente, come fa per tutto quello che coinvolge Blackwell.

Mi fissa, con gli occhi cupi e intensi. «Sarò a casa tua sabato per pagare la scommessa. Aspettami.»

Capitolo Diciassette

Adam

«Hai un aspetto da far schifo» dice Jaeger.

Mi allento la cravatta e cammino lungo il vialetto, andando verso il suo laboratorio. Se non fosse stato per l'infortunio al ginocchio, anni fa, Jaeg adesso sarebbe un atleta professionista. Invece realizza eleganti opere d'arte. L'avevo preso in giro per la sua scelta ma devo ammettere che è un figlio di puttana pieno di talento. Quando sento il bisogno di fare qualcosa con le mie mani, vado da Jaeger per mettermi a segare qualcosa. Allenta la tensione. Ma stasera ho solo bisogno dei suoi attrezzi. «Impossibile, ho sempre un aspetto eccezionale.»

Jaeger sbuffa e va verso il tavolo della sega. Indossa i guanti da lavoro e c'è segatura tra i suoi capelli castani corti. Ovviamente l'ho colto nel bel mezzo di un progetto. «Che cosa ti porta qui?» Soffia via la segatura dal tavolo. «Hai bisogno di una tavola e una sega per sfogare le tue frustrazioni?»

«Non posso. Non ho tempo. Devo tornare al lavoro.» Mi

guardo attorno. «Sono venuto a prendere in prestito alcune cose.»

Non ho idea di che cosa voglia che le costruisca Hayden questo fine settimana, ma ho immaginato che avrei dovuto procurarmi qualche attrezzo appena avessi avuto un minuto. Ho qualcosa a casa, ma Jaeger investe in quelli buoni. Giochicchio con la sua attrezzatura appena posso.

Lavorare con gli attrezzi elettrici mi distoglie dai miei pensieri e mi rilassa. Motivo per cui, nonostante il mio carico di lavoro al Blue, non mi dispiace pagare la scommessa ad Hayden questo fine settimana. In effetti, in qualche modo contorto, non vedo l'ora di farlo.

«Comincio a chiedermi se avrei dovuto accettare il lavoro al Blue» dico. «Forse dovrei dimettermi e limitare i danni.»

La pressione al lavoro continua a crescere. Conoscevo il passato di Bridget. Avrei potuto definire meglio le direttive quando l'avevo assunta, come ha detto Hayden. Ma non l'avevo fatto. Avevo dato per scontato che Bridget sapesse che non era accettabile vendere immagini di se stessa in posizioni compromettenti a colleghi che si sentivano soli per avere un introito extra. Geniale, perché si era creata un bel seguito, anche se non era accettabile.

Con alcune persone è ovviamente necessario mettere in chiaro anche cose del genere.

Ho chiesto in giro. Paul ha ammesso che sapeva che cosa stava combinando Bridget. Aveva pensato che non danneggiasse nessuno, quindi non aveva detto niente. Sospetto che ricevesse anche lui le immagini, visto che l'avevo trovato nel mio ufficio che le consegnava il suo biglietto da visita insieme al resto degli stronzi con cui lavoriamo. Non sarei sorpreso di sapere che Paul riceveva qualche tipo di tangente per restare zitto, visto quant'è bastardo.

Secondo Paul, gli uomini al lavoro erano entusiasti di pagare per le foto nude di Bridget, quando avrebbero tranquillamente potuto vedere gratis quel tipo di roba online. Bridget di giorno, nel suo abbigliamento modesto da segretaria, che mandava loro aggiornamenti sulle sue attività fuori orario era troppo allettante per lasciarselo sfuggire.

Jaeger appoggia un metro a nastro sul tavolo, con la fronte aggrottata. «Limitare i danni? Di che cosa stai parlando? Tu non molli mai. A meno che si tratti di donne, allora è tutta un'altra cosa.»

Mi lascio cadere sul davano di pelle che tiene nel suo laboratorio e appoggio i gomiti alle ginocchia, con la testa tra le mani. «Potrei aver bisogno di cambiare quella filosofia. Ci sono persone al Blue che fanno sembrare cittadini modello i miliardari depravati al Club Tahoe.»

«È la vita dei casinò, che cosa ti aspettavi?»

«Lo capisco e non sono un santo.» Jaeg fa un verso in fondo alla gola e gli do un'occhiataccia, nemmeno molto sentita. «Non è solo quello. Non mi fido di questa gente, ed è dura perché voglio mantenere il lavoro. Mio padre mi aveva fatto pressioni perché lo accettassi, come fa normalmente, ma ha funzionato, sai? Potrei veramente avere un futuro lì. Specialmente ora che non ci sono conflitti d'interessi con il Club Tahoe. Il vecchio ha fatto un completo voltafaccia. Mi chiama e ha perfino espresso il suo rimorso per aver usato l'accesso al mio fondo fiduciario come una spada di Damocle sulla mia testa per tutti questi anni.»

«Davvero?» Jaeg si volta e mi fissa. Conosce mio padre. Sa com'è fatto.

«Non esplicitamente, ma ha ammesso che mi ha frenato.» Ridacchio. «Immagino che stia chiamando anche i miei fratelli. Mi piacerebbe essere una mosca sul muro durante quelle conversazioni. Credo che il vecchio stia avendo una specie di crisi di mezz'età. Ammettere di aver sbagliato con me è una cosa, ma *problematici* non comincia nemmeno a descrivere i rapporti che ha con i miei fratelli.»

Jaeg si appoggia al tavolo, con la testa bassa. «Lo ricordo.»

Mentre crescevamo, i miei amici sono stati testimoni di parecchi scontri con tanto di urla tra i miei fratelli e mio padre. I litigi di solito portavano Hunt, Bran, Wes e Levi o almeno alcuni di loro a precipitarsi fuori di casa e non tornare per parecchi giorni.

«Levi ha detto che le chiamate sono state così strane che si è effettivamente sentito dispiaciuto per il vecchio.» Scuoto la testa. «Comunque non è quello il problema. Capirò che cosa devo fare riguardo al Blue. Nel frattempo, ho perso una scommessa. Devo costruire qualcosa per Hayden questo fine settimana.» Guardo la parete con gli attrezzi. «Ti dispiace se prendo in prestito qualcosa?»

Jaeg si gratta la guancia, fissandomi in volto. «Perché stai facendo scommesse con Hayden?»

Avevo fatto la scommessa per proteggere Hayden e tenerla lontana dai bastardi del Blue con cui lavoro. L'irritazione nella voce di Jaeg non mi piace. «Che c'è? Stai nuovamente giocando a fare il fratello maggiore? O c'è qualche altro motivo per cui non ti piace l'idea che la frequenti?»

«Non mi piace quello che stai insinuando. Hai avuto una giornata difficile, quindi lascerò perdere. Ma solo nel caso che non sia ancora chiaro, è Cali la mia vita adesso. Hayden è un'amica che non voglio vedere ferita.»

«Mi dispiace.» Mi passo la mano sul viso e scuoto la testa. «Non la intendevo in quel modo. Hai ragione. È stata una giornata infernale. So che cosa significa Cali per te.»

Jaeg si volta e prende uno straccio dal tavolo. «Non pensarci. Non ti chiederò che intenzioni hai nei confronti di Hayden perché l'ho già fatto. L'unica cosa che dirò è che sarà meglio che non le faccia del male.» Guarda indietro. «E ti sbagli se pensi che ti stia avvertendo perché altrimenti di prenderò a calci nel culo. Potrei farlo, ma è Cali quella di cui dovresti avere paura. Mira e Nessa ci hanno messi al corrente di tutte le stronzate che deve sopportare Hayden al Blue. Metti insieme quello che le è capitato a scuola e Cali ti castrerà se penserà che l'hai ferita.»

«Ho preso nota.» Cali è un peperino e Jaeg ha ragione. Sono le donne di cui devo preoccuparmi. «Ma non ho intenzione di far del male ad Hayden. Credimi, mi sto tenendo alla larga.» Mi alzo e attraverso la stanza per andare allo scaffale con gli attrezzi.

«Non mi sembra che sia così» borbotta e guarda l'attrezzo che ho scelto.

Do un'occhiata alla pialla gigante che ho in mano. «Beh, sì, questa serve per la scommessa che ho perso. Altrimenti non mi avvicinerei a casa sua. Non sei l'unico che mi ha sulla lista nera. Non mi piace far arrabbiare Hayden. Mi fa venire i complessi il fatto che una bella donna mi detesti.»

«Non te ne sei mai preoccupato prima d'ora» dice sarcasticamente Jaeg.

Gli rivolgo un'occhiata infastidita. Non ho bisogno che Jaeg mi dica che mi comporto in modo diverso con Hayden. L'ho già sentito e lo so. Ma non è facile restare alla larga da lei lavorando insieme. Che posso dire? La sua presenza è inebriante e mi stordisce fino a farmi venire pensieri stupidi. Ma ho tutto sotto controllo. Andrò a casa sua sabato, farò quel cavolo che ha bisogno che faccia e sarà tutto finito.

Jaeg mi toglie dalla mano il seghetto alternativo che ho preso senza pensarci. «Comunque, che cosa devi costruire?»

«Non ne ho idea.» Mi strofino la fronte, con un mal di testa mostruoso che si sta sviluppando dietro le tempie.

Allunga la mano sul tavolo e mi passa un paio di occhiali di protezione e una mascherina. «Forse dovresti portare una protezione» dice maliziosamente.

«Ah-ah» rispondo in tono asciutto, ma sono lieto che Jaeg stia scherzando sulla mia relazione... Cazzo, *amicizia*, okay, qualsiasi cosa sia con Hayden. Mi rassicura che non c'è più niente tra di loro. Lo hanno detto entrambi e ci ho creduto, ma per qualche motivo sono extra sensibile quando si tratta di Hayden.

È bella da morire, tanto da farti fare cose stupide e non sto parlando di quello che si vede all'esterno, su cui potrei facilmente scrivere un'ode. È intelligente, ostinata e terrebbe chiunque sull'attenti. So che Jaeg adora Cali, ma è un bene che sia innamorato di Cali come io di... *Nessuno*. Io non sono innamorato di nessuno.

Hayden è bella, ecco tutto. Sono stanco e ho le allucinazioni.

«Grazie per gli attrezzi.» Gli mostro il mio bottino. «Sarà meglio che torni. Ho ancora del lavoro da fare.»

Jaeg fa un gesto indifferente. «Okay. Fammi sapere se ti serve altro quando Hayden ti dirà *tesoro mi servirebbe...*» dice sghignazzando.

«Stronzo.» Esco quasi barcollando dalla porta e carico gli attrezzi sul sedile posteriore della XKR.

Il bagagliaio della mia auto sportiva è troppo piccolo e pulito per alloggiare questa roba, oltre all'attrezzatura che ho in casa. Cambierò auto una volta finito di lavorare. A mezzanotte. Gesù. Non vedo l'ora che le suite del Bliss siano finite e in funzione. Una cosa in meno di cui occuparmi.

Torno in ufficio e il posto è quasi vuoto. Alla sera al

piano degli uffici rimane solo il personale della sicurezza e uno staff ridotto. Ho visto Hayden qualche volta ma stasera non c'è. Meno male. Non mi piace l'idea che lavori fino a tardi, da sola.

Spedisco qualche messaggio riguardo la roba di lusso che Blackwell vuole in ognuna delle suite del Bliss. Ho assunto tre della dozzina di persone sulla sua lista di potenziali guardie del corpo. Ora, visto che mi sto occupando di tutti gli aspetti dell'assunzione, lavoro anche con la squadra degli avvocati su contratti a mio parere molto sospetti, che indicano qualcuno al di fuori del Blue come datori di lavoro dei nuovi dipendenti.

E con quel pensiero inquietante in testa, appoggio la testa allo schienale della mia poltroncina e controllo l'ora sull'orologio a parete. Sono già le undici passate.

Dovrei fissare un'ora per incontrare Hayden sabato, a casa sua. Potrei mandarle un messaggio domani, ma sarò in riunione tutto il giorno e per qualche motivo sento il bisogno di contattarla adesso. Forse è stata la mia conversazione con Jaeg o forse è questo inquietante desiderio di restare in contatto con lei, anche se è solo per litigare. Comunque le mando un messaggio.

Adam: *Sarò da te alle dieci sabato mattina.*

Appoggio il telefono sulla scrivania e vibra meno di un secondo dopo.

Hayden: *Preparati a sporcarti le tue mani ben curate.*

Sorrido. Le rispondo, senza riflettere.

Adam: *Per te, le mie mani sono sempre pronte a sporcarsi.*

Un po' allusivo, ma ci sta. Oggi è stata una giornata terribile e preferisco flirtare con Hayden che licenziare la gente e soffrire la sua ira. Lo scambio di battute è un piacere per me. Perché sono esausto e ho bisogno dell'insolenza di Hayden, che rende migliore ogni giornata.

Hayden: *Attento a come parli. Non pensi che si siano già superati i limiti con i messaggi espliciti di Bridget?*

Adam: *Touché. A sabato. Vai a letto, Hayden. Domani devi lavorare.*

Hayden: *Vai a casa, Adam. So che sei ancora al Blue. Me l'hanno detto le mie spie.*

Accidenti.

Blackwell potrà anche isolarla, ma Hayden sa di più di chiunque altro quello che succede qui intorno. Ed è un problema. Blackwell è stupido a non usarla, perché Hayden è più competente di almeno la metà dello staff dirigenziale ma mi preoccupano i motivi della sua animosità. Almeno sapessi perché la tratta in questo modo. Visto che non lo so è meglio che Hayden non si faccia notare.

Mi sento più leggero quando raccolgo la mia roba per uscire. Cerco di non pensare al perché. Jaeg aveva ragione a essere preoccupato anche se non lo ammetterei mai. Devo fare attenzione quando si tratta di Hayden. Per polemica che sia, sento che l'attrazione è reciproca. Percepisco anche la sua vulnerabilità. E so di che cosa sono capace.

Aver cura di una donna? Certo.

Amare una donna? Impossibile.

Capitolo Diciotto

Hayden

Rimetto a posto il cuscino del divano che stavo usando come tavolino per il laptop e il suono di un'auto che si avvicina attira il mio sguardo verso la finestra. Spingendo da parte la tenda di lino, guardo il fuoristrada rosso che si ferma accanto al mio SUV compatto, vecchio di sette anni. Il vecchio fuoristrada fa sembrare un'auto di lusso il mio vecchio SUV.

Adam ha detto che sarebbe arrivato intorno alle dieci, e ci siamo quasi, ma non è possibile che sia lui. Primo, il vecchio fuoristrada non è un'auto da Adam. Era venuto con un'auto sportiva da un fantastiliardo di dollari alla cena da Zach. Solo il meglio per lui. Secondo, chi guida questo fuoristrada indossa un berretto da baseball.

Adam con un berretto da baseball? Impossibile.

L'uomo scende dal fuoristrada, si toglie il berretto da baseball e lo getta sul sedile. E devo riconoscere un merito al mio corpo. Avevo riconosciuto Adam, senza vederlo, da quattro metri di distanza e attraverso una barriera di vetro. Ed è... Whoa!

Sono decisamente nei guai.

Adam indossa jeans che gli fasciano fantasticamente il sedere che di solito intravedo solo quando si toglie la giacca, cioè *mai*. Indossa una t-shirt blu scuro che aderisce alle spalle e alle braccia e i jeans sono infilati in stivali da lavoro. In breve, è un montanaro sexy da morire e io sto già salivando.

Che diavolo? Come osa venire a casa mia vestito così? Adam in un vestito di Armani fa già danzare le mie ovaie, ma vestito in quel modo, rude e sexy? Non è accettabile.

Si china verso la cabina e prende una cassetta degli attrezzi, con la maglietta che risale e mette in mostra una fascia di stomaco piatto e il grosso muscolo sopra l'osso iliaco che mi fa restare a bocca aperta. Non è pettinato, in qualche posto spuntano i capelli leggermente scompigliati e un po' ondulati. Parecchie ciocche gli ricadono sulle tempie e ho la tentazione fortissima di afferrare quelle ciocche coi pugni e chiedergli che cosa sta cercando di farmi.

Maledizione. Adam vestito casual, senza artifici, mi sta distruggendo. E sta venendo verso la mia porta.

«*Merda*.» Mi volto a sinistra, poi a destra, cercando... Non so che cosa.

Riprendi il controllo.

Faccio un respiro profondo per calmarmi e mi precipito verso la porta, urtando l'angolo del divano con il mignolo. «Ahh.» Saltello intorno con la faccia contorta, urlando mentalmente ogni imprecazione conosciuta.

Rimetto il piede sul pavimento ed esamino il mignolino rosso. Non è storto. Il dolore sta diminuendo. Solo una botta.

«Tutto bene lì dentro?» La voce baritonale di Adam filtra attraverso la porta, con tono leggermente divertito.

Sta ridendo di me?

Vado ad aprire la porta zoppicando. E risucchio il fiato. E gli guardo il lato della testa anziché gli occhi. E faccio un altro respiro.

Ecco, così va meglio. *Non guardare nell'occhio del ciclone e andrà tutto meglio.* «Sì, tutto bene, ho solo sbattuto il mignolo.»

Pausa e poi finalmente lo guardo in faccia perché sta diventando imbarazzante non farlo. Sta sorridendo e... Oh mio Dio. Ha una fossetta sulla guancia che non avevo mai notato. È lieve, ma insieme ai capelli arruffati e la t-shirt aderente sopra un torace muscoloso... Mi sento stordita.

Lui aggrotta la fronte e la sua espressione torna seria mentre mi guarda in volto. «Sei sicura di stare bene? Potrei tornare un'altra volta.»

Gli indico di entrare. «No, sto bene.» *Non così bene.*

Adam mi passa accanto con la cassetta degli attrezzi in una mano.

«Posso offrirti qualcosa da bere?» gli chiedo.

Lui si guarda intorno, esaminando la casa. «No, grazie. Questo posto è tuo?»

«No, è di uno sconosciuto. Gli ho chiesto se me lo poteva prestare.»

Adam mi guarda con le sopracciglia inarcate e gli angoli della bocca sollevati in un sorriso. «È così che andrà oggi?»

Sospiro. «Certo che è mio.» Zoppico verso il soggiorno, con il mignolo che migliora ma non è ancora completamente a posto.

Adam mi ha scombussolata. Non posso guardarlo. Mi rende vulnerabile. E per vulnerabile intendo dire che voglio saltargli addosso.

«Allora.» Riprende a controllare la casa. «Di che cosa hai bisogno? Qualche lampadina da cambiare?»

«Ah-ah. Sei divertente. Credevo che la scommessa fosse che avresti *costruito* qualcosa. Vedo che hai portato gli attrezzi» dico indicando la grande cassetta metallica.

«I miei *attrezzi* sono pronti.»

Gli do un'occhiata veloce, probabilmente piena di paura e panico. Sono morta se comincia a flirtare con me come aveva fatto un paio di sera fa con quel messaggio malizioso.

«Hayden?» La luce divertita nei suoi occhi è sparita. «C'è qualche possibilità di riuscire a convincerti a starmi alla larga per le prossime settimane mentre assumo la gente?»

Per un attimo sono pronta a cedere. Dirgli che può avere tutto quello che vuole. Perché l'espressione del suo volto è così schietta e sincera che tutte le mie barriere sono crollate. Ma ho promesso a me stessa di scoprire tutto ciò che posso sulle attività clandestine di Blackwell. Non posso tirarmi indietro adesso. «Spiacente, intendo controllare tutto da vicino. Tutto quello che riguarda le risorse umane, cioè. Perché è un tale problema se so qualcosa della gente che assumi?»

Lui distoglie lo sguardo. «È così e basta.»

Sospiro e tento una tattica diversa. «Avremmo potuto evitare ciò che è successo con Bridget. Se mi avessi dato l'opportunità di discutere con lei delle politiche del Blue, forse ci avrebbe pensato due volte prima di cominciare il suo secondo lavoro. E solleva un altro problema. Gli uomini coinvolti non sono nemmeno stati ammoniti. Perché Bridget è stata licenziate ma gli uomini che compravano le immagini sconce durante l'orario di lavoro non sono mai stati ritenuti responsabili?»

«Hanno controllato. La maggior parte di loro ha fatto la

transazione finanziaria dopo l'orario di lavoro e se dovessimo dare un'ammonizione a tutti loro, si tratterebbe di tutto lo staff maschile.»

«Stai scherzando?»

«Ce ne sono alcuni che non hanno partecipato, incluso me, ma il resto...»

«Perché non sapevi della sua esistenza» mormoro.

Adam mi fissa negli occhi. «Non avrei partecipato nemmeno se lo avessi saputo.»

Mi lecco le labbra, studiando gli occhi azzurri che sembrano vogliano dirmi qualcosa che non mi dicono le sue parole. La sua presenza mi scombussola, mi fa ammattire, ma il modo in cui mi guarda mi fa battere più forte il cuore.

Lo sguardo di Adam scende sulla mia bocca, dove si sta raffreddando l'umidità lasciata dalla lingua. Distoglie in fretta lo sguardo. «Allora, che cosa vuoi che ti costruisca?» chiede in modo burbero.

Mi schiarisco la bocca. «Di qui.»

Accompagno Adam lungo il corridoio, ancora scossa da quello che è passato tra di noi e indico la porta di un ripostiglio che condivide una parete con la mia camera. «Vorrei chiudere questa porta verso il corridoio e aprire un'entrata dalla mia camera. Oh, e anche scaffali. Mi piacerebbe avere degli scaffali per tutte le mie scarpe.»

Lui fissa la porta e poi si volta a guardarmi. «Stai scherzando, vero? Vuoi che ti costruisca una cabina armadio?»

Okay, è più un lavoro per un'impresa di costruzioni, ma, ehi, aveva accettato. «Sono serissima.»

Lui ridacchia e si gratta la guancia non rasata. «Hayden, questo non si avvicina nemmeno lontanamente a quello che avevo in mente. All'origine, la scommessa era di riparare qualcosa.»

«Oh, no. Quello è ciò che hai detto *tu*. Ma io avevo

accettato che tu costruissi qualcosa. E mi piacerebbe avere una cabina armadio che sfruttasse questo spazio.» Indico orgogliosamente il ripostiglio nel corridoio.

Adam piega di lato la testa, guardando dentro la mia camera. «Che cosa c'è che non va con l'armadio a muro che hai?»

Adoro la mia camera. È grigia e viola con un letto color caffè che ho comprato quando sono tornata a vivere in questo posto. I mobili del soggiorno sono vecchi, sono ancora quelli di quando i miei genitori e io vivevamo qui, ma quelli della camera sono nuovi. Sostituire quelli del soggiorno sarà la seconda fase dell'ammodernamento della casa.

«È troppo piccolo. Non ci stanno tutte le mie scarpe.»

Adam entra in camera e apre la porta a soffietto. Tutti gli abiti di stagione sono appesi a un solo bastone e il fondo è coperto di scatole. «Se sposti queste scatole avrai più spazio per le scarpe. In effetti non hai molti vestiti.»

Vero. Tengo sotto controllo il guardaroba, donando regolarmente ciò che non porto o va fuori moda. Le scatole contengono i piumini e gli stivali da neve e qualche altro vestito adatto al freddo.

«In effetti le scarpe non ci starebbero,» dico, «anche se spostassi in soffitta le scatole con i vestiti invernali.»

Adam inarca le sopracciglia e controlla l'armadio a muro. «Dove *sono* le tue scarpe?»

Sorrido. «Vedo che cominci a capire. È questo il motivo per cui ho bisogno della cabina armadio.» Vado in corridoio e apro il ripostiglio, accendendo la luce all'interno.

Adam fissa gli scaffali e appoggia lentamente la cassetta degli attrezzi. Fischia. «Non sapevo che fossi un'accumulatrice seriale di scarpe.»

Sento le guance che si scaldano. Non avevo pensato a

quanto poteva essere personale questo progetto. «Ho una piccola ossessione per le scarpe. Non sono un'accumulatrice. Sono una *collezionista*.»

Adam afferra un paio di Mary Jane robuste, col tacco basso, riposte sullo scaffale in alto. «Ti vanno ancora bene?»

«Le ho portate ogni giorno durante l'ultimo anno di superiori. Erano le mie scarpe preferite. E sì, mi vanno ancora bene.»

Lui mi guarda come se avessi perso la esta. «Hayden, se ti liberi di qualche paio di scarpe il resto ci starà nell'armadio a muro che hai in camera.»

Prendo le Mary Jane e le spolvero in fretta con la manica. «E non lasciarti niente da fare? No! Inoltre voglio una cabina armadio.» La mia voce diventa sognante. «Con scaffali sulle pareti dedicati a queste bellezze.» Stringo al petto le scarpe e Adam si copre la bocca con la mano, nascondendo quello che credo sia un sorriso.

Faccio un salto e rimetto le scarpe al loro posto, sul ripiano in alto. «Non credi che dovresti metterti al lavoro? È un progetto piuttosto impegnativo.»

Il ripostiglio è bello e profondo. Diventerà una splendida cabina armadio.

Adam scuote la testa e prende la cassetta. «Certamente, signora Marcos.»

«Imelda Marcos? Carino. Molto divertente» dico un po' risentita.

«No?» dice sorridendo.

Stringo le labbra. *Si sta prendendo gioco di me...* Vabbè, posso sopportarlo. Purché mi costruisca una fantastica cabina armadio per tutte le mie bellezze.

Adam me lo deve. Chiamatela punizione per la sua arroganza negli ultimi mesi, culminata con la ciliegina sulla torta quando ha pensato che chiunque potesse fare il mio lavoro e assumere dipendenti affidabili. Che non *mandano fotografie esplicite* agli altri impiegati.

Adam sarebbe stato comunque coinvolto nelle assunzioni per il suo reparto, ma ogni candidato deve superare i controlli delle Risorse Umane. È la parte che ha saltato, e sono decisa a sapere perché lui e Blackwell lo hanno ritenuto necessario.

Mi siedo sul letto e guardo Adam che toglie tutto quello che c'è dal ripostiglio. E, oddio, è ammaliante. I bicipiti che si gonfiano quando tira giù una scatola, il sedere muscoloso quando si piega per appoggiarla sul pavimento. Davvero, tutto quello che deve fare è spostare in giro cose varie in casa per un'ora e dirò che siamo pari. Perché lo spettacolo...

Forse dovrei fare un video.

No, sarebbe roba da stalker.

Non sono una stalker. Anche se Adam Cade... Pensieri lussuriosi, da lontano, ma non sono una stalker. Perché dovrei diventarlo quando sono obbligata a sopportare la sua arroganza ogni giorno al lavoro? Ma l'Adam sexy, casual, che usa i suoi muscoli per costruirmi delle cose? A questo Adam potrei abituarmi. «Hai bisogno di aiuto?»

Appoggia sul pavimento un'altra scatola, poi appoggia le mani sullo stipite della mia camera, con i muscoli degli avambracci e i bicipiti che si gonfiano. «No, grazie. Ma accetterei quell'offerta di qualcosa da bere. L'acqua andrà benissimo.»

Distolgo a forza gli occhi dal suo corpo per guardarlo in faccia, e non mi aiuta, perché l'aspetto un po' selvaggio e disordinato è ugualmente ammaliante.

Invitarlo a casa mia è stata una pessima idea.

«Certo.» Mi alzo e attraverso la stanza, passandogli cautamente accanto. E okay, dando una discreta annusata.

Ha perfino un buon profumo. Di uomo che ha appena fatto una doccia e sa di sapone.

In cucina, aspiro una boccata di aria-senza-Adam e sbatto un paio di volte la testa sul frigorifero per farci entrare un po' di buonsenso. Riempio un bicchiere d'acqua, mi volto... E Adam è in fondo al cucinino.

«La tua testa è a posto?» dice, con la bocca atteggiata in un mezzo sorriso.

«No» borbotto piano. Ho il cervello annebbiato per colpa di questo somaro.

«E quello che cos'era?» dice con la bocca curva in un mezzo sorriso.

«Niente.» Gli porgo l'acqua. «Hai bisogno d'altro?»

Lui scuote la testa, guardando la cucina rimodernata. «Hai comprato questa casa?»

Guardo lo spazio che ho ammodernato con amore. Prima che la comprassi, la cucina era gialla, anni Settanta. Ora ha armadietti bianchi e ripiani di arenaria. «L'ho comprata appena tornata in città.»

Adam beve, osservandomi. «Non volevi restare in affitto per un po', prima? Assicurarti che saresti rimasta qui per molto tempo? Eri stata via a lungo.»

Riempio un altro bicchiere e bevo un sorso d'acqua. «È complicato. Ho comprato questa casa dai miei genitori. Non erano stati in grado di venderla quando abbiamo lasciato la città. L'avevano affittata quando ci siamo trasferiti, ma ho sempre sentito che ero in debito con loro.»

Adam si guarda in giro ancora un po' come vedendola da una prospettiva diversa. «È piccola, ma non capisco perché i tuoi genitori non sarebbero stati in grado di venderla. C'è un sacco di gente che cerca cottage in montagna, da usare come seconda casa.»

Appoggio il bicchiere sul ripiano e lo guardo in faccia.

«Non erano le dimensioni né l'aspetto. C'eri, Adam. Hai visto come mi trattava la gente... Lo stesso modo in cui mi hai trattata tu...»

Diventa teso. «Io non sono stato crudele con te.»

«No?»

Allunga il collo e distoglie lo sguardo. «Ho detto a Jaeg di rompere con te...»

«Sì, lo ricordo.»

«Perché» dice sottolineando la parola e tornando a guardarmi «non volevo che stesse con te.»

Gli occhi di Adam non sono né cinici né maliziosi. Palpebre semichiuse e sguardo intenso.

«Non volevi che stessi con Jaeg... E non aveva niente a che vedere con le voci?»

Lui scuote lentamente la testa.

«Allora perché?»

Lui abbassa la testa e di colpo mi si secca la gola. Ovviamente ci sono già stati uomini che mi hanno desiderata. Il fatto è che nessuno ossessiona i miei pensieri come lui. E che le immagini che ho costantemente in testa siano che lo uccido o che lo bacio, ho in testa Adam da quando ha cominciato a lavorare al Blue.

Che cosa sta succedendo? Adam flirta con me. Mi molesta. Ma che dimostri un interesse sincero? Ciò di cui parla risale a tanti anni fa, undici. Non significa semplicemente flirtare con una collega, è qualcosa di diverso.

«Avevo sedici anni ed ero stupido, ma non avrei dovuto farlo» dice. «So che mi sono già scusato, ma *mi dispiace.*» Distoglie lo sguardo e si passa la mano nei capelli, scompigliandoli ancora di più. Appoggia il bicchiere e la sua espressione diventa più allegra. «Meglio tornare al lavoro. Ci vorrà un po' per costruirti una cabina armadio.» Storce ironicamente la bocca, ma io sto ancora pensando alla sua dichiarazione.

Non capisco Adam. Assolutamente.

Io lo desidero. Adam flirta perché è nella sua natura, è un rubacuori. Ma quello che ha lasciato intendere... Non avrei mai immaginato, nemmeno in un milione di anni, che potesse essere geloso di Jaeger e me. Aveva accennato a motivi diversi per il suo gesto alle superiori alla serata tacos, ma pensavo non mi ritenesse all'altezza di Jaeger.

Ero magrissima, una nerd... Chi sto prendendo in giro? Sono ancora una nerd e non ero popolare. Non ci poteva essere un altro motivo per cui avrebbe voluto che Jaeger rompesse con me. Non con le voci che circolavano e tutto quello che stava succedendo.

A meno che avesse voluto che Jaeger rompesse con me *prima* che cominciassero le voci. E non so che cosa pensare.

Adam entra in soggiorno e guarda indietro. «Sarà meglio che resti qui. Devo andare a demolire una parete.»

Sto ancora annaspando, finché capisco quello che ha detto.

«Aspetta, che cosa vuol dire?» lo seguo in corridoio. Ha tolto tutte le scarpe e le scatole dal ripostiglio e Adam è all'interno, occhiali di sicurezza sul viso e un martello alzato sopra la testa.

«Adam. Metti. Giù. Il. Martello. Che cosa stai facendo?»

Lui sorride maliziosamente. «Quello che hai chiesto.» *Sbam.* Sbatte la testa del martello sulla parete poi usa la coda ad artiglio per strappare un frammento di cartongesso che si sgretola.

Guardo il buco a bocca aperta. Poi lui. Poi di nuovo il buco. «Credi che sia saggio?»

Avevo immaginato che a quel punto si sarebbe tirato

indietro ammettendo che non sarebbe riuscito a fare il lavoro. Ci dovrebbe essere qualcuno qualificato a farlo, non Adam Cade.

Adam si spazzola la polvere bianca dalla maglietta e guarda dentro la parete. «Hai detto che volevi una cabina armadio.» Mi guarda. «Per le tue *scarpe*.» *Sbam*. Dà un altro colpo di martello, staccando un altro pezzo della superficie che separa il ripostiglio dalla mia camera. «E in questo caso avrai bisogno di poter entrare.»

Isolante e gesso bianco svolazzano nell'aria, creando una nuvola di polvere e robaccia.

«Non posso guardare» mormoro e mi sposto in soggiorno.

Mi siedo a gambe incrociate sul diano e sobbalzo ogni volta che Adam sbatte il martello sulla mia parete. Aveva ragione. È un progetto imponente. Che cosa diavolo stavo pensando?

So che cosa stavo pensando. Volevo punirlo. Tranne che sono io quella che sarà punita quando la mia "cabina armadio" uscirà sformata e non funzionale.

È colpa mia. Ero orgogliosa del mio lavoro. E, certo, avevo ragione su Bridget. Comunque, perché ho scommesso con Adam? Nulla di buono può venire scommettendo con un uomo che ti fa ammattire per la frustrazione un momento e per il desiderio un momento dopo.

Dopo un'ora di tonfi e rumore di strappi, Adam mi chiama in camera. Ha in mano una sega elettrica, ha steso i teloni sul pavimento e sulle altre superfici.

«A che cosa serve quella?» la voce mi esce acuta.

Adam batte le nocche sul rivestimento di legno. «Ho bisogno di fare un buco dove ci sarà la nuova cabina armadio, ho preso le misure ma volevo assicurarmi che metterai una porta di dimensioni standard prima di tagliare.»

«Non osare tagliare le mie pareti.»

Lui abbassa la sega. «Hayden, come ti aspetti di avere una cabina armadio senza un'apertura per entrarci? Hai detto che volevi un accesso direttamente dalla camera.»

Alzo le braccia. «Non lo so. Ma queste sono le mie belle pareti.» Mi avvicino e accarezzo il legno. «E se la rovini?»

Adam sospira. «Ti fidi di me?»

«Diavolo no! Sei il bel ragazzo che non dovrebbe maneggiare utensili elettrici.»

Lui scuote la testa e viene avanti, alzandomi il mento con la punta di un dito leggermente calloso che non ha il diritto di essere calloso, secondo il mio stereotipo. «È veramente quello che pensi di me?» Mi fissa negli occhi. Mi sta obbligando ad ammettere ciò che non mi sono mai permessa di ammettere.

Non so quando è successo, ma ho smesso di vedere in Adam il ragazzo ricco e viziato. Lavora sodo e lo rispetto più di quanto voglia riconoscere. Mi tiene sul chi vive. Ma, cosa ancora più importante, Adam mi ha sempre trattata come una sua pari. Non è uno dei Neanderthal con cui lavoriamo. E sospetto che abbia anche una parte sensibile.

«No, non è quello che penso di te» dico dopo un po'.

Adam lascia cadere la mano, solo per arrivare a prendere la mia a intrecciare le dita. I miei battiti accelerano. Lui appoggia le nostre mani unite sul mio addome e fa un passo in avanti, spingendo finché sono obbligata a fare un passo indietro. E un altro, finché arrivo in corridoio.

Toglie le dita dalle mie facendole scivolare in una lenta carezza e mandandomi una scarica di elettricità per tutto il braccio, poi mi guarda serio. «Resta qui, dove sei al sicuro.»

Adam si sposta davanti alla parete rivestita di pannelli di legno, abbassa gli occhiali protettivi dalla cima della testa e accende la sega.

Mi copro le orecchie quando fa il primo taglio e poi vado a rifugiarmi in soggiorno.

Sorprendentemente, mi fido che Adam sappia fare il lavoro, e dice parecchio perché ho investito tutti i miei risparmi nell'acquisto di questa casa dai miei genitori.

Passano le ore e cerco di lavorare senza sobbalzare ogni volta che Adam fa un rumore più forte. Finalmente arriva in soggiorno, con la cassetta degli attrezzi in mano.

Tolgo le gambe dal divano e mi alzo. «Va tutto bene?» Sbircio verso il corridoio. «Hai fatto in fretta. Hai finito tutto?»

Lui si infila il metro a nastro nella tasca posteriore. «Nemmeno lontanamente. Tornerò domani. Un po' più tardi di oggi, probabilmente, verso l'una. Ho delle cose di cui occuparmi in ufficio. Arriverò una volta finito.» Si massaggia il mento lasciando un'ombra di sporcizia che rispecchia le leggere linee scure sotto gli occhi.

«Lavori anche di domenica?» chiedo.

Lui dà un'occhiata al mio laptop e inarca le sopracciglia.

«Giusto. Immagino che il casinò non chiuda mai.»

«No» mi risponde.

Esito per un momento. Una parte di me si chiede perché appaia così stanco, con quelle ombre scure sotto gli occhi e un'altra parte non vede l'ora di scoprire che cosa sta facendo al Blue di domenica. «E sei stato occupato a fare...»

Adam mi rivolge un sorriso sornione. Immagino che il mio tentativo di ficcanasare fosse piuttosto ovvio. «Roba» dice.

«Giusto, roba.» Perché anche se ho vinto la scommessa, Adam non ha intenzione di rivelarmi che cosa ha in ballo.

Lo accompagno alla porta, con il senso di colpa che supera il mio desiderio di tenerlo qui, come uno schiavetto, anche se lo spettacolo sarebbe fantastico. «Grazie per la cabina armadio. So di averti chiesto tantissimo. Diciamo che siamo pari.»

Lui mi guarda scettico. «Con un buco nella parete e la tua collezione di scarpe senza una casa? Potresti cambiare opinione una volta data un'occhiata là dentro.»

Splendido. Adesso sono preoccupata ma mi sembra comunque di essermi approfittata di lui. «Posso assumere qualcuno. Hai provveduto alla demolizione. Conta anche quella.»

«Continui a non fidarti di me?» Ha un sorrisino sulla faccia ma c'è un accenno di dolore dietro gli occhi.

«No, non è così» dico in fretta. Dio, perché lo sta rendendo così difficile? «Sto tentando di ammettere che è stato ridicolo da parte mia chiederti di costruirmi una cabina armadio.»

«Non mi dispiace.» Si volta e va verso il suo fuoristrada. «Mi piace fare lavori manuali.»

Ed è la cosa che mi stupisce di più. Adam non è raffinato e rigido come pensavo. È piuttosto utile da avere intorno.

O forse non è così sbalorditivo.

Perché c'è una possibilità che io non l'abbia mai conosciuto veramente.

Capitolo Diciannove

Adam

Se avessi saputo che Hayden voleva farmi costruire una cabina armadio, sarei andato da Lewis a prendere gli attrezzi, non da Jaeg. Lewis è il costruttore del gruppo. Jaeg fa solo lavori artistici in legno. Oggi ho demolito quello che potevo, ho preso le misure e ho scelto il cartongesso e il legno per la struttura ma oggi devo parlare con un professionista prima di distruggere qualcosa che non dovrei.

Ho fatto qualche domanda a Lewis per assicurarmi che le sto costruendo la cabina nel modo giusto. Jaeg e io avevamo aiutato Lewis a costruire la sua casa, qualche anno fa. È così che ho imparato qualcosa sulle costruzioni. Conosco le basi, ma non sarà male assicurarmi che sto facendo le cose giuste.

Mi dà qualche suggerimento su come chiudere la parete verso il corridoio ed è alla fine della conversazione che ricordo qualcosa. «Prima di salutarci, avevo intenzione di chiederti della ristrutturazione delle suite dell'attico al Blue.

Ci sono stato l'altro giorno e ho notato che ci sta lavorando un'altra ditta. Pensavo che la Sallee Construction ottenesse la maggior parte dei lavori del Blue.»

«Bella domanda» mi risponde. «Abbiamo un accordo informale con il Blue, ma hanno dichiarato che avevano trovato un prezzo migliore, anche con lo sconto che pratichiamo di solito a loro. È la prima volta che succede.»

«Quindi la tua ditta aveva troppi lavori in ballo?»

«Siamo sempre parecchio occupati, ma abbiamo una squadra di back-up per i progetti più grossi, tipo il Blue. La tempistica non è mai stata un problema. Perché, è quello che hanno detto?»

«Qualcosa del genere. Pensi che abbia qualcosa a che fare con il dirigente che ha aggredito Gen?» Io non c'ero ma ho sentito che a Jaeg e Zach c'era voluta tutta la notte per convincere Lewis a non uccidere quell'uomo. «Se tu non imputi al casinò quello che ha fatto Drake Peterson, non vedo perché Blackwell dovrebbe avere problemi a continuare i vostri rapporti di lavoro.»

«Chi lo sa perché il vostro AD fa quello che fa?» dice Lewis. «Ma posso dirti una cosa: il papà di Gen, Jeb Kendrick, non ha smesso di fare indagini sul Blue Casinò perché Drake Peterson è stato condannato. Da quanto ho sentito, non l'ha fatto nemmeno la tua ragazza preferita.»

«Hayden?» Sì, ho colto il fatto che Lewis abbia definito Hayden *la mia ragazza preferita*, ma, merda, è la verità. E voglio sapere che cosa intende dire Lewis più di quanto sia interessato a difendermi.

«Hayden sta cercando qualunque altra cosa da portare alla Polizia» dice Lewis. «Se troverà qualcosa, interverranno gli uomini di Jeb. Sta lavorando con la Polizia e investigatori privati.»

Non mi meraviglia che Hayden sia stata così impicciona. «Merda, Lewis, Hayden mi è stata addosso per il Blue. Voi ragazzi dovete tenerla fuori.»

Lewis ridacchia. «Bel tentativo. Pensi che quello che dico io conti qualcosa?»

«Giusto» dico con riluttanza. «Hai chiamato Jeb Kendrick il padre di Gen. È l'ex stella del football?»

«L'unico e solo, e conosce parecchia gente.»

Paul e William sono stronzi subdoli, ma non sono Drake Peterson. Anche se, visto la droga e le prostitute che Paul mi ha consegnato a casa e il modo in cui sta lanciando minacce, forse sarebbe ora che prendessi sul serio questa cosa. «Pensi di potermi procurare il numero di Jeb? Nel caso in cui mi serva.»

Lewis mi dà il numero del padre di Gen e ci salutiamo. Appoggio il telefono sul bordo del letto e mi chino in avanti con le braccia sulle ginocchia. Perché il Blue non ha usato la Sallee Construction per il Bliss? È strano ma non ho intenzione di saltare a conclusioni.

Ovviamente Hayden non si tirerebbe indietro se si tratta di mettere i cattivi dietro le sbarre. Per che cosa? Un sospetto? Scuoto la testa. Non voglio nemmeno pensare a come farò a tenerla alla larga da Paul e William e anche da Blackwell, immagino, dato che è a capo di tutto, ma devo farlo. Non sono pronto a condannare il Blue, non quando mi paga lo stipendio, ma non mi piace il modo in cui Paul mi ha fatto pressioni e poi ha minacciato di darmi la caccia se avessi detto qualcosa sul Bliss. Ho una gran brutta sensazione e non voglio che Hayden sia coinvolta in questa merda.

Controllo un'ultima volta le e-mail del lavoro. Paul mi ha mandato un messaggio sul lancio del Bliss. Adesso abbiamo abbastanza guardie del corpo e ha un piano di back-up per le ballerine, quindi posso smettere di fare assunzioni. È tutto come da programma per il fine settimane con l'asta e lo spettacolo di burlesque.

Chiudo il laptop e mi passo la mano sui capelli, cercando di domarli. Ho fatto la doccia ore fa quando ho cominciato a lavorare da casa, ma pettinarmi e rasarmi non fanno parte della routine del fine settimana. È domenica e sono riuscito a dormire solo qualche ora nelle ultime notti. Sto esaurendo le energie ed è normale che i capelli siano indomabili.

Ieri pomeriggio, dopo essermi procurato il materiale per la cabina armadio di Hayden, sono andato in ufficio e ci sono rimasto fino alle prime ore del mattino, compilando moduli, come ho fatto nelle ultimi due notti. Non c'è una ragione logica per ripagare il mio debito ad Hayden questo fine settimana, oltre a tutto il resto. Il momento non è quello giusto e sono sicuro che Hayden sarebbe d'accordo di aspettare una settimana o due. Ma non voglio aspettare. Passare del tempo con lei è la cosa più divertente che faccio da molto tempo. Non ho ancora deciso se è perché sto lavorando a qualcosa fuori dal Blue, cosa che mi schiarisce le idee, oppure se sia lei. Sono piuttosto sicuro di non voler rispondere a questa domanda. Specialmente quando non posso nemmeno negare l'affermazione di Lewis che è la mia ragazza preferita.

Prendo le chiavi e vado a prendere il fuoristrada che ho comprato dal giardiniere del Club Tahoe dieci anni fa. I miei fratelli e io lo usiamo quando dobbiamo trasportare qualcosa in città. Questo bestione è un pugno nell'occhio, ma è comodo e non me la sono mai sentita di sostituirlo.

Mi sembra siano passati solo pochi secondi quando mi fermo davanti alla casa di Hayden e spengo il motore. L'orologio potrebbe indicare che è pomeriggio presto, ma sto trascinando i piedi. Ruoto il collo e scendo, respirando a fondo l'aria che profuma di pini. L'aria fresca mi toglie le ragnatele dal cervello e prendo le cose extra che ho portato oggi.

La casa di Hayden è piccola, ma ogni centimetro è adorabile, dalla porta d'ingresso con l'asse di rinforzo a zeta e le fioriere alle finestre, fino alla sua camera viola così femminile. Non assomiglia per niente alla casa in cui sono cresciuto e nemmeno a quella in cui vivo in affitto. Eppure è dieci volte più confortevole di qualunque casa in cui abbia vissuto.

Busso due volte alla porta. Un momento dopo – nessun tonfo questa volta – Hayden apre. Ha i blu jeans e una t-shirt che aderiscono alle sue curve, i capelli raccolti in una coda di cavallo.

Il mio cuore salta un battito. C'è qualcosa nel vedere Hayden fuori dal nostro posto di lavoro che mi fa circolare velocemente il sangue. Lo fa anche in ufficio, ma fuori dal Blue non c'è niente che mi frena. Mi piace vedere questo suo lato casual.

Una ciocca di capelli biondo scuro sfuggita dalla coda le pende sulla guancia. «Altra roba?» Guarda i secchi e l'altra attrezzatura che sto portando dentro.

«E c'è altra roba da dove è venuta questa.» Appoggio tutto sul portico e torno al fuoristrada dove prendo un grosso foglio di cartongesso. Lo porto in casa mettendomelo tra la spalla e la testa e l'appoggio contro un pezzo di parete libera in corridoio. «Va bene qui?»

Hayden annuisce, guardando sospettosa il cartongesso.

«Non preoccuparti,» dico, «ne userò solo una parte. Vendono solo una misura nel negozio di bricolage, ho dovuto comprare tutto il foglio.»

Fortunatamente il corridoio di Hayden non ha il rivesti-mento di legno come la camera e il soggiorno. Mi basta il cartongesso per chiudere il punto dove c'era la porta, intonacarlo e dipingerlo.

«Voglio rimborsarti quello che hai speso per i materiali e anche il tuo lavoro, se me lo permetti» dice Hayden.

«No.» Come se avessi bisogno dei suoi soldi. Sì, ho perso la scommessa, ma lo sto facendo solo perché ne ho voglia, semplice.

Hayden mi porge una bottiglia di birra Pacifico che accetto volentieri e si siede a gambe incrociate sul pavimento mentre io mi preparo a chiudere il buco gigante dove c'era la porta del ripostiglio. La guardo discretamente. Non manca mai di attirare il mio sguardo al lavoro, ma senza trucco e con i capelli lievemente in disordine non riesco a non guardarla. Sembra la ragazza che era, quella che non riuscivo a non cercare con lo sguardo ai tempi della scuola.

Al lavoro ho mantenuto le distanze da Hayden quest'ultima settimana perché ero occupato con i colloqui, ma non è l'unica ragione. Ero stato a un pelo dal baciarla quando l'avevo colta a spiare nell'ufficio del facility manager. Non so che cosa mi ha preso. Do la colpa alla stanchezza, o all'astinenza. E ad Hayden. Con lei si scatenano i miei istinti più primitivi, quelli che dicono *concupisci e copula*. Ma anche altri istinti, come quello di proteggerla e occuparmi di lei, e questi da dove diavolo vengono?

Mi piacciono le cose semplici. Disciplinate. E le mie emozioni quando si tratta di Hayden sono tutt'altro che disciplinate.

Blackwell sta ricorrendo a scappatoie per lanciare in fretta il Bliss. Non avrebbe bisogno di far assumere gente a contratto senza passare dall'ufficio delle Risorse Umane, ma lo sta facendo e non ne ho ancora capito il motivo. I miei istinti protettivi, da lungo tempo sopiti, mi spingono a tenere lontana Hayden dal Bliss e da chiunque vi sia coinvolto, ma non sono così altruista. Ho bisogno di questo progetto tanto quanto Blackwell. Ma d'ora in poi sarò più cauto. E mi metterò in contatto con Jeb Kendrick.

«Non hai mai finito di dirmi perché i tuoi genitori non erano riusciti a vendere questa casa» dico, per allontanare dalla mente i sentimenti per lei che non voglio prendere in considerazione. E com'è carina con il mento appoggiato sulla mano.

Arriccia il naso. «No?»

Mi prendo un momento per misurare il cartongesso e tagliare i pezzi, inchiodandoli al loro posto. «Hai detto che nessuno voleva comprare la casa» continuo. «Pensavo che fosse a causa delle voci.»

«È così.» Si china indietro e allunga le belle gambe. «Alla gente non interessava dare dei soldi alla famiglia della ragazza che aveva sedotto il loro insegnante preferito, facendolo fuggire dalla città.»

Mi blocco, con un ginocchio sul pavimento e il nastro sigillante in mano. È così maledettamente esasperante quanto possa essere moralista e crudele la gente. «Non mi ero reso conto che le voci si fossero diffuse nella comunità. Sei sicura che non sia stato per via dell'economia in recesso?»

Lei scuote la testa, abbassandola mentre toglie con cura l'etichetta dalla bottiglia di birra. «Le scuole erano state alla radice del problema, ma una volta cominciate le voci si erano diffuse dappertutto.»

Avevo sentito le voci, le avevano sentite tutti, ma non avevo mai conosciuto la versione di Hayden. «Che cos'era successo?»

Hayden prende un pezzetto di cordino rosso dal pavimento e lo rigira tra il pollice e l'indice, ricordandomi l'ago di pino con cui stava giocherellando durante il falò a casa di

Zach e Nessa. «Il primo giorno fu come un'increspatura sul lago. Sai, quasi impercettibile. Ma poi quell'increspatura aveva continuato a crescere. Arrivati al pomeriggio, una delle ragazze mi aveva spinto contro il tavolo da picnic, ammaccandomi le costole. Ero rimasta a casa un paio di giorni, solo per allontanarmi da tutto.» Alza gli occhi. «Avevo sentito quello che dicevano, ma non riuscivo a capire perché qualcuno dovesse credere a una cosa così stupida. Cioè, ero io, giusto? Non una gattina sexy.»

Non sono d'accordo. Hayden era una nerd tranquilla e sexy. Solo che non lo sapeva.

«Comunque...» Beve un sorso di birra e fissa il cordino. «Tornai a scuola, pensando che le voci si fossero calmate. Ma non era così. Erano peggiorate. Erano tutti così arrabbiati, Adam.» Lascia cadere la mano in grembo e chiude gli occhi. «L'intera scuola, non solo gli studenti.»

Il desiderio di abbracciarla quasi mi travolge. Cedo in parte, accontentandomi di metterle una mano sul ginocchio nudo. «Lo ricordo. Avevi scelto l'insegnante sbagliato per avere una relazione» dico, per alleggerire l'atmosfera.

Lei emette un lungo sospiro che finisce in una risata nervosa. Mi guarda per un attimo negli occhi, i suoi castano dorato velati di lacrime e dolore. «Era bello il signor Miller, vero?»

Mi uccide vederla così. Faccio spallucce. «Se ti piacciono i tipi alti e atletici.»

Le sue labbra si ammorbidiscono. Non è proprio un sorriso, ma quasi. «Tutte le ragazze avevano una cotta per lui. E i ragazzi volevano essere lui. Perfino quelli che si sballavano stavano attenti alle sue lezioni, ispirava tutti. E la scuola lo licenziò a causa mia.»

Cazzo. Perché ne ho parlato? «Non è stata colpa tua.»

«Pensavano tutti di sì. *Dio.*» Si asciuga gli occhi e respira piano. «Non riesco a credere che mi tormenti ancora. Era così umiliante. Mi sentivo impotente. E il povero signor Miller... L'unica cosa buona è che non incolparono lui. Puntarono tutti il dito addosso a me. Lui negò, ovviamente, e decisero di non accusarlo ufficialmente perché l'unica cosa che aveva in mano la Polizia era la chiamata anonima che aveva informato la scuola. In seguito ho sentito che il signor Miller aveva trovato lavoro in un altro Stato.»

Fisso il pavimento. «Mi dispiace che entrambi abbiate dovuto sopportare una cosa simile e specialmente per aver aggiunto altro dolore, dopo quello che dissi a Jaeg.»

Hayden scuote la testa. «Che il mio ragazzo mi scaricasse... Beh, non ho intenzione di mentire, ha fatto schifo. Ma non era il mio problema più grosso. Le voci erano così convincenti, sai. Una parte di me non riusciva a biasimare la gente perché ci credeva. La persona che aveva informato anonimamente la scuola aveva detto che avevo incontrato l'insegnante nel campus dopo essere uscita dal lavoro e quel giorno io *ero* stata nel campus. Le telecamere di sicurezza mi avevano inquadrato. Ero andata a prendere un libro che mi serviva. Nessuno poteva conoscere quel particolare, tranne...»

«L'ex di Jaeg» ringhio e mi chino all'indietro ficcandomi una mano tra i capelli. «Jaeg è finalmente riuscito a farle lasciare la città, ma era veramente una persona orribile.»

«La cosa buffa» dice Hayden «è che non avevo mai sospettato di lei, anche se lavoravamo insieme nella gelateria. Sapeva che ero diretta al campus per prendere un libro il giorno in cui successe tutto. Non ho messo insieme i pezzi finché è stato troppo tardi. Non pensavo che qualcuno facesse una cosa simile solo per prendersi il mio ragazzo.»

«Se ti fa sentire meglio, quella donna ne ha fatte passare di cotte e di crude a Jaeg.»

«No, non mi fa sentire meglio» dice Hayden e si fissa le mani. «Mi rende triste. E sono contenta che abbia trovato Cali.»

Sospiro. «Jaeg è sopravvissuto, ma tu? Avevi parlato con la scuola?»

«Dopo aver supplicato il preside e il sovraintendente, giurando che le voci non erano vere senza che mi credessero, tutto era sembrato impossibile. Come se avessi contro tutto il mondo. E la mia famiglia... Mia madre... Insegnava alle elementari.» L'espressione di Hayden diventa di pietra. «Non potevano licenziarla ma tutti a scuola fecero tutto il possibile per farle sapere che non era la benvenuta. E i ragazzi alla nostra scuola chiarirono *dolorosamente* che *io* non ero la benvenuta.»

Non mi piace quello che sto sentendo.

«I miei genitori decisero di ricominciare da capo lontano da Lake Tahoe. Tentammo di vendere questa casa ma nessuno si presentò a fare un'offerta. Una giovane famiglia di Carson aveva dimostrato un certo interesse, ma controllando le scuole per il figlio sentirono le voci sui proprietari e lasciarono perdere. I miei genitori non volevano abbassare il prezzo al di sotto del valore di mercato. Decisero di affittarla ai turisti, gente a cui non interessavano i pettegolezzi da paese e noi ci trasferimmo a Reno.»

È impressionante come sia facile per una bugia rovinare una famiglia. Se una cosa simile fosse capitata a un Cade, i nostri avvocati e gli addetti alle pubbliche relazioni l'avrebbero messa a tacere prima che potesse diffondersi. Ma Hayden viene dalla classe media, una tipica famiglia americana che aveva sofferto senza motivo. Perché non avevano il potere di impedirlo.

In un certo senso non biasimo Hayden perché è diffidente riguardo al Blue Casinò e perché voglia assicurarsi che non ci sia ancora in ballo qualcosa di brutto. Sta cercando di proteggere la gente, perché è Hayden. Sospetto anche che sia perché nessuno era intervenuto per difenderla quando ne aveva avuto bisogno.

Mi sento travolgere da un misto di emozioni. Rabbia, frustrazione e quello strano bisogno di confortarla... E senso di colpa perché a quel tempo non avevo fatto niente per aiutarla. In effetti avevo peggiorato le cose convincendo il suo ragazzo a scaricarla perché non volevo vederla con un altro ragazzo. Specialmente non con il mio migliore amico. Oh, non è quello che mi ero detto a quel tempo. Mi ero autoconvinto di fare ciò che era meglio per Jaeg, testa di cazzo che ero.

Hayden era troppo buona per una persona come me allora ed è sicuramente una persona migliore di me adesso.

Sbatto gli occhi a quel pensiero e comincio a nastrare la parete, ignorando la stretta al petto. «Adesso non avresti problemi se volessi vendere questa casa.»

«No. Ma non è quello il motivo per cui l'ho comprata.» Lascia cadere il cordino e toglie un altro pezzo di etichetta dalla bottiglia di birra. «Sembrerà folle, ma quando sono partita la mia vita era così fuori controllo. Nessuno mi credeva, tranne i miei genitori. Nemmeno il mio ragazzo...» Mi dà un'occhiata fugace, come se si stesse trattenendo.

Sento una fitta di senso di colpa e qualcosa di primitivo che mi brucia dentro. «Mi dispiace, Hayden. Per quello che ho fatto. Non mi era mai interessato quello che dicevano. Non l'ho mai creduto.»

«No?»

«Ovviamente no. Chiunque ti vedesse con Jaeg capiva che eri innamorata. Non lo avresti mai tradito.»

Lei deglutisce e mi fissa, stringendo la bottiglia. «E tu lo sai perché mi osservavi?» dice con cautela.

Non la guardo. «Sì. Avrei dovuto dire qualcosa. Avrei dovuto far smettere le voci.»

Non avevo avuto dubbi che le voci su di lei fossero false. Non avevo motivo di pensarla diversamente dalla comunità, tranne che avevo osservato Hayden. Non avevo fatto niente. L'avrei vista con il signor Miller, avrei notato se lo avesse guardato... tanto ero attento a lei.

Sapevo che non aveva fatto niente e non avevo detto un accidente di niente per difenderla.

«Non credo che una sola persona che parlasse in mio favore avrebbe fatto differenza» dice. «Era come un treno che stesse deragliando; non c'era modo di bloccare le voci una volta cominciate. Era bastato il seme del sospetto.»

Può anche avere ragione, ma non mi fa sentire meglio.

La sua espressione si fa riflessiva. «Adam, posso chiederti una cosa?»

Annuisco.

«Perché non mi hai riconosciuta quando hai cominciato a lavorare al Blue? Se mi conoscevi così bene a scuola...»

Scuoto la testa. «*Conoscerti* è una parola grossa. Ti osservavo. E non so perché non ti ho riconosciuta subito. Usi un nome diverso, inoltre non ti vedevo da undici anni. Non mi aspettavo di vederti al Blue Casinò. E hai un aspetto... diverso.» Mi chino verso di lei. «Ti vesti in modo diverso. Non porti più gli occhiali. E sei più... *in carne.*» Non riesco a nascondere il pigro sorriso che ho sul volto. Lascio che lo sguardo si abbassi sul suo seno.

Lei si acciglia. «Stronzo. Non me la bevo. Posso essere cambiata, ma non fino a quel punto.»

«In mia difesa, quando ti ho vista la prima volta al Blue, è stato da dietro, se ricordi. Non ho dato una bella occhiata alla tua faccia.» Adesso sto ridendo, ricordando l'immagine di Hayden che strisciava sul pavimento con il sedere per aria. Non molto diversamente da come l'avevo trovata l'altro giorno nell'ufficio del facility manager.

Lei mi tira sulla testa l'etichetta che ha staccato dalla bottiglia. «Giuro, tu sei l'unica persona che mi becca sempre in quelle posizioni incresciose. Per tua informazione, stavo cercando la mia penna preferita.»

Le rivolgo un'occhiata maliziosa. «Fortunato me.»

Hayden scuote la testa esasperata, ma sta sorridendo.

«Devi ammettere» dico «che non era la tua faccia, per carina che sia, che attirava la mia attenzione in quel momento.»

Lei alza le mani, arrendendosi. «E dopo? Quando ci siamo presentati.»

«Sì, già. Non riesco a spiegarmelo. Non sei più la tranquilla ragazza che si nascondeva negli angoli che eri. Sembri una persona completamente diversa, ma ti *ho* notata. C'è sempre stato qualcosa.»

Lei si sposta e penso che debba aver percepito la tensione che si è creata in corridoio, che ha fatto alzare la temperatura di parecchi gradi.

È stato così dall'inizio, quella tensione, e se non avessi represso i miei sentimenti per la ragazza timida tanti anni fa, questa volta avrei potuto riconoscere Hayden, nonostante il cambio di nome. Avrei potuto cercarla tanto tempo fa.

Stranamente mi sembra giusto ammettere l'effetto che ha su di me, che ha sempre avuto, e rendermi conto che non sono privo di sentimenti come credevo.

«Ho comprato questa casa» rompe il silenzio, ovviamente per cambiare argomento, o almeno tornare alla nostra conversazione originale «per dimostrare qualcosa.» Si guarda intorno.

«Che cosa?»

Hayden riporta lo sguardo su di me. «Che posso farcela,

nonostante quello che può dire o fare chiunque altro.» La sua espressione è forte e bella e mi manca il fiato per un momento.

Penso che vorrei baciarla.

Mi trattengo con tutta la mia forza di volontà.

Il bisogno di baciarla mi sta sfuggendo di mano.

Lavorare al Blue Casinò con Paul e William e con Blackwell come capo non è molto diverso dal lavorare per mio padre, ma è anche differente in ogni modo immaginabile. Perché non è mio padre a dettare legge. Quindi capisco il bisogno di Hayden di dimostrare il suo valore. Aveva subito un trattamento iniquo da adolescente. Questo è il suo modo per redimersi. E voglio che ce la faccia. Purché non si faccia male.

Abbassa gli occhi, con un accenno di sorriso sulle labbra. «Sembra stupido. Forse sono stata pazza a comprare questa casa. Volevo anche ripagare i miei genitori. Hanno sacrificato tutto per me.»

«È quello che fanno i buoni genitori.» Penso a mia madre, a com'era morta per mettere al mondo mio fratello e torna il pulsare alle tempie che mi tormenta da qualche giorno. Stringo la fronte e afferro la roba che mi serve per preparare l'intonaco.

Hayden è più forte di qualunque altra donna conosca, a eccezione di mia madre. La luce e la forza che emana mi attirano. Più la conosco, più diventa forte il desiderio di starle vicino. Desidero tutto di lei.

«Abbiamo la stessa età, giusto?» chiedo bruscamente, senza un motivo tranne che me lo sono chiesto. Dovrebbe avere la mia età ma la sua determinazione e le sue decisioni la fanno sembrare molto più vecchia.

Lei stringe le belle labbra dal colore dei petali di rosa. «Un gentiluomo non chiede l'età a una donna.»

Non me la fa mai passare liscia. «Non è da gentiluomini solo quando si superano i quarant'anni.»

«Penso che tu intenda dire trenta, ma visto che sono sicura della mia femminilità, ti informo che ho ventisette anni.»

La mia stessa età. «Quand'è il tuo compleanno?»

«Il trentuno di agosto. Compirò ventotto anni tra un paio di mesi.»

Annuisco. «Vergine.»

«Come fai a saperlo?» Guarda la polvere che sto versando in un secchio.

Sarà meglio che porti fuori il secchio, farò un sacco di polvere. «Ho quattro fratelli, tra tutti prendiamo quasi metà dello zodiaco.»

Hayden resta a bocca aperta. «Quattro fratelli? Ce ne sono cinque di voi in giro?»

Roba da fare paura, ma così va la vita.

Hayden continua a fissarmi come stordita. Indico il secchio. «Farà polvere. C'è un punto in cortile dove poterlo miscelare? Ho bisogno di una presa elettrica.»

I suoi occhi tornano a fuoco e si alza. «Certo, da questa parte.» Si spolvera i jeans, anche se non c'è niente. Non mi impedisce di dare una bella occhiata al suo bel sedere.

La seguo continuando a fissarle il sedere, perché è quello che faccio io, anche se non ricordo di essere mai stato un tale animale. In effetti, non riesco a ricordare l'ultima donna che ho guardato in quel modo. Sembra che riserbi i miei sguardi per la mia combattiva collega.

«Quand'è il *tuo* compleanno?» mi chiede Hayden mentre mi accompagna alla porta sul retro. Usciamo su un piccolo terrazzo. C'è un tavolino di metallo con una pianta fiorita gialla tra due sedie a sdraio. È accogliente, come tutto il resto della casa di Hayden.

«Sarà il quindici febbraio» dico. «Abbiamo la stessa età.»

«Non proprio» mi dice dandomi un colpetto sulla spalla con la sua manina. «Ti batto di qualche mese.»

Ridacchio a quella dichiarazione ridicola. «Hai solo cinque mesi e mezzo più di me.»

«E non dimenticarlo» dice e scende i gradini del terrazzo verso un cortile recintato, dandomi un'occhiata maliziosa.

Le cose continuano così per qualche ora. Io intonaco, poi costruisco un nuovo stipite in camera sua mentre l'intonaco asciuga, prendendomi delle pause con Hayden per le birre e gli hamburger che è andata a prendere in un posto lontano qualche isolato, e chiacchieriamo. Passano le ore e mi rendo conto quanto sia tardi quando sono già le dieci.

Hayden è in cucina ad armeggiare con qualcosa. Non so esattamente che cosa stia facendo, perché mi sono estraniato mentre lavoravo alla parete in camera. Ritiro i miei attrezzi e porto dentro l'aspirapolvere industriale che ho portato da casa. Non c'è molto altro che possa fare per tutta la polvere che si è accumulata. Avevo portato qualche telone e ho coperto il letto con un lenzuolo, ma è un lavoro che sporca. C'è polvere dappertutto.

Aspiro i detriti sul pavimento e riporto gli attrezzi sul fuoristrada. Ho finito, resta da sabbiare, dipingere e costruire i ripiani, ma dovranno aspettare finché l'intonaco non sarà completamente asciutto.

Mi guardo intorno per assicurarmi di aver preso tutto. La casa di Hayden è pulita e in ordine, l'esatto opposto del suo ufficio e la cosa mi sorprende. I colori nella sua camera hanno tonalità fredde e tranquillizzanti. È stata una settimana lunga. Ho guardato più di una volta il suo letto con la voglia di stendermi. Il mal di testa che minacciava a sprazzi di arrivare negli ultimi due giorni ora è esploso in tutta la sua forza e sento pulsare le tempie.

Mi fermo sulla soglia della sua camera e chiudo gli occhi, massaggiandomi i lati della testa.

«Stai bene?»

Il maledetto mal di testa mi ha attutito i sensi. Non l'ho sentita arrivare ma Hayden è a mezzo metro di distanza. A un certo punto si è cambiata perché ha un paio di pantaloni del pigiama e una canottiera. La testa mi fa male da morire ma sono abbastanza coerente da notare, con mia somma delusione, che indossa ancora il reggiseno.

«Mal di testa. A volte mi vengono.» Indico la sua stanza. «È tutto quello che posso fare per oggi. Dovrò tornare domani dopo il lavoro. O il prossimo fine settimana, se per te va bene.»

Lei si morde le labbra. «Certo, ma sei sicuro? Hai già lavorato tante ore. L'ho detto ieri e lo ripeterò oggi, siamo pari. Non mi devi niente.»

«È stato divertente e non mi dispiace.» Tento di sorridere, ma esce più come una smorfia. Il mal di testa mi sta facendo lacrimare.

Prima che capisca quello che sta succedendo, Hayden mi ha afferrato il braccio e mi sta tirando verso il letto. Toglie con attenzione il lenzuolo che ho steso per proteggerlo e mi spinge facendo leva sulle spalle. «Siediti.»

Faccio quello che mi ordina perché sono troppo stanco per protestare. Non che lo farei. Quale uomo sano di mente rifiuterebbe di farsi trascinare a letto da una bella donna?

Si mette dietro di me e, se non stessi così male, potrei pensare a qualche modo per approfittarmi della situazione. Ma tutto ciò a cui riesco a pensare è che dovrò comunque alzarmi, andare alla mia auto e guidare fino a casa. Avrei dovuto prendere un antidolorifico ore fa, ma ero troppo concentrato. Adesso lo sto pagando.

Piccole mani calde si appoggiano in cima alla testa e risucchiano il dolore attraverso il cranio.

Le mie spalle si rilassano, chiudo le palpebre. Le dita di Hayden scendono verso le tempie, che massaggia in cerchi leggeri.

Appoggio gli avambracci sulle ginocchia e lascio cadere in avanti la testa. La sento che si sporge, cercando di avvicinarsi. Non dovrei chinarmi tanto in avanti ma è così piacevole che riesco a malapena a tenermi diritto. Una delle mani scivola sul collo. Hayden comincia a massaggiarmi la testa con una mano e il collo con l'altra.

Sono in paradiso. È così piacevole...

Probabilmente dovrei dirle che non è obbligata a farlo, ma Hayden mi sta volontariamente toccando. Non sono un idiota e tengo la bocca chiusa. Ed è in quel momento che perdo la cognizione del tempo, perché tutto evapora.

La tensione causata dal Blue Casinò.

Le barriere che tengono separati Hayden e me.

Finché sto sognando che non ci sia niente che ci divide...

Capitolo Venti

Hayden

Non ho mai visto Adam così esausto. Quando sono andata in camera a vedere che cosa stava facendo, barcollava sulla soglia, con la testa tra le mani. Non ho pensato: l'ho semplicemente trascinato sul letto per aiutarlo e alleviare il dolore evidente.

Gli era sfuggito uno sbuffo d'aria appena gli avevo appoggiato le mani sulla testa. Adesso è in silenzio da qualche minuto. Niente battute, niente insulti. E non è da lui.

Dopo qualche minuto di massaggio, mentre ammiro la mia cabina armadio da paura che ha già un aspetto fantastico e che farà avverare il sogno di tutte le mie scarpe, noto qualcosa di strano. Non solo non sta battibeccando con me, Adam non si sta nemmeno muovendo.

Mi fermo. «Adam?»

Niente.

Mi chino in avanti. Il suo respiro è regolare, *veramente* regolare e ha gli occhi chiusi. Sento un lieve russare.

Si è addormentato?

Adam era sembrato stanco negli ultimi giorni. Lavorava fino a tardi al Blue perché me lo dicevano le mie piccole spie e adesso l'ho fatto lavorare in casa mia per tutto il fine settimana. Che razza di persona sono? Sapevo che non avrei dovuto ascoltarlo quando mi aveva detto che non gli dispiaceva costruirmi la cabina armadio.

Mi siedo sulle mani sentendomi veramente in colpa. Lo devo svegliare? Lasciarlo dormire un po' e poi svegliarlo?

Sposto la testa e controllo la sua posizione. Sembra scomodo, tutto piegato in avanti.

Allungo la mano e lo spingo piano di lato, solo per vedere che cosa succederà. Mi aspetto che si svegli.

Invece no. Invece si lascia andare sulla schiena con le mani incrociate sul petto.

Adam Cade sta dormendo nel mio letto. E sembra adorabile e rilassato, un ragazzino. Ma è comunque strano.

Non sta bene? Gli metto il dorso della mano sulla fronte. Sembra a posto. In effetti alza la mano e copre la mia con la sua, forte e grande, e il mio cuore comincia a battere come un tamburo. Il palmo della sua mano è caldo e calloso, proprio come sembra, e adesso ho Adam nel mio letto e la mano intrappolata sotto la sua.

Ed è una cosa così brutta? Adam è S.E.X.Y. ed è l'eroe di molti dei miei sogni a occhi aperti, quando ho voglia di torturarmi. Ma non posso restare seduta così tutta la notte.

Potrei svegliarlo. Sarebbe una cosa normale da fare. Ma non ho voglia di farlo. Innanzitutto è esausto, il motivo per cui si è addormentato durante il massaggio. Sembra una cattiveria obbligarlo a svegliarsi. Poi, e so che è il motivo più egoista, non voglio che se ne vada.

Mi è piaciuto avere Adam che lavorava in casa mia, per quanto sbalorditivo possa essere. A volte restavo con lui perché era incredibilmente sexy guardarlo usare le mani abili e perché mi piaceva la sua compagnia. Parlavamo come fossimo amici da sempre. Non mi ha mai fatto sentire a disagio per il mio passato. In effetti, mi sono sentita *meglio* dopo avergliene parlato. In altri momenti lavoravo in una stanza diversa. Più che altro, Adam faceva sembrare più calda la casa in cui ero cresciuta. E non aveva senso.

Tolgo lentamente la mano e lui si gira sul fianco, con il lieve russare che gli romba dal petto. Mi alzo e gli giro intorno, tirandogli le gambe sul letto. Invece di svegliarsi, Adam si rannicchia sotto la trapunta. Gli tolgo piano gli stivali. E okay, a questo punto sto particolarmente attenta a non svegliarlo, ma comunque... La maggior parte delle persone si sveglia al minimo tocco. Forse Adam è uno di quelli che dorme profondamente?

Non può dormire in questo modo per sempre. Si sveglierà tra un'ora e si chiederà che cos'è successo. Poi andrà a casa. E va bene così ed è più cortese che non svegliarlo quando è chiaramente esausto.

Una volta deciso, esco dalla stanza e chiudo parzialmente la porta. Pulisco in cucina, guardo le ultime notizie alla TV e piego una pila di asciugamani. Tutto aspettandomi che Adam esca dalla camera, stordito e chiedendomi che cos'è successo.

Ma non è così.

Mi tolgo i pantaloni lunghi e ne metto un paio corti che mi tengono fresca di notte e mi lavo i denti. La seconda stanza è un ufficio e una specie di deposito, niente letto, quindi ritorno in camera e mi infilo piano sotto la coperta, restando appoggiata alla testiera. Potrei dormire sul divano, ma, diciamocelo, preferisco restare con Adam.

Cerco sul comodino l'ultimo romanzo osé che ho preso

in prestito da Mira (che a sua volta li riceve da Gen) e cerco di tenere gli occhi aperti.

Dopo aver riletto la stessa pagina tre volte, rinuncio a lottare e spengo la luce.

Sono scomoda così contro la testiera mentre Adam è più in basso, verso i piedi del letto. Uno dei due si sposterà e si sveglierà e Adam andrà a casa. Nessun problema. Per ora chiudo gli occhi.

* * *

Adam

I resti del sogno svaniscono piano. Stavo guidando in montagna nella XKR con Hayden di fianco a me, solo che lei indossava dei cortissimi short e non riuscivo a smettere di fissarle le gambe. E succederebbe nella realtà, perché Hayden ha delle bellissime gambe.

Mi strofino gli occhi e mi irrigidisco. Non sono nel mio letto.

E poi riconosco le belle gambe che ho sognato a pochi centimetri dalla mia faccia. O almeno una delle gambe. L'altra è sotto le coperte. Ma quella sopra la coperta è infilata in un paio di pantaloncini del pigiama. Il minuscolo accenno di sedere che sporge mi fa raccogliere il sangue nella metà bassa del corpo.

Che diavolo è successo ieri sera?

Mi appoggio al gomito e guardo la bella ragazza sdraiata in alto sul letto. E poi ricordo. Stavo per uscire, ma la testa mi pulsava da matti. Hayden me l'aveva massaggiata e devo essere crollato. A giudicare dalla luce dorata che entra dalla finestra devo aver dormito tutta la notte.

Gesù, non ricordo di essermi lasciato andare così,

nemmeno durante gli anni del college quando mi ero dedicato a ingollare la massima quantità possibile di birra scadente. E sono sicuro che sia dovuto al fatto che Hayden mi stava toccando.

Quand'è stata l'ultima volta in cui una donna mi ha toccato in quel modo? Non come preliminare al sesso, solo una carezza gentile perché si tiene a qualcuno. Merda, qualcuno, a parte mia madre, mi ha mai dedicato quel tipo di attenzione?

Mi strofino la fronte, sicuro che la risposta sia no. E non perché non sia uscito con donne gentili. Non ho mai *voluto* essere toccato in quel modo. Fino a ieri sera. Con Hayden. Ha messo le sue manine su di me e il paradiso mi ha invaso. Dopo quello è tutto confuso.

Mi sono svegliato e ho avuto un momento di panico. Per un attimo ho pensato di essere nel letto di qualche altra donna. Mi sono preoccupato di aver fatto l'errore peggiore della mia vita. Perché l'unico letto in cui voglio trovarmi è quello di Hayden.

Non è solo l'attrazione per una donna con cui lavoro. Non è mai stato così semplice.

Sento un lieve cigolio e Hayden stiracchia le braccia sopra la testa, con la canottiera che tira contro il seno più favoloso che abbia mai visto. Niente reggiseno questa volta.

Mi sfugge un gemito. Mi sta uccidendo.

Hayden mi guarda e si mette seduta, con un'espressione confusa sul volto mentre si guarda intorno sorpresa. «È mattino?»

«Così sembrerebbe.» Mi siedo, muovendomi lentamente e mi passo le dita tra i capelli, che sento ritti in testa. «Mi dispiace per ieri sera. Non mi è mai successo. Di solito non mi addormento nel letto di una donna. Generalmente sono troppo occupato.» Le rivolgo un sorriso sghembo.

Lei sbuffa e sorride timidamente e accidenti se non è fantastica. Ho frequentato belle donne ma nessuna di loro sembrava un raggio di sole e un sogno appena sveglia. Oh, i capelli di Hayden sono un disastro e ha i segni del cuscino su una guancia, ma sia chiaro. Lei. È. Fottutamente. Bella. Una bellezza che viene da dentro.

Siamo a una trentina di centimetri di distanza e dentro di me infuria una lotta. È la stessa ragazza che mi affascinava per un motivo che il mio cervello adolescenziale non riusciva a interpretare. È anche la donna che vorrei toccare e tenere tra le braccia. Ma Hayden non si fida di me e sento che non è solo dovuto al passato.

«Probabilmente dovrei andare» mormoro. Se resto la bacerò e non sono sicuro che lei lo voglia. Stare con Hayden non è una cosa che voglio incasinare.

«Hai sete?» Sposta le lunghe gambe giù dal letto e, ovviamente, sto fissando. Perché... ovvio *le sue gambe*. «Va bene il succo di mela?»

Annuisco, in trance, e la seguo. Indossa pantaloncini corti e una canottiera e sembra che io non riesca a connettere.

Hayden entra in cucina e apre il frigorifero. Prende il succo e alza il braccio per prendere i bicchieri da un armadietto. Guardo i suoi movimenti naturali e aggraziati, che la rendono così affascinante. E sexy. È in pigiama, con i capelli arruffati e tutto quello che fa mi attrae, dal suono della sua voce al modo in cui si muove.

Versa il succo di mela in due bicchieri e me ne porge uno. Bevo metà del mio in un solo sorso, col sapore fruttato che intensifica le mie sensazioni, come se non fossero già in sovraccarico.

Hayden prende il suo bicchiere e viene verso il lato della cucina dove sono io. Salta sul bordo di un ripiano più basso del resto, sostenuto da scaffali. Muove le gambe avanti e indietro, con le caviglie agganciate. Sorride sopra il suo bicchiere di succo. Un piccolo sorriso segreto e privato. E mi basta.

Appoggio il bicchiere, senza mai staccare gli occhi da lei e mi avvicino.

Il suo sorriso si affievolisce e gli occhi diventano enormi. Appoggia il bicchiere di lato.

Mi chino in avanti e appoggio le mani sul ripiano accanto ai suoi fianchi. «Abbiamo finito?»

«Che cosa?» chiede un po' senza fiato e la voce un po' arrochita del mattino. Gli occhi dorati sono confusi e concentrati sulla mia bocca. Vedo la gola pulsare.

«Il nostro gioco.» E pianto la bocca sulla sua.

C'è un momento in cui sento la sua sorpresa, come se non fosse il coronamento della tensione sessuale che è andata crescendo dal giorno in cui sono entrato al Blue Casinò e l'ho colta con il sedere per aria. Poi sgancia le caviglie, mi mette le mani sulle spalle e mi tira vicino.

Che la partita abbia inizio.

La tiro verso il bordo del ripiano, annidando le mie gambe tra le cosce morbide, esattamente dove desidero stare da mesi. Non sono un santo, ma sono fedele, checché ne dicano le mie ex. E, a quanto pare, speranzoso. Perché è questa la ragione della mia lunga astinenza, anche se non me n'ero reso conto. Stavo aspettando Hayden.

Le stringo le braccia intorno, tirandola finché è appiccicata al mio petto. Sento il suo cuore che batte forte. O forse è il mio. In un modo o nell'altro, è perfetta contro di me.

Hayden avvolge le gambe intorno alle mie e il mio inguine preme contro quel punto squisito tra le sue cosce. Smetto di respirare nel momento esatto in cui dalla sua gola esce un gemito. Il suono di quel canto di sirena annulla il mio controllo.

La sollevo e la riporto in camera, col suo tocco e il suo sapore che mi bruciano dentro. Arriviamo al letto e la faccio stendere, coprendola immediatamente col mio corpo. Lei mi mette le braccia intorno al collo, con le dita affondate tra i miei capelli.

La bacio nel punto dolce dietro l'orecchio e abbasso un braccio di fianco alla sua gamba nuda, stringendola contro di me. Passo leggermente le dita dal polpaccio fino al rigonfiamento che mi ha stuzzicato dal momento in cui ho aperto gli occhi questa mattina e stringo il suo sedere rotondo. Hayden geme di novo e si inarca contro l'erezione dura come la roccia nei miei jeans.

«Hayden» dico. In due secondi potrei denudarla e penetrarla. E Dio sa che ogni pensiero razionale sta sparendo dalla mia testa...

Sbatto le palpebre per togliere la fottuta nebbia che sta offuscando tutto tranne il piacere che voglio darle e mi tiro indietro. «È quello che vuoi?» Lei sta seguendo il mio movimento, restando appiccicata, baciandomi il mento, la gola. Deglutisco, cercando di mantenere il controllo, quando tutto ciò che voglio è perderlo. «Hayden?» Questa volta la domanda nella mia voce attira la sua attenzione.

Ricade indietro e mi fissa, col respiro affrettato e affannoso come il mio. Ma c'è un secondo netto di esitazione nei suoi occhi... E mi basta.

Mi metto seduto e chiudo gli occhi. La voglio più di quanto abbia mai voluto qualsiasi altra cosa in vita mia... Possedere il suo corpo e più ancora il suo cuore. E proprio perché voglio quest'ultimo, come non mi è mai importato con nessun'altra, non posso fare una mossa a meno che lei non sia disposta a darmi tutto.

Mi alzo bruscamente. «Devo andare.»

Lei si siede e mi afferra il braccio. «Adam?» Mi studia il volto.

L'ho confusa. Gesù, sono confuso anch'io.

Allungo la mano, la infilo nella ciocca di capelli schiarita dal sole che le è ricaduta sul volto e l'appoggio sulla guancia. Le bacio dolcemente la bocca e appoggio la fronte sulla sua, respirando forte. «Ci vediamo al lavoro.»

Capitolo Ventuno

Hayden

Sono un fascio di nervi da quando Adam se n'è andato questa mattina. Come ha osato lasciarmi con un casino di ormoni in circolo?

Quel bacio. *Baci.* E le sue mani. Il modo in cui mi guardava. Con calore e anche come se volesse divorarmi. Se non si fosse tirato indietro avrei fatto tutto quello che voleva. Perché lo volevo anch'io. Ma si è tirato indietro e adesso sono confusa.

Sembrava tutto così giusto. Il modo giocoso in cui eravamo stati insieme negli ultimi due giorni mentre lavorava a casa mia. E anche prima, se ci penso. Quando non stavamo litigando, cioè. La mia attrazione fisica per Adam è cresciuta a dismisura e mi sta confondendo.

Tengo molto a lui.

Lascio cadere la testa sulla scrivania e la sbatto un paio di volte.

«Ti verrà una commozione cerebrale se insisti a farlo» dice Mira, ad alta voce.

Emetto un gemito. «Ma tu non bussi mai?»

«Perché dovrei farlo?» Si avvicina e si siede di fronte a me.

Mi guarda socchiudendo gli occhi e abbassando il mento. «Mi sembri un po' rossa. E agitata. Hayden, che cosa hai combinato? Non hai... Hai fatto sesso con qualcuno? So che siamo solo buone colleghe, ma pensavo che avresti condiviso una notizia così ghiotta.»

Sbuffo. Come fa a capirmi così bene? Ah, giusto, Adam ha detto che le emozioni si possono leggere sul mio viso come fossero la pagina di un libro. Devo lavorarci un po'. «Non siamo solo colleghe, Mira. Sei una delle mie migliori amiche in città.»

«Giusto, maledizione. Quindi sputa il rospo e raccontami tutti i succosi particolari che stai nascondendo.»

Mi alzo e attraverso la stanza, ficcando la testa fuori dalla porta per assicurarmi che nessuno ci possa sentire. La chiudo e mi volto. «Tieni la voce bassa, accidenti» sussurro. «E non c'è niente da raccontare.»

«Certo che c'è. Innanzitutto, chi è lui?»

Mi lascio andare sulla sedia e poi abbasso di nuovo la fronte sulla scrivania. «Meglio che non te lo dica.»

«Oh, penso di sì, invece.»

Alzo gli occhi e la vedo china verso di me. «Ho una cotta per qualcuno per cui non dovrei averla.»

I suoi occhi scintillano. «Sono le cotte migliori.»

Scuoto la testa e sospiro. «No, non è vero.»

I caldi occhi castani di Mira, di un paio di tonalità più scuri dei miei, fissano la parete alle mie spalle. «Hayden, Adam non è venuto a casa tua questo fine settimana per pagare la sua scommessa?»

Io non dico niente.

«Porca paletta.» La sua voce sale di un'ottava. «È *Adam?*

Ti ho detto di avvicinarlo, ma non ti stavo suggerendo *quello*.»

Mi alzo e giro intorno alla scrivania, sedendomi accanto a lei. Guardo nervosamente la porta. «Abbassa la voce, per favore.» Vedo la sua espressione e piego la testa. «Sai, non credo di averti mai visto stupita prima d'ora. È questo che ci voleva?»

«Tu e Adam? Uhm, sì. Cioè, immaginavo che prima o poi voi due l'avreste fatto, ma pensavo che fosse solo sesso animalesco e te lo saresti tolto dalla testa. Non pensavo che ti saresti innamorata.»

«Inna... *Cosa?* Perché dici una cosa del genere?»

Ignorando la mia domanda, Mira continua: «Adam lavora per i cattivi, Hayden. Che cosa diavolo stavi pensando?».

Durante il fine settimana non ho pensato una sola volta ai Blue Star e al ruolo di Adam in quello che forse sta succedendo.

Mi mordo il labbro. «Ma è davvero così? Forse mi sbaglio. Non sono più sicura di niente.»

Mira scuote lentamente la testa, come se non riuscisse a credere a quello che sta sentendo. Non la biasimo. «Non permettere alla tua vagina di parlare per te.»

Le rivolgo un'occhiata incredula. «Non parlare della mia vagina. Non è stata attiva come credi.» Non che non *sarebbe stata* attiva se Adam non si fosse tirato indietro questa mattina, ma Mira questo non lo sa.

Mira resta in silenzio per un momento, poi mi chiede dolcemente: «Ti piace davvero?».

Annuisco, stringendo le labbra. «Sì, davvero.»

* * *

Adam

Paul è in piedi in mezzo alla terza suite del progetto Bliss quando lo raggiungo la mattina tardi. La suite è identica alla prima che ho visitato, tranne che è completamente arredata. Adesso lo sono tutte. Gli unici operai ancora in giro sono l'arredatrice d'interni e il suo assistente. I subappaltatori se ne sono andati tutti.

E questo posto è spettacolare.

Non posso dire di capire perché i clienti paghino un quarto di milione di dollari più la quota annuale per il Bliss, ma avranno accesso a una lounge e a una suite degne di una celebrità quando arriveranno.

«Hai deciso di farti vedere?» dice Paul.

Potrei essere arrivato un po' più tardi del solito al lavoro, dopo il pernottamento improvvisato a casa di Hayden. La migliore notte della mia vita, e non c'è stato nemmeno il sesso.

Non riesco a immaginare un modo migliore di svegliarmi che non sia con Hayden accanto ogni mattina e non sento nemmeno un briciolo di disagio pensandoci. Ed è ciò di cui mi sono reso conto una volta arrivato a casa. Voglio che questa cosa con lei funzioni. È il motivo per cui mi sono tirato indietro quando ho percepito la sua esitazione. Hayden è importante per me e non voglio incasinare tutto.

«Che cosa volevi mostrarmi?» chiedo.

«È tutto quello che hai da dire?» Allarga le braccia. «Beh, che ne pensi?»

«È fantastico. I membri del club l'adoreranno.»

«Non hai ancora visto la parte migliore.» Paul entra in una delle stanze e io lo seguo. C'è un letto king-size coperto di seta rossa con un copriletto viola scuro ripiegato in fondo. Dietro al letto c'è un tendaggio dal soffitto fino al pavimento di satin rosso. Davanti, c'è un altro tendaggio sopra un palcoscenico ovale. Non è un'asta da pole dance anche se credo che la funzione sia la stessa. Chiunque sia sul letto potrà godersi lo spettacolo.

Paul mi vede che lo fisso. «Non è tutto. Guarda qui.» Attraversa la stanza e va nel bagno.

È lussuoso, come quello che avevo già visto, ma non c'è la vasca idromassaggio. In questo ci sono delle sedie impermeabili e ugelli dappertutto che stuzzicano la mia immaginazione. Sono solo un paio d'ore da che ho lasciato Hayden e mi bolle ancora il sangue. «Carino.»

«Non hai ancora visto la *pièce de résistance*.» Paul va a una delle due porte e la apre. Ed è a quel punto che la mia immaginazione fa una brusca frenata. «Beh?» mi chiede.

Lo guardo, il mento appuntito sembra occupare metà della sua faccia, i capelli lucidi e lievemente ondulati sono pettinati in modo da nascondere la stempiatura. L'abito blu scuro è un po' noioso per i miei gusti, ma gli dà una certa aria professionale. Vederlo in piedi in una stanza dedicata al bondage e al sadomaso non molto.

O forse sì. Forse è qui che i ricchi e potenti soddisfano i loro gusti eccentrici, senza che il pubblico lo sappia. «Penso che vada bene per la clientela di un certo tipo.»

Lui ridacchia. «Non ci sei nemmeno arrivato vicino. I nostri membri avevano chiesto una vera e propria segreta. Abbiamo fornito loro un assaggio con il Bliss 1.0, ma volevano di più. Non è per tutti, ma abbiamo fornito ogni suite con una stanza da dominatrice.»

Guardo lo spazio, dell'ampiezza della lussuosa stanza da bagno. C'è una specie di struttura sospesa e una panca rivestita di cuoio. Una dozzina di fruste, catene e altre forme di attrezzature per legare e flagellare, per non parlare di un'elegante cassettiera nera che sono sicuro contenga altri giocattoli sessuali. «Come fate a tenere tutto pulito?»

Paul ride. «Vedi questa stanza ed è questa la prima cosa che ti viene in mente?»

Do un'altra occhiata. «Non sono un fan delle malattie veneree.»

Lui mi dà un colpetto sulla spalla e la stringe. Guardo la mano e poi risalgo al suo viso. Lui lascia cadere le mani e si schiarisce la voce. «Immagino che sappiamo che ruolo ti piacerebbe.»

Sì, capisco che cosa sta insinuando e continua a non divertirmi.

Paul chiude la porta ed esce dalla suite, parlando mentre cammina. «I nostri membri pagano una fortuna. Forniamo loro l'attrezzatura e prepariamo la stanza secondo le loro specifiche prima che arrivino. C'è un menu di escort e mistress da cui scegliere.»

«Mistress?»

Paul si ferma e si gratta il mento. «Non sei mai veramente andato da una dominatrice?» Gli rivolgo un'occhiata che chiarisce il mio pensiero. «Come vuoi. Può non piacere a te ma piace ai nostri clienti.»

«Tu e William sembrate occuparvi dei membri» dico. «Come direttore dell'ospitalità immagino che debba assicurarmi che nell'elegante stanza sadomaso funzioni tutto perfettamente. Che altro devo sapere?» Nella mia voce c'è una traccia di irritazione.

«Il Bliss non è una semplice stanza per il sesso sadomaso. Sarebbe troppo banale.» Paul scuote la testa. «Continuo a dimenticare che è poco tempo che ti sei unito a noi.» Va al bar, prende un bicchiere e lo riempie di Gran Patrón. Dev'essere il suo preferito perché l'aveva scelto anche da Farley's la sera della mia promozione.

Me lo offre e scuoto la testa. Paul picchietta il suo anello con zaffiro contro il bicchiere, un'abitudine particolarmente irritante, e fissa il liquido come se stesse riflettendo. «Il Bliss ha tutto, veramente tutto ciò che i nostri clienti potrebbero desiderare.» Beve un sorso e mi studia. «Vieni. Il miglior modo di fartelo capire è mostrartelo.» Va a una porta sul lato e la apre. «Cucina da gourmet. Ci sarà uno chef professionista e personale in servizio ventiquattr'ore su ventiquattro.»

Da quanto vedo, la cucina è perfettamente funzionante e pronta.

Paul chiude la porta e va verso quella che aveva definito l'area concierge, con il vetro opaco per assicurare la privacy. «Questo è il cervello dell'operazione. Ogni suite avrà un concierge privato che, in realtà, è il direttore del piacere. Avrai tu la gestione dei concierge, ma il loro lavoro sarà servire i clienti. Ogni concierge terrà nota delle preferenze dei membri e fornirà loro qualunque cosa vogliano.»

«Fornirà?» dico.

Paul compone un codice per la porta a vetri e va a un computer dove passa qualche secondo inserendo le password. Si apre una nuova schermata. «Ecco il database del Bliss.» Clicca sulle immagini di belle donne. Dozzine. «Queste sono le escort. Come ho detto, ci siamo occupati noi di loro. I piani originali erano di vedere se qualcuna delle ballerine fosse disposta a fornire quel servizio, ma siamo riusciti a trovare una soluzione migliore tramite i contatti di Blackwell.»

Ne dubito fortemente, ma assecondo Paul. «Che altro?»

Paul apre un foglio di calcolo. «Questa è la lista dell'attrezzatura che forniamo.»

Che consiste nelle attrezzature che ho intravisto nella stanza sadomaso, oltre a preservativi, lubrificanti e altri oggetti per la cura personale. Indico un'altra lista. «Quella che cos'è?»

«Nomi civetta che abbiamo inventato per definire le droghe che i nostri membri vogliono che procuriamo durante il loro soggiorno» dice. «Abbiamo imparato nel Bliss 1.0 che tenere le droghe in casa potrebbe essere problematico, quindi le escort le porteranno quando arrivano.»

«E questo incoraggia i membri a usare le escort se vogliono la droga.» E ovviamente scarica la responsabilità penale sulle povere ragazze che le consegnano.

Paul sogghigna. «Esattamente, pagano due per uno. Anche se una volta che la escort è arrivata non capisco perché vorrebbero che se ne andasse.» Continua a sogghignare licenziosamente. «Tra parentesi, ti è piaciuto il campione che ho mandato a casa tua? Spero non lo abbia usato tutto. Era di prima scelta. Ci costa una fortuna ma abbiamo un contatto all'interno.»

Le prostitute e la cocaina che Paul ha mandato a casa mia erano più di un test della mia discrezione erano un campione. Fantastico.

Sapevo che c'era di più in questo progetto, visto il modo in cui si comportavano Paul e William. Solo non volevo che ci fossero problemi. Mi ero detto che non sarebbe stato un problema finché Blackwell avesse mantenuto tutto nell'ambito della legge. Tutto quello che ho visto questa mattina non è necessariamente illegale nel Nevada. Ma è sufficiente per far risuonare campanelli d'allarme.

Il casinò sta restando nei limiti della legge, ma per un pelo. Che cosa impedisce loro di superare quella linea ogni tanto se porta introiti extra? È quello che rappresenta questo progetto per Blackwell. Profitti. Grossi profitti.

Sono stato egoista perché non volevo perdere qualcosa di cui non ho mai fatto a meno. Volevo i soldi esattamente come Blackwell e gli altri, ma i miei principi morali a questo punto sono confusi. Sono molto meno lassista e molto più preoccupato perché ho molto più da perdere. Non voglio uno stile di vita che non includa Hayden e di sicuro non voglio che venga coinvolta in qualunque cosa sia questo progetto. Sono sicuro che non sto vedendolo nella sua interezza.

Discrezione. Avevano detto Paul e William. Immaginavo che i membri del Bliss non volessero che si sapesse in giro delle loro relazioni sessuali e delle droghe che introducevano. Ma perché Paul mi ha minacciato per farmi tenere il segreto sul Bliss? Perché non pubblicizzarlo al pubblico? C'è qualcosa che non quadra.

Paul finisce la sua visita guidata del Bliss e torno nel mio ufficio. Le pigre nuvole estive dipingono il lago di grigio-azzurro fuori dalla mia finestra. Paul ha messo in chiaro che parlare del Bliss non sarebbe saggio. Se Blackwell sta lavorando con trafficanti di droga, che altro sarebbe disposto a fare per mantenere in utile il Blue Casinò?

Prendo il telefono e faccio un paio di chiamate, una delle quali a Jeb Kendrick, il padre di Gen. Al diavolo la discrezione e la confidenzialità. Parlo a Jeb del Bliss e discutiamo le alternative per capire chi sta fornendo la droga.

Paul mi ha dato poco per volta le informazioni sul Bliss. Non mi sto tirando indietro, ma mi sto muovendo in avanti con estrema cautela.

Volevo che Hayden restasse alla larga dal Bliss per via della segretezza e dello strano comportamento di Paul e William riguardo a quel progetto, ed è il motivo per cui avevo suggerito la scommessa. Poi le minacce di Paul mi hanno dato ulteriori motivi per tenerla fuori da tutto. Più vengo a sapere, più vorrei che Hayden lasciasse la città. Le escort e la droga, per non parlare della stanza sadomaso, per la quale sono quasi sicuro che il casinò non abbia la licenza, sono il tipo di atmosfera che genera problemi.

Hayden era tornata al Lake Tahoe per dimostrare che è degna di restare qui. Non se ne andrebbe nemmeno se le spiegassi tutto quello che succede. Al contrario, la spingerebbe ad agire. Vorrebbe trovare le prove e portarle alla Polizia, proprio come ha detto Lewis.

Blackwell non vuole che Hayden sia coinvolta nel progetto e immagino sia perché si rende conto che Hayden non esiterebbe ad affrontarlo. Astuto.

Non so come gestire la relazione con Hayden e il mio coinvolgimento. Mi piace il mio lavoro e penso che potrei farlo funzionare. Il progetto Bliss potrebbe dimostrarsi completamente legale, ma, visto il comportamento dei miei colleghi e del mio capo, continuerò a tenermi in contatto con Jeb, giusto per stare sul sicuro.

Dovrei mettere un freno a quello che sta nascendo tra Hayden e me. Se venisse fuori che il Bliss è più di quello che posso accettare, dovrò prendere delle decisioni che potrebbero rivelarsi pericolose. Essere legata a me adesso non è una scelta intelligente, se mai lo è stata.

Ma sono un bastardo egoista. Ho permesso ad Hayden di uscire dalla mia vita già una volta. Non lo farò di nuovo.

Capitolo Ventidue

Hayden

Le istruzioni del nuovo software per le Risorse Umane mi stanno facendo impazzire. Controllo ancora una volta il modulo del database che mi ha mandato il direttore. Continua a non avere senso. *Grrr!*

Un secondo prima di buttare la tastiera dall'altra parte della stanza, Adam entra nel mio ufficio e chiude a chiave la porta.

Mi giro verso di lui, con il cuore che comincia a battere più forte. Dimentico tutte le frustrazioni mentre lo guardo attraversare la stanza. Penso a lui da tutto il giorno, chiedendomi se questa mattina e il nostro legame durante il fine settimana siano stati solo un sogno. È tutto diverso. Sto cercando di non pensare troppo alla domanda di Mira se sono innamorata. Io *non* sono innamorata di Adam.

Mi *piace*, cioè, mi piace proprio.

Com'è tipico per lui, Adam è ben pettinato, indossa l'abito di couture e non assomiglia per niente all'uomo che ho intravisto negli ultimi due giorni. L'espressione nei suoi occhi è comunque esattamente quella che avevo visto sotto il suo aspetto curato. Gli stessi occhi che mi hanno fatto impazzire di desiderio questa mattina.

Mi alzo in piedi. Non so perché, ma lo faccio. E poi mi prende tra le braccia.

«Mi sei mancata» mormora e mi bacia.

Gli avvolgo le braccia intorno al collo e gli infilo le dita tra i capelli. Li sto arruffando e non m'interessa. È elegante e bello ma è anche l'uomo dolce che si è addormentato nel mio letto ieri sera. E mi sta baciando ancora, quando non ero sicura che lo avrebbe fatto.

Adam mi spinge contro la scrivania, premendo il corpo contro il mio. «Ho una domanda per te.»

«Uh-uhm» mormoro, baciandogli l'angolo della bocca e il collo. Dio, ha un buon profumo. Dovrei imbottigliarlo in modo da poterlo annusare quando ho bisogno di tirarmi su.

«Non voglio aspettare finché ho finito la tua cabina armadio per vederti di nuovo.»

Sorrido contro il suo collo. «Okay.» Sono senza fiato. E sì, sembro un'adolescente innamorata, ma che ci posso fare? Mi ero preoccupata che questa mattina si fosse tirato indietro perché ci stava ripensando. Se considero il delizioso rigonfiamento premuto contro la mia pancia, direi che è felice di vedermi.

«Esci con me stasera» dice. «A un cocktail party cui devo partecipare. Accompagnami.»

Mi tiro indietro e lo guardo negli occhi. C'è un accenno di nervosismo, ma anche eccitazione, se non mi sbaglio. «Me lo stai chiedendo o me lo stai dicendo?»

«Chiedendo.»

Mi appoggio a lui e gli bacio il mento. «Sì.»

* * *

«Non ho mai portato qua nessuno prima d'ora» dice Adam quando svoltiamo nel viale del Club Tahoe. Ha una mano appoggiata con disinvoltura sul volante e sembra un po' disorientato, come se fosse sorpreso dalle sue stesse azioni.

Adam indossa una giacca sportiva con una camicia bianca e una cravatta e sembra abbastanza appetitoso da mangiarlo. La velocità con cui passa da montanaro sexy a uomo d'affari sexy mi dà il torcicollo, ma non mi lamento. Preferisco l'Adam indifeso e informale, ma mi va bene anche questo.

Guardo l'entrata e vedo un parcheggiatore che si precipita verso di noi con un'espressione entusiasta, come se avesse riconosciuto l'auto di Adam. «Non porti mai una donna al resort della tua famiglia?»

«No.» Spegne il motore.

Il parcheggiatore apre la sua portiera e lo saluta chiamandolo per nome. Un altro apre la mia e mi aiuta a scendere. Io indosso un abito da cocktail rosa pallido, con una scollatura a V e la vita stretta, lungo appena sopra le ginocchia. C'è un certo freschetto nell'aria ma non avevo preso uno scialle prima di uscire. Ho immaginato che non saremmo rimasti a lungo all'aperto.

«Perché non le hai mai portate qua?» gli chiedo sopra il cofano dell'auto mentre Adam gira intorno all'auto.

Mi appoggia la mano sulla schiena e mi guida verso l'ingresso. «Il Club Tahoe non fa per me» dice infine.

Un portiere mi apre una delle porte massicce, di legno e ferro battuto. Dovrei guardare avanti, ma il mio sguardo è fisso sul lampadario sopra di noi. È un pezzo fantastico, di vetro opaco beige e un intreccio di ferro battuto che replica quello della porta, la parte alta che scintilla, con il vetro simile a gemme e piccole luci che probabilmente sono grandi come la mia mano. Ho la bocca aperta e si tratta solo dell'illuminazione dell'ingresso.

Adam mi fa entrare e mi rendo conto perché l'architetto si sia preoccupato tanto della parte anteriore. All'interno, il Lake Tahoe assomiglia a uno chalet di tronchi, se lo chalet avesse preso gli steroidi e qualcuno avesse speso decine di milioni di dollari per arredarlo.

Dal basso soffitto pendono altri lampadari di ferro battuto. Le pareti sono scure, rivestite di legno con i nodi a vista, archi di pietra sopra le alcove e i corridoi. Ricchi tappeti persiani adornano il pavimento di legno e davanti ai divani di velluto ci sono poggiapiedi imbottiti. Cuscini di seta dappertutto. Ed è il mio primo colpo d'occhio.

Faccio un passo indietro e guardo Adam, ora che ho visto questo posto. Tra il suo abito italiano su misura, il volto incredibilmente bello e l'atteggiamento sicuro di sé, sembra un uomo che vedrei bene a fare la pubblicità a questo posto. E poi penso all'uomo cui piacciono le alette piccanti e ha passato il fine settimana a costruire una cabina armadio per una ragazza perché ha perso una scommessa. E penso al modo in cui bacia, con passione e dolcezza insieme.

«No, non assomigli al Club Tahoe. È bello e austero e tu sei molto di più.»

I suoi occhi si scuriscono. Si china e mi bacia, con il fiato che mi sfiora il mento mentre si attarda prima di rialzare la testa. Quando lo fa c'è un'espressione maliziosa nei suoi occhi. «Pronta a recitare la tua parte?»

«Quella dell'attraente festaiola compagna del ricco ragazzo viziato?» Adam sbuffa e mi stringe il sedere. Forte. «*Eeep.*»

«Vieni avanti, signora Marcos. Recita la parte della principessa per il tuo principe. Meglio ancora, sii te stessa. Mio padre si aspetta che sposi una donna della buona società. Vorrei che vedesse che sono riuscito a fare molto meglio.»

Gli do un'occhiata di sottecchi perché ha appena menzionato il matrimonio e me nella stessa frase. Sta scherzando ma mi sento come se qualcuno avesse liberato un caleidoscopio di farfalle nel mio stomaco. Anche se Adam non è serio riguardo al matrimonio, è la cosa più dolce che un uomo mi abbia mai detto.

Devo smettere di sottovalutarlo. Se ci stiamo frequentando, e a giudicare da stasera mi sembra che sia così, mi devo abituare all'idea che sia più di quello che pensavo potesse essere un uomo, per non dire l'uomo che una volta credevo incapace di curarsi di qualcuno oltre a se stesso.

Adam mi accompagna attraverso l'enorme hall, lungo un bel corridoio con antichi tavoli fratini, candelabri scintillanti e dipinti a olio di panorami di montagna pieni di colore appesi sotto gli archi di pietra delle pareti. Giriamo intorno a un angolo e apre una porta di tavole di legno con dettagli decorativi in ferro.

Dall'altra parte mi aspetta un'altra stanza spettacolare, che ospita una festa. Ci sono un lungo bar al centro di una parete e una piccola pista da ballo davanti a un'alta finestra a pannelli di vetri triangolari che dà sul lago. In un angolo della stanza ci sono altre finestre che danno sul retro della hall e quella che sembra una piscina coperta serpeggiante, oppure un fiume.

«È fantastico.»

Adam abbassa lo sguardo su di me. «Non sei mai stata qui? Nemmeno con i tuoi genitori, anni fa?»

Scoppio a ridere. «Ti rendi conto di quanto sia costoso il resort di tuo padre per il resto di noi umani?»

Lui si guarda intorno con la fronte aggrottata. Per lui questo posto non deve sembrare niente di speciale. «Il Club

Tahoe ogni tanto ospita i balli studenteschi di fine anno» dice. «Pensavo solo che fossi già stata qui.»

«Ero solo al secondo anno quando siamo andati via. Non ho partecipato a un ballo studentesco fin dopo il nostro trasferimento. Non che sarei stata in cima alla lista delle ragazze da invitare in questa città.»

Lui si acciglia e mi stringe il braccio intorno alla vita. «Fingeremo che questo sia il tuo ballo di fine anno.» Alza maliziosamente un sopracciglio e mi accompagna al bar. «Prendiamo un drink e vediamo se riesco a corrompere la ragazza che ho invitato.»

«È così che eri alle superiori?» Sto scherzando, ma non completamente perché è proprio quella l'impressione che avevo avuto di lui allora.

Adam mi sorride. «Solo con le ragazze a cui non dispiaceva essere corrotte.»

Fingo di essere offesa. «E ti sembro quel tipo di ragazza?»

Lui ordina i drink al barista poi mi guarda con la faccia di colpo seria. «Tu non sei come nessun'altra, Hayden.» Adam mi alza il mento e mi sfiora le labbra con un bacio, con un braccio intorno alla mia vita, come per proteggermi.

Fisso i suoi bellissimi occhi azzurri, leggendo ogni sorta di significati silenziosi nelle sue parole, quando un paio di larghe spalle si insinuano tra di noi.

Adam si volta, con un grande sorriso sul volto. «Levi, che ci fai qui?»

L'uomo di nome Levi ha una giacca sportiva simile a quella di Adam e una camicia azzurro chiaro, lo stesso colore dei suoi occhi.

Gli occhi di Adam hanno il colore dell'oceano con un sottile bordo grigio verde. Sì, ho fatto attenzione. Specialmente da quando ci siamo avvicinati e gli occhi di Adam hanno lasciato un segno ipnotico mentre mi attiravano in un bacio. Okay, non che servisse molto per convincermi.

Oltre alla giacca e i pantaloni con la piega, Levi ha anche il gesso su una gamba, dal ginocchio in giù.

«Era ora che arrivassi» dice Levi.

«Io?» dice Adam ridacchiando. «Sono sorpreso che ti sia deciso a uscire di casa per questa occasione.»

Levi emette un lungo sospiro e scuote la testa. «Il vecchio mi ha chiamato una dozzina di volte. Ho deciso che era meglio farmi vivo anziché sopportare altre chiamate.»

«Mossa furba.» Adam si rivolge a me, con il braccio ancora intorno alla mia vita. «Hayden, questo è Levi, il maggiore dei miei fratelli.»

«Lieta di conoscerti» dico, vedendo la somiglianza. Stessa statura e molto attraente, anche se i capelli di Adam sono leggermente più scuri e più lunghi in cima alla testa. Mentre Adam sembra nel suo ambiente al Club Tahoe, Levi ha le spalle tese e sembra a disagio nella giacca sportiva, come se desiderasse essere altrove.

«Piacere mio, anche se mi chiedo come sia possibile che una donna così bella e sofisticata stia sprecando il suo tempo col pietoso esemplare che è mio fratello.»

«Mi ha promesso di farmi ubriacare» dico impassibile perché ho l'impressione che lo scambio di battute tra me e Adam faccia parte del fascino dei Cade.

Levi scuote la testa rivolto a Adam, chiaramente soddisfatto del mio commento. «Veramente di classe, Adam. Ti sei ridotto a una tattica da fratellanza.» Mi guarda di nuovo. «Allora hai bisogno di me. Sarò al bar. Mi piace soccorrere damigelle in pericolo.»

«Lei ha già il suo eroe, proprio qui» dice Adam e mi passa lo Chardonnay che ha ordinato per me.

Levi emette un suono incredulo in fondo alla gola. Ma

sta sorridendo. Indica con la testa una zona dall'altra parte della sala. «Gli altri sono laggiù.»

Adam spalanca gli occhi e guarda nella direzione che ha indicato Levi. «Tutti?»

«*Tutti*» risponde Levi e si avvia lentamente verso lo sgabello del bar dove doveva essere prima che arrivassimo.

Adam beve un sorso del suo drink, gin tonic dall'aspetto, con una fetta di lime, distratto.

«Va tutto bene?» gli chiedo.

Lui mi bacia la fronte. Potrei abituarmi ai suoi gesti affettuosi ora che abbiamo cominciato a baciarci. «Bene. Non mi aspettavo che ci fossero i miei fratelli. Normalmente sono l'unico che partecipa a questi eventi.»

«È un male che siano qui?»

«No, assolutamente. È solo... Non so, sorprendente.»

Do un'occhiata a Levi, seduto da solo al bar a qualche sgabello di distanza, che osserva il barista invece della sala affollata. «Perché Levi non è con loro?»

Adam mi mette una ciocca di capelli dietro l'orecchio. «Levi ha passato un paio di mesi difficili e lui e mio fratello minore, Hunter, non vanno d'accordo. Per niente.»

«È un peccato. Ho sempre pensato che sarebbe stato meraviglioso avere fratelli o sorelle.»

Lui mi dà un colpetto sulla spalla. «Potresti cambiare opinione una volta conosciuti i miei fratelli.»

«Non lo so... Sono tutti attraenti come Levi?» Adam si acciglia e io rido. «Beccato!»

Lui appoggia il drink sul ripiano, poi prende anche il mio. Mi afferra intorno alla vita, tirandomi verso di lui. «Mi stai stuzzicando usando i miei fratelli?» Scuote la testa. «Cattiva. Ti dimostrerò più tardi che sono il migliore del gruppo.»

Rido mentre lui mi mordicchia il collo e sento il suo

sorriso contro la pelle. «Piantala, come faccio a sembrare rispettabile se mi lasci un succhiotto?»

«*Mmm*, succhiotti» mormora. «È una bella idea.»

Mi tiro indietro davanti a quella minaccia per il mio collo immacolato, ma lui sta già prendendo i nostri bicchieri; stava chiaramente solo prendendomi in giro. E grazie al cielo. Non riesco a immaginare la reazione di Mira se mi presentassi al lavoro con un gigantesco succhiotto.

Andiamo verso il tavolo dei fratelli di Adam e anche se Levi non l'avesse indicato l'avrei individuato nella folla. Perché, santo cielo, non stavo scherzando su Levi. Quell'uomo è bello, in un modo rude e gli altri tre Cade sono variazioni sul tema. Alti, favolosi, spalle larghe e mascelle forti, ciascuno di loro con gli occhi nei colori delle gemme e capelli da castano medio a castano scuro.

«Cribbio» dico. «Com'è possibile che tu e i tuoi fratelli siate tutti single?» Sembra che nessuno di loro abbia portato una compagna.

Lui mi guarda inarcando le sopracciglia «Cribbio?»

Gli afferro il braccio. «Ora spiegati, prima che ci avviciniamo troppo.»

Adam abbassa la testa verso di me mentre i suoi fratelli ci guardano apertamente. «Essere single è una tradizione dei Cade.»

«Allora che ci faccio qui?»

«Tu non conti» dice.

Sento una stretta al petto e resto immobile. Sono uscita qualche volta, ho anche avuto un paio di ragazzi decenti, ma il passato sembra non sparire mai. Adam mi ha invitato qui stasera e mi ha baciato come non ero mai stata baciata prima. Era reale. Non ho più sedici anni. Comunque non riesco a fare a meno di chiedergli: «Perché io non conto?».

Lui mi guarda. Mi guarda *veramente*. «Perché tu sei

speciale e quando ti conosceranno lo capiranno anche loro, esattamente come ha fatto Levi.»

Deglutisco una volta. E poi ancora. *Ge-sù*. Quando Adam Cade sfodera il suo fascino lo fa in un modo spettacolare.

La mano calda premuta contro la mia schiena, l'intensità del suo sguardo e le sue parole... Tutto da un uomo che mantiene un'espressione sarcastica come fosse una seconda pelle. Tranne che sono settimane che non ha quell'espressione con me. In effetti, di recente non ricordo di aver visto niente sul suo viso tranne buonumore e affetto. E mi fa girare la testa.

Adam si ferma davanti ai suoi fratelli, che sorridono osservandomi discretamente, alcuni più degli altri. «Hayden, ti presento Wes, Bran e Hunter» dice Adam.

Ci scambiato dei saluti e Hunter mi rivolge un sorriso malizioso. «Posso avere un ballo con l'affascinante Hayden?»

«No» risponde Adam automaticamente. Gli altri ridono ma l'aria si fa pesante.

Sento le guance che si scaldano e Adam scuote la testa. «Ignoralo. È senza vergogna.»

Hunter beve il suo drink. «Beh, Hayden, quando ti stancherai di quella pallida imitazione, sai dove trovare un vero Cade.»

Do un'occhiata a Adam. «È una tradizione di famiglia rubarsi le ragazze?» Sto scherzando. Ma l'occhiata micidiale che Adam dà a Hunter mi mette dei dubbi.

«Non far caso a loro.» Adam mi tira vicina. «Vorrebbero avere una compagna intelligente e bella come te. Sono gelosi, tutti quanti.»

Wes alza il suo bicchiere. «Mai furono dette parole più vere.»

«Eccovi tutti qui.» Adam e io ci voltiamo sentendo una voce dietro di noi. Si sta avvicinando un uomo più anziano. Il tono della voce colta e baritonale è simile a quello di Adam. Guarda oltre noi. «Dov'è tuo fratello?»

«Levi è al bar» dice Adam. «La gamba...»

«Giusto.» L'uomo annuisce. «Beh, almeno voi quattro siete insieme.»

Wes e Bran si scambiano un'occhiata impacciata.

«Papà» dice Adam. «Ti presento Hayden. Hayden, questo è mio padre, Ethan Cade.»

Il padre di Adam mi studia come se fossi un insetto. «Come vi siete conosciuti?»

«Al lavoro» risponde Adam con la voce carica di rabbia. «Ma Hayden è anche la mia ragazza.»

Gli stringo involontariamente la mano e gli do un'occhiata nervosa. Di che cosa sta parlando?

«Ragazza?» dice suo padre. «Questa è la prima volta.»

Aggrotto le sopracciglia. Che cos'è questa storia delle prime volte? Adam ha già avuto delle ragazze. Ho sentito parlare delle sue passate relazioni. Qualcosa, almeno. Secondo Mira e Cali non è un tipo da relazioni serie, ma l'Adam che hanno descritto non è l'uomo che ho imparato a conoscere.

«Hayden, ti dispiace se ti rubo Adam per un momento?» dice suo padre. «Vorrei parlare con i miei figli.»

«No» dice Adam prima che possa rispondere. Beve un sorso del suo drink, con la mano in tasca, le labbra tese. «Ho portato qua io Hayden e non ho intenzione di lasciarla.»

I fratelli di Adam guardano Adam e il loro padre e poi me.

«Solo per un momento» dice suo padre. «Poi potrai riavere la tua... ragazza.»

Adam ruota il collo e sento Wes che si insinua lentamente tra Adam e il signor Cade. «Questo che cosa dovrebbe voler dire?»

«Scusami?» Il tono di suo padre è di avvertimento.

«Ehi» dice Bran. «Non possiamo permettere che voi due litighiate. Siete gli unici che vanno d'accordo.» Sorride ma il gesto è forzato.

Ethan Cade respira a fondo. Chiude gli occhi per un attimo. «Non vi ho chiesto di venire per litigare.»

«Adam» li interrompo. «Io sarò al bar.» Gli stringo brevemente la mano e mi affretto ad allontanarmi. Quando guardo indietro, Adam ha una smorfia sul viso e mi sta osservando, con la mano di suo fratello Wes sulla spalla. Gli sorrido e continuo a camminare. Perché c'è qualcosa di grosso in ballo e ho la sensazione che Adam abbia bisogno della sua famiglia, anche se non lo crede.

Capitolo Ventitré

Adam

«Non avevi parlato di una riunione privata» dico rudemente a mio padre. «Stasera ho portato Hayden. Non ho intenzione di trattarla come fai tu con tutta la gente nella tua vita. Lei merita tutta la mia attenzione.»

Mio padre diventa rosso in viso e raddrizza le spalle. «Sembra una donna adulta. Sono sicuro che se la caverà.»

«Non è quello il punto. È scortese e non mi piace.»

Lui mi guarda socchiudendo gli occhi. «Da quando ti curi di trattare le tue ragazze con cortesia?»

Mi passo le dita rigide tra i capelli e do un'occhiata ai miei fratelli, che non sembrano avere la minima voglia di aiutarmi. «Le ho sempre trattate con cortesia.»

«Forse, ma non con calore.»

Accidenti se non brucia. Mi ha sfidato l'uomo di ghiaccio in persona.

«Lo dirò una volta sola» gli dico. «Quella ragazza merita

tutto il vostro rispetto.» Guardo uno per uno mio padre e i miei fratelli.

I miei fratelli e io ci siamo spesso scambiati insulti, ma stasera il loro flirtare mi ha fatto incazzare più del solito.

Indirizzo il mio commento successivo a mio padre. «Se vuoi passare del tempo con me sarà meglio che includa anche lei.» Non so che cosa sto facendo esattamente o perché ho chiamato Hayden la mia ragazza davanti alla mia intera famiglia, ma suona giusto. È così che la vedo. E – *cazzo* – non solo da quando ci siamo baciati. Hayden è speciale da molto più tempo.

Ecco perché non sono stato con nessun'altra.

Perché voglio proteggerla.

Scuoto la testa e abbasso gli occhi, strofinandomi le tempie. Ci sono cascato in pieno. Molto più di quanto mi sia mai successo.

«Va bene, Adam. Vedo che hai messo le ali da quando lavori al Blue.» Il tono di mio padre è condiscendente, ma ci sono abituato quindi lo ignoro.

Hunt sbadiglia, chiaramente annoiato una volta finiti i fuochi d'artificio tra nostro padre e me. «Perché siamo qui?» dice. «Sai che non ci piace.»

Mio padre si guarda intorno, improvvisamente incerto. «Pensavo che sarebbe stato bello trovarci tutti insieme.»

I miei fratelli restano in silenzio, fissando un uomo che ha chiaramente perso la testa.

Bran parla per primo. «Noi ci troviamo spesso.» Il significato inespresso: *noi* ci troviamo, solo non con l'uomo che ci ha generati.

«Capisco» dice mio padre. «Avevo sperato di appianare le cose e passare più tempo insieme come famiglia.»

Ciascuno dei miei fratelli fissa quello accanto a lui, presumendo la stessa cosa che ho pensato io. Chi ha messo in testa al vecchio che volevamo passare il tempo con paparino?

«Perché?» dice Levi.

Mio padre si volta, notando Levi che si è avvicinato da quando Hayden si è trasferita al bar. «Perché siamo una famiglia e siamo tutto quello che abbiamo.»

Resto zitto, troppo stupito per dire qualcosa.

Levi finisce il suo drink. «Parla per te. Avresti dovuto pensarci prima di mettere il resort al primo posto.» Si volta e si allontana, in fretta quanto glielo permette il gesso, e se ne va dalla festa che doveva essere il trentesimo anniversario del Club Tahoe. Non che a noi interessi.

«Ho un altro impegno.» Bran guarda Wes che capisce la sua offerta silenziosa di una via di uscita.

«Ti accompagno fuori» dice Wes.

«Vedo qualcuno al bar che conoscerò molto meglio alla fine della serata.» Hunt fa per andarsene, ma lo afferro per la spalla. Si volta a guardarmi. «Non la tua Hayden» abbaia. «Non sono orribile come mi fate sembrare.» Si toglie la mia mano di dosso con uno scatto e va diritto al bar, facendo un cenno al barista.

Mio padre inarca le sopracciglia ma non dice niente. Fissa i miei fratelli mentre escono oppure si fermano al bar, nel caso di Hunt, con un'espressione di rimpianto e deside-rio. E mi hanno lasciato con lui. Come è sempre stato. Tranne che questa volta nemmeno io ho voglia di restare.

Do un'occhiata ad Hayden. È seduta con grazia al bar e si guarda intorno. «Abbiamo finito?»

Mio padre sospira e di colpo sembra dieci anni più vecchio dei suoi cinquantotto anni. «Non proprio. Speravo di ricucire i rapporti tra i tuoi fratelli e me. Sono io la causa ma non so come sistemare le cose.»

«Stai chiedendo consiglio a me?» dico, sbalordito.

«Sì.»

Scuoto la testa. «Innanzitutto potresti spiegare a loro quello che hai appena detto a me. Di' loro che sono importanti per te e che stai tentando di riavvicinarti, invece di ordinarci di partecipare a una festa e aspettarti che passiamo dei bei momenti insieme dopo anni di litigi.»

Lui sorride, con le labbra che si muovono di scatto. «Abbiamo litigato, i tuoi fratelli e io. Tu sei sempre stato quello sensibile. Fino a...»

Non finisce la frase e non so di che cosa diavolo stia parlando. Sono quello meno sensibile del gruppo ed è il motivo per cui sono riuscito a sopportare quest'uomo. Perché ignoro le sue stronzate.

«Non sono mai stato bravo con la gente, al di fuori degli affari» dice. «Tranne che con tua madre. In ogni caso, non so come aggiustare quello che ho rotto. Tu sei l'unico rimasto.»

Do un'altra occhiata ad Hayden e vedo un avvoltoio con un completo a tre pezzi che si prepara ad avventarsi. «Non è andata bene stasera, ma hai una vita per sistemare le cose. La prossima volta, non esagerare come hai fatto. Ti fa sembrare prepotente e sai quanto ai miei fratelli piaccia ricevere ordini.»

Mio padre abbassa la testa e ridacchia. «Quasi quanto a me.»

«Papà, devo tornare da Hayden. Abbiamo finito?»

Lui alza la testa. Per la prima volta da sempre c'è un'espressione dolce sul suo volto. «La tua ragazza?»

Annuisco. È stata una decisione improvvisa, ma è il modo migliore di spiegare ciò che significa per me. Però ho notato la sua espressione perplessa e sono pronto a pagare per quello scivolone, più tardi.

«Prima che te ne vada,» dice «ho una cosa da dirti.»

Do un'occhiata al bar. Il Signor Tre Pezzi è l'unica

persona eccetto Hayden adesso e la sta fissando, cercando di attirare la sua attenzione. «Non può aspettare?»

«No. Ritengo che tu debba sentirlo. Specialmente per via di Hayden.»

Sento la pressione sanguigna che sale. «Non fare commenti offensivi su di lei. È migliore di te, di me e di ogni altra persona in questa città.»

Mio padre alza una mano. «Non è quello che volevo dire.» Indica la finestra che dà sul lago. «Lì è più tranquillo. Ti dispiace?»

Lo seguo riluttante alla finestra.

«Tua madre era una donna meravigliosa» dice, dopo aver fissato il lago per un momento.

La mia frustrazione cresce. Quanto ci vorrà? Avrei dovuto filarmela quando lo hanno fatto i miei fratelli.

«Voi quattro, prima che arrivasse Hunter, la facevate ammattire, ma vi amava più di qualunque altra cosa al mondo.»

Fisso il profilo di mio padre. È difficile sentirlo parlare di mia madre, ma lo ascolto perché so che la conversazione finirà prima se lo faccio e perché mio padre non parla mai di lei.

«Non avrebbe cambiato niente, tranne essere qui per voi mentre crescevate. Era l'unica cosa per cui non riusciva a darsi pace durante gli ultimi mesi. Che non sarebbe stata in grado di prendersi cura di voi.» La voce di mio padre si spezza e io spalanco gli occhi.

Non l'ho mai visto piangere. Nemmeno quando era morta mia madre.

«Ho cercato di rassicurarla che ci avrei pensato io» dice dopo essersi schiarito la voce. «Ma niente di quello che dicevo riusciva a confortarla. L'unica cosa...» Mio padre deglutisce e poi tossisce coprendosi la bocca con il pugno. «Solo tu riuscivi a confortarla.»

«Di che cosa stai parlando?»

Si volta a guardarmi. Ed è sincero. «Ti trovavo sdraiato accanto a lei nel suo letto dopo che le infermiere l'avevano messa a suo agio. Stava lentamente andandosene, ma sorrideva quando le baciavi la fronte e le accarezzavi i capelli.»

Il fiato mi esce tremante. Porca paletta. Non ne sapevo niente. Non ho ricordi di mia madre quando era malata, solo qualche immagine fugace di quando era sana. E ricordo il suo amore profondo. Così profondo. Amavo quella donna più di chiunque altro abbia amato in vita mia.

Alzo gli occhi e sbatto le palpebre per respingere il bruciore, con una morsa intorno al petto. Perché me lo sta raccontando adesso?

Quando torno a guardarlo, trovo mio padre che mi fissa. «Tua madre amava tutti voi ragazzi, ma tu avevi un legame speciale con lei. Non so quanto tu ricordi. Avevi cinque, sei anni? Ma volevo che sapessi quanto significavi per lei. È giusto amare una donna, Adam...»

«Whoa.» Faccio un passo indietro e infilo le mani in tasca. «Basta così. Non abbiamo bisogno di parlarne.»

«Ma è necessario.» Dà un'occhiata al bar. «Ho visto i muri che crescevano intorno a te dopo la morte di tua madre. Non pensavi che notassi queste cose. Nessuno di voi lo pensa. Ma la mia debolezza è la comunicazione, non l'osservazione. Il difetto di comunicazione in questa famiglia è una cosa che non ho mai saputo superare.» Lui guarda Hayden che sta aspettando. «Tieni a questa ragazza?»

«L'ho già detto.»

«Allora non permettere alla perdita di tua madre di creare un muro tra te e una donna. Fidati, è l'esperienza di una vita che parla.»

Fisso mio padre, pensando che ha veramente perso la testa, ma mi sta guardando con tanto affetto e comprensione che non riesco a distogliere lo guardo.

Scuoto la testa. «Non so che cosa ti ha preso ultimamente. Apprezzo quello che mi hai detto della mamma. Ma non sono abituato a parlare dei miei sentimenti con te.» O con chiunque altro.

«Giusto» dice. «Ma volevo assicurarmi che lo sentissi.»

Capitolo Ventiquattro

Hayden

«Stai bene?» Adam non ha detto due parole da quando è tornato al bar e mi ha detto che ce ne stavamo andando. Sembrava sconvolto e non ho fatto domande. Ma lo sto chiedendo adesso.

«Sto bene» dice percorrendo il lungo viale serpeggiante che porta all'autostrada. «Ti dispiace se andiamo a casa tua?»

«Ovviamente no. Ma se intendi spaccare qualche parete per alleviare le tue frustrazioni forse dovremmo andare a casa tua. Non ne sono rimaste molte dopo il tuo lavoro sulla cabina armadio e vorrei tenere quelle che ho.»

Adam mi dà una breve occhiata. «Pensavo che potessimo andare a prendere qualcosa da mangiare e portarlo a casa tua. Stare un po' insieme.»

«Mi piacerebbe.»

Adam allunga la mano e prende la mia. Chi sapeva che fosse così sentimentale?

Mentre andiamo a casa mia ci fermiamo in una taqueria. In abito da cocktail. Ed è interessante e anche la cosa più naturale al mondo.

«Due burrito al pollo.» Adam mi lancia un'occhiata. «Salsa piccante?» Scuoto la testa. «Salsa piccante in uno e per favore metta un'etichetta.»

«E churros» gli dico, dandogli una ditata sulle costole per assicurarsi che le prenda. Sto morendo di fame. E sono anche un po' brilla per quel secondo bicchiere di vino che ho bevuto senza aver mangiato mentre aspettavo che Adam finisse di parlare con suo padre.

«Due sacchetti di churros» dice Adam al tizio.

Adam paga e aspettiamo di lato, guardando la gente e mangiando churros mentre aspettiamo il resto del nostro ordine. Prende dei tovaglioli di carta e me ne passa uno, poi si pulisce la bocca dallo zucchero. La gente va e viene nella piccola taqueria, fissandoci sfacciatamente, ma non m'importa. Aspettare qui dentro mangiando churros con Adam è la cosa più divertente che faccio da molto tempo. A pensarci bene, stare con Adam, per poco o tanto tempo, è la cosa più piacevole, da sempre, anche quando mi rema contro e mi fa ammattire al lavoro, anche se non me n'ero resa conto.

«*Allooora*, la tua ragazza» dico quando abbiamo finito i churros. Non ho nessuna intenzione di lasciar perdere quello che ha detto a suo padre.

Lui inarca un sopracciglio, sfidandomi.

È così che vuol fare? Non ha nemmeno intenzione di discuterne? «Ne deduco che d'ora in poi rinuncerai a tutte le altre donne.» Sto scherzando, ma, davvero, se pensa di potermi definire la sua ragazza e poi andare in giro a fare sesso, è matto da legare. Preferirei mantenere un rapporto informale, stando insieme ogni tanto, anziché darci un'etichetta prima che lui prenda un impegno.

Adam attraversa la stanza e riempie due bicchierini di

carta da un distributore d'acqua. Me ne porge uno. «Non esco con una donna da quasi un anno» dice.

Spalanco gli occhi. «Un appuntamento formale. Ma... Altri tipi di rapporti intimi?» Sento scottare le guance. Sembro un politico. «Sai che cosa intendo dire.»

«No.» Finisce di bere l'acqua. Schiaccia il bicchiere e lo lancia nella pattumiera, un perfetto tiro da tre. «Niente nemmeno di quelli da molto tempo.»

«*Davvero?*»

«Davvero. Tu?»

«Sono stata molto occupata.»

Lui allunga le braccia, mi afferra un fianco e mi tira vicino. «Occupata a fare che cosa?»

Rido nervosamente. «Non *quel* tipo di occupazione. Al lavoro.»

Adam si china e mi sfiora l'orecchio con le labbra. «Quindi non ti stai vedendo con nessuno? Oltre a me cioè.»

Mi tiro indietro e lo fisso. Ricordo la nostra conversazione a casa di Zach e Nessa, riguardo i miei appuntamenti. Aveva già cercato di carpirmi qualche informazione allora, ma non gli avevo dato soddisfazione. Specialmente perché la verità non è molto eccitante. Ma adesso non mi dispiace che lo sappia. In effetti ha un senso, dato tutto quel baciarci che ha quasi condotto ad altre cose.

«Niente ragazzi fissi» dico. «Non ricordo quand'è stata l'ultima volta in cui sono uscita con qualcuno, anche se non credo sia passato un anno. Forse sei mesi.»

Adam fissa il pavimento per un momento, come se stesse raccogliendo i pensieri. «Ti ho definita la mia ragazza perché non c'è niente altro che mi sembri adatto.» Alza gli occhi. «Sei più di un'amica o di una collega. Più speciale di chiunque altro. Sembra frettoloso, ma non lo è se sai che *penso* a te da quando ho cominciato a lavorare al Blue. E probabilmente nel mio subconscio da quando avevo sedici anni e avevo convinto Jaeg a rompere con te in modo da non doverti vedere con un altro. Va avanti da parecchio.»

«Sai, come amico fai veramente schifo» dico, con la voce divertita. «Non riesco a credere che abbia sabotato la vita amorosa del tuo migliore amico per i tuoi scopi nefasti.»

Adam si china e mi bacia il collo, solleticandomi con il fiato caldo e facendomi dimenare accanto a lui. «Non ci sarebbe cascato se avesse tenuto a te quanto avrebbe dovuto. Ti ho fatto un favore. E anche a Jaeg, perché ha trovato Cali.»

Lo guardo in cagnesco, anche mentre mi mordicchia l'orecchio. «Astuto il modo in cui ti sei giustificato.»

Adam si raddrizza, con un'espressione seria. «È stata una manovra da coglione, ma sono maturato negli ultimi undici anni. Non sono perfetto, ma voglio che funzioni.» Nei suoi occhi si riflette un tocco di vulnerabilità. Non l'avrei notato se non lo conoscessi. «Che ne pensi, vuoi essere la mia ragazza?»

«Oh, adesso me lo stai chiedendo?» dico con impertinenza.

Sul viso gli appare un sorriso e mi tira contro il suo petto. «Adesso non ti tirerai più indietro, vero?»

Annuso la sua giacca. «Mai.»

«Se mi stai annusando, suppongo che sia un sì?»

«Sì. E voglio il permesso di annusarti tutte le volte che voglio, perché hai veramente un buon odore.»

«Posso accettare le tue condizioni, purché funzionino anche in senso contrario.»

«D'accordo.» Mi scaldo con le braccia avvolte intorno alla sua vita e la faccia appiccicata al suo petto. «Non sono contraria all'esclusività e scoprire dove ci porterà questa cosa... andando piano.»

Le famose ultime parole...

* * *

Riusciamo a superare la porta di casa mia prima che Adam cominci a baciarmi e io gli slaccio la cravatta, armeggiando per togliergliela per potergli baciare il collo. Ovviamente quell'elegantone di Adam doveva indossare una cravatta, mentre i suoi fratelli ne avevano fatto a meno con le giacche sportive.

«Detesto questa cosa.» Non so come, un indumento che dovrebbe essere semplicissimo da togliere sta diventando complicato dato che sono riuscita a fare un triplo nodo su quello scorsoio. Adam abbassa le spalline del mio vestito, rendendo ancora più difficile togliergli quella maledetta cosa. «Arghh!»

Adam si tira indietro e guarda in basso. Armeggia con la cravatta per un secondo e poi va in cucina.

«Ehi, dove stai andando?» Resto lì, confusa, con le braccia bloccate ai lati dalle spalline del vestito.

Lo sento che fruga in un cassetto e poi ritorna con qualcosa in mano. Me lo passa e comincia a baciarmi il collo e la cima del seno. Guardo che cos'ho in mano. È la sua cravatta. Tagliata in due.

È sexy.

Mi tolgo le scarpe e gli strappo la giacca dalle spalle. Adam finisce di togliersela e comincio a lavorare sui bottoni della camicia. Uno di loro mi vola verso la testa, quasi finendomi in un occhio, ma resto concentrata. Finché sento l'aria fresca sulla schiena e risucchio il fiato. Adam mi ha abbassato la cerniera del vestito e il tessuto sta cadendo al suolo.

Bene. È così che va.

Resto in mutande e reggiseno senza spalline che mi stringe da matti per poter sostenere le *ragazze*. Pregherei Adam di togliermelo anche solo per far tornare la sensibilità alla pelle. Ma l'ha già fatto con un rapido movimento delle dita e le sue mani sul mio seno stanno facendo circolare sangue bollente in quell'area.

Il pollice sfiora il capezzolo e lì squittisco.

Adam si tira indietro e alza un sopracciglio. «Sensibile?»

«Forse?»

Ricomincia a baciarmi e si china per passarmi il palmo delle mani sulle gambe nude e poi risalire dietro le cosce. Ho brividi in tutto il corpo. Poi mi mette le braccia intorno e mi solleva, col petto e le braccia che mi trasmettono un inferno di calore dove i nostri corpi si toccano, anche se, secondo i miei calcoli, io ho molto meno tessuto indosso. Gli ho tolto la camicia, ma ha ancora una stupida maglietta.

La sua bocca morbida e agile continua a sedurmi mentre mi porta lungo il corridoio. Urto il letto con i polpacci, poi sto cadendo e Adam mi copre, togliendosi intanto le scarpe e sostenendo il suo peso sulle braccia. Ma la parte appoggiata del suo corpo è fantastica e preme in tutti i posti giusti.

Stacco la bocca dalla sua. «Maglietta. Via.»

Adam si siede sui talloni, con le ginocchia ai lati dei miei fianchi e si toglie l'offensiva maglietta. Cerca di coprirmi di nuovo con il suo corpo, ma è troppo tardi. Vedo il suo petto per la primissima volta.

«Whoa, whoa, *whoa*. Indietro, amico.» Gli spingo le spalle finché si raddrizza, con le cosce muscolose che tendono il tessuto dei pantaloni che ha ancora addosso, con la cintura appoggiata sotto i rilievi e gli avvallamenti dei muscoli addominali.

Gli passo le mani su e giù sul petto, tracciando con un dito i muscoli sopra la cintura.

Il suo respiro accelera, la bocca è tesa. «Hai finito?»

Non ho la possibilità di rispondere perché è di nuovo sdraiato sopra di me e mi sta baciando con un impeto che mi fa girare la testa. «Hayden» dice, con un'intensità di sentimento che non ho mai sentito da lui. Dita gentili mi accarezzano la guancia mentre mi fissa negli occhi. I suoi sono quasi neri in questa luce e così caldi che non so come ho mai potuto pensare che fosse una persona fredda.

Sospiro e gli avvolgo le braccia intorno alle spalle, tenendolo contro di me. Da quando Adam è diventato essenziale perché una giornata sia bella anziché brutta? Una volta era il contrario ma a un certo punto le cose sono cambiate. Il suo profumo virile è come una droga, il suo tocco mi infiamma e la sua voce mi seduce. Ma i suoi occhi... I suoi occhi mi dicono tutto quello che non avevo capito. Adam non è il ricco opportunista che credevo. E prova sentimenti più profondi di quanto pensassi.

Allungo la mano sulla cintura e armeggio per un momento, quasi gridando trionfante quando riesco a slacciarla, insieme al bottone e alla cerniera dei pantaloni. Adam bacia e lecca un sentiero verso il mio seno, distraendomi e rendendo il mio lavoro più difficile, ma non impossibile. Spingo verso il basso i pantaloni, usando i piedi, insieme a una cintura elastica che il mio cervello annebbiato identifica come quella dei boxer di maglia, poi Adam scivola verso l'alto, baciandomi il collo e la sua erezione, grossa e dura, preme sopra le mie mutandine. Sento una fitta di piacere e gemiamo allo stesso tempo.

Qualche secondo dopo le mie mutandine si sciolgono, o forse me le ha tolte, chi lo sa? Sono svanite ed è quello che conta e Adam si sta liberando dell'ultima parte degli indumenti offensivi che ancora gli penzolano dalle caviglie e poi ci stiamo rotolando, nudi, bollenti, con le mani dappertutto.

Adam scivola verso il basso, baciandomi il collo, con le mani sul seno, la peluria sulle sue gambe che gratta leggermente sulla mia pelle. La lingua passa sul capezzolo e io squittisco di nuovo.

Accidenti, è imbarazzante.

Lo guardo per capire se lo ha notato. Lui sorride. «Sensibile» ripete e stringe leggermente l'altro capezzolo tra le dita.

Gemo e gli avvolgo le gambe intorno ai fianchi. Non riesco a reprimere un gemito quando i suoi fianchi si flettono e i forti muscoli lungo le braccia sfiorano il lato del mio seno mentre la sua erezione scivola su e giù lungo la mia parte più sensibile, che pulsa da mesi per quest'uomo, che lo volessi o meno.

E dev'essere bello anche per lui perché un momento dopo dice ansimando: «Preservativo?».

Preservativo? Penso stordita. *Ho qualche preservativo? Dove diavolo sono i preservativi che ho comprato?*

Un momento di puro panico risveglia immediatamente il mio cervello drogato di sesso. «Il cassetto di fianco!» esclamo quando una quantità sufficiente di sangue raggiunge il cervello.

Adam si solleva, si allunga di fianco e la base della sua erezione, dove è più spessa, strofina il punto che mi fa richiudere gli occhi. Gli stringo nuovamente le gambe intorno e mi inarco verso di lui.

Nella stanza risuona il rumore del cassetto che si apre, di Adam che fruga e poi lo richiude sbattendolo. Strappa con i denti la confezione del preservativo e si china sul fianco. Lo guardo infilarsi il preservativo e spalanco gli occhi. Avevo sentito quanto mi desiderava. È più grosso della media da quanto avevo potuto capire, lì in basso, ma *Gesù*, la mia immagine mentale non gli rende giustizia. La realtà è decisamente migliore.

Poi la sua bocca è nuovamente su di me, il palmo della mano che scende lungo il mio corpo, prima il seno, poi l'interno della coscia e poi il centro del mio piacere, dove sono bagnata e pulsante. Accarezza con le dita il fascio di nervi, inserendole poi dove vorrei che ci fossero altre parti di lui. Mentre le sue dita mi stanno lentamente uccidendo, Adam abbassa la testa e mi succhia un capezzolo.

Potrei venire.

Mi mordo il labbro. Ed espiro lentamente.

E poi sto posizionandolo alla mia entrata e invitandolo, strofinandomi e sollevandomi, a sbrigarsi a *cominciare la festa*.

Adam capisce. Con un movimento veloce si spinge in avanti e il mio corpo si contrae intorno a lui. Ma non si ferma. I suoi fianchi continuano a flettersi, ogni movimento lo fa affondare un po' di più. Ed è una sensazione incredibile. Sto tremando, le nostre labbra si sfiorano; una mano è unita alla mia accanto a noi mentre l'altra mi tiene teneramente la testa.

Piccoli spasmi anticipatori mi fanno contrarre i muscoli interni e sento nascere un orgasmo. Adam è dentro di me, mi sta amando e niente è mai stato così prima d'ora. Sto tremando, con l'adrenalina in circolo e prima di poter pensare ancora esplodo, invasa da ondate di piacere e da un senso di leggerezza. Gemo, affondando la testa nel cuscino.

Adam accelera il passo e mi sta tempestando la faccia di baci teneri, poi solleva la testa, il suo corpo si tende e dalla gola gli esce il grugnito più sexy che abbia mai sentito.

Mi bacia la fronte, le palpebre, la bocca mentre continua a muoversi lentamente dentro e fuori, con gli ultimi spasmi che lo fanno tremare ogni paio di secondi. Si abbassa su di me, distribuendo il peso per evitare di schiacciarmi e appoggia la testa sul mio collo, con il respiro affannoso.

«So che avevamo detto che ci saremmo andati piano, ma andare adagio fa schifo» dico sonnolenta. «Così è molto meglio.»

Adam allunga la mano e mi strizza il sedere. Lo prendo come un sì. Non gli ho esattamente dato il tempo di recuperare.

Gli passo il dito sulle spalle larghe. «Non riesco a credere che tu abbia nascosto tutto questo bendidio sotto una giacca. Dovremmo dar vita ai venerdì informali al Blue, nei quali tu indossi solo le tue magliette lise, jeans e stivali da lavoro.»

«Andrebbe proprio bene...» Ha la voce roca, stanca e così maledettamente sexy.

«Vero?»

Adam ridacchia e scarta il preservativo nel cestino accanto al mio letto. Poi si sposta e mi tira vicina. Sento il suo respiro che rallenta e diventa regolare.

«Scusami» dico e in risposta ricevo un gemito. «Mi rendo conto che questo è il momento migliore per addormentarsi per voi cavernicoli, ma hai un lavoro da fare. Alla tua donna serve cibo.»

Adam appoggia la testa sulla mano e mi sorride. «Mi piace quando dici che sei mia. E pensavo di avere già fatto il mio lavoro.»

Do un pizzicotto agli addominali duri come il ferro, poi appiattisco la mano, passandogliela sul petto. Non sono stupida, non perdo l'occasione di palpare Adam. «Era solo uno dei tuoi lavori. C'è una lunga lista di cose da fare.»

Adam rotola sulla schiena e mi tira sopra di lui. «Sei la

seconda persona che menziona una lista di cose da fare in pochi giorni, anche Jaeg ne ha una. Allora, che cosa include la tua?» La sua voce si abbassa allusivamente. Mi prende il sedere tra le mani e poi le fa scivolare lungo le cosce, riaccendendo il fuoco che pensavo avessimo spento.

Ovviamente so che cosa metterebbe *lui* su quella lista.

«Beh» dico, passando il dito intorno a uno dei suoi capezzoli, sentendo i muscoli flettersi sotto. Dopo tutto la rivalsa è un gioco leale. «Allora, c'è assicurarsi che la tua donna delle caverne sia ben nutrita. Mi hai stuzzicato con quei burrito e non li abbiamo ancora mangiati. Spero che tu non pensi che io sia una di quelle donne che mangiano come uccellini, perché, ti assicuro, quei churros non sono stati sufficiente a saziarmi. E... Beh, è tutto in realtà. Cibo. E baci. Sì. Potrei vivere con solo queste due cose.»

Lui mi fa rotolare finché è sopra di me. «Non c'è altro che vuoi aggiungere alla lista?» Flette i fianchi. Come se avessi bisogno che mi ricordi che la sua mente è fissa su quello.

«Beh, adesso che mi ci fai pensare, mi piacerebbe che finissi la cabina armadio e quando l'avrai finita...»

Adam mi fa il solletico sul collo sfiorandolo con le labbra mentre mi ficca le dita nei fianchi. «Sei una ragazza veramente cattiva. Sai che cosa voglio su quella lista.»

Rido e cerco di spingere via le sue mani, senza successo. «Ma è la *mia* lista!»

Adam smette di farmi il solletico, con un enorme sorriso sul volto. «Allora sarà meglio che anch'io faccia la mia» dice agitando le sopracciglia.

«Hai la mente a senso unico.»

Lui mi solleva mentre si mette seduto e allunga la mano verso i boxer che aveva scartato. «Che ti sia di lezione. Prima il cibo perché la *mia* donna delle caverne ne ha bisogno. Poi torneremo a quella lista a cui sto mentalmente aggiungendo delle voci. Ovviamente comprende noi nudi, o parzialmente vestiti se useremo un po' di immaginazione.»

Scuoto la testa come se fossi esasperata. Ma segretamente l'adoro. Mi piace questo momento, quello che abbiamo condiviso ed essere qui con lui... Tutto quanto.

Capitolo Venticinque

Adam

Mi siedo al piccolo tavolo della cucina di fronte ad Hayden, con un barattolo di vetro pieno di fiori selvatici tra di noi e la guardo mentre mangia il suo burrito. Dovrei pensare al sesso esplosivo che abbiamo appena fatto... Chi sto prendendo in giro? Ci sto pensando. Ma sto anche pensando a quanto mi piace questa ragazza. Tutto mi attrae di lei: il suo sapore, la sensazione della sua pelle contro la mia, la sua ridicola ossessione per le scarpe. Per la prima volta *mi piace* non basta.

In Hayden è tutto affascinante, intelligente e gentile e la sua integrità è eccezionale. La vedo, vedo tutto di lei e non riesco a distogliere gli occhi. Non stavo scherzando quando le ho detto che mi piaceva sentirle dire che era mia. Penso a lei come mia e non mi era mai successo prima d'ora. Non ho *mai* voluto più del piacere e della compagnia. Ma adesso tutto ciò a cui riesco a pensare è come sarebbe svegliarmi accanto ad Hayden ogni giorno. Fare l'amore con lei e addormentarmi con lei tra le braccia...

Il sesso con lei deve avermi fatto saltare qualche rotella.

Questo non sono io. Tra qualche ora tornerò normale. Non sentirò più questo pressante desiderio di impacchettarla e non lasciarla mai andare.

Ficcandomi in bocca l'ultimo boccone del burrito, la osservo mentre avvolge metà del suo e va verso il frigorifero. Lo sistema dentro e si china in avanti, con la fronte aggrottata, concentrata. Il suo bel sedere è per aria e mi dà tutta una serie di idee, tipo avvicinarmi da dietro e farmela. Prima di poter mettere in atto la mia fantasia, Hayden chiude il frigorifero e va verso un armadietto, cercando qualcosa in alto. Sto per avvicinarmi per aiutarla, ma interromperebbe la sua affascinante ricerca di cibo e lo spettacolo che mi sta dando. La sua canottiere è risalita, mostrando le mutandine e la forma femminile più bella che abbia mai visto.

Non posso interromperla. Lo spettacolo è troppo fantastico. Hayden è bella, fisicamente ma ancora di più dentro.

Ha dei principi. Al lavoro è stata una rompiballe ma è perché lotta per ciò che ritiene giusto. Potrei imparare qualcosa da lei.

Accartoccio l'involucro del burrito e lo getto nel cestino oltre il ripiano. Hayden si avvicina, guardando con desiderio un pezzo di cioccolato fondente che dev'essersi procurata nell'armadietto.

«Perché te ne sei andata?» chiedo quando si siede. Mi affascina tutto di lei e voglio capire le parti che non mi sono chiare.

Le cose sono state tremende per lei quando si erano diffuse le voci a scuola, ma Hayden è forte. La maggior parte della gente sarebbe andata fuori di testa per quello che era successo, ma Hayden non è come la maggior parte della gente. Lei è determinata e testarda.

Mastica il cioccolato, fissando il tavolo. Fa spallucce, come se avesse deciso. «Mi hanno lapidata.»

Per un attimo mi viene in mente l'immagine delle donne lapidate in nazioni dove non possono nemmeno mostrare la pelle o essere viste camminare con un uomo non imparentato con loro. Ma non può essere quello che vuole dire. «Scusami?»

Hayden raccoglie le briciole dal tavolo con il taglio della mano e le fa cadere nel cestino della spazzatura. Non riesco a credere quanto sia ordinata la sua casa rispetto al suo ufficio. Non che m'importi, ma mi fa riflettere. «I miei genitori un giorno non potevano fare a meno di una delle auto, quindi ero andata a casa a piedi. I ragazzi a scuola avevano cominciato a sussurrare cose su di me. Una mi aveva sbattuto contro una parete mentre uscivo dall'ultima ora. Un comportamento tipico da quando erano cominciate le voci.» Alza gli occhi, sembra leggermente nervosa e non riesco a capire se sia perché sta parlando di una cosa spiacevole oppure perché la mia espressione dice che vorrei uccidere qualcuno. «Ero a un paio di isolati dal parcheggio della scuola. Avevo appena svoltato in una strada laterale residenziale. Non c'erano quasi auto in giro. Ricordo di essermi sentita a disagio, ma in qualche modo dovevo arrivare a casa e sembrava stupido tornare indietro.» Sospira forte. «Un'auto si fermò e mi lanciarono una lattina contro la testa.»

Che cazzo?

«Li sentii ridere e cominciai a correre» continua Hayden. «Poi mi lanciarono un sacchetto di cibo. Continuai a correre. Poi sentii chiudersi le portiere e il suono di passi che mi rincorrevano.»

Sta respirando a fatica, come se stesse rivivendo quel

momento. Allungo la mano sul tavolo e stringo la sua così forte che devo sforzarmi per allentare la presa.

«Volò una pioggia di sassi contro la mia schiena» dice. «Uno talmente grosso che mi ammaccò la scapola, facendomi inciampare, ma non mi fermai. Al contrario, la mia corsa divenne più frenetica e quella stupida strada era così lunga. Stavo ansimando e piangendo e chiedendo aiuto. E poi un sasso grosso come un pugno mi colpì dietro la testa.» La mano che non sto tenendo sale a toccare distrattamente la testa. «Mi svegliai per terra. Se n'erano andati e io stavo sanguinando.»

Mi chino in avanti. «Stai scherzando?» *Furioso* non comincia nemmeno a descrivere come mi sento adesso mentre la donna che... *a cui tengo molto...* mi dice che qualche coglione avrebbe potuto ucciderla.

Lei cerca di sorridere. «Per quel che può valere, non credo che avessero programmato di tirarmi dei sassi. Stavo scappando e credo fosse una di quelle decisioni prese nella foga del momento. Chiamai i miei genitori e mi trovarono. Mi portarono in ospedale, dove mi diedero qualche punto, ma per il resto stavo bene. Ma era stato troppo. I miei presero la decisione di trasferirsi e io fui d'accordo con loro perché non volevo più dovermi preoccupare.»

La sua espressione mostra un insieme di senso di colpa e nervosismo, che non capisco. «Perché la cosa ti preoccupa? Non avevi scelta. Era pericoloso per te restare.»

Lei si stringe nelle braccia coperte di pelle d'oca e le massaggia. «Non avevo fatto quello di cui mi accusava la città, ma avevo permesso loro di abbattermi. Mi ha fatto infuriare... Mi fa infuriare *ancora adesso.*»

Mi alzo e vado da lei. Le prendo la mano e la tiro in piedi, poi mi siedo al suo posto, facendola sedere sulle mie gambe. Scosto i capelli dove si era toccata la testa. Eccola. Sotto c'è una piccola cicatrice a forma di mezzaluna.

La stringo tra le braccia e le premo la guancia sul petto, dove posso tenerla al caldo e al sicuro. Voglio seriamente far male a qualcuno, preferibilmente i coglioni che l'hanno aggredita. «Perché la Polizia non fece niente?»

«Tentarono, ma era successo tutto così in fretta che non ero riuscita a vedere chi fossero. Ero troppo occupata a scappare. Descrissi l'auto, basandomi su ciò che avevo visto per un secondo prima che cominciassero a lanciarmi le cose addosso, ma assomigliava alla metà di quelle nel parcheggio della scuola. Per quando ne sapevo, i ragazzi potevano anche venire da un'altra scuola. Le voci su di me non si erano limitate alla nostra, si erano diffuse.»

Hayden e i suoi genitori non avevano le risorse della mia famiglia. Non sarebbe stata in grado di reggere uno scandalo come quello senza che altri bastardi la ferissero. «Troppa gente in questa città è convinta che sia un loro obbligo morale giudicare, tra una bevuta e il gioco d'azzardo» mormoro.

Hayden appoggia la testa sulla mia spalla. «Sono tornata, è tutto quello che conta. Non scapperò più.»

La fisso e le bacio la fronte. «Non avrai più bisogno di scappare.» Perché, per quanto mi riguarda, farò tutto il necessario per proteggerla.

* * *

Hayden

Adam mi riporta a letto, dove mi toglie il poco che indosso e mi copre con il suo corpo. È caldo e accogliente e sono certa che lo intenda come un gesto di conforto, ma i nostri corpi

238

non riescono a sostenere a lungo il contatto prima che le mani comincino a vagare e che baci bollenti lascino il posto a una frenesia diversa.

Nel post-orgasmo di quella seconda volta, gli appoggio la testa sul petto, con una gamba tra le sue. Lui tira una ciocca dei miei capelli e la guarda alla luce della sveglia, che segna le due del mattino. Devo andare a lavorare domani, ma pazienza. Non ho intenzione di spostarmi da questo posto.

«Perché i tuoi capelli hanno un odore così buono?» dice. «Mela e cannella. Mi viene voglia di mangiarli.»

«Per favore, no, non mangiarmi i capelli. Ne ho bisogno per tenere calda la testa.»

Lui annusa forte, poi mi rimette con cura la ciocca sulla spalla. «Non spaventarti se ogni tanto ti annuserò i capelli. È colpa tua se hanno un così buon profumo.»

«Tu non spaventarti se ogni tanto ti annuserò il collo.»

Adam ridacchia. «Perché il collo?»

«Perché *tu* hai un buon odore.»

Lui mi stringe le braccia intorno. «Puoi annusarmi. E toccarmi. In effetti, c'è una cosa che cerca di raggiungerti in questo momento che gradirebbe essere toccata.»

Gli do una pacca sul petto e lui ride. «Non riesco a credere che tu abbia l'energia per quello. *Di nuovo.*»

Adam sbadiglia. «*Io* non ce l'ho ma c'è un'altra parte di me che si anima sempre quando sei vicina. È continuamente all'erta.»

«Buono a sapersi per quando vorrò approfittarmi di te.»

«Continuamente» ripete, con la voce sonnolenta, come se stesse per addormentarsi.

Passano alcuni secondi e non sono nemmeno sicura che sia sveglio. La mia mente torna alla nostra precedente conversazione. Essere lapidata da un gruppo di ragazzi della scuola è stata una delle umiliazioni peggiori della mia vita. Mi ero sentita impotente, ma, per qualche motivo, condividerlo con Adam mi ha tolto un peso dal petto.

Sicura e comoda più di quanto ricordi di essere mai stata, gli faccio la domanda che mi ronza in testa da tutta la sera. «Adam» dico a bassa voce.

«Mmm?»

«Dov'è tua madre?»

Smette di respirare. Poi il suo petto si abbassa mentre mi tira più vicina. «È morta di cancro quando avevo sei anni.»

Fletto le mani contro il suo petto, sbalordita dalla sua confessione. «Mi dispiace.»

Adam mi strofina le braccia. «È stato tanto tempo fa.»

«E tuo padre? Siete vicini?» Non ho mai scoperto di che cosa voleva parlargli suo padre stasera, ma aveva chiarito che la conversazione era privata. Non riesco a immaginare che suo padre sappia delle voci riguardo all'insegnante. Qualunque cosa lo stesse preoccupando, dubito che avesse a che vedere con me.

«Gli sono più vicino dei miei fratelli, ma non significa molto.»

«Come fanno sei uomini che hanno perso la donna della loro vita a non stringersi insieme?» Voglio capirlo e confortarlo. E ho bisogno di sapere di più da lui, se voglio riuscirci.

Adam resta in silenzio per un po', poi aggiunge: «Quando morì mia madre, mio padre smise di fare il padre. In un certo senso, perdemmo entrambi quel giorno: mia madre per il cancro e mio padre per il Club Tahoe, dove riversò tutte le sue energie. L'unica differenza tra i miei fratelli e me è che io cercai di restargli vicino. Avevo adottato il suo stile di vita, lavoravo per lui, facevo tutto quello che mi chiedeva. Quando mi allontanai per lavorare al Blue, mi resi conto che le scelte che avevo fatto non ci avevano mai realmente avvicinato. E non mi avevano mai reso felice».

Diventa rigido, sul suo volto si susseguono mille emozioni, un volto bello che raramente rivela ciò che sta provando, sempre mascherato da quella patina sexy. Ma non vedo più quell'Adam. Vedo oltre l'apparenza, vedo la persona gentile, premurosa, intelligente, e qualche volta il dolore. «Che cosa ti rende felice?»

Fa spallucce. «I miei fratelli hanno rinunciato ad accedere al loro fondo fiduciario per vivere la vita che volevano. Io pensavo di non poter fare a meno dei soldi.» Abbassa lo sguardo e i suoi occhi si addolciscono. «Ma eccomi qui. Con te. E non riesco a immaginare una vita migliore di quella coi barattoli di vetro pieni di fiori e una bella ragazza che se ne va in giro in mutande, mangiando cioccolato.» Io sorrido e lo stringo a me. «Stasera, quando mio padre ha avvicinato i miei fratelli e me, mi sono reso conto che non è lo stile di vita che voglio. Volevo questo momento con te. Fare quello che voleva significava in un certo senso essere vicino a lui, ma non è mai stato abbastanza.»

Mi arrampico su di lui finché il mio corpo è allineato con il suo e gli metto la faccia contro il collo e le braccia ai lati della testa. Non voglio che si senta solo. Mai. «Che cosa ti ha detto tuo padre stasera?»

Adam appiattisce la mano sulla mia schiena. «Ha detto che dovremmo passare più tempo insieme, come famiglia.» Il suo petto si alza quando fa un lungo respiro. «Non riesco nemmeno a dirti quanto è sembrata ridicola quella dichiarazione, dopo tanto tempo. Mi ha offerto quello che desideravo da quando è morta mia madre, e non sono riuscito a prenderlo sul serio.»

Sposto la testa per vedergli la faccia. «Forse dovresti. La gente può cambiare.»

Adam scuote la testa. «Mio padre... Lui schiocca le dita e si aspetta che eseguiamo i suoi ordini. Capisco perché i miei fratelli si sono scontrati con il vecchio. Lui non sa come...»

«Non sa come amarvi?» dico.

Adam abbassa gli occhi, poi mi bacia la fronte. «Non so che cosa sto tentando di dire. È la prima volta che mio padre cerca di avvicinarci. È strano. *Lui* è strano ultimamente.» Ridacchia. «Il suggerimento di mio padre ha avuto un effetto prevedibile. Levi, Wes, Bran e Hunter se ne sono andati precipitosamente.»

«Forse, col tempo, potreste dare una chance a vostro padre. Se non è abituato a tentare, potrebbe non essere stato facile per lui fare quella richiesta e forse non sapeva che cosa dire a te e ai tuoi fratelli.»

«Forse.» Mi tira verso l'alto finché le nostre bocche sono allineate. Il dolore nel suo sguardo indugia, ma viene presto sostituito da un luccichio malizioso che comincio a riconoscere. «Basta parlarne. Abbiamo qualche ora prima di dover andare a lavorare. Come dobbiamo passarle?» I scuoi occhi scintillano mentre passano dalla mia bocca al seno premuto contro il suo torace. «Potremmo spuntare alcune delle voci della mia lista delle cose da fare.»

«Stai cercando di evitare di parlare di tuo padre?»

«Sto solo sfruttando al massimo il nostro tempo insieme da soli.»

«Domani sarò indolenzita» dico con un sospiro sofferente assolutamente insincero.

«No, se userò la bocca.»

Capitolo Ventisei

Hayden

Nello spirito di prenderla con calma, Adam è rimasto da me solo quattro notti la settimana scorsa. Okay, non è propriamente un "andarci adagio". Volevo vederlo e lui è stato particolarmente ardente con le sue attenzioni. Chi sapeva che saremmo andati così d'accordo?

«Hayden, hai visto dov'è la mia cravatta?» mi chiede dalla camera.

«Quale? Ne hai circa cinquecento.»

«Quella di maglia blu scuro a quadri.»

Vado dov'è Adam, davanti alla cabina armadio che mi ha costruito, con i pantaloni del completo e una camicia sbottonata. Guardo all'interno e un coro di angeli canta dentro la mia testa... Non proprio, ma la mia cabina è così bella che potrei piangere. Adam l'ha finita un paio di giorni fa.

Su due delle tre pareti nella cabina ci sono ripiani vicini per offrire il massimo spazio per le scarpe. Su sua insistenza, ho acconsentito a una parete con aste porta abiti e uno scaffale extra sopra. Sapete, per le scarpe extra che potrei comprare. E, non si sa come, alcuni dei vestiti di Adam sono finiti appesi a una di quelle aste.

Io sono un'accumulatrice seriale di scarpe, lui di vestiti.

«Non c'è?» chiedo. «Sei sicuro di averla portata ieri sera?»

Il suo sguardo si sofferma su di me, vedendo la mia vestaglia di seta. Mi passa repentinamente un braccio intorno alla vita e mi tira verso di sé. «Non riesco a vedere niente con tutte quelle scarpe. Non avevi intenzione di liberarti di qualche paio?»

«L'ho già fatto.» Diciamo un solo paio. E anche quello mi ha fatto male.

Adam mi bacia il collo e abbassa la scollatura della vestaglia. Gli schiaffeggio via la mano e mi dimeno, liberandomi

Mi metto carponi, cerco in giro e trovo un pezzo di tessuto verso il fondo della cabina, incastrato sotto un paio di stivaletti di camoscio alla caviglia di Gucci.

Lo sento espirare piano. «Se non vuoi che ti tocchi mentre ti stai preparando, quella posizione non aiuta. Sai che cosa mi fa.»

Volto la testa e alzo la cravatta con un sorriso, ma Adam mi sta guardando il sedere.

«Finirai per fare tardi, Adam.»

Lui scuote la testa e afferra distrattamente la cravatta, mettendosela intorno al collo. «Lo so, lo so.» Si abbottona la camicia e allunga una mano per prendere la giacca e il portafoglio, con le scarpe nell'altra.

Adam non porta le scarpe in casa. Dice che vuole tenere pulito il pavimento. Penso che sia una cosa dolce. Penso anche che sia un maniaco della pulizia. Tranne a letto... Lì è un vero sporcaccione.

Si volta e praticamente mi spoglia con gli occhi. «Sarà una lunga giornata dopo lo spettacolo che mi hai appena offerto.»

Mi alzo e mi chino verso di lui, afferrandogli la testa. Lo bacio e non è nemmeno un bacio frettoloso. È lungo e appassionato perché, per bello che sia vederlo in ufficio, è anche penoso. Abbiamo deciso di nascondere la nostra relazione a tutti i colleghi. Mira e Nessa lo sanno, ovviamente, ma tranne i nostri amici e relativi compagni, l'abbiamo tenuta nascosta.

Voglio essere sicura che la nostra relazione cominciata una settimana fa sia il tipo che dura. Il mio istinto mi dice di sì, è strano ed è la prima volta per me. L'altra parte di me dice: *è Adam*.

Non ho mai pensato che avremmo pomiciato, tantomeno che il nostro antagonistico rapporto di lavoro si sarebbe trasformato in una relazione romantica. Ma è così e ho bisogno di tempo per capire che cosa significa. Adam è decisissimo a non dirlo ai colleghi, per ragioni che si rifiuta di spiegare. Non vuole specialmente che lo sappia Blackwell. Mi dico che non ha niente a che vedere con il fatto che Blackwell mi odia. Non è che possa decidere lui chi frequentiamo. Ma quei Blue Star hanno un legame molto stretto e Adam lavora gomito a gomito con loro, proprio come se fosse uno di loro. Però non porta l'anello di zaffiro ed è tutto ciò che conta.

Potrei chiedergli che cosa sta veramente succedendo al Blue. In origine era quello il piano, ma adesso mi sembra una cosa sporca. Come se lo avessi usato. Quello che c'è tra di noi non c'entra con il Blue Casinò, è una cosa tutta nostra. Inoltre più tempo passa senza che trovi delle prove sulla suite illegale, più dubito che esista ancora.

Ho trovato i progetti del Bliss. Okay. Che cosa significano se non c'è alcuna prova di qualcosa di illegale? Ho parlato con Mira delle nuove suite e lei pensa che potrebbero essere quello che stiamo cercando, ma ho i miei dubbi. Finché questi dubbi esistono, continuerò a pensare che il Bliss non sia altro che la serie di suite di lusso che sembra essere.

* * *

Adam

Se prima pensavo che il mio lavoro mi piacesse, sembra quasi perfetto adesso che Hayden e io stiamo insieme. Eccetto il progetto Bliss.

Mancano tre settimane alla grande apertura che coincide con l'asta e lo spettacolo di burlesque, che darà alla gente un motivo per venire al casinò e fornirà al casinò un'occasione per mostrare le sue suite esclusive del Bliss ai ricconi, strettamente su invito.

Dentro il mio ufficio, l'organizzatrice di eventi sta scorrendo la lista dei cibi per la festa di benvenuto del Bliss. «Frittelle di cavolfiore e caviale, tartine di formaggio erborinato e pere e mini hamburger di manzo Kobe per cominciare.» Picchietta il taccuino con la matita, ha i capelli raccolti in cima alla testa, talmente stretti che le tirano verso l'alto gli angoli degli occhi. «Per dare inizio alla festa, dopo lo spettacolo di burlesque, serviremo Dom Pérignon. Per tutto il resto della serata e le prime ore della mattinata serviremo i vini speciali del Blue, inoltre ci sarà a disposizione il fornitissimo bar.»

William si china in avanti, con le sopracciglia nere che si alzano per l'entusiasmo. «Tre o quattro delle ballerine di burlesque si mischieranno con i clienti.»

L'organizzatrice di eventi spunta una voce dalla sua lista. «E il DJ di Los Angeles?»

«Ha già firmato il contratto» dico. «I tecnici stanno lavorando con il suo assistente per preparare l'installazione all'interno della suite.»

Un'altra voce spuntata. «Ognuno degli ospiti che abbiamo invitato porterà una spilla di platino e zaffiro per commemorare l'evento e aiutare i dipendenti a identificare potenziali membri del Bliss mentre lavorano nel casinò e nell'albergo.»

«E le stanze per gli ospiti?» chiede Paul guardando me.

«Abbiamo prenotato la seconda metà dell'attico e il piano sotto. Tutte quelle stanze saranno attrezzate con asciugamani extra lusso e prodotti per la cura personale della linea Bliss.»

Paul dà un'occhiata al telefono e fa un cenno di conferma all'organizzatrice. «Sembra che sia tutto a posto, allora.» Si alza e la donna lo imita, destreggiandosi tra il taccuino e la sua enorme borsa, piena di cataloghi e brochure che abbiamo usato negli ultimi mesi per emettere gli ordini per l'evento.

Scuote la testa. «Grazie a tutti per il vostro duro lavoro» dice, senza quasi guardarla. Non è appariscente o bella e ho la sensazione che Paul non presti molta attenzione alle donne come lei.

«Piacere mio» risponde lei.

Paul l'accompagna alla porta e la chiude alle sue spalle. Si siede accanto a William e accavalla le gambe. «Ci sono centoventi posti disponibili per i soci, trentasette dei quali già impegnati. Blackwell vuole offrire un programma di qualità inferiore per quei membri che intendono usare il Bliss su base temporanea. Costerà loro un po' meno in totale, un po' di più su base giornaliera, e ci permetterà di aumentare il numero di membri senza compromettere i soci veri e propri. Sai che cosa significa, vero?»

Impilo le carte che mi ha consegnato l'organizzatrice di eventi. «Che il Blue farà un sacco di soldi.»

«E noi pure.» Sorride a William che gli restituisce l'occhiata.

Attraverso la stanza per andare alla cassaforte che ho fatto installare e inserisco il codice, ignorando il loro entusiasmo.

«Perché le tieni?» Paul indica le cartelline. «Black vuole che tutto il materiale riguardante il Bliss sia sul cloud, oppure archiviato in una cassaforte esterna. La sicurezza è cruciale per questo progetto. È il motivo per cui abbiamo investito in quel sistema di crittografia di livello militare.»

«Questa è un cassaforte a prova di fuoco, chiusa, che pesa centocinquanta chili. E terrò qui le informazioni fino alla fine dell'evento nel caso succeda qualcosa. Come direttore dell'ospitalità c'è in gioco il mio culo se uno dei fornitori non consegna in tempo.»

Metto il raccoglitore nella cassaforte e sento bussare alla porta. Entra Hayden, con un sorriso sul volto finché non vede Paul e William.

Sento le spalle che si irrigidiscono. Chiudo la cassaforte e mi sposto verso la scrivania, dandole un'occhiata di avvertimento quando Paul e William non stanno guardando. Non dovrebbero vederci insieme al di fuori delle riunioni ufficiali, specialmente non con questi due nella stanza. Ad Hayden è stato ordinato di stare alla larga dal progetto Bliss. Non voglio che questi due pensino che non lo stia facendo.

«Oh, scusatemi» dice. «Io... Ero venuta a darti la lista dei candidati.» Il suo sguardo va brevemente ai due mentre attraversa la stanza.

Paul la guarda dalla testa ai pieni, poi si sofferma sul suo sedere. Vorrei dargli un calcio in faccia.

«Perché stai lavorando con lei?» mi chiede insolentemente. È diventato più sfacciato negli ultimi mesi. Il potere che gli ha dato Blackwell gli è andato alla testa.

Le prendo dalle mani il raccoglitore e le rivolgo un sorriso cortese. Hayden mi lancia un'occhiata interrogativa, ma io distolgo gli occhi.

«Sto lavorando con Hayden» dico a Paul mentre controllo i nomi e il passato dei candidati nell'elenco «perché mi serve un'assistente.» Mi appoggio alla scrivania e incrocio le caviglie. «C'è qualche problema?» gli do un'occhiata significativa.

Paul arrossisce. «Sì. Non devi lavorare con lei.» Si alza e le si avvicina, guardandola dall'alto, con le braccia rigide. «Questa è una cosa privata» le dice. «E sarei lieto di spiegare a Blackwell che hai ignorato i suoi ordini diretti e ti sei intromessa dove non ti vogliamo.»

Hayden non si tira indietro. Il suo petto si solleva e la sua espressione diventa dura. «Se fossi stata coinvolta fin dall'inizio nelle assunzioni, non avremmo mai avuto il problema con l'ultima assistente. Sapevi che lavorava in un locale di spogliarello?»

Paul si strofina il mento. «Davvero? Non ne avevo idea.» Sta mentendo, ovviamente. Era stato lui a dirmi che avrei dovuto assumere qualcuno che lavorava in quel tipo di locale. Ma la sua sfacciataggine mi preoccupa. Non sta nemmeno cercando di mantenerlo segreto. Sembra che gli piaccia far sapere ad Hayden che è stata tenuta all'oscuro.

Hayden stringe le labbra. «Non so che tipo di posto stiate gestendo, ma a meno che non vogliate che le autorità intervengano com'è successo in passato, suggerisco che lavoriate con il reparto preposto ad aiutarvi a proteggere la società.»

Paul le si avvicina ancora. «È una minaccia?» dice, con il respiro che diventa affrettato.

Mi alzo di colpo e gli do uno spintone. Ha perso la testa, accidenti a lui, probabilmente sta usando le droghe a cui ha accesso il casinò.

Lui fa un passo indietro barcollando. «Ehi, perché l'hai fatto?»

«Stai indietro.» Il mio tono è gelido. «Avevo bisogno subito di qualcuno che sostituisse Bridget. Ho chiesto io aiuto ad Hayden, non è lei che si è intromessa. Se c'è un problema, parlerò io con Blackwell.»

«E riguardo...» Paul dà un'occhiataccia ad Hayden, poi si rivolge a me. «L'assistente dell'ospitalità ha un ruolo *importante.*»

Intende riguardo al Bliss. «Lo capisco, ma bisogna fare alcune concessioni. Troveremo una soluzione alternativa.» Paul dovrà accettare il fatto che la mia assistente non potrà essere la coordinatrice dei concierge del Bliss come voleva. «Nel frattempo mi occuperò io delle comunicazioni a cui ti stai riferendo.»

Paul stringe le labbra e si tocca i capelli in un modo preciso per lisciarli e nel contempo nascondere la stempiatura. «Ne parleremo dopo.» Va alla porta e dà un'occhiata feroce ad Hayden che lei non vede, prima di uscire con William che lo tallona.

Hayden non ha colto la minaccia negli occhi di Paul perché era troppo occupata a fissare me. «Che cosa sta succedendo?» mi chiede.

Torno alla mia sedia e metto il raccoglitore sulla scrivania. «Niente. Paul è uno stronzo, lo sai. Ma è innocuo.»

«Lo è davvero?» dice, in un tono che implica il contrario.

Alzo gli occhi. «Per favore, stanne fuori, Hayden. Stai alla larga da Paul. E da William.» William allunga un po' troppo le mani e, quanto a quello, non mi è piaciuto il modo in cui Paul guardava Hayden quand'è entrata. Non stava solo apprezzando una bella donna, e Hayden lo è. La stava guardando come se fosse una preda, calcolando. Non so se Paul metterà mai in atto i suoi desideri, ma preferisco che Hayden mantenga le distanze.

«Ne parleremo dopo.» Do un'occhiata alla porta, segnalandone in silenzio che adesso non è il momento per discuterne.

«Più tardi ho un impegno. Mi incontro con Mira.»

La guardo alzando le sopracciglia. «Mi stai scaricando?»

Le tremano le labbra mentre cerca di nascondere un sorriso. «No, ma... Hai appena passato la notte con me» dice a bassa voce. «Non possiamo restare insieme tutte le notti.»

Francamente, non riesco a trovare un motivo perché non dovremmo. Ma mi rendo conto che non è razionale. «Molto bene. Ne parleremo dopo.»

Hayden va verso la porta.

Mi alzo e la seguo. «Hayden.»

Lei si volta, allungo il braccio e chiudo parzialmente la porta in modo che nessuno possa guardare dentro. «Cerca di non sentire troppo la mia mancanza» dico e mi chino per sfiorarla con le labbra.

Il suo sguardo, con le palpebre semiabbassate, si concentra sulla mia bocca. «Tu puoi infrangere le regole ma io non posso?»

«Quando ne ho bisogno. E avevo bisogno di baciarti.»

Lei sorride e apre la porta. «Lo ricorderò la prossima vola in cui *io* avrò bisogno di qualcosa.»

Capitolo Ventisette

Hayden

Ho finito per andare al cinema con Mira ieri sera. Abbiamo visto una commedia romantica che gli uomini definirebbero "roba da donne" ma che io definisco favolosa. Non riesco a credere a come si è comportato Paul ieri. Che diavolo di problema aveva? Non mi ha certamente tranquillizzata e fatto pensare che tutto vada bene al Blue. Al contrario, il nostro incontro nell'ufficio di Adam ha aumentato il mio nervosismo. Potrei essere saltata troppo presto alla conclusione che Adam non era coinvolto nel lato oscuro del Blue Casinò e la cosa mi preoccupa, visto che è il mio nuovo ragazzo.

Mira e Nessa sorseggiano i loro Rum Runners accanto a me al Beacon Restaurant. Dopo il film Mira e io avevamo concordato di trovarci con Nessa questo pomeriggio. Il lavoro e, lo ammetto, Adam hanno monopolizzato il mio tempo questo settimana e volevo chiacchierare con le ragazze.

«Allora, tu e Adam?» dice Mira. «Va tutto bene? Voi due andate d'accordo?»

Prego Dio che non sia coinvolto in qualunque imbroglio stia facendo Paul. «Saresti sorpresa di vedere quanto andiamo d'accordo.» Mira dà un'occhiata a Nessa, che fa spallucce. «È così difficile da credere?»

Mira riflette guardando il suo drink prima di rispondere. «Non è difficile credere che tra voi due ci sia attrazione chimica. Era chiaro fin dall'inizio. Ma sì, immagino di non aver mai visto Adam fare sul serio con qualcuno. E nemmeno tu, se è per quello. Il lavoro arrivava sempre per primo.»

È vero ma al contempo anche Adam adesso è importante per me. «Non te lo so spiegare» dico. «Questa cosa con lui funziona e basta.»

Nessa sorride. «Capisco. A volte l'amo... *le relazioni* ci colgono di sorpresa.»

«Giusto» dico sorridendo.

Mira stira le labbra, come se fosse scettica. «E riguardo al Blue? Visto tutto il tempo che hai passato insieme a Adam, hai scoperto qualcosa?»

«No, ma ieri c'è stato un episodio con Paul. È diventato super agitato quando ha scoperto che stavo lavorando con Adam per sostituire la sua assistente.»

Mira sembra preoccupata.

«Ne hai parlato con Adam?»

«Eravamo al lavoro.»

«Ma dopo?»

«Sono venuta al cinema con voi. Non ne ho avuto l'opportunità.»

Lei sbatte un paio di volte le sue lunghe ciglia scure, socchiudendo i suoi astuti occhi color caramello. «Hayden, non dirmi che ti stai tirando indietro per via di un uomo.»

«No. Sto solo evitando di giudicare finché non avrò trovato delle prove.»

Mira appoggia sul tavolo il suo Rum Runner e si china in avanti. «Ma le stai cercando, vero?»

«Sì e continuerò. Le suite di cui vi ho parlato non sono più in costruzione, ma Blackwell ha delle guardie che non mi permettono di entrare.»

«E questo non ti dice qualcosa?»

«Certo che mi dice qualcosa. Ma solo che Blackwell non permette ai dipendenti di entrare nelle suite. Sto camminando sul filo del rasoio quando si tratta del nostro AD. L'ultima cosa che farà Blackwell è fare un'eccezione per me. Se avete qualche idea su come posso entrarci, sono tutta orecchi.»

Mira arriccia la sua bella bocca a forma di cuore e la torce di lato. Si rivolge a Nessa. «Che ne pensi?»

Nessa è pensierosa. «Ora che ne parli, potrei avere qualcosa. Qualche giorno fa ho ricevuto una telefonata, al marketing, dalla dipendente di un fornitore che aveva perso le informazioni di contatto. Stava cercando qualcuno cui mandare i tovaglioli personalizzati per una festa che il casinò dovrebbe dare la sera del burlesque e dell'asta. Le ho chiesto di che festa si trattasse e ha risposto che era per la grande inaugurazione. Quando ho detto che non sapevo nulla di una grande inaugurazione, ha cominciato a balbettare e ha riappeso alla svelta. Se le suite sono finite» continua lentamente «e lo spettacolo di burlesque e l'asta avvengono la stessa sera, pensate che la festa sia per il lancio delle nuove stanze? Cioè, se il marketing fosse stato coinvolto nella promozione delle nuove suite, cosa che stranamente non è successa, le presenteremmo ai ricchi pezzi grossi che vengono in città. Dare una festa durante il fine settimana del burlesque avrebbe senso.»

«Esattamente» aggiunge Mira. «Stanno usando l'evento per far conoscere i loro nuovi nidi d'amore.»

Riesco a fare due più due come chiunque altro, ma questa è una coincidenza che vorrei non fosse vera. Fisso il lago. «Se non posso entrare nelle suite prima di allora, dovrò farlo alla festa.»

«Dovrà farlo una di noi.»

Scuoto la testa. «Tu non puoi, ricordi? Hai la cena con l'editor di Tyler quella sera.»

Mira impreca.

Nessa tamburella con le dita. «Io sarò al lavoro, ma dovrò aiutare il mio capo a distribuire confezioni regalo dentro il club. Non potrò andarmene di nascosto.»

«Ma io sì» dico.

«Hayden.» Mira mi fissa preoccupata. «Hai appena detto che non ti permettono di entrare nelle suite. Appena Blackwell scoprirà che ci sei ti farà buttare fuori.»

«Non potrà farlo se non saprà che sono io. Hai detto che nell'ultima suite c'erano droghe in giro. Ho solo bisogno di entrare e fare qualche fotografia. Potrei vestirmi da cameriera, o qualcosa del genere.»

«Sembreresti sempre tu anche con una divisa da cameriera. Ti conoscono tutti. E se Blackwell sa che hai tentato di entrare nelle suite, avrà avvertito il personale di stare attento.»

«Lo staff che ha assunto Adam» dico, mettendo insieme i pezzi. «Adam non voleva che fossi coinvolta nelle nuove assunzioni e ha una cassaforte nel suo ufficio dove tiene i documenti. L'ho vista ieri. Chi tiene le cartelline in cassaforte?»

Mi sudano le mani. Voglio fidarmi di Adam, ma Mira ha ragione. Non posso ficcare la testa nella sabbia perché lui mi piace. Non quando si tratta di una cosa come questa.

Mira scuote la testa. «Non pensare nemmeno di avvicinarti a quella cassaforte. Le effrazioni non fanno per te» dice e io le do un'occhiataccia. «Ammettilo, fai schifo.»

«Okay. Mi hanno beccata nell'ufficio del facility manager. E comunque non voglio mentire a Adam. Spiare nel suo ufficio sarebbe disonesto. E una mossa losca da parte della sua ragazza.»

Mira spalanca gli occhi. «Adesso sei la sua ragazza?»

Merda. Mi metto una ciocca di capelli dietro l'orecchio. «Non frequentiamo nessun altro e, sì, mi ha definita la sua ragazza davanti alla sua famiglia.»

La voce di Mira sale di un'ottava. «Hai conosciuto la sua famiglia?»

«Brevemente. Non è quello che pensi.»

Non so perché mi sto discolpando. Stare con Adam sembra giusto.

«Hayden» dice Nessa sorridendo. «È tutto okay. Si capisce che a Adam piaci veramente. Penso che sia tenero.» Aggrotta le sopracciglia. «E se invece di agire alle sue spalle gli parlassi? Se gli chiedessi delle suite del Bliss.»

Avrei potuto parlare con Adam giorni fa. Non ho voluto farlo perché ero troppo presa da noi due. A quel punto non avevo prove che le suite del Bliss fossero collegate a quella che avevano scoperto Mira e Tyler. Ma dopo aver sorpreso la riunione tra Adam, Paul e William e ora la rivelazione sulla grande apertura... Sono spaventata.

«E se glielo chiedessi» dico «e lui mi rivelasse tutto ciò che sa del Bliss e le cose sono brutte come pensiamo? Oppure mi dicesse che non è coinvolto mentre in realtà lo è?»

Nessa allunga il braccio sopra il tavolo e mi stringe la mano. «Adam tiene a te, Hayden. Dagli una possibilità.»

Mi prendo la testa tre le mani. «Dio, hai ragione. Siamo

insieme solo da una settimana e sto già incasinando tutto. Non ha fatto niente che possa giustificare la mia sfiducia.»

«Beh...» Mira si alza e si fa ombra sugli occhi con una mano, fissando l'acqua. «Ecco la tua occasione per chiederglielo.»

«Di che cosa stai parlando?» Guardo nella stessa direzione, verso il molo del Beacon. E vedo Adam, Zach e Tyler che scendono da un grosso motoscafo.

«Che cosa ci fanno qui?» Mi si spezza la voce e, okay, sto andando nel panico. Non sono pronta ad affrontare Adam. Voglio correre da lui e abbracciarlo, non accusarlo di essere in combutta con il Blue Casinò.

Adesso è la volta di Mira di sembrare in colpa. «Beh, vedi, in un certo senso li ho invitati io. Tyler voleva stare con me oggi e io avevo già un impegno con voi ragazze. Potrebbe avermi... uhm... convinta a dirgli dove saremmo state, usando una tattica molto astuta.»

Nessa fa una smorfia. «Per favore non scendere in particolari.»

«È persuasivo! Cioè, dai, guardatelo!»

Lo facciamo tutte. Guardiamo i tre uomini che stanno attraversando la spiaggia e lo fanno anche tutti gli altri presenti. Perché sono favolosi. Adam indossa bermuda da bagno, una t-shirt aderente e un cappellino da baseball girato all'indietro. Ha una lieve abbronzatura e le gambe follemente sexy che ho avuto il piacere di circondare con le mie. Occhiali da aviatore e un sorriso compiaciuto... Ho già l'acquolina in bocca.

Poi distolgo lo sguardo dal mio fantastico ragazzo e do una veloce occhiata a Tyler e Zach che conferma che anche loro hanno un bell'aspetto. Non come Adam, ma è ovvio, nessuno si avvicina nemmeno a lui.

La parte migliore di questa immagine "ragazzi che

camminano sulla sabbia" è che Adam mi sta fissando. Non sembra nemmeno notare il fatto che la testa di tutte le altre donne si sono voltate verso di loro.

Adam arriva nel patio dove siamo Mira, Nessa e io e mi abbraccia. «Ehi, bellissima. Ti sono mancato?»

La mia faccia diventa color pomodoro maturo. Penso a lui senza interruzioni dall'ultima volta in cui l'ho visto, perfino durante quell'accidente di film romantico e lui lo sa. «Forse.»

«Dovrò ricordarti perché ti piaccio tanto. Più tardi. A letto.» Mi sussurra l'ultima parte all'orecchio, mandandomi un brivido lungo la schiena.

La cosa buffa è che il sesso con Adam non è nemmeno la parte migliore. Ridere mentre mangiamo, coccolarci a letto oppure parlare delle esperienze umilianti della mia vita e sentirlo oltraggiato per conto mio... Queste sono le parti migliori. Il sesso incredibile è solo la ciliegina... uhm... tante ciliegine sulla torta, esattamente come il suo aspetto favoloso.

Adam mi rimette in piedi e mi guardo attorno, trovandoli tutti che ci fissano. Mira sta sorridendo, con il braccio intorno alla vita di Tyler, che sta guardando Adam come se non lo avesse mai visto prima, anche se lo conosce da almeno dieci anni. Zach e Nessa stanno dando occhiate discrete ma hanno le buone maniere di non fissarci apertamente.

Zach estrae la sedia dal tavolo per Nessa e le ruba un sorso gigantesco di Rum Runner mentre lei si siede.

Tyler fa un cenno alla cameriera e gli uomini ordinano altri drink e da mangiare.

«Allora, che ne pensano le signore?» Adam mette un braccio sullo schienale della mia sedia; la sua gamba muscolosa e calda ogni tanto sfiora la mia. Mi è mancato questo

tipo di interazione. Non possiamo flirtare al lavoro e francamente il modo in cui flirta Adam è seducente quanto le sue
mani sul mio corpo. Okay, non proprio esattamente.

Mi fissa. «Vuoi venire a fare un giro in barca con noi?»

Gli do un'occhiata. «Non sapevo che avessi una barca.»

Lui sorride. «Non me l'avevi chiesto.»

«Giusto, perché è una domanda che capita di fare in
una normale conversazione.»

Lui ridacchia. «Beh, allora ci stai?»

Guardo le altre ed entrambe annuiscono.

«Okay, allora» dico. «A quanto pare il pranzo tra
ragazze è diventato un appuntamento di gruppo.»

Capitolo Ventotto

Adam

Finiamo di mangiare al Beacon e trasporto il mio piratesco bottino (cioè la mia bellissima ragazza) sulla barca coi ragazzi.

Quando Zach aveva chiamato suggerendo che portassimo fuori il Chaparral, non avevo avuto bisogno di scuse per farlo. Il cielo è limpido e azzurro, la temperatura sui ventisette gradi e io accetto volentieri ogni scusa per uscire sul lago, specialmente in una giornata come questa. E quando aveva suggerito di andare a prendere le ragazze... Diciamo che ho smesso immediatamente di fare quello che stavo facendo e mi sono precipitato ad andare a prendere lui e Tyler, perché, che sfigato che sono, ieri sera Hayden mi è mancata da morire.

Ho passato qualche notte senza di lei da quando ho cominciato a lavorare alla sua cabina armadio e devo dire che non mi piace. Voglio passare tutto il mio tempo libero con Hayden, ma devo darmi una calmata. È tutto nuovo e non voglio spaventarla. Non so che pesci pigliare quando si tratta di lei.

Ho finito per stare con Wes quando Hayden ha detto che aveva un impegno con Mira, a colpire palline da golf nella parte illuminata del campo e a bere birra. Come sempre il tempo passato con mio fratello è stato bello, ma quando avevo visto Hayden sul patio del Beacon il mio cuore aveva accelerato come se stessi facendo l'ultimo sprint dopo una maratona.

Sapevo che ci sarebbe stata; è il motivo per cui siamo venuti oggi. Ma c'è qualcosa nel suo viso che si illumina appena mi vede che riempie il vuoto. Perché quel sorriso è sincero al cento per cento. Nella cerchia di mio padre sono sempre stato circondato da gente con un secondo fine. In Hayden non ci sono artifici. È vera, ed è per quello che so di potermi fidare di lei.

Mira e Tyler si mettono a prua, mentre Zach e Nessa sono sdraiati sui sedili a poppa. Hayden è seduta accanto a me in pantaloncini e un'ampia canottiera color menta pallido. Si mette gli occhiali da sole sulla testa e sorride quando metto in moto e saluto l'addetto sul molo del Beacon.

«Ti lasciano ormeggiare dove vuoi?» gli chiedo.

«Certo» rispondo mentre faccio retromarcia e piloto lentamente la barca nella zona a velocità controllata.

Dietro di me, Zach ride. «I Cade hanno un pass per ogni molo sul lago.» Giro la testa e gli do un'occhiataccia. «Che c'è? È vero» dice.

Hayden si toglie le infradito e si mette comoda. «Che cosa significa?»

«Niente.»

«Smettila di fare il modesto» dice Zach da poppa.

«Significa, Hayden, che perché il tuo ragazzo è un ricco figlio di puttana e tutti conoscono suo padre, lui può ormeggiare dove vuole.»

«Non è vero» ribatto. «Gli Hyatt detestano quando attracco nella loro proprietà sulla riva nord.»

Zach scoppia in una risata. «Solo perché hai sbattuto contro lo yacht dove stavano dando una festa l'estate dopo l'ultimo anno di scuola.»

«È stato solo un colpetto» dico irritato. «E il pilota dell'altra barca era strafatto.»

Nessa mette le sue gambette sulle cosce robuste di Tyler e punta il viso verso il sole. Zach le mette distrattamente una mano sulla coscia. «C'è chi dice...» continua lui ignorando il mio sguardo cupo «che quel tizio dagli Hyatt aveva detto che *tu* eri ubriaco.»

Scuoto la testa rivolto ad Hayden. «Non bevo mai quando vado in barca.»

Lei dà un'occhiata al frigorifero portatile in cui sta frugando Tyler. «Mai?»

«Beh, io fornisco i beveraggi ma no, non bevo mai quando sto pilotando una barca. Hanno messo addosso il timor di Dio a me e ai miei fratelli quando stavamo imparando tutto sulla sicurezza in acqua.» Ridacchio. «Ce l'ha insegnata uno dei giardinieri del Club Tahoe che era un ex Navy SEAL. Ci ha sottoposto alla tortura da campo di addestramento reclute prima di permetterci di manovrare qualunque cosa in acqua. Hunt è il più fanatico riguardo alla sicurezza in barca, ma anche il resto di noi non scherza.»

Hayden fissa l'acqua con le mani in grembo e sorride a un tizio su una tavola. Sembra rilassata e felice.

«Qualche volta dovremo uscire in barca con il resto della gang» dico a basa voce. Lei mi guarda. «Non che voglia cambiare quello che facciamo di solito perché mi piace casa tua.»

Non siamo mai stati nella mia casa sul lago ma non mi manca. Ma mi manca la barca.

«Mi piacerebbe» dice e mi si riempie il petto di calore. Sono sul lago con la mia ragazza e non sono mai stato più felice che in questo momento.

* * *

Hayden

Mira, Nessa e io beviamo margarita in lattina che Tyler è stato così cortese da portare insieme alle birre mentre la barca dondola leggermente nella Emerald Bay, con il sole a picco su di noi.

Adam ha un piede appoggiato al frigorifero e mi sta sorridendo. Come faccio a parlargli del Blue mentre mi guarda in quel modo? La relazione che stiamo costruendo è differente. È speciale e non voglio che qualcosa si metta in mezzo.

Il suo sorriso sparisce lentamente, come se avesse captato i miei pensieri. Si china in avanti e apre la bocca, ma prima che possa dire qualcosa, il rumore di spruzzi attira la nostra attenzione.

Nessa allunga la mano oltre il bordo e spruzza Zach. È già bagnato quindi deve averlo beccato anche un secondo fa. Si sono spostati sui sedili che danno su un piccolo ponte in fondo alla barca e hanno l'acqua proprio ai piedi.

Zach scuote la testa come un cane, spruzzandola, e Nessa ride, poi ci guarda sorridendo. «Andiamo in acqua. Che ne dite?»

«Non hai il costume» le fa notare Zach.

«La biancheria che porto è coprente.»

Zach la guarda a occhi stretti. «Non hai roba intima coprente, non che mi lamenti» dice con un sorriso diabolico.

«Ho le mie nuove culotte. Sono come un normale costume da bagno, ma di cotone.»

Zach la guarda inarcando un sopracciglio. «Io ci sto.» Dà un'occhiata a Adam e Tyler. «Voi ci state?»

Tyler risponde alzandosi e stiracchiando le braccia. Va verso il bordo e si tuffa in acqua.

«Immagino che lo seguiremo.» Mira comincia a gonfiare un cuscinetto delle dimensioni di un frisbee.

«Quello che cos'è?» le chiedo.

Lei chiude il tappo e inserisce la sua lattina di margarita al centro. «Porta birra galleggiante.»

Mira appoggia dolcemente il suo margarita sull'acqua, poi si toglie la camicetta, restando con una canottiera aderente. Si toglie i pantaloncini e si tuffa dietro a Tyler.

La testa bagnata emerge un secondo dopo. «Merda! È fottutamente fredda.» Si agita, presumibilmente per scaldarsi. «Tyler, vieni qua, ho bisogno del tuo calore corporeo.»

Tyler nuota verso Mira e le avvolge le braccia intorno sorridendo ai denti che battono e al suo comportamento teatrale. Mira è appiccicata a lui come un baby koala.

Mira è una Washoe, una delle tribù indigene del Lake Tahoe, quindi trovo piuttosto divertente che sia una tale pappamolla in acqua. «Mira, che cos'è successo alle tue radici indigene?»

«Non rinfacciarmelo» risponde. «Entra in acqua e vediamo se la trovi calda!»

Adam mi guarda e alza le sopracciglia.

«Non posso» dico a bassa voce.

«Codarda?»

«No, ma non indosso biancheria intima adeguata» borbotto. Sento la faccia che si scalda e mi agito sul sedile.

Lui si china in avanti, di colpo molto interessato. «Che cos'hai sotto?» chiede abbassando gli occhi sul mio corpo.

Non dovrei essere imbarazzata. Ha visto parecchie volte che cos'ho sotto la camicia perché siamo stati... *attivi* quest'ultima settimana.

Sollevo per un attimo la canottiera ampia, per fargli dare un'occhiata.

Il suo sorriso sparisce e mi fissa, con gli occhi di colpo ardenti. Respira e si strofina una mano sulla bocca. «Andiamocene da qui. Posso scaricarli in dieci, forse quindici minuti.»

«Non possiamo, Adam» dico ridendo.

Lui allunga il braccio e mi tira in grembo, baciandomi il collo e abbassando la canottiera abbastanza da arrivare al reggiseno che gli ho appena mostrato. «Perché no? Che m'importa di loro?»

«Certo che t'importa. Sono tuoi amici.»

«Se uno di loro fosse al mio posto, mi scaricherebbe in un batter d'occhio.»

Gli schiaffeggio le mani vaganti continuando a ridere. Una delle mani scivola sulla mia coscia e l'altra sta stringendomi di nascondo il seno sotto la canottiera. «Sei terribile.»

«Non puoi mostrarmi il seno in quel modo e aspettarti che mantenga il controllo.»

«Hai insistito per sapere come mai non potevo entrare in acqua.»

Lui mi guarda significativamente. «E adesso non riesco a togliermi quell'immagine dalla mente.»

«Ehi» ci chiama Mira. «Che succede lì? Entrate o no in acqua?»

«No!» grida Adam mentre io allo stesso tempo dico: «Forse».

Adam scuote la testa. «Diavolo, no!» Si china fino a sfiorare il mio orecchio con la bocca. «Il tuo reggiseno è trasparente.»

«Beh, stavo pensando a te.» Mi dimeno per togliere la sua mano da sotto la mia canottiera, una mano che osa di più a ogni secondo che passa. Ha le dita dentro il reggiseno e sta facendo cose indecorose con il mio capezzolo facendo accelerare il mio cuore. «Pensavo che saresti passato più tardi e potrei essermi vestita per l'occasione.»

«E ti ringrazio. Ma non voglio assolutamente che i miei amici guardino il tuo bel seno.» La mano che ero riuscita a sloggiare dal mio seno adesso è stretta intorno alla vita.

«Potrei entrare in acqua vestita.»

Lui distoglie per un attimo lo sguardo, come se stesse riflettendo. «Le mutandine sono coordinate?» Sorrido e lui scuote la testa con un ringhio. «Mi stai uccidendo. Te ne rendi conto, vero?»

La mia intenzione era di ucciderlo *più tardi* con la lingerie sexy, non mentre c'erano in giro i suoi amici.

«Ho una soluzione.» Prende la t-shirt che aveva gettato davanti al mio sedile e me la getta sopra la testa.

Mi alzo e la maglietta di Adam mi arriva appena sopra le ginocchia.

Faccio una manovra tipicamente femminile e mi tolgo la canottiera e i pantaloncini con la t-shirt addosso. «Okay?»

In tutta risposta, Adam mi prende in braccio e salta fuori bordo. «Palla di cannone!»

Ansimo, mezza soffocata, ridendo e schiaffeggiandogli il petto. «Accidenti a te!»

Lui sorride e si allontana a nuoto, tuffandosi sotto

l'acqua del colore del vetro marino scuro. Riemerge a qualche metro da me.

Mira sta ridendo, quindi la spruzzo e lei fa lo stesso. E non ci va piano. Un torrente di acqua di lago mi si infila nel naso, in bocca e negli occhi.

Affondo nell'acqua per sfuggirle. Quando riemergo, Nessa è davanti a Zach, con le braccia sulle sue spalle e sta scalciando l'acqua verso Mira con i suoi piedini, sorridendo come una folle.

Tyler scuote la testa guardandola. «Adesso l'hai fatta grossa.»

L'espressione di Mira è determinazione pura. Conosco quello sguardo, quindi faccio quello che farebbe ogni persona sana di mente. Scappo.

Mira indirizza con le mani un uragano d'acqua verso Nessa e Zach e si scatena l'inferno. Guardo, congratulandomi di essermi tolta dalla mischia, quando qualcosa si infila sotto la t-shirt e mi afferra il sedere. «Ahh!»

Adam riemerge e si toglie i capelli dagli occhi, con un enorme sorriso sul volto.

Gli avvolgo le braccia intorno alle spalle perché Mira ha ragione: l'acqua è gelata. «Mi hai spaventata a morte.» Lui mi tiene e io gli bacio la guancia, lievemente fredda e pungente, ma lo amo...

Oh mio Dio. Il mio sorriso svanisce.

«Che cosa c'è che non va?»

Gli rivolgo in fretta un sorriso. «Niente.» Gli passo le dita tra i capelli, chiudo gli occhi e gli bacio la tempia, attardandomi un secondo di troppo, ma Adam non si tira indietro. Al contrario, mi stringe più forte.

Dovevo aspettarmelo. Sapevo che sarebbe successo ma pensavo che avremmo rotto prima che succedesse o che la mia prima impressione di Adam si rivelasse vera. Ma non riesco più nemmeno a vedere *quell'*uomo. Tutto ciò che vedo è quello che ho di fronte. Che ride con me, tenendomi stretta e amandomi come nessuno altro. È così sexy e intenso e anche gentile allo stesso tempo. E non voglio che finisca.

Devo chiedere a Adam del Blue. Perché lo amo.

Non parlare del lavoro e di ciò che mi preoccupa sta cominciando a sembrare una bugia. L'ultima cosa che voglio fare è mentire a Adam.

Capitolo Ventinove

Adam

Lasciamo i nostri amici e passiamo da casa mia per un cambio di vestiti.

Hayden si guarda attorno nel soggiorno. «Spiegami perché non restiamo mai nella tua sciccosa casa sul lago? Al confronto, casa mia sembra una discarica.»

Guardo il soffitto a cassettoni e il panorama del lago. «È bella ma non fa più per me. Casa tua ti rispecchia. Voglio stare dove ci sei tu.»

Hayden mi fissa e sul volto le appare un lento sorriso. Mi scioglie dentro, quel sorriso. «Okay» dice piano.

Andiamo a casa di Hayden con la XKR e per un momento ho un déjà-vu. L'ho sognato: guidavo in montagna, senza riuscire a togliere gli occhi dalle gambe incredibili di Hayden con un'intensa sensazione di desiderio, una cosa fortissima, e sapevo che avrei potuto averla. Che mi voleva anche lei. Era la mattina in cui mi ero accidentalmente addormentato nel letto di Hayden. Ed eccoci qui, due settimane dopo.

Le afferro la mano e la stringo, dandole un'occhiata. Hayden sta guardando fuori dal finestrino, mordendosi l'angolo del labbro. «Ehi» le dico. «Va tutto bene?»

Lei scuote la testa.

Non era così che andavano le cose nel mio sogno. Nel mio sogno lei era felice, non preoccupata. «Che succede? Non ti sei divertita oggi?» È stata una delle giornate migliori che riesca a ricordare ma non è più così se Hayden non è contenta.

Lei mi guarda, ancora con quell'espressione preoccupata sul volto. «È stato bellissimo. Ma c'è una cosa di cui ti devo parlare.»

La mia mente corre. *Non vuole la stessa cosa. Sta avendo dei dubbi su di noi.* Ma dico al mio subconscio di darsi una fottuta calmata. «Puoi parlarmi di qualunque cosa.»

Lei espira e le sue spalle si rilassano visibilmente. «Okay. Cioè, lo so. O mi sembra di poterlo fare. È solo che... Ha a che fare con il lavoro e quando si tratta di lavoro non la pensiamo sempre allo stesso modo.»

Cazzo.

Ha ragione.

Ci sono cose del mio lavoro di cui non le posso parlare. E non perché non voglia ma perché non è sicuro. «Perché non mi dici che cosa ti preoccupa e cominceremo da lì?»

Hayden mi sorride dolcemente, poi guarda avanti e fa un respiro profondo. «Ti devo chiedere dei Blue Star.»

«Paul e gli altri?» dico. «Hanno fatto qualcosa?» Il pensiero mi fa sentire caldo alla nuca.

«No... Beh, non lo so» dice. Guardo la strada ma con la coda degli occhi riesco a vedere che mi sta fissando. «Non ti sei mai chiesto che cosa li rende speciali? Nelle altre società i dipendenti lavorano insieme. Ma i Blue Star sono stati scelti a uno a uno dall'AD e sembra abbiano un controllo assoluto, qualunque posizione occupino.»

Svolto nel suo viale e spengo il motore, voltandomi a guardarla. «Non ci ho mai pensato. I favoritismi esistono in tutte le società.» Le prendo la mano. «Non mi piace il modo in cui ti tratta Blackwell. Mi fa impazzire. Ma cerca di non farci caso. Sei tremendamente competente e brava in quello che fai.»

«Ma tu fai parte del loro gruppo, dei Blue Star. Sostieni il modo in cui trattano me e gli altri.»

«Io non sono considerato un Blue Star. Lavoro con loro. Fa parte dei miei incarichi.» Distolgo gli occhi, cercando di mettere insieme i pezzi, capire che cosa vuole. «Vuoi che parli in tuo favore? Pensavo che non volessi che mi intrometta, ma...»

Lei toglie la mano dalla mia. «Sono in grado di cavarmela da sola. Lo facevo da molto prima che arrivassi tu.»

«Hai cominciato a lavorare al Blue solo qualche mese prima di me» le faccio notare e la cosa sembra irritarla ancora di più. Accidenti alla mia boccaccia.

«E con ciò? Mi hanno assunta perché pensavano di potermi controllare.»

Scuoto la testa. «Hayden, stai saltando alle conclusioni. Paul, William e gli altri sono somari. Non lasciarti influenzare.»

«E Blackwell? Pensi che anche lui sia solo un somaro?»

Appoggio il polso sul volante. Ho cominciato e tanto vale che vada fino in fondo. «No. Penso che sia potente. In modi che non riesci nemmeno a immaginare.»

Lei sospira. «Sono d'accordo. È il motivo per cui te ne sto parlando. Non perché abbia bisogno che mi salvi.»

È arrabbiata, ma la mia frustrazione sta crescendo. «Perché non mi dici che cosa ti preoccupa veramente?»

Lei incrocia le braccia sul petto, con un'espressione di sfida. So già che non mi piacerà quello che dirà. «Credo che Blackwell stia usando il Blue per gestire affari illegali.»

No. Decisamente non mi piace.

Hayden sospetta qualcosa altrimenti non avrebbe spiato in quell'ufficio. *Cercando delle prove*, aveva detto Lewis. Hayden sta cercando quello che le manca.

Non so di cos'altro è capace Blackwell, ma la mia immaginazione riempie velocemente i buchi, viste le risorse che ha investito nel Blue, la fila di ex-militari a sua disposizione e la fonte misteriosa che fornirà la droga al casinò tramite le escort che hanno assunto. E Hayden cercherebbe di bloccare tutto, se sapesse qualcosa di quello che so io. Non vuole che la salvi, ma non posso nemmeno darle le informazioni che sta cercando e metterla in pericolo.

Devo bloccare tutto sul nascere e cambiare argomento. «I sospetti non sono prove.»

«E sembra che tu non lo stia negando» dice. «Che cosa mi stai nascondendo?»

Sospiro. «So quello che sanno gli altri dirigenti.»

Era una risposta vaga ma veritiera. È solo che conosco qualche particolare in più rispetto a quello che sanno gli altri.

«Non tutti i dirigenti sono al corrente del Bliss.»

Stringo le labbra. Quelle maledette cartelline dell'ufficio del facility manager. Sapevo che le aveva trovate. «Non posso parlarne» dico. Lei scuote la testa, incredula. «Si tratta del mio lavoro, Hayden. Sarebbe sbagliato chiederti informazioni confidenziali sui dipendenti. Per favore, non mettermi nella stessa posizione.»

Lei scende dall'auto e la seguo sul portico. Hayden inserisce la chiave e apre la porta, restando sulla soglia. «Quello che stanno facendo è illegale. Mira e Tyler lo sanno e lo sanno anche Lewis e Gen e gli altri. Stiamo tutti cercando le prove da portare alla Polizia.»

«Maledizione, Hayden.» Mi ficco le dita nei capelli. «Non usare il Blue come rivalsa per il passato. Non riguarda te e finirai per farti male.»

«Io sto facendo la cosa giusta. E tu?» mi chiede con la voce che trema.

«Come fai a sapere che sto facendo la cosa sbagliata?» ribatto.

«Stai lavorando con loro?»

«Sì.»

«Allora questa è la risposta.»

Si muove per chiudere la porta e appoggio la mano sul legno, bloccandola. «Lasciami entrare. Parliamone.»

«Non c'è niente di cui parlare.» La sua voce trema come se stesse cercando di non piangere.

Mi sento stringere lo stomaco e il petto. Apro la porta e cerco di abbracciarla, ma lei fa un passo indietro.

«Per favore, vattene» mi dice. «Ho bisogno di tempo per pensare.»

«Stai scherzando? Non sarò il migliore in fatto di relazioni, Hayden. Ne ho incasinata la mia parte, ma so che comunicare è importante. Non respingermi.» Sfioro con le dita la mano che ha appoggiato alla porta. «Parliamo per poter trovare una soluzione.»

«È quello che voglio» dice piano, studiando il mio dito che disegna piccoli cerchi sulla sua mano. «Ma le cose tra di noi sono procedute troppo in fretta e ciò di cui sospetto il Blue è gravissimo.» Mi fissa negli occhi. «È importante, non solo per me ma anche per i nostri amici e chiunque altro sia stato danneggiato da Blackwell e dal casinò. Non voglio ignorare le cose come hanno fatto quando Gen aveva presentato la sua denuncia in direzione contro Drake Peterson. Forse è questo il mio modo di redimermi per aver permesso a dei bulli di farmi scappare da questa città tanti anni fa, ma è pericoloso anche fingere che non ci sia niente di sbagliato. Non posso permettere che qualcuno venga messo in pericolo se posso farlo smettere, non capisci?» Deglutisce e poi respira piano. «Allora, hai intenzione di dirmi che cosa sta succedendo al Blue con questa cosa del Bliss?»

Alzo gli occhi e ringhio. «Non posso.»

Questa volta i suoi occhi diventano lucidi e annuisce. «Allora questa cosa tra di noi non è possibile. Non adesso. Non se sostieni Blackwell e ciò che sospetto stia succedendo al casinò.»

«Aspetta, Hayden. Non capisci. Non ti posso dare le risposte che vuoi, ma lo farò se mi darai del tempo.»

«Quanto tempo?»

«Non lo so.»

«Sembra un modo per evadere la domanda» dice Hayden. «Non sei stato prodigo di informazioni. Ho trovato da sola tutto ciò che ho scoperto.»

«E vorrei che smettessi di farlo.»

Sto evadendo le sue domande, per il suo stesso bene. Non voglio che sia coinvolta e rischierei tutto pur di tenerla fuori. Perfino ciò che c'è tra di noi, che è la prima cosa vera che ho da quando è morta mia madre. Ma Hayden è più importante perfino di quello. Non voglio che si faccia male.

«Addio, Adam.» Chiude la porta e io resto lì, con le mani che tremano, il petto che si alza e si abbassa in fretta, con l'adrenalina in circolo.

Sbatto il pugno contro lo stipite e vado in fretta alla mia auto.

Capitolo Trenta

Hayden

Ho pianto fino a addormentarmi per due notti di fila e ho continuato ieri per metà della giornata, asserragliata in casa. Sono lacerata: innamorata di Adam e così furiosa con lui che vorrei picchiarlo. Ma mi rifiuto di parlargli finché non capirò che cosa è giusto fare. Adam potrebbe facilmente sedurmi fino a farmi dimenticare del Bliss. La felicità che provo quando sono con lui è incredibilmente potente. Nelle ultime due settimane, ho permesso che le mie convinzioni finissero in secondo piano. Non posso permettere che succeda ancora, adesso che so che mi sta veramente nascondendo qualcosa.

Mira entra nella sala relax mentre sono accanto alla macchina del caffè e cerco di compensare la mancanza di sonno con la caffeina.

«Ehi.» Mi esamina la faccia e poi mi guarda le mani. «Stai tremando.»

«Troppo caffè. Andrà tutto bene.» Riappaiono le maledette lacrime, sempre troppo vicine alla superficie.

«Merda» sussurra lei e poi mi trascina via dalla sala relax e dentro il suo ufficio, a due porte di distanza. Chiude la porta. «Che cos'è successo? Ti ho vista sabato e tutto andava benissimo.»

Emetto un lungo sospiro. «Ho rotto con Adam.»

Mira spalanca gli occhi. «Perché diavolo l'hai fatto?»

Alzo la testa, sorpresa. «Pensavo che Adam non ti piacesse.»

Lei si siede. «Certo che mi piace Adam. Mi è sempre piaciuto. Pensavo solo che si fosse comportato da stronzo con le sue ragazze. Ma non è così con te. Quel ragazzo è innamorato. Innamorato cotto, intendo dire, Hayden.»

Scuoto la testa. «No, non capisci. Non è innamorato di me; mi sta nascondendo delle cose, mente per omissione.» Indico vagamente la porta. «È coinvolto. Con loro. Le suite del Bliss. Blackwell e i Blue Star. Sa tutto quello che stanno facendo e non vuole dirmi niente.»

«Merda.» Mira appoggia le mani sulla scrivania. «Che cos'ha detto esattamente?»

«Che non ne può parlare. Voleva che gli dessi tempo.»

Lei sbatte ripetutamente le palpebre. «Quanto tempo?»

La fisso. «Che importanza ha? È coinvolto.»

Lei tamburella con le dita e guarda nel vuoto. «Forse, o forse ha un buon motivo per volere che gli dia tempo. Io riesco a percepire una cattiva persona da un miglio di distanza e Adam non è uno di loro.»

Faccio una smorfia e chiudo gli occhi. Mira è cresciuta in mezzo al vizio e alla corruzione. Che non abbia seguito la stessa strada finendo per morire di overdose come sua madre dimostra la sua forza. «Non posso ignorare quello che sta facendo. Non è giusto, se è coinvolto nei loro affari.»

Mira gira intorno alla scrivania e si siede sul bracciolo

della fragile sedia per gli ospiti su cui sono seduta io, quasi facendoci ribaltare. Mi massaggia le spalle. «Ti fidi di lui?»

Scuoto la testa; il mio livello di confusione ha raggiunto livelli epici. «Il mio cuore si fida. Ma la mia testa... Che ragioni ha per mentire alla sua ragazza?»

Mira di alza e si allontana. «Non lo so. Ucciderei Tyler se mi mentisse su qualcosa di importante.»

«Esattamente. Mentire è un motivo di rottura e Adam ha ammesso che è pessimo in fatto di relazioni.» Appoggio la testa alla scrivania. «Mi passerà. Ho solo bisogno di tempo per superare quello che avevamo.»

«Certo» è la sua ironica risposta. «Sembri proprio qualcuno a cui passerà molto presto.»

Sbuffo davanti al suo sarcasmo, ma non mi ha sentito perché ho ancora la testa appoggiata alla scrivania. Faccio un rispiro profondo e asciugo le lacrime e le sbavature di mascara sotto gli occhi. «Sarà meglio che torni a lavorare.»

Mira mi passa un fazzolettino. «Pensaci un momento, forse potresti dargli una chance. Sono mesi che cerchiamo di capire se c'è o no ancora qualcosa in ballo. Adam sa tutto quello che sappiamo noi delle aggressioni. Sa che il Blue ha avuto dei problemi ed è anche un buon amico di Jaeger, non riesco a vederlo appoggiare qualcosa di simile.»

Sorrido amaramente. «Eppure dev'essere così. Altrimenti perché non vorrebbe parlarmi delle suite?»

* * *

Adam

Hayden non risponde alle mie chiamate e sto per perdere la testa. Sto cercando di proteggerla, ma ovviamente non glielo posso dire. Mi aveva quasi staccato la testa a morsi quando avevo accennato a farmi avanti per lei con Blackwell. Mi preoccupa quello che farebbe se le dicessi che le nascondevo la realtà del Bliss in modo che non potesse essere collegata in nessun modo. Ha questa idea che è suo dovere proteggere i dipendenti da quando il casinò ha fatto del male alle sue amiche. So che è più complicato: è stata profondamente ferita da ciò che le era successo a scuola e vuole sostenere gli altri perché nessuno aveva aiutato lei. Ma non posso permettere che diventi un bersaglio per Blackwell quando non so per certo di che cosa è capace.

Paul e William entrano nel mio ufficio e chiudono la porta. «Dieci giorni al grande evento. In quanti si sono prenotati in albergo?»

Ruoto il collo per alleviare la tensione. L'ultima cosa che voglio adesso è trattare con Paul. Mi è stato addosso per ogni minuscolo particolare relativo al debutto del Bliss anche se glieli ho esposti già una decina di volte. «Come ti ho detto un'ora fa, abbiamo cinquanta possibili membri registrati per quel fine settimana e venti dei quasi quaranta nostri membri saranno in città per quell'evento. Eve sta preparando una lettera e un cestino di benvenuto per ciascuna delle camere. C'è qualcos'altro?»

«E il DJ...?»

«Confermato» dico. «Il suo assistente ci ha mandato i dati del volo, che ho inoltrato a Eve, il cui assistente si premurerà di andare personalmente ad accoglierlo all'arrivo. Il servizio di catering è confermato, il menu è stato approvato. E se vuoi sapere qualcosa dello spettacolo di burlesque e dell'asta dovrai parlarne con William.»

Paul si ficca la mano in tasca. «Mi pare di sentire una certa animosità.»

«Ti sbagli.» Ha perfettamente ragione, ma è meglio che Paul non sappia ciò che sto pensando in questo momento.

William dà un'occhiata a entrambi con un sorriso preoccupato sul volto. È sempre più interessato a piacere a tutti. «Beh, allora ti posso dire che l'asta e le nostre belle ballerine sono tutte a posto. Le signore arriveranno venerdì per lo spettacolo di sabato. Sabato mattina alle sei arriverà una squadra per allestire il club per quella sera. Sto lavorando con il servizio di sicurezza per chiudere quell'area mentre portano dentro l'attrezzatura.»

«Sembra che sia tutto a posto» dico. «Se volete scusarmi...» Mi alzo per uscire. Non avevo intenzione di lasciare il mio ufficio, ma sta diventando claustrofobico. Ho il bisogno improvviso di uscire.

Paul giocherella con le monete che ha in tasca. «Immagino che siamo quasi pronti. Blackwell si aspetta che tutti partecipino alla festa di mezzanotte dopo lo spettacolo e vendano l'esperienza del Bliss. Metti in agenda di esserci per tutta la notte. Ti manderò una lista delle cose da promuovere mentre socializzi con i potenziali membri.»

Annuisco, anche se non ho la minima intenzione di leggere la sua lista. «Abbiamo finito?» Senza aspettare la loro risposta, alzo la mano indicando loro di uscire per primi.

Paul e William escono, ma Paul si volta verso di me una volta fuori dal mio ufficio. Indica a William di andare avanti. «Non dimenticare che se tutto va secondo i piani la sera dell'apertura ti puoi aspettare un considerevole bonus di fine anno.» Stringe gli occhi. «Mantieni la rotta, Adam, e andrà tutto bene.»

Lo guardo andarsene in fretta, sicuro di sé. Ignora il direttore della sala giochi che gli passa accanto ma fa l'occhiolino a Eve. Il trattamento deferenziale nei confronti di

alcuni dipendenti è sempre stato molto chiaro... Semplicemente non avevo mai visto quanto fosse particolare tra i
Blue Star finché Hayden non me l'aveva fatto notare.

Mi dirigo verso il suo ufficio. Le ho lasciato spazio ieri
sera e la sera prima, ma dobbiamo parlare. Se Hayden fosse
chiunque altra me ne sarei andato da tempo. Ma non riesco
a farlo. Non con lei. Resterò alla larga, se è ciò che vuole, ma
non sarò io quello che l'abbandona. Non questa volta.

Busso sulla solida porta di legno ed entro quando mi
invita a entrare.

Lei alza la testa e i nostri sguardi si incontrano. Il mio
cuore comincia a battere forte, esattamente come aveva fatto
due giorni fa quando l'avevo vista nel patio del Beacon.

«Adam?» Guarda alle mie spalle, ma io chiudo la porta.
«Perché sei qui?»

«Perché lavoro qui?»

«Sai che cosa intendo.»

«Volevo parlare con te.»

Lei sospira tristemente. «Hai intenzione di dirmi quello
che non mi stai dicendo sulle suite del Bliss?»

«Hayden» dico, esasperato. «Mi piace il fatto che tu sia
forte e non ti tiri mai indietro, ma per una volta ho bisogno
che tu lo faccia. Voglio condividere tutto con te, ma non
posso parlarne.»

Lei chiude forte gli occhi e scuote la testa, come se
stesse lottando con se stessa. «Se sei coinvolto in qualcosa di
illegale, allora sappi che non lascerò perdere.» Respira
piano. «Sapevo che saremmo arrivati a questo punto. *Lo
sapevo*. Ma non ho mai pensato che facesse così male.»

Giro intorno alla sua scrivania e la tiro in piedi, abbracciandola. «Non dev'essere così. Puoi fidarti di me.» La prego
con gli occhi e la sua espressione si addolcisce, ma non

capisco se sono riuscito a convincerla. E Dio, ho bisogno di convincerla.

«Il mio cuore si fida di te.» La voce è bassa, come se fosse confusa dalla confessione.

«Io amo il tuo cuore» dico, con tanto sentimento che mi sorprendo da solo. Le mie parole miravano a incoraggiarla a darmi una chance, ma è più di quello. Amo Hayden. Non scoppiano i fuochi d'artificio; non me ne sto rendendo conto improvvisamente. È la semplice verità che è sempre stata lì. «Non ti ho dato motivi per dubitare di me da quando ho cominciato a lavorare al Blue, vero?»

«No» dice esitante, perché non ha idea dell'importanza di ciò che ho confessato a me stesso. Abbassa gli angoli della bocca. «Se non contiamo le cose che mi stai nascondendo.»

«Per un buon motivo. Che ho intenzione di dirti, appena potrò. Tutto ciò che ti chiedo è un po' di tempo. In passato potrò non aver meritato la tua fiducia, ma fidati di me adesso. Non ti deluderò.»

Hayden resta in silenzio per un momento, studiando i miei occhi. «Penso che le tue intenzioni siano buone anche se mi fa infuriare il fatto che me lo stia nascondendo.» Sospira a lungo. «Un po' di tempo... Okay. Posso farlo.»

La stringo a me, abbracciandola così forte che temo di schiacciarla, ma si è aggrappata a me e penso che il contatto le serva quanto a me. Abbiamo avuto una serata, una fottuta, orribile serata, che si è trasformata in due giorni lontani. E sono stati i due giorni peggiori della mia vita. Pensavo di averla persa.

Le sollevo il mento. «Non ti darò mai un motivo per dubitare di me.» Lei si appoggia a me e il mio cuore salta un battito, il sangue si scalda. Vorrei prenderla in braccio e portarla via come il cavernicolo che pensa che io sia. Ma siamo in ufficio e in qualche modo riesco a baciarle la punta del naso. «Ci vediamo stasera?»

Lei annuisce, con un timido sorriso sul volto.

Diavolo sì, sto pensando di passare la notte con Hayden, stringendola tra le braccia. Ma voglio anche il semplice piacere di stare con lei. Sono felice quando sono con lei. E non ho mai avuto niente di sincero che mi rendesse felice, fino ad Hayden. Nella mia vita, tutto il resto aveva un secondo fine.

Capitolo Trentuno

Hayden

Mira infila la testa nel mio ufficio. «Riunione Gestione dei Rischi tra cinque minuti.»

«Okay» dico mentre finisco di scrivere un'e-mail. Mi sono sentita più leggera nel momento in cui ho deciso di ascoltare il mio cuore e fidarmi di Adam. Non so ancora dove ci porterà. Non lascerò perdere questa faccenda del Bliss ma gli darò tempo, come ha chiesto. Ha ragione. Non mi ha dato motivo di dubitare di lui, quindi non lo farò.

Questo fine settimana pensavo che le cose fossero finite tra di noi. Ero andata nel panico quando mi aveva detto di non potermi parlare delle suite del Bliss, ma posso fidarmi di Adam, anche se non mi fido di Blackwell e gli altri. Le due cose non si escludono a vicenda. Adam non è uno dei Blue Star.

Arrivo alla riunione e, dopo nemmeno cinque minuti, Eve entra nella stanzetta che usiamo per l'addestramento. Indossa una camicetta di maglina di due taglie troppe piccole per il suo busto. «Hayden, c'è una riunione di tutti i dirigenti nella sala conferenze.»

Do un'occhiata a Mira. Conosce la materia quanto me, ma non è ancora abituata a presentarla.

«Vai» mi dice. «Qui ci penso io.»

Non c'è un momento migliore di questo perché Mira assuma un ruolo più attivo. Annuisco e prendo le mie cose, seguendo Eve fuori dalla stanza.

Eve ha in mano una pila di cartelline. Il suo anello con zaffiro, leggermente più raffinato della versione maschile, lampeggia alla luce delle applique art déco sulle pareti. È l'unica donna tra i Blue Star e mi sono spesso chiesta perché l'abbiano scelta. Penso che sia perché è senza scrupoli.

Durante la mia breve carriera al Blue ho visto gente licenziata perché aveva commesso l'errore di confidarsi con Eve. Dire che non si è contenti di Blackwell o di qualunque altro porti l'anello è un'offesa da licenziamento anche se, ovviamente, la ragione che danno è sempre diversa. Ragione per cui non le ho mai detto più di qualche parola e non dico niente mentre andiamo nella sala conferenze.

Una volta dentro, Eve va direttamente a sedersi accanto a Blackwell, ma io mi fermo sulla soglia. Sono tutti presenti. Il catering ha persino preparato una tavola con del cibo, cosa che fanno normalmente quando c'è un festeggiamento o un evento speciale.

Un'altra cosa di cui Blackwell non mi ha informata?

Adam è al suo solito posto in fondo al tavolo. Mi rivolge un sorriso privato e vado verso di lui. Il posto accanto a lui è vuoto e lo occupo, sentendo il calore del suo corpo appena mi siedo.

«Grazie per essere venuti oggi» dice Blackwell, dando inizio alla riunione, ma lo noto appena, perché Adam si è mosso e la sua gamba preme contro la mia.

Tutto ciò a cui ho pensato da quando è uscito dal mio ufficio qualche ora fa è stare con lui stanotte. Ero preoccupata che sarebbe scappato al primo problema. Ha ammesso che è il primo ad andarsene quando una relazione diventa difficile. Ma il nostro disaccordo riguardo al Blue *è* un enorme problema e non è scappato. È venuto da me oggi per trovare una soluzione. Il Blue resta un problema, ma ha ragione. Separarci non è la soluzione.

La sua mano calda mi stringe la vita sotto il tavolo e io sorrido.

«... orgoglioso di includere Adam Cade tra i Blue Star.»

Alzo di colpo la testa. Che cos'ha appena detto Blackwell?

La mano di Adam si blocca intorno alla mia vita, poi si sposta lentamente, portandosi via il calore.

Fisso il volto sorridente di Blackwell. «Adam?» dice Blackwell. «Puoi alzarti?» In mano ha una scatola nera.

Adam si alza e allaccia il primo bottone della giacca, con le labbra tirate. Non mi guarda prima di andare in cima la tavolo. A ogni passo che fa sento i nostri mondi che si allontanano.

Non farlo.

Adam stringe la mano di Blackwell. «Grazie. È un privilegio e un onore essere considerato un Blue Star. Non lo darò per scontato.»

Resto a bocca aperta.

Adam toglie l'anello dalla scatola e se lo metto all'anulare della mano destra. Il cobalto della gemma riflette la luce come aveva fatto quello di Eve qualche minuto fa in corridoio. Mi sento stringere lo stomaco e la stanza mi gira intorno. Mi sembra di stare per vomitare.

Gli ho creduto anche se non sapevo tutto quello che stava succedendo. Avevo creduto che Adam non avrebbe sostenuto Blackwell fino in fondo. Ma così è dare il massimo sostegno. Adam è diventato un Blue Star.

Forse non aveva scelta?

Ma è così? Non siamo tutti padroni del nostro destino?

Adam sta permettendo che succeda. Sta cedendo alle richieste di Blackwell, sta facendo quello che vuole il capo per tenersi il lavoro, proprio come mi aveva detto di fare l'ultima volta in cui ci eravamo trovati in questa sala conferenze e volevo parlare quando Blackwell aveva passato il mio lavoro a William.

Il volume del rumore nella sala aumenta mentre la gente si alza e va a prendere da mangiare o a congratularsi con Adam. *Festeggiando.*

Vado alla porta come in una nebbia ed esco. Adam ha detto di dargli tempo, ma sembra che stia solo diventando più intimo di Blackwell. E se sta con lui non può stare con me. E questo che cosa significa per noi?

Perché lo amo ancora.

* * *

Adam ha lasciato un biglietto a casa mia ieri sera. Avevamo in programma di vederci ma dopo la riunione ero fuori di me ed ero andata a casa di Zach e Nessa.

Poi era arrivata tutta la gang.

Mira era sconvolta per conto mio, ma gli uomini erano rimasti in silenzio. Per loro Adam è un fratello e, per qualche strana ragione, sentivo di tradirlo solo riferendo la storia. È il mio ragazzo o lo *era*. Non lo so più. Questi ultimi giorni sono stati una montagna russa. Com'è possibile che una cosa così meravigliosa nella sua normalità, come mangiare churros in abito da cocktail e baci bollenti sul ripiano della cucina, sia finita per andare così male?

Mi infilo una felpa e vado in cucina a piedi nudi. Ho chiamato in ufficio dandomi malata e ho lavorato da casa. È una manovra da codardi, ma non posso vedere Adam. Devo essere forte e le mie difese spariscono quando c'è lui.

Non volevo che Adam facesse parte della cerchia di Blackwell ma in qualche modo potevo accettarlo purché non facesse parte dei suoi Blue Star, quella labile barriera che marcava la sua transizione verso la parte oscura. Se il Bliss finirà per dimostrarsi ciò che credo, dovrò denunciare Adam alla Polizia insieme a tutti gli altri...

Mi piego in due e mi tengo lo stomaco, lottando contro il dolore. «Merda.» L'idea che Adam venga arrestato mi fa male fisicamente, ma non posso rinunciare a fare ciò che è giusto. Non questa volta.

La porta si apre e sobbalzo, continuando a tenermi lo stomaco.

Adam entra, con gli occhi fissi su di me. Aggrotta le sopracciglia e chiude la porta. «Non stai bene? Non eri in ufficio.»

«Non bussi mai?» Ringoio il cuore che mi era balzato in gola quando era entrato in casa.

«Dovresti chiudere la porta a chiave.» Mi studia il volto poi scende sul mio corpo, coperto da una felpa, una canottiera senza reggiseno e un pigiama corto. Sì, ho un aspetto meraviglioso. Non gli impedisce di venire da me. «Non stai bene?»

Faccio un passo indietro e sbatto contro il ripiano. «Avevo bisogno di un giorno libero.»

È impossibile. Non posso stare accanto a lui. Vorrei mettergli le braccia al collo e tirarlo vicino. Che cos'ho che non va?

Adam si toglie la giacca, la piega e la mette sul sedile del divano. Si avvicina e lascia cedere le chiavi sul ripiano. «Non hai risposto alle mie chiamate.»

«Hai intenzione di rompere con me?» Non so perché l'ho detto. Sono piuttosto sicura che abbiamo già rotto ma sinceramente non riesco a tenere il conto di tutto l'avanti e indietro di questi ultimi giorni. E devo sapere a che punto siamo. Perché non riesco a immaginare un futuro felice senza l'uomo di cui non avrei mai pensato di innamorarmi, ma temo che dovrò abituarmi all'idea.

Adam mette le mani sul ripiano di lato ai miei fianchi con la testa appena sopra la mia. «Perché dovrei fare una cosa così stupida?»

«Perché i tuoi amici dicono che rompi sempre con le ragazze prima che loro possano rompere con te.» E ho bisogno che continui a comportarsi così. Ho rotto con lui una volta, ma non sono abbastanza forte da respingerlo di nuovo.

«Se ricordi bene, è parecchio che non ho una ragazza. E c'è un motivo.»

Sbatto gli occhi per ricacciare indietro le lacrime perché, maledizione, averlo così vicino è brutale. Voglio premere la faccia contro il suo petto e baciarlo. E annusargli il collo. Ma mi sembra di tradire la gente, o me stessa. O lui? Accidenti. Non lo so. «Quale motivo?»

«Riesco a vedere il mio futuro con te. Quindi, no, Hayden, non sto rompendo con te. È l'ultima cosa che farei.»

Alzo gli occhi e le fottute lacrime tornano. Non posso farne a meno. Premo la testa contro il suo petto e le sue braccia mi circondano immediatamente. «Sono così furiosa con te.»

«Lo so, ma devi fidarti di me.»

Gli prendo la mano, quella con l'anello e la alzo. «Come

posso fidarmi di te mentre mi nascondi *questo*? E se facessi una scelta che ci divide? Hai idea di come hai reso le cose più complicate diventando un Blue Star?»

Le sue braccia si irrigidiscono intorno a me. «Hayden, per l'amor del cielo, non farti coinvolgere. So che pensi di fare la cosa giusta, ma non ne capisci nemmeno la metà.» Fa un passo indietro e si passa la mano sulla faccia. «È pericoloso. Non ti parlo del Bliss perché più sai, maggiore è il pericolo per te. Non mi fido di Paul o Blackwell e mi preoccupa quello che Blackwell può fare.»

«Allora perché lo stai sostenendo?»

Adam non risponde, con la testa abbassata.

«Beh, sono un'adulta. Me la so cavare.»

Lui alza di colpo la testa. «Come avevi fatto alle superiori?»

Risucchio il fiato, con la faccia che diventa rossa.

Adam distoglie gli occhi, come se non riuscisse a credere di averlo detto. «Mi dispiace. Era fuori luogo.» Mi afferra la mano. «Sto cercando di farti capire, non di farti sentire male per il passato. Ti dirò tutto appena il pericolo sarà passato.»

«Come faccio a fidarmi di te?»

Lui solleva la mano che sto tenendo, quella con l'anello dei Blue Star, e mi bacia le nocche. «Potrai prendermi a calci se farò qualcosa per ferirti.»

«Non ti prenderò a calci, mi limiterò a lasciarti.»

Gli passa un lampo di paura negli occhi e deglutisce. «Andiamo, usciamo da qui.»

«Dove andiamo?»

«In un posto speciale.» Do un'occhiata alla felpa e al pigiama e lo fa anche lui. «Puoi indossare quello che hai adesso. Beh, magari mettiti dei pantaloni. Qualcosa di caldo. Saremo all'aperto.»

Capitolo Trentadue

Adam guida lungo una strada serpeggiante che attraversa la foresta. Siamo su un pendio della montagna che dà sul lato sud-est. Si ferma di lato alla strada e spegne il motore. Nella zona c'è buio pesto, l'unica luce viene dalle stelle e dalla falce di luna sopra di noi.

Scendo dall'auto e Adam accende una torcia elettrica. «Di chi è questo terreno?»

«Di Levi. Vive nella casa che abbiamo superato.»

Adam toglie una coperta dal bagagliaio e fa strada verso una tenda davanti a una buca per i falò.

Sbircio dentro la tenda a semi cupola. «C'è un materasso gonfiabile. Che cosa fa tuo fratello qui fuori?»

Adam stende la coperta e sorride. «Sporcacciona. Non quello che pensi, o almeno non credo. Non voglio saperlo. I miei fratelli e io veniamo qui per fare i falò e Levi usa questo posto per rilassarsi sotto le stelle.»

«Non gli darà fastidio che siamo qui?»

«No. La uso sempre. Ho mandato un messaggio a Levi per informarlo.»

Mi siedo a gambe incrociare sul bordo del materasso e alzo gli occhi al cielo punteggiato di stelle attraverso la grande apertura della tenda e la radura tra gli alberi. «Ti ho detto quanto mi piace Levi e il suo favoloso terreno? Pensi che gli dispiacerebbe se vivessi in questa tenda?»

Adam mi appoggia la giacca in grembo e si accuccia davanti a me. «No, ma per me sarebbe un problema.»

Nascondo un sorriso. «Per bello che sia Levi, non è niente al tuo confronto, Adam Cade. Non ho mai conosciuto un uomo più bello di te. Mi faceva infuriare quando hai cominciato a lavorare al Blue. Mi distraeva.»

Adam fa scivolare le mani lungo i miei polpacci. «E adesso?»

«Adesso è dieci volte peggio perché ti conosco.» La mia voce è seria e deglutisco il groppo che sento in fondo alla gola. Adam mi ha chiesto di fidarmi di lui ed è quello che voglio fare, ma ho paura.

Per un momento Adam non dice né fa niente. Il suono del mio respiro irregolare riempie la tenda. E poi le sue mani scendono sul materasso ai miei lati, facendolo affondare mentre si china in avanti. Cado all'indietro finché sono sdraiata con lui sopra di me.

Adam si abbassa lentamente, appoggiando i fianchi tra le mie gambe con i gomiti appoggiati ai lati della mia testa. Poi appoggia anche la bocca. Prima un tenero sussurro lungo la mia mandibola, un bacio dolce sotto l'orecchio, poi le labbra sono sulle mie.

Allargo le braccia quando Adam mi sposta la testa e approfondisce il bacio, con la lingua, le labbra e il palmo della mano sulla guancia che leniscono la paura e la frustrazione che ribollono dentro di me.

Adam si china su un gomito e mi prende la mano, intrecciando le dita sopra la mia testa. Mi guarda. Dovrebbe dire qualcosa, rassicurarmi, ma non lo fa. Abbassa la testa e mi bacia di nuovo, dicendomi con il movimento delle labbra e il lento movimento circolare del suo pollice contro il mio palmo quando sono importante per lui.

E continua, finché mi sento stordita.

Rabbrividisco.

«Hai freddo?» mi chiede. È estate ma di notte la temperatura scende in fretta nella conca e sento il cambiamento, anche con il calore del corpo di Adam sopra di me.

Adam mi dà un bacio tenero sulle labbra, un po' ammaccate dopo tutto quel baciarci. «Aspetta qui.» Si alza e allarga la giacca su di me, poi si rimbocca le maniche e prende la torcia. Accendendola, si allontana e sparisce nel buio.

Passa un minuto e non lo sento né vedo la torcia. «Dove sei andato?» chiedo.

Sento un forte tonfo vicino a me e sobbalzo. «Porca paletta.» Mi porto la mano al petto.

La luce della torcia elettrica va da a me a una pila di legna da ardere. Adam guarda dentro la tenda. «Ti sto preparando il fuoco. Sono quasi sicuro che sia sulla tua lista delle cose da fare.»

Tento di ricompormi dopo essermela quasi fatta addosso per colpa di una bracciata di legna. «Giustissimo. Continua pure. E per favore, fletti i muscoli già che ci sei.»

«Come desidera la mia signora.» Adam si slaccia la camicia e se la sfila, lasciandola cadere sul materasso accanto a me. Poi raccoglie la legna e cammina spavaldo verso la buca. Appoggia i pezzi di legno formando una specie di tepee. È veramente buio qui fuori e riesco a malapena a vederlo, e accidenti se mi scoccia perché più virile di così non si può, e mi sto perdendo metà dello spettacolo. Poi c'è il bagliore del fuoco che illumina il corpo di Adam e la piramide di legna.

Una luce dorata si riflette sulla curva forte della mandibola di Adam, accucciato accanto alla legna mentre la accende in punti strategici, con i muscoli delle cosce che tendono i pantaloni del completo che non si è mai tolto. La maglietta stringe intorno ai bicipiti, accentuando i muscoli delle braccia...

Mi metto seduta e lo ammiro. Ecco, è questo che intendevo.

Adam si rimette in piedi e mette di lato la legna che avanza. Poi si spolvera le mani e viene da me. Entra nella tenda e si siede, passandomi il braccio intorno ai fianchi e tirandomi vicina. «Meglio?»

Il calore del fuoco sta arrivando da me ma non scalda come la presenza di Adam. «Molto meglio.»

In questo mondo, dove ci siamo solo Adam e io e nessun altro, è tutto perfetto. Ma questa non è la vita reale. «Domani che cosa succederà?» dico.

Ci siamo baciati e non molto altro. Non che mi lamenti perché c'erano parole non dette in quei baci. Le ho tradotte in: *Hayden, mi dispiace. Hayden, ti amo. Hayden sei bella e mi crogiolo nella tua gloria.* Okay, forse è un'esagerazione, ma è così che mi ha fatto sentire.

Adam appoggia i gomiti sulle ginocchia e fissa il fuoco. «Andremo in ufficio e faremo il nostro lavoro. Andremo a casa...» Mi guarda. «... a casa tua e pomiceremo ancora un po'.»

Abbasso gli occhi. «Pomiceremo e basta.» Mi piace quando ci baciamo, ma sono curiosa di sapere perché non è andato oltre. Adam normalmente è più... *aggressivo* da quel punto di vista. E okay, certo le cose erano un po' tese all'inizio ma abbiamo fatto pace con le labbra e comunicando senza parole.

Adam sospira stringendo le labbra. «Solo baci.»

Whoa, cosa? «Che cosa intendi?»

Si posta per guardarmi, con un avambraccio appoggiato a un ginocchio. «Ci sono cose che non ti posso dire adesso, ma voglio stare con te. Per quando mi riguarda tu sei la mia ragazza, ma hai ragione.»

«Sì?» A proposito di che cosa? Perché mi stavo appena scaldando e aspettavo la seconda portata. Specialmente dopo il magnifico spettacolo di Adam che accendeva il fuoco. E mi è mancato. Molto. *Moltissimo.*

«Non posso dirti quello che vuoi sapere sul Blue e il progetto Bliss in questo momento. Finché non potrò farlo, non dovremmo avere rapporti intimi.»

«Hai perso la testa?» Suona un po' disperato, ma, merda, di che cosa sta parlando? Riusciamo a malapena a tenere le mani a posto in ufficio e adesso vuole bandire il contatto fisico a casa?

Adam contorce la bocca. «Forse.» Poi si lancia e mi cattura le labbra, rubandomi un bacio e il fiato e qualunque ragionamento stessi cercando di preparare per convincerlo a ripensarci. «Ti desidero» dice piano, tirandosi indietro. «Ma non voglio che tu metta in dubbio i miei sentimenti né che ti chieda se puoi o meno fidarti di me.» Torno a guardare il fuoco. «E capisco che lo stai facendo.»

Beh, maledizione. Ha ragione.

E ha senso. Anche se non mi piace. Nemmeno un po'. «Quindi per quanto tempo ci dovremo astenere, continuando a dormire nello stesso letto... E pomiciando?»

Adam sospira frustrato e mi guarda con la coda dell'occhio. «Spero non a lungo.»

Capitolo Trentatré

Adam

Grazie al cielo è sabato. L'asta e lo spettacolo di burlesque e la grande apertura del Bliss questa sera devono finire prima che perda la testa. Ho passato tutte le notti a casa di Hayden questa settimana. Abbiamo guardato film, mangiato take-out e pomiciato. Tanto, pesantemente. Sto per esplodere. E la parte peggiore è che non so quando finirà questa astinenze auto-imposta perché per qualche stupidissima ragione che mi frulla in testa, ho deciso di non toccarla finché non potrò essere franco sul progetto del Bliss.

Mi sembra giusto. Voglio fare un passo indietro finché potremo essere completamente sinceri l'uno con l'altra. Per una volta sto cercando di essere una brava persona. Ma, per l'amor di Dio, è una tortura.

Dovrei lasciare il mio lavoro. Mio padre può tenersi il fondo fiduciario. Diventerò il tuttofare di Hayden e completerò la sua lista sempre crescente delle cose da fare. Le piace quando uso le mani.

Le mie mani... sul suo corpo.

Borbotto un'imprecazione proprio mentre entra la mia nuova assistente. «Scusami?» mi chiede.

«Niente, Diane.» Mi schiarisco la voce. «Che cosa posso fare per te?»

«Oh.» Si illumina e viene verso di me, con gli occhiali di plastica da lettura che pendono da un cordino intorno al collo.

Diane ha cominciato a lavorare per me qualche giorno fa e mi ha tolto dalle spalle un mucchio di lavoro amministrativo. Dopo il disastro di Bridget, Blackwell ha ceduto, permettendo ad Hayden di assumere una sostituta. Hayden ha trovato Diane, quindi ovviamente la mia nuova assistente è altamente qualificata. Per quanto possibile, sarò felice di lasciare che sia la mia ragazza a fare le assunzioni d'ora in poi.

«Ho la conferma che il signor Aldridge ha fatto il check-in.» Diane mi dà il suo numero di stanza.

«Grazie. Adesso ci penso io.» Prendo il telefono e compongo l'interno di Eve mentre Diane esce dal mio ufficio.

«Ciao, Adam.» Eve risponde al primo squillo. La sua voce sensuale mi fa sbuffare mentalmente. Eve è bella... E non sono mai stato attratto da lei. Va a letto con Blackwell, ma non è quello il motivo. Ho osservato Eve mentire durante tutta una riunione, a danno di un altro e manipolare i colleghi facendo loro perdere i bonus, tutto in proprio favore. Lavorare con lei è stato un mezzo per arrivare a un fine. È una dei dirigenti top di Blackwell ed è pesantemente coinvolta nel progetto Bliss.

«Ne ho un altro per stasera. Un ex-quarterback che è spesso ospite sulla ESPN. Ha prenotato uno stanza sullo stesso piano degli altri.» Le do il numero della stanza. «Per favore, consegnagli il cestino omaggio e il programma. È già arrivato.»

«È una sorpresa.» Sento il lieve suono di una penna che scrive. «Blackwell sarà contento. Come hai detto che l'hai conosciuto?»

Non l'ho detto. Eve sta cercando di ottenere qualche informazione perché non è riuscita a portare nuovi membri al Bliss. «L'amico di un amico.» Le dico.

L'unica cosa positiva del far parte di una famiglia facoltosa è che nessuno mette in dubbio i tuoi contatti con altra gente danarosa.

Mi sono messo in contatto con Jeb questa sera e abbiamo formulato un piano per assicurarci che tutto sia legale al Bliss. Le cose andranno come andranno, ma almeno avrò fatto tutto il possibile.

Finisco la telefonata con Eve e controllo il mio telefono. Ho qualche minuto prima dell'ora in cui Hayden ha detto che sarebbe uscita dall'ufficio. Mi allaccio la giacca e vado in corridoio. E sì, forse il mio passo è un po' più spedito. Solo sapere che vedrò Hayden per un minuto fa alzare la mia temperatura.

Il suo ufficio è aperto ed entro, chiudendo silenziosamente la porta alle mie spalle.

Hayden solleva la testa e si alza lentamente, con le mani premute sulla gonna sopra le ginocchia. «È pericoloso» dice, con il petto che si alza e si abbassa più in fretta mentre attraverso la stanza.

«Davvero?» dico distrattamente, concentrato sui suoi occhi, la sua bocca, i capelli e più giù.

Lei si appoggia alla scrivania mentre giro intorno, con la gonna rossa che si allarga dalla vita. Arrotola un filo di perle che ha al collo. «Hai creato una polveriera» dice, abbassando lo sguardo sulla mia bocca.

Ispeziono il suo top di maglia color avorio che accentua qualcuna delle mie curve preferite. Beh, quello e la forma delle sue gambe, il modo in cui la vita rientra e il suo bel sorriso... Okay, mi piacciono tutte le curve. Faccio mezzo passo in avanti. «Davvero?» dico ma so benissimo di averlo fatto e non riesco a fermare quello che ho cominciato.

Senza dire altro, allungo la mano e sollevo l'orlo della sua gonna, con le dita che le sfiorano le cosce. Lei mi mette lentamente le mani sul petto, senza mai smettere di guardarmi le labbra. «Non possiamo andare avanti così. Mi arrendo» dice, sfiorandomi le labbra sulla guancia. «Puoi tenerti i tuoi segreti sul Bliss. Comunque non mi servono.»

Le mie mani si fermano mentre le sto massaggiando il sedere. La sollevo e la faccio sedere sulla scrivania, inserendo i miei fianchi tra le sue gambe e tirandola contro di me. Le passo la bocca all'attaccatura dei capelli. «Che significa che non hai bisogno dei miei segreti sul Bliss?» mormoro contro la sua pelle liscia.

Mi ha già slacciato la giacca e la camicia e ha le mani appoggiate sulla mia pelle. Si ferma. «Avevi ragione» continua passandomi le mani sugli addominali. «Non avrei dovuto chiederti di parlarmi di una cosa confidenziale.»

Le afferro il sedere e la premo contro di me. Lei geme e io le mordicchio l'orecchio. È tutto bello e divertente finché Hayden dice di essere d'accordo con me. Allora so che sono nei guai.

«Hayden» dico. «Che cosa mi stai nascondendo?»

Lei si irrigidisce e cerca di staccarsi, ma mi metto le sue mani intorno al collo, dove restano, anche se non la sto più obbligando a tenerle lì. I suoi occhi castano dorati ritrovano la lucidità e lei sospira. «Niente. Solo che tu hai i tuoi segreti e io ho i miei.»

«Segreti» dico impassibile. «Sul Bliss?»

Hayden giocherella con il colletto della mia camicia e si morde il labbro, senza guardarmi negli occhi. «Forse.» Davanti alla mia espressione si affretta a continuare: «Abbiamo entrambi dei segreti riguardo a quelle suite, quindi possiamo dimenticare la regola del niente-sesso». Abbassa la mano e l'appoggia sulla mia erezione.

Ringhio e faccio un passo indietro, mettendomi le mani sui fianchi, spingendo indietro le falde della giacca. Sto andando a fuoco, ma per una volta il cervello sembra funzionare. Perché ciò che ha detto ha fatto salire alle stelle il livello della mia ansia.

Spiare le attività del Bliss non la farà solo licenziare, potrebbe metterla in pericolo. O peggio. Blackwell ha investito una quantità oscena di denaro nel Bliss. Che cosa sarebbe disposto a fare per zittirla se Hayden dovesse scoprire qualcosa di incriminante? Che cosa sarebbero disposti a fare i criminali di carriera e gli ex-militari che mi hanno fatto assumere? «Ho suggerito di andare piano perché voglio qualcosa di vero con te, non una cosa fondata sulle bugie.»

«Hai ragione.» Hayden guarda di lato. «Non riesco a credere che tu abbia ragione, ma è così. Non abbiamo bisogno di altri segreti tra di noi.» Hayden lascia cadere le mani sulla scrivania, di lato ai fianchi. «Non è veramente un segreto. Sono sicura che hai sentito che qualche mese fa Mira e Tyler hanno trovato una suite usata per distribuire droghe illegali.»

«*Cosa!?* No, Tyler non mi ha mai detto niente.»

Paul aveva menzionato una versione precedente del Bliss che dev'essere la suite che hanno trovato Mira e Tyler.

Lei nota la mia espressione. «Mi dispiace. Pensavo che Tyler ti avesse detto qualcosa. Te ne avrei dovuto parlare.

Di cosa parlate voi uomini nel tempo libero se non sono cose del genere?»

Birra, donne, sport. «Di solito di niente di importante.»

Lei stringe le labbra guardandomi pensierosa. «Sai, allora non lavoravi ancora al Blue. A Tyler potrebbe non essere venuto in mente di menzionarlo. Non sapevamo con certezza che cosa stesse succedendo. In un certo senso abbiamo perso quella suite. È quella che stavo cercando e il motivo per cui sono interessata al Bliss. I tuoi amici e io riteniamo che non tutto sia finito con la rimozione di Drake. Le cartelline che hai chiesto al facility manager di spostare erano la prima vera prova che avevo da poter portare alla Polizia.»

Abbassa gli angoli della bocca come se fosse colpa mia che avesse perso la traccia cartacea. Ed è la pura verità. Ho fatto in modo che il facility manager spostasse quei documenti in un posto inaccessibile ad Hayden perché è più al sicuro se non sa più di quello che sa già riguardo al Bliss.

«Ciascuno di noi è stato in qualche modo danneggiato da Blackwell e i suoi Blue Star. Non mi hanno mai aggredita, ma Blackwell mi ha usata come pedina mentre aggirava il sistema. Mi ha criticata, sminuita davanti ai miei pari grado e minacciata se avessi osato indagare sulle persone che hai assunto. È un uomo orribile e gestisce questo posto e le suite del Bliss. Non mi permettono di entrare e dare un'occhiata e sono sicura che sia lì che hanno spostato il giro di droga.»

«Minacciata?» Il mio tono è cupo.

Lei fa un gesto indifferente. «Riguardo alle persone che hai assunto. Voleva che ne restassi fuori e ha detto che ci sarebbero state delle conseguenze se non l'avessi fatto.»

Sospiro. «Allora perché oseresti metterti contro di lui?»

Lei diventa rossa in viso. «Perché è un bullo! Non... Mi

rifiuto di permettere a qualcuno di farlo di nuovo con me. Non ne ha il diritto. Com'è possibile che tu sia coinvolto nel Bliss, sapendo per che cosa lo sta usando?»

«Non lo sapevo finché non mi hanno promosso. Almeno, non tutto.»

«Ma adesso lo sai. Perché non stai facendo qualcosa?»

«Non ho detto che non sto facendo qualcosa. Ho detto che non è sicuro per *te* farti coinvolgere.»

«Ma è sicuro per te?»

Non rispondo perché ha ragione. Non è sicuro. Ma io ci sono dentro e lei no. Per quanto ne sa Blackwell, Hayden non è al corrente di niente. Se cominciasse ad agitare le acque non durerebbe molto. «Devi smetterla, Hayden. Non puoi metterti contro l'AD. Io ho a che fare con uomini simili da tutta la vita. È potente.»

Lei salta giù dalla scrivania e incrocia le braccia. «Trovare le prove di quello che ha in ballo è la cosa giusta da fare. Non ho intenzione di scappare.»

Le metto le mani sulle spalle. «Non c'è niente di sbagliato nello scappare se ti tiene al sicuro.»

Lei fa un passo di lato e mi guarda furiosa. «Sì, invece!»

«Qui non si tratta di qualche ragazzotto che tira i sassi» dico, alzando la voce.

Lei mi fissa come se non riuscisse a credere a ciò che ha sentito. «Quei ragazzotti mi hanno quasi uccisa.»

Mi strofino la fronte. «Non sto cercando di sminuire quello che è successo. È solo che... Questa volta è diverso. Se continuerai a insistere ti colpiranno con qualcosa di molto peggiore dei sassi.» Addolcisco la voce perché ho bisogno che mi ascolti. «Qualunque cosa tu abbia intenzione di fare, non farla. Dammi tempo, Hayden. Hai detto che lo avresti fatto.»

«Tempo per fare che cosa? Farti mettere in prigione?

Tengo troppo a te.» La manca la voce e gli occhi si riempiono di lacrime. «Ma se troverò qualcosa, anche se coinvolge te... Lo riferirò alla Polizia.»

«Pensi che io lo stia facendo volontariamente?»

«No? Hai accettato l'anello. E sei coinvolto nelle suite del Bliss.» Viene avanti e mi colpisce il petto con il lato del pugno. Non forte, ma è un colpo carico di frustrazione. «Perché, Adam? Perché diavolo l'hai fatto?»

Le catturo il polso con entrambe le mani. «La risposta semplice è perché mio padre mi ha ordinato di lavorare al Blue. Che Blackwell mi abbia incluso nel suo... gruppo esclusivo... è stata una coincidenza. L'anello non significa niente.»

«È simbolico.» Scuote la testa. «Fai tutto quello che ti chiede di fare tuo padre?»

«Storicamente? Sì.»

Le trema il mento e la sua voce diventa più dolce. «Beh, forse è ora che smetta. Tu *puoi* andartene.»

Guardo fuori dalla finestra, vedendo appena le montagne e il lago. «No, non posso.» Riporto lo sguardo su di lei. «Sono serio quando dico che devi stare alla larga da questa faccenda.»

Lei si allontana e afferra la borsa.

«Dove stai andando?»

«Fuori.» Non si guarda indietro mentre va alla porta. «Non aspettarmi sveglio.»

* * *

Torno a casa mia, che sembra una guscio vuoto. Come ho fatto a vivere qui così a lungo senza sentirmi solo?

Giusto. Non ho mai capito la differenza finché non ho cominciato a frequentare Hayden. Ho riempito il vuoto con donne superficiali, belle auto e viaggi a Ibiza. Ora non me ne importa un accidenti di niente. Voglio solo che questa sera finisca in modo da aggiustare le cose con Hayden.

Mi metto un completo da sera e controllo il telefono. Ho mandato un messaggio a Jaeg un'ora fa e gli ho chiesto di chiamarmi appena possibile, ma non c'è niente sul telefono. Vado nei contatti e cerco Tyler.

«Sono Adam» dico quando risponde. «Hai sentito qualcosa? Qualcosa che può succedere stasera? Hayden è uscita dall'ufficio e ho avuto l'impressione che intendesse uscire, o che avesse qualcosa in programma.»

C'è una pausa e poi Tyler mi chiede: «Voi due non vi state parlando?».

«Ci parliamo, sì, ma c'è un piccolo disaccordo.»

Tyler sbuffa forte. «Non posso dirti niente altrimenti Mira mi ucciderà.»

«Gesù Cristo, Tyler. Hai paura di una donna che pesa cinquanta chili?»

«Cinquantacinque e, merda, sì, ho paura. Ha le mie palle nelle sue manine. E non osare ribattere qualcosa. Vedo come sei tu con Hayden. Non puoi proprio parlare.»

Mi massaggio la fronte. «Sono preoccupato per Hayden. Penso che stia per farsi coinvolgere in qualcosa che la renderà un bersaglio per le persone sbagliate. È incazzata con me perché le sto nascondendo delle cose e ho paura che faccia qualcosa di avventato.» Mi premo le dita contro le palpebre, spingendo indietro la pressione che si sta accumulando. «Il pensiero che possa succederle qualcosa mi fa impazzire.»

«Detesto dirlo, Cade, ma hai ragione. Ha in mente qualcosa.»

Abbasso minacciosamente la voce. «Fottuto somaro. Se le succede qualcosa...»

«Aspetta. Innanzitutto non posso controllare Mira o Hayden. Insieme sono una forza della natura e, se questo mi fa sembrare un pappamolla, allora sì, è così. Secondo, da quanto ho capito, questa *cosa* che sta facendo Hayden stasera è innocua. Una specie di travestimento, Mira è convinta che sia sicuro.»

«Ci sarà anche Mira?»

«Beh, no. Abbiamo in programma una cena con il mio editor che è venuto per il fine settimana.»

«Allora chi le guarderà le spalle? Jaeg? Non sono riuscito a parlare con lui.»

«Già, è perché è fuori città. Qualcosa circa il dover parlare con la mamma di Cali.»

«Che cazzo! Chi terrà d'occhio Hayden?»

«Amico, questo è compito tuo.»

«Non me lo permette! Qualunque cosa sia, la sta facendo alle mie spalle. In questo momento è incazzata da morire con me.»

«Tanto per cominciare, cerca di darti una calmata altrimenti finirai per spingerla ad andarsene.»

«Cazzo,» borbotto «sono diventato mio padre.» Attraverso il soggiorno, mi volto e torno indietro.

«Quindi la tua ragazza è furiosa è incazzata con te e tu non la puoi controllare?» Quando confermo con un grugnito, Tyler ridacchia. «In questo caso, benvenuto nel club, amico. Le nostre donne sono intelligenti e spietate.»

«Troppo intelligenti. Troppo testarde.»

«Già. Descrizione perfetta. Vorrei poterti aiutare ma Mira e io stiamo per uscire. Hayden è andata da un po'. Chiederò a Mira di mettersi in contatto ma, come ho detto, da quanto ho capito, quello che sta facendo non è pericoloso.»

Perché ne dubito?

Capitolo Trentaquattro

Lo scopo dell'asta di questa sera non è completamente filantropico. Lo spettacolo di burlesque ha attirato le celebrità nel club e l'asta per raccogliere fondi contro il cancro dà loro una scusa legittima per la loro presenza. Alla fine, il casinò farà un mucchio di soldi quando poi andranno ai tavoli a giocare, per non parlare poi del profitto che arriverà quando un gruppo selezionato di individui visiterà le suite del Bliss e sottoscriverà il contratto.

Non so per quanto ancora potrò sopportarlo. E non mi sto riferendo al club, anche se sono stanco del frastuono, della musica e delle voci, delle donne che cercano di attirare la mia attenzione. Hayden è l'unica che voglio. E se non è la prova che mi è successo qualcosa di seriamente importante, non so che cosa sia. Inoltre non volevo niente di serio ed eccomi qui, nella relazione più seria della mia vita che è sul punto di andare a puttane perché non riesco a separare la mia vecchia vita da quella nuova.

Hayden aveva ragione. Avrei dovuto dire a mio padre di andare a farsi fottere quando mi aveva chiesto di lavorare al

Blue. Ma allora non mi sarei imbattuto in Hayden e stare con lei mi ha cambiato. Stavo cambiando anche prima di arrivare al Blue, stanco del mio modo di vivere, ma lei mi ha aiutato a dare una svolta alla mia vita.

Il Bliss non è quello che avevo in mente quando ho cominciato a lavorare al Blue. Ora che sono arrivato alla dirigenza e ho ottenuto l'ambito anello con zaffiro, mi piacerebbe fare un passo indietro. Perché la roba in cui è coinvolto Blackwell è eccessiva, perfino per uno stronzo disincantato come me.

So che cos'è successo alla ragazza di Lewis e a Cali quando lavoravano qui un paio di estati fa. Era una sola persona e pensavo che fosse finita con lui fuori dai piedi. Ma non è così. Blackwell, Paul e William, e perfino Eve, si stanno approfittando della gente, ricca o no. Stanno nascondendo la verità tramite terze persone, escort e cloud criptati progettati per distruggere le prove. Ho visto a sufficienza e se Hayden non stesse ancora lavorando al Blue me ne sarei andato, e al diavolo mio padre. Ma Hayden è ancora qui. In effetti...

Ispeziono un paio di belle gambe al bar (una delle pin-up ingaggiate per questa serata). Questa ha i capelli neri, ma la curva di quella gamba che finisce dove comincia quel sedere e quel fianco generoso che si restringe in una vita sottile...

La vedo solo da dietro. Ma è tutto quello che mi serve.

Maledizione.

Mi alzo e mi liscio la cravatta. «Scusatemi, signori» dico a Paul e all'altro uomo al tavolo nel lounge del club. «Ho visto qualcosa che mi piace.»

Gli uomini ridono lascivamente, che è esattamente quello che voglio. Ho bisogno che credano che stia per andare a rimorchiare una bella donna, non a trascinare fuori da qua la mia esasperante ragazza.

Con una parrucca nera in testa, Hayden è in piedi accanto a un alto sgabello, sorseggia una bibita trasparente e si guarda discretamente intorno.

Mi appoggio al bar accanto a lei e la sento che si irrigidisce. «Che cosa stai facendo?» dico in tono indifferente, agitando il gin tonic che ho in mano e bevendo un sorso.

Lei volta leggermente la testa. «Come hai fatto a capire che ero io?» dice a voce bassa, muovendo appena le labbra.

Guardo le ciglia finte e il trucco pesante che in effetti le danno un aspetto diverso. Potrei non aver riconosciuto in Hayden la ragazza timida con cui andavo a scuola quando ho cominciato a lavorare al Blue, ma adesso la conosco. Potrei individuarla a occhi chiusi basandomi solo sul modo in cui l'aria si sposta quando lei entra in una stanza.

Le do un'occhiata irritata. «Conosco la forma del tuo corpo, il modo in cui sposti i piedi quando sei nervosa, il tuo profumo.» Il suo petto si gonfia quando inspira.

Volta le spalle al bar e tira indietro le spalle, fissando il mare di corpi nel club. «Sono qui per divertirmi. E tu?»

Le rivolgo un'occhiata che dice: *stronzate*.

La sua bella faccia truccata, che fa concorrenza a ogni poster di pin-up che abbia mai visto, fa un broncio sexy. Per un secondo dimentico perché sono qui.

Poi lo ricordo e la mia irritazione torna più forte. «Non dovresti stare qui. E che diavolo fai vestita in questo modo? Stai cercando di metterti in pericolo?»

«Pericolo? Perché mi sono vestita come ogni altra ragazza in questo posto? Credo di no. Paul mi ha già afferrato il sedere una volta. E lui e gli altri non hanno idea che sia io.» Dà un colpetto alla parrucca gonfia stile anni Cinquanta.

«Ti ha afferrato il sedere» ripeto irritato. Espiro forte dal naso, stizzito. Ovvio che Paul abbia cercato di toccarla.

Guardo la sua figura, le striature dorate nei suoi occhi castani e distolgo lo sguardo. «Potrai aver imbrogliato Paul, ma non tutti sono così ignari. *Io* ho capito che eri tu.» Le rivolgo un'occhiata beffarda. «Sono un tipo attento.»

«Sai solo le misure delle mie...»

Mi avvicino finché la manica della mia giacca sfiora la sua pelle liscia, in mostra grazie alla scollatura che lascia nude le spalle. «Dillo.» È tutta la settimana che sono pronto e la mia pazienza si sta esaurendo. Non possono ritenermi responsabile se me la butterò sulla spalla e la trascinerò fuori da qui.

Lei mi guarda storto. «*Risorse*. È quello che fai, no? Valutare le risorse e decidere se ne vale la pena. E, a quanto pare, il Blue e le suite del Bliss valgono la candela, perché sei qui, a lavorare per il diavolo.»

«Anche tu» le ricordo. «E se parliamo di *risorse*, allora sì, sono piuttosto bravo a valutare le tue.» Abbasso lo sguardo sul seno spinto in alto per il mio godimento, poi scendo ai suoi fianchi e il suo sedere rotondo. Lei mi schiocca le dita in faccia e alzo gli occhi. «Ma ti sbagli se credi che scelga i miei amici in base al loro conto in banca.»

«Jaeger, Lewis» elenca. «Mi stai dicendo che non scegli gli amici tra i ricchi?»

La fisso per un attimo, sinceramente sorpreso. «Pensavo avessimo superato questo stadio.» Sbatte gli occhi smettendo di guardarmi furiosa. «Mi conosci, Hayden. I miei fratelli non sono ricchi e sono una parte importante della mia vita. Non me ne importa un cazzo del valore del loro portafoglio titoli.»

«I tuoi fratelli hanno accesso alla ricchezza di famiglia,

se lo vogliono, e tu non hai bisogno di lavorare qui e assecondare Blackwell, ma lo fai.»

«Come te» le ricordo di nuovo, più agitato ogni minuto che passa. «Potresti scegliere di trovare un lavoro diverso. Il motivo per cui resto è che non voglio passare tutta la vita dipendendo dai soldi di mio padre. Voglio costruire qualcosa da solo.»

«A spese di altri.» Distoglie testardamente lo sguardo. «Torna da Paul, Adam. Non voglio interferire con la tua futura ricchezza. Inoltre non sei l'unico che sta lavorando.»

«Tu non sei in servizio. Non hai nessun motivo per essere qui. Blackwell ti ha proibito di partecipare a questo evento.» Hayden raddrizza la schiena. «E non dovresti essere vestita in quel modo, qui. Stasera.»

I suoi occhi sono sospettosi. «Perché no?»

Me la sono cercata.

Non posso dirle che Paul e William e il resto dei dipendenti del Bliss stanno reclutando questa sera. Non solo nuovi membri del Bliss, ma anche ballerine di burlesque. «Fidati di me, okay? Ho bisogno che tu vada a casa. Ci vedremo lì tra un paio d'ore. Al massimo tre.»

Lei si volta verso di me, avvicinandosi ma non abbastanza. «Beh, io *ho bisogno* che tu mi dica che cosa sta succedendo ma non lo vuoi fare. Quindi resto.»

Stringo i denti. Potrei esplodere. Nessuno mi fa infuriare come Hayden. Mi chino finché ho le labbra a pochi centimetri dalle sue. «Resta. Fuori. Dai. Guai.»

Il suo sguardo passa in fretta dalla mia bocca ai miei occhi, poi cambia espressione. «Non minacciarmi, Adam Cade. Ho tutto il diritto di essere qui.»

«È per questo che ti sei travestita?» Hayden apre la bocca, poi stringe nuovamente le labbra. «Ricorda quello che ho detto.» Me ne vado prima di trascinarla via.

Torno al tavolo dove i miei colleghi stanno intrattenendo alcuni atleti, oltre a un miliardario che possiede un'isola, tutti qui per il Bliss. Non sarei venuto se Blackwell non fosse stato così categorico che partecipassimo tutti stasera. Ma è un bene che l'abbia fatto, altrimenti non avrei saputo che c'era anche Hayden.

Mi appoggio al sedile e picchietto le dita sul tavolo, indicando con l'altra mano alla cameriera che voglio un altro drink. *Donna testarda, testarda.*

Guardo il bar ogni pochi secondi, tenendola d'occhio. Vorrei che mi ascoltasse, almeno una volta. Ma non posso biasimarla. Sto mentendo per omissione. Nemmeno io sarei contento di me.

L'attenzione di William cade su Hayden. «Bella la ragazza con cui stavi parlando. Non l'ho vista nello show, ma avrebbe dovuto.» Agita le sopracciglia. «O forse fa parte del Bliss?»

«Brutto carattere. Quella.» Finisco il drink. «Non sarebbe adatta.»

Lo sguardo di William insiste su Hayden. «Sei sicuro? Forse ha solo bisogno del tocco giusto.»

Stringo il bicchiere vuoto e appoggio il gomito sullo schienale della sedia di velluto su cui sono seduto. «È lesbica.»

William torce la bocca e poi guarda di nuovo, come se fosse possibile accorgersi di quella cosa. «Davvero, comunque...»

Gesù, che cosa ci vuole? «William, la sua ragazza era proprio accanto a lei.» Lui apre la bocca per dire qualcosa e lo interrompo. «E no, non è interessata a una cosa a tre.»

Gli si illuminano gli occhi. «Con te, ma...»

Per l'amor del cielo. «Pensi che io non riuscirei a farlo

prendere in considerazione a una donna?» Sorrido malizio-samente.

Lui si acciglia. «Sei un bastardo attraente. Immagino che non siano molte quelle che ti hanno respinto.»

Tranne la donna che preferirebbe appendermi per le palle che venire a letto con me in questo momento.

* * *

Ho tenuto d'occhio Hayden-la pin-up per l'ultima mezz'ora. L'hanno avvicinata tre uomini. Ce ne sono due adesso che aleggiano come avvoltoi e causano una smorfia sul suo bel volto. Intendevo restare al club per la grande festa di inau-gurazione ma non posso restare seduto qui e guardare Hayden venire molestata.

«Scusatemi.» Mi alzo e William alza gli occhi, poi guarda Hayden.

«Pensavo avessi detto che è lesbica.» Sembra infastidito.

«Mi devo essere sbagliato e sto per porvi rimedio.» Saluto gli altri con un cenno della testa. «Signori... Ci vediamo di sopra nella suite.»

William storce la bocca quando mi alzo e me ne vado, ma non mi interessa che cosa pensa. Uno degli uomini accanto ad Hayden le sta toccando la spalla con il grasso dito e ho intenzione di staccarglielo dal corpo.

Mi avvicino al bar e metto un braccio intorno alla vita di Hayden, tirandola verso di me. «Pronta ad andare?»

Lei alza gli occhi con un'espressione simile a quella di William qualche secondo fa. Resistere è inutile. Non ho intenzione di spostarmi.

Deve rendersene conto perché si appiccica un sorriso sul volto. «È stato bello conoscervi» dice ai due uomini.

«Non te ne puoi andare» dice quello con i capelli lunghi e un foulard ridicolo, guardandomi storto. «Stavamo giusto per fare conoscenza. Sarei lieto di darti un passaggio a casa» le dice.

«Diavolo, no» dico e mi allontano, trascinando Hayden con me.

«Era proprio necessario?» Deve quasi correre per tenere il mio passo mentre andiamo verso l'uscita del club.

«Sì.»

Fuori dal club, Hayden si ferma di colpo. «Adam, ti stai nuovamente comportando da cavernicolo. Non ho bisogno che mi protegga da somari come quelli. Avevo tutto sotto controllo.»

«Davvero? Non mi sembravi molto a tuo agio.»

Lei aggrotta la fronte. «Beh, no, ma avevo comunque tutto sotto controllo. Non è la prima volta che un uomo ci tenta con me. Non avevo bisogno che mi salvassi.»

Alzo gli occhi al cielo, esasperato. «Hayden, non erano solo quei due. Non riesco a farti capire quanto abbia bisogno che tu sia a casa, al sicuro. William stava chiedendo di te. Non sapeva che eri tu ma non significa che non lo avrebbe capito. Sei in cerca di guai, qui, vestita in quel modo. *Per favore*, vai a casa.»

Lei studia la mia espressione. «Sei veramente preoccupato?»

«Sì» dico enfaticamente.

Lei incrocia le braccia sul petto. «Sono arrabbiata con te.» Emette un lungo sospiro. «Non riesco a credere che ci sto pensando.» Mi dà un'occhiata incendiaria che vorrei poter dire sensuale, ma che temo possa essere quella che dà una vedova nera al suo compagno prima di staccargli la testa con un morso. «C'è un buon motivo perché sono qui stasera e tu stai rovinando tutto.»

«Dici che mi piacerebbe sapere qual è?»

«Non è per rimorchiare uomini, se è quello che ti preoccupa.»

Le passo il pollice sulla guancia. «Non pensavo che lo stessi facendo. Mi fido di te.»

«Beh» dice sbuffando. «Vorrei poter dire lo stesso di te.»

Le afferro le mani e gliele tiro dietro la schiena, bloccandogliele in vita e premendole il petto contro il mio. «Se non ti fidassi di me non faresti quello che ti chiedo.» La bacio dolcemente e le lascio andare le mani.

Lei ondeggia e mi afferra le braccia per tenersi in equilibrio. I suoi occhi passano dall'essere storditi a furiosi in un attimo. «Non usare la mia attrazione per te come un modo per ottenere quello che vuoi. Mi hai sottovalutato là dentro. Non è assolutamente necessario. Non sono una bambina indifesa, Adam.»

La guardo sorpreso. «Non penso che tu sia una bambina indifesa. Ma non mi impedisce di volerti proteggere. Era un istinto dormiente in me, ma sembra attivarsi quando ci sei tu di mezzo.»

Hayden sospira e adesso sembra veramente incazzata. «Accidenti a te. È la cosa più dolce che tu abbia mai detto.» Si avvicina e alza gli occhi. «Quando arriverai a casa mi dirai tutto quello che sta succedendo.»

Pensavo che Hayden fosse più al sicuro senza sapere niente del Bliss. Che tenerla fuori dalla portata del radar di Blackwell e Paul l'avrebbe protetta dalle minacce che ho ricevuto io. Ma avevo sottovalutato la capacità di Hayden di mettersi nei guai. Ficcanasare al buio potrebbe essere più pericoloso per lei.

«D'accordo.» La bacio di nuovo. «Hai bisogno di un passaggio? Ho un po' di tempo prima di dover andare in un posto.»

«No» dice Hayden con riluttanza. «Sono venuta con la

mia auto. Ho bevuto solo un drink; va tutto bene. Torna dagli uomini orribili con cui lavori.»

Fa per andarsene e le afferro la mano, riportandola tra le mie braccia. «Ti dirò tutto quanto.»

Hayden annuisce e quando cerca di allontanarsi la lascio andare. «Oh, so che lo farai» dice voltando la testa. «Altrimenti la pagherai. Dolorosamente.» Ancheggia mentre si allontana agitata e non riesco a distogliere gli occhi. Ha una gonna diritta aderente e scarpe rosso vivo e mi sta uccidendo.

Vorrei che fosse tutto finito in modo da poter andare a casa con lei, ma ci sono alcune cose di cui devo occuparmi. Sembra che tornerò dal mio gruppo prima di quanto pensassi, visto che Hayden non ha bisogno di un passaggio.

Faccio il numero della sicurezza. «Una bella pin-up bruna con le scarpe rosse sta uscendo dal retro. Assicuratevi che arrivi sana e salva alla sua auto.»

Il Blue o Hayden saranno la mia morte. Punto su Hayden.

Capitolo Trentacinque

William resta indietro per parlare con alcune delle ballerine del club e il resto di noi si avvia verso la grande festa per il lancio del Bliss. Entriamo nella suite affollata e ci sono già parecchie delle ballerine di burlesque che si mescolano alla folla. Ci sono anche altre donne. Visto la loro bellezza e l'abbigliamento sexy ma sofisticato, immagino che siano escort professioniste. Non sembrano attaccate a nessuno degli uomini in particolare e sono tutte vicine alle guardie che ho assunto.

Prendo un bicchiere di champagne e parlo con l'AD di una popolare catena di alberghi. È sui cinquantacinque e ha una fede nuziale, ma il suo sguardo continua a scivolare verso una ballerina di burlesque con i capelli rossi.

«Così ho detto al figlio del mio socio» dice l'AD «che non accettiamo prostitute nei nostri alberghi.» Guarda di nuovo la rossa e sorride. «Non che ci sia niente di male nel pagare per la bellezza. Ma i nostri alberghi hanno una reputazione da mantenere e...»

L'AD dice qualcos'altro ma smetto di prestargli attenzione, perché dall'ascensore della suite entrano altre guardie del corpo insieme ad altre escort.

Trovo strano che siano entrati dall'uscita di emergenza. In effetti, più studio la gente nella suite, più qualcosa mi sembra strano. Le escort sono sedute sui divanetti o sono in piedi, rigide, ai lati della stanza e chiacchierano con gli ospiti, ma sembrano riservate... quasi nervose.

Mi scuso con l'AD e mi avvicino a una delle escort. È vestita come le altre, molto di classe e carina con un abito scollato rosso e c'è una guardia del corpo a un metro di distanza. Mi siedo sul divanetto accanto a lei, che si guarda attorno, irrigidendosi.

Non ho avuto a che fare con l'assunzione delle escort per il Bliss. Paul aveva detto di aver trovato la soluzione perfetta e che non aveva più bisogno di aiuto. In quel momento non mi era sembrato strano, specialmente perché preferivo comunque non averci niente a che fare. Adesso vorrei aver prestato più attenzione.

«Sono Adam» dico alla donna. «E tu?»

«Victoria» dice con un forte accento latino. Sudamericano, se non mi sbaglio.

«Lieto di conoscerti. Sei un'ospite o...»

«Lavoro» dice timidamente la donna.

Annuisco, riflettendo. «È molto che sei a Lake Tahoe?» Lei dà un'occhiata alla guardia del corpo che ricordo vagamente di aver assunto. Era uno della decina circa che aveva richiesto Blackwell. «Intendi restare?»

Lei si torce le mani. «S-sì.»

Non mi sembra molto sicura di sé. E non sembra nemmeno molto contenta di essere qui. «Quanti anni hai Victoria?»

Lei esita. «Diciotto.» Questa volta abbassa gli occhi.

È difficile da dire perché è vestita come una donna

matura e seducente, ma non sembra proprio né seducente, né sicura, né che abbia diciotto anni.

«Hai visitato Lake Tahoe? Fatto un tour?» Sto parlando per tenerla occupata, perché qui c'è qualcosa che non va.

Lei esita un momento, come se stesse traducendo la domanda nella sua testa. «No» dice e si mette una ciocca di capelli dietro l'orecchio, evitando di nuovo di guardarmi.

«Non sei stata al lago?» È per vedere il lago che la gente viene da tutto il mondo.

«Non resterò molto» dice in un inglese incerto, poi guarda esitante la sua guardia del corpo. «Sono qui per lavorare.»

«Capisco.» Ma in realtà proprio non capisco. La conversazione sta diventando man mano più strana. «In che parte della città vivi?»

La guardia si avvicina. «Okay, Victoria» dice, interrompendo la conversazione. «Dai alle altre signore la possibilità di parlare con i gentiluomini.» La afferra per il gomito senza stringere e la porta via, verso l'ascensore.

Che cazzo significa?

Mi chino in avanti con i gomiti sulle ginocchia e studio ciascuna delle donne nella suite, incluso le due appena arrivate. Un paio sembrano a loro agio mentre parlano con gli uomini nella stanza e le ballerine di burlesque sono assolutamente rilassate, ma le altre sembrano rigide e nervose come Victoria. E sembra che si stiano alternando velocemente, passando dall'ascensore anziché dalla porta.

Individuo Paul dall'altra parte della stanza. Sta parlando con un ospite, un altro ex-atleta a giudicare dall'aspetto. Mi alzo e vado da loro.

«Scusi l'interruzione» dico all'ospite e mi rivolgo a Paul. «Posso parlarti un attimo?»

Paul fa un cenno a un cameriere perché porti un altro

drink per l'ospite e a una delle ballerine di burlesque. Il suo ospite sembra ben contento di sostituirlo con una bella donna e Paul e io ci ritiriamo in un angolo.

Abbasso la voce. «Dove hai trovato le escort?»

Paul saluta con un cenno un'altra persona che è appena entrata. «Splendide, vero? Un po' acerbe, ma non ci vorrà molto perché si abituino.»

Tengo sotto controllo la mia rabbia ma è difficile dopo stasera. «Puoi ben dirlo. Quella con cui ho parlato sembrava spaventata.»

L'espressione soddisfatta di Paul svanisce e mi dà un'occhiata. «Sono addestrate a essere amichevoli. Qual era?»

«Addestrate? Stiamo parlando di animali o di donne?»

«C'è differenza?» Davanti alla mia occhiata Paul si raddrizza la manica della camicia sotto la giacca. «Rilassati, Cade, sono escort professioniste. Son pagate per essere piacevoli e amichevoli.»

Indico il fondo della stanza. «Perché stanno entrando dall'ascensore di emergenza e non dalla porta?»

Lui ridacchia. «Sembri molto curioso. Te ne interessa una?»

«Rispondi alla domanda.»

Questa volta Paul si acciglia. «È più sicuro.»

«Com'è possibile che belle donne che attraversano il salone del casinò siano un rischio per la sicurezza? Dovrebbero rappresentare un motivo di attrazione per il casinò.»

Lui fa spallucce, indifferente. «Non vorremmo perderne qualcuna.»

Fissiamo entrambi la folla con il mio disagio che cresce.

Mi strofino la guancia. «Una domanda. Queste donne sono state portate nel paese per fare le escort?»

Paul sorride, dandomi un'occhiata veloce. «Sei sveglio, Cade. È il motivo per cui ti abbiamo reclutato. E dato che sei in affari da tutta la vita, sai come vanno queste cose.» Si volta verso di me e la sua espressione cambia da quella piacevole mentre saluta gli ospiti a quella di gelido uomo d'affari. «La nostra scuderia di escort» dice alzando gli occhi come se stesse riflettendo «è esotica, viene da tutto il mondo. Queste donne volevano venire negli Stati Uniti e i contatti di Blackwell lo hanno reso possibile. Le donne vivono a un paio di isolati di distanza, fuori sede, proprio come voleva Blackwell. Ci occupiamo di loro e sono protette ventiquattr'ore su ventiquattro.» Ridacchia. «È una specie di confraternita, piena di donne belle e sexy, riesci a immaginarlo? Ho una mezza intenzione di andarci e assistere alla lotta con i cuscini.»

Ignoro il suo tentativo di umorismo, con lo stomaco sottosopra per le sue parole.

«Non preoccuparti» continua Paul. «Abbiamo le guardie migliori che si occupano di loro, grazie a te e a Blackwell. Tutto quello che dobbiamo fare è fare una telefonata alla casa e mandano una escort quando vogliamo.»

Annuisco lentamente, come se andasse tutto bene, quando è esattamente il contrario. «Vengono pagate?»

Paul controlla l'orologio e capisco che sto per perderlo. «Il tizio che ha portato le donne fornisce loro tutto quello di cui hanno bisogno e lavorano per lui. Al netto, sono nostre per due anni. E se qualcuna di loro ci piace possiamo tenerla più a lungo.» Paul stringe gli occhi vedendo l'espressione sul mio volto. Probabilmente gli sto lanciando uno sguardo assassino. «Non agitarti. Succede sempre. Queste donne *volevano* abbandonare la vita miserabile che avevano. Fa conto che sia beneficenza.»

«Diventare schiave sessuali?»

Paul ride forte. «Oh, dai, non esageriamo. Sai come sono le donne. A loro piacciono le *cose*. E queste donne hanno abiti firmati, le presentiamo a uomini ricchi e influenti. Non mi sorprenderebbe se ne perdessimo qualcuna perché qualche potente membro del Bliss vuole l'esclusiva.»

Il calore della mia rabbia mi fa bruciare la nuca. Distolgo lo sguardo prima di prendere a pugni Paul.

«Guarda, Cade, te l'ho già detto. Gli amici del capo non sono persone che vuoi fare arrabbiare. Smettila di fare domande.» Indica la sala. «Guarda queste donne. Sono mature e favolose. Hanno fatto risparmiare un sacco di soldi a questo progetto, soldi che torneranno nelle nostre tasche a fine anno. Ricordalo.»

«Purché il bilancio non ne soffra.»

«Esattamente» dice Paul, senza capire il mio sarcasmo. Alza la mano come per darmi una pacca sulla spalla e desiste quando vede la mia espressione.

Dà un'occhiata oltre la mia spalla. «Il quarterback che ci hai portato all'ultimo minuto è appena arrivato. Perché non lo porti qui dietro? Fagli fare un giro. Presentalo a qualcuna delle donne.»

Gabe Aldridge mi vede e si sposta verso il centro della stanza. È un ex-quarterback di mezz'età con una buona reputazione nel settore sportivo. «Hai ragione. Gli piacerà sicuramente conoscere queste donne.»

«Ecco, questo è lo spirito giusto.» Paul si allontana e io faccio un respiro profondo, guardandomi intorno. Non so come non me ne sia accorto quando sono arrivato, ma adesso lo vedo. Mi tremano le mani per la rabbia che non riesco ad arginare. È tutto sbagliato e lo è dal momento in cui ho accettato di rivestire un ruolo nel Bliss. Hayden aveva ragione. Non si è fidata di Blackwell fin dall'inizio. Lo aveva sfidato. Io pensavo che fosse come mio padre: avido di potere e disinteressato, che infrangesse qualche norma per il suo tornaconto. Ma Blackwell non assomiglia minimamente a mio padre. Ethan Cade non avrebbe mai sostenuto attività disoneste o inumane. Come il traffico di esseri umani.

Sono solo contento di essere riuscito a portare Hayden fuori dal casinò. Non voglio essere coinvolto in questo disastro ma sarebbe mille volte peggio se lo fosse lei.

Capitolo Trentasei

Hayden

Attraverso il parcheggio con i tacchi che risuonano sul pavimento di cemento. Non riesco a credere che sto uscendo dal Blue. C'erano volute due ore a Mira per sistemarmi capelli e trucco e non ho ottenuto quello per cui ero venuta. Ma accidenti a Adam, non potevo dirgli di no, visto come voleva disperatamente che me ne andassi. Credeva davvero che fossi in pericolo restando al Blue. Pensavo che gli sarebbe scoppiata una vena se fossi rimasta. È l'unico motivo per cui ho accettato di andarmene. Non significa che non sia furiosa con lui.

Non ho fatto nessun passo avanti nello scoprire qualcosa della grande festa di inaugurazione di cui ha accidentalmente parlato a Nessa il fornitore e mi ero assicurata di chiacchierare con tutti al bar. Nessuno ne aveva sentito parlare. Era stata cancellata?

Prima che Adam mi trascinasse fuori, avevo avuto intenzione di controllare le suite del Bliss. Vestita in modo che nessuno mi riconoscesse. Tecnicamente potrei ancora farlo. Adam non ha detto niente riguardo allo stare alla larga delle stanze dell'albergo, voleva che me ne andassi dal club. E, okay, dubito fortemente che voglia che mi avvicini alle suite stasera ed è probabilmente l'unico momento in cui riuscirei a farlo.

Mi fermo in mezzo al garage e mi guardo attorno. Ho una parrucca, il trucco pesante e un vestito che non porterei mai. Non mi hanno riconosciuto nemmeno William e Paul. Adam sì, ma ha una bizzarra capacità di riconoscere la forma del mio sedere.

So dove sono le suite del Bliss; potrei andarci e dare un'occhiata prima che qualcuno se ne renda conto. Le guardie non riconoscerebbero in me il direttore delle Risorse Umane che hanno allontanato nelle ultime settimane. E mi tranquillizzerebbe aver controllato uno dei pochi indizi che sono riuscita a trovare.

Mi volto e torno indietro, attraversando più in fretta che posso il salone del casinò con i tacchi a spillo. Adam teme per la mia sicurezza, ma me la sono cavata da sola da quando ho lasciato questa città e lo farò anche stavolta.

Vado verso gli ascensori prima di cambiare idea, solo che non sono da sola.

C'è un uomo con un abito scuro davanti alle porte dell'ascensore e mi guarda. Ed è William.

Maledizione.

«Ehi, bellezza.» Guarda oltre la mia spalla. «Dov'è Adam, il tizio con cui sei uscita?» dice perché chiaramente non ha capito chi sono. William pensa che sia una delle pin-up che hanno ingaggiato per la sera. Non si rende conto che Adam e io ci conosciamo o che anche lui mi conosce, se è per quello.

«Oh, ho deciso di restare.» Uso un tono di voce acuto,

sperando di nascondere il mio e mi sembra ridicolo. Non che scoraggi William.

«Dimmi che non ti ha abbandonata?»

«Mmm... In un certo senso?»

William mi mette il braccio sulle spalle. «Quell'idiota. Permettimi di rimediare. Stavo giusto andando a una festa esclusiva in una delle suite. Sarai mia ospite. Champagne, tartine e conversazione stimolante. Te lo prometto.» Sorride a trentadue denti, con lo sguardo fisso sul mio decolleté.

William non parlerebbe con me né fisserebbe le mie tette se mi avesse riconosciuta. Okay, forse mi avrebbe guardato le tette, ma sono sicura che non mi abbia riconosciuta. Potrebbe funzionare. William è un Blue Star e vuole portarmi a una festa in una delle suite. Che è esattamente il posto dove voglio essere. E se la suite facesse parte del Bliss? Ancora meglio.

«Mi piacerebbe molto.»

* * *

La festa a cui mi porta William è, in effetti, nel Bliss. E sono strabiliata. Non assomiglia per niente alle suite dell'attico dall'altra parte del piano. Quella in cui entriamo è enorme, esattamente come indicavano i progetti nell'ufficio del facility manager, ed è così lussuosa e bella che ho paura a toccare qualcosa. O versare lo champagne, che ovviamente è Dom Pérignon.

Da altoparlanti invisibili arriva musica sensuale e i tappeti bianchi sono così morbidi che i tacchi affondano quando cammino. C'è rumore di bicchieri che tintinnano al bar e le chiacchiere degli uomini. L'aria è piena di un'energia che mi fa venire la pelle d'oca. È un'atmosfera raccolta e aggressiva e se non avessi un buon motivo per essere qui me ne andrei di corsa. Ma sono qui per Blackwell e i Blue Star e perché il mio istinto mi dice che ciò che stanno facendo dentro il casinò è sbagliato.

Inspiro piano e vedo Adam in un angolo della stanza che parla con un uomo grande e grosso che dev'essere un atleta professionista. Adam non mi ha vista altrimenti sarebbe già qui a farmi pressioni perché me ne vada. La suite è affollata e se non voglio che mi scopra prima di poter dare una bella occhiata. Sarà meglio che mi sposti in un'altra stanza.

«Che ne dici di farmi fare un giro?» chiedo a William.

«Tutto quello che desidera la signora.» Indica la stanza sulla nostra destra ed entro, lieta di essere in un posto dove Adam non può vedermi, anche se non sono sicura che questa stanza sia molto meglio.

Una per una, William mi mostra ciascuna delle camere e condivide la sua conoscenza delle droghe che riducono le inibizioni sessuali mentre io cerco di apparire interessata e indifferente insieme. William mi chiede anche se voglio provare una delle stanze, ma questo va oltre il mio scopo. Adam mi ucciderebbe se scoprisse che sono rimasta dopo aver detto che me ne sarei andata dal Blue. Ma non prima che *io* uccida *lui*.

Adam è coinvolto in questo progetto e lo sapevo, ma questa suite non è la tipica eccentrica esperienza alberghiera. Tutte le stanze hanno un'intonazione sessuale, con aste per la pole dance e folli stanze da bagno progettate per orge romane, ma la stanza che risalta veramente è quella del sesso. So con certezza che il casinò non ha la licenza per attività legate al sesso. È il motivo per cui avevamo dovuto accertarci che le ballerine di burlesque non scoprissero alcune parti del corpo durante lo spettacolo di questa sera.

Mira e Tyler avevano definito la suite che avevano

trovato *Cinquanta sfumature* e non stavano scherzando. Ma sono quasi sicura che quella che avevano trovato per caso Mira e Tyler non fosse nemmeno lontanamente come quella del Bliss. Mira l'aveva descritta grande, con armadietti pieni di giocattoli sessuali, non un'intera stanza dedicata a fruste e catene. Che diavolo?

William e io torniamo nel soggiorno e lo sento. Quella fitta di consapevolezza che comincia al centro delle spalle e si diffonde nel petto, mandandomi il calore al basso ventre... quello che provo quando Adam è vicino.

Ispeziono la stanza e lo trovo che mi fissa. L'atleta è ancora con lui ma anche Eve e Blackwell. E Blackwell non sembra contento. In effetti sembra com'è sempre con me. Arrabbiato. Infastidito.

Mi ha riconosciuta?

Capitolo Trentasette

Adam

Gabe mi saluta con una stretta di mano quando Paul si allontana. «Allora, questo è il Bliss?» chiede guardandosi attorno.

«Dove tutti i tuoi sogni diventano realtà» rispondo in tono asciutto.

Gabe guarda gli altri uomini, poi ispeziona lentamente le donne e lo spazio intorno e alza un sopracciglio. «Gusto eccellente.»

«Già. Ti mostrerò le stanze ma prima vorrei presentarti Joseph Blackwell, l'Amministratore Delegato. È appena entrato e normalmente non partecipa agli eventi del casinò, preferisce restare sullo sfondo. Vorrei fermarlo prima che se ne vada.»

Gabe prende un bicchiere di champagne dal vassoio di un cameriere che sta circolando, con una mano in tasca e un atteggiamento tranquillo e controllato. Sarebbe un cliente perfetto per il Bliss.

Blackwell ci vede mentre ci avviciniamo e ci fissa con il suo sguardo calcolatore.

«Gabe Aldridge» dico «ti presento Joseph Blackwell, la mente geniale dietro al Bliss.» Snocciolo i successi di Gabe di quando giocava nella NFL e quelli professionali attuali. «Stavo giusto intrattenendo Gabe elencandogli le virtù del Bliss.»

Blackwell ridacchia. «Il Bliss ha molte virtù. Questa magnifica suite, innanzitutto, e poi altre qualità intrinseche.» Indica un gruppo di donne sedute su un divano a poca distanza. «Le nostre donne sono splendide, vero?»

«Eccezionali» conferma Gabe.

«Sono diverse da quelle che hai mai avuto. Sono, come posso dirlo... *fresche*. In effetti alcune di loro sono ancora vergini.» Blackwell lo dice come se stesse esaltando i meriti di un buon vino.

Soffoco con il sorso di vino. «Scusatemi» mormoro cercando di riprendere il controllo.

Che cazzo?

«È interessante» dice Gabe guardandosi attorno con un'espressione blanda.

«Non lo sapevo» dico, mantenendo la voce tranquilla.

Blackwell si guarda attorno orgogliosamente. «Si paga per la qualità, no? E le suite del Bliss – i servizi e le donne che forniscono – sono di una qualità senza pari.»

Gabe beve l'ultimo sorso di champagne. «E le donne? Sono d'accordo di vendere la loro verginità?»

Blackwell allunga la mano verso un cameriere a prende un altro bicchiere di Dom Pérignon, sostituendo il bicchiere vuoto di Gabe. «Ovviamente. Ci occupiamo delle donne che hanno tutto ciò che potrebbero mai volere.»

Tranne probabilmente la loro libertà.

Gabe annuisce e ispeziona la stanza come se stesse

guardando le donne con un nuovo interesse. Il suo sguardo si ferma accanto alla porta. «E le ballerine di burlesque?»

Blackwell e io guardiamo nella direzione che sta indicando... e, *cazzo*, è Hayden. Qui.

Che diavolo?

«Si possono avere anche le ballerine di burlesque» dice Blackwell.

«Mi piace la brunetta accanto alla porta.»

Stringo i pugni. Maledizione, che cosa sta facendo qui Hayden? Avrebbe dovuto andarsene tre quarti d'ora fa.

Blackwell alza le sopracciglia. «Posso fare in modo che l'abbia...»

«Non quella» sbotto, poi sbatto le palpebre cercando di nascondere il panico. Non sto pensando chiaramente e la mia voce non è sicuramente più tranquilla. «Non dovrebbe essere qui» dico, ma il tono è teso e furioso.

Blackwell mi fissa e mi chiedo quanto sto rivelando. «Oh? Com'è finita qui?»

Non rispondo.

Lui mi fissa per un lungo momento e poi schiocca le dita.

Eve si avvicina. «Sì?»

«Per favore porta qua la donna con la parrucca nera accanto alla porta.»

Lei sorride. «Con piacere.»

Gabe mi guarda. Sento la sua preoccupazione ma non lo guardo, temendo di rivelare più di quello che ho già fatto.

Eve parla con Hayden che annuisce cautamente. Lei e William si avvicinano e William stringe la mano a Gabe dopo le presentazioni.

«Gabe voleva conoscere la donna affascinante con te, William» dice Blackwell.

Il sorriso di William sparisce e dà un'occhiata ad Hayden. «È mia ospite questa sera. Questa è...»

«Sophia» dice Hayden con una voce innaturalmente acuta e io sbuffo.

«Sophia, dici?» Lo sguardo di Blackwell scende sul suo corpo. «Oppure è Hayden?»

Hayden si irrigidisce, dandomi un'occhiata.

Blackwell si volta verso di me. «Che cosa ci fa lei qui?»

«Se ne stava andando» dico e le afferro il braccio.

Blackwell alza una mano. «Un attimo, Adam.» Si rivolge a William. «Hayden ha visto la suite?»

William, un passo indietro rispetto a noi, la fissa. «Hayden?» la guarda dalla testa ai piedi e finalmente sembra capire ciò che Blackwell aveva intuito appena l'aveva vista. Il nostro AD può essere un bastardo, ma è un bastardo intelligente.

William guarda Blackwell, dispiaciuto. «Sì, signore. Pensavo che fosse una delle pin-up che abbiamo ingaggiato per questa sera.»

«Sono confuso» dice Gabe. «Pensavo si chiamasse Sophia.»

Blackwell guarda Hayden minacciosamente. «Molto presto non sarà più *nessuno*.»

Metto la mano sulla schiena di Hayden e la spingo in avanti. «La scorto fuori.»

«Accertati di portarla da una delle guardie» dice Blackwell con una minaccia nella voce. «Nel frattempo Eve sarà lieta di occuparsi di Gabe. Vero Eve?»

Eve cambia espressione per un attimo, ma riprende in fretta a sorridere. «Sì, certo.»

Non aspetto la risposta di Gabe. Mi dirigo verso la porta con Hayden, poi mi fermo di colpo. Le guardie accanto alla porta ci stanno fissando. Uno degli uomini rimane sulla porta ma l'altro si sposta nella nostra direzione.

Non so come, Blackwell è riuscito ad avvertirli.

«Sbrigati» dico ad Hayden. «L'ascensore.»

Attraversiamo il soggiorno per arrivare all'ascensore e premo la mano sul tastierino. Lo schermo diventa azzurro, riconoscendo le mie impronte e immetto il codice che mi avevano dato qualche giorno fa, un secondo prima che mi strattonino la spalla. Mi giro di colpo.

«Dove credi di andare?» chiede Paul guardando con cattiveria Hayden.

Sento il lieve suono del campanello dell'ascensore e le porte che si aprono lentamente.

Chiudo il pugno e colpisco il mento di Paul con un uppercut. Con la mano destra, quella con l'anello con zaffiro.

Paul strilla e ricade all'indietro. Mi strappo l'anello, glielo getto e spingo Hayden nell'ascensore. Schiaccio il tasto per la chiusura delle porte circa un centinaio di volte e finalmente reagiscono. Si richiudono lentamente, bloccando il rumore della festa, la gente che fissa lo scompiglio che abbiamo creato e la guardia che è ancora diretta verso di noi. Paul, che sta sanguinando dal mento e dal labbro, parla rapidamente al telefono, fissandomi furioso mentre le porte finalmente si chiudono.

Ci sono solo due piani a cui va questo ascensore: il salone del casinò e una stanza regolare per gli ospiti che il casinò usa come sotterfugio per i suoi ospiti in caso di emergenze.

Premo il tasto per la stanza civetta e mi volto verso Hayden. «Che diavolo ci fai qui?»

«Non parlarmi in questo modo!»

Faccio un respiro profondo. «Spiegati prima che perda la testa.»

«Beh, per essere specifici, mi hai detto di uscire dal club, non dal Blue.»

«Stai usando la semantica, adesso? Ti ho chiesto di uscire proprio per il motivo per cui stiamo scappando dalla suite. Blackwell sa che sei tu. Capisci che cosa significa?»

Lei si morde il labbro. «Beh, giusto. Non l'avevo preso in considerazione. Non pensavo che sarebbe stato qui e certamente non credevo che mi avrebbe riconosciuta.»

Ringhio, frustrato e fisso il soffitto. «Era quello il tuo piano? Che non ti riconoscessero?»

«E raccogliere prove» dice. «Ho portato anche il telefono per fare le fotografie. Ma, tranne roba da pervertiti per il sesso per cui il casinò non ha la licenza, non ho trovato molto.»

«Oh, c'è parecchia roba illegale.» Mi guarda aspettando che continui. «Te ne parlerò dopo» dico quando l'ascensore suona segnalando che siamo al nostro piano.

Le porte si aprono e afferro la mano di Hayden. Guardo da entrambi i lati nel corridoio e vedo una delle guardie che esce dalla tromba delle scale, con il petto che si alza e si abbassa affannosamente. «Cazzo.»

«Chi è quello?»

«Vido. Ex militare, piccoli furti... Dobbiamo andare.» La tiro nella direzione opposta, praticamente trascinandola.

Tra la gonna stretta e i tacchi da dodici centimetri, non riusciremo mai a lasciarlo indietro. «Togliti quelle cose!» dico indicandole i piedi.

Lei mi fissa come se fossi pazzo, quindi mi abbasso, le alzo un piede, le tolgo la maledetta scarpa e la sua compagna, ficcandomele nelle tasche della giacca. Afferro il lato della gonna e strappo la cucitura. «Corri!»

La guardia ci ha quasi raggiunti e questa volta Hayden fa quello che le dico. Corriamo nella direzione opposta ed entriamo nell'altra tromba delle scale. Dopo essere volati giù da un piano di scale, la tiro attraverso la porta del piano dopo e corriamo verso un ascensore che è miracolosamente aperto.

Schiaccio il tasto per l'ultimo piano in basso e mi appoggio quando le porte si chiudono.

«Perché ci inseguono?» chiede Hayden, respirando forte.

«Perché avevi ragione.» Mi raddrizzo e prendo il telefono. Scrivo in fretta un messaggio e lo rimetto in tasca. «Il progetto Bliss non è legale e quelli che forniscono droga e donne illegali a Blackwell sono veramente brutta gente.»

«Intendi dire donne immigranti illegali?»

«Non li appoggio, Hayden. Non l'ho mai fatto.»

La sua bella faccia si contorce per la rabbia. «Li hai sostenuti continuando a lavorare con loro!»

Le porte dell'ascensore si aprono e conduco Hayden lontano da una delle uscite principali, verso un corridoio in fondo. Passiamo attraverso la cucina dietro a un ristorante. I cuochi e i camerieri ci guardano e controllo alle mie spalle per assicurarmi che nessuno ci stia seguendo. Apro la porta sull'esterno e ci colpisce l'odore di carne marcia che arriva da uno dei cassonetti che usa il ristorante.

Un'Escalade nera svolta l'angolo e si ferma con uno stridio di freni a un metro di distanza.

Hayden mi tira il braccio. «Svelto, dobbiamo rientrare.»

«Va tutto bene.» La guido verso l'Escalade. «Sono le mie guardie del corpo. Le ho assunte quando ho deciso di prendere sul serio gli avvertimenti di Paul.»

Hayden sale sul sedile posteriore senza scarpe e io mi metto accanto a lei. L'autista parte a tutta velocità uscendo dal vicolo. «Stanotte non vai a casa» dico. «Non è sicuro.» Lei fissa davanti a sé e annuisce. Sembra stordita. Le metto un braccio intorno alle spalle. «Andrà tutto bene.»

Lei alza gli occhi. «Come? Pensavo fosse solo Blackwell. Che avrei scoperto qualcosa al casinò da portare alla Polizia. Ma le donne e quello che hai appena detto...»

«Ci sono altri che lavorano con Blackwell che sono molto più pericolosi.»

Si volta a guardarmi. «Allora dobbiamo andare alla Polizia *adesso*. Prima che Blackwell e gli altri Blue Star facciano sparire tutto come hanno fatto la scorsa volta. Sanno come far apparire come se le suite non siano mai esistite.»

Il mio telefono vibra e riconosco una chiamata in arrivo. Metto la mano in tasca e controllo l'ID del chiamante, notando altre due chiamate perse dallo stesso contatto.

Aggrotto la fronte. È l'una del mattino. Perché mi sta chiamando l'avvocato di famiglia? «Devo rispondere» dico.

«Adam» dice Bill Stevens al telefono, con la voce stanca. «Mi scuso per l'ora tarda.» Poi fa una pausa. «È tuo padre... Devi andare all'ospedale.»

Capitolo Trentotto

Hayden

Adam risponde al telefono e giuro che il sangue sparisce dalla sua faccia. Ed eravamo entrambi arrossati dopo aver attraversato correndo tutto il casinò.

Ordina all'autista di portarci all'ospedale e gli prendo la mano.

«Che cos'è successo?»

«Non lo so.» Fissa fuori dal finestrino e deglutisce. «Era l'avvocato della mia famiglia. Mi ha chiamato per dirmi che mio padre è in ospedale.» Mi rivolge un sorriso che gli sfiora appena le labbra. «Sono sicuro che sta bene.»

Ma per tutto il percorso verso l'ospedale Adam fissa fuori dal finestrino con un'espressione tremendamente seria sul volto. Non crede alle sue stesse parole.

Mi metto le scarpe quando ci fermiamo a un'entrata di emergenza e mi tolgo la parrucca, scuotendo i capelli. Non definirei rispettabile il mio aspetto perché ci sono troppe tette e gambe in mostra, ma almeno ho il mio colore naturale e non la parrucca gigantesca che mi ha fatto indossare Mira.

Scendiamo dall'auto e comincio a tremare. È notte e la temperatura è scesa. Adam mi mette la sua giacca sulle spalle e io infilo le braccia nelle maniche, assorbendo il calore che si è lasciato dietro. Lui mi prende la mano e attraversiamo le porte automatiche.

Adam parla con una receptionist che ci indirizza a una stanza privata. A metà strada Adam vacilla. I suoi fratelli sono tutti lì, fuori dalla stanza.

Levi fissa il soffitto con le dita premute sulla fronte e Hunter è appoggiato alla parete, con un'espressione affranta. Gli altri due ci danno le spalle e stanno parlando con qualcuno.

Non va bene. Non va per niente bene. Stringo la mano di Adam mentre si avvicina a loro con il passo sicuro.

Levi si volta e ci vede. Fa un respiro profondo e poi distoglie lo sguardo come per ricomporsi. Adam si ferma davanti a lui.

«Era malato» dice Levi.

Adam guarda la porta della camera. «Papà stava bene l'ultima volta in cui l'abbiamo visto.»

Levi scuote la testa. «No.»

Wes e Bran si avvicinano. «Non capisco» dice Adam.

Levi si stringe la nuca. «Lui... Aveva il cancro al pancreas. Non ce l'ha mai detto.»

La mano di Adam nella mia comincia a tremare. «Aveva. Hai detto *aveva*.»

Levi annuisce e stringe le labbra. «È morto circa mezz'ora fa.»

Adam lascia andare la mia mano e afferra il davanti della maglia di suo fratello. «Perché cazzo non me l'hai detto!?»

«Non lo sapevo! Ho ricevuto la stessa chiamata che hai ricevuto tu» dice Levi furioso. «E tu? Sei tu quello che era in contatto con lui.»

Adam lascia andare suo fratello e cammina avanti e indietro. «No, non recentemente. Mi guarda e poi distoglie gli occhi. «Lavoro... Sono stato occupato al lavoro.» Si strofina la fronte. «Eri qui quando...»

Levi scuote la testa. «No, nessuno di noi.»

Vado da loro e abbraccio Adam. «Dov'è?» chiede Adam, ma Levi ci ha voltato le spalle.

«Nella stanza» risponde Wes.

Adam fissa la porta, poi mi guarda. «Devo vederlo.»

«Vuoi che entri con te?» gli chiedo.

«No.» Si passa le dita tra i capelli, arruffando quello che era pettinato e in ordine anche dopo la nostra folle corsa attraverso il casinò. Si stacca dalle mie braccia e va alla porta parzialmente aperta. Hunter lo tocca leggermente mentre passa e Adam alza gli occhi e gli fa un cenno con la testa. Poi entra nella stanza d'ospedale.

Com'è successo? Avevamo visto suo padre solo qualche settimana prima al cocktail party. Sembrava stesse bene. Magro, forse? Non lo so. Non lo avevo mai visto prima. Adam ha detto che non erano molto legati. Non lo era nessuno di loro... E quell'uomo stava cercando di riprendere i rapporti con loro.

Oh mio Dio.

Adam esce dalla stanza pochi minuti dopo. Ha gli occhi rossi e la faccia immobile. Sembra che sia sotto shock.

Gli prendo la mano e mi tira vicina, così vicina che non c'è spazio tra di noi. «Mi dispiace tanto» dico. Sento muoversi il suo petto, ma non dice nulla.

Dopo un momento mi lascia andare e tutti i suoi fratelli ci stanno fissando, poi distolgono in fretta lo sguardo. «C'è qualcuno che dovremmo chiamare?» la voce di Adam è roca.

Si fa avanti una donna che non avevo notato. Sembra essere sulla sessantina. Molto carina, con i capelli d'argento. È l'una di notte ma indossa un tailleur chiaro. «È già tutto a posto» dice piano.

«Grazie, Esther.» Adam fa un passo avanti, l'abbraccia e lei gli batte una mano sulla schiena. Poi Adam torna al mio fianco. «Perché non ce l'ha detto?»

Lei sorride appena. «Non voleva che vi preoccupaste. Non voleva che i suoi ultimi mesi fossero incentrati sulla sua malattia. Stava cercando di ricongiungersi a voi, ma credo si sia reso conto di avere aspettato troppo.»

Sento il corpo di Adam che trema e, se devo basarmi sulle loro espressioni, anche i suoi fratelli stanno crollando.

Levi si schiarisce la voce. «Che cosa dobbiamo fare? Per il funerale.»

«È già tutto organizzato. Adesso dovreste andare a casa.» Mi sorride, tamponandosi gli occhi con un fazzolettino. «Mi metterò in contatto io.»

Adam abbraccia silenziosamente i suoi fratelli. A bassa voce si dicono qualcosa che non sento e poi uno alla volta vanno verso l'uscita. Da soli, tranne Adam che ha me. Arriviamo in strada. L'Escalade è ferma col motore acceso a qualche metro di distanza dall'entrata.

«Dovremmo portarti in qualche posto sicuro» dice.

È impazzito? Ha appena perso suo padre. Non vado da nessuna parte senza di lui, bama non discuto. Lo capirà quando non mi staccherò dal suo fianco.

Saliamo in auto e mi volto verso di lui. «Mi dispiace tanto. Che cosa posso fare?»

Adam scuote la testa, con un'espressione desolata. «In questo momento non so niente.»

L'ho visto pieno di desiderio e nudo, furioso e rosso in volto per qualcosa che avevo fatto, ma non avevo mai visto quell'espressione desolata sul suo volto. Io non ho perso un genitore e lui li ha persi entrambi. Non so come confortarlo, ma tenterò.

I nostri telefoni vibrano, uno dopo l'altro. Mi serve un secondo per capire che cosa sta succedendo. E poi lo ricordo. C'è un dramma di proporzioni epiche che sta succedendo e che avevo completamente dimenticato dopo essere arrivati all'ospedale.

«È Mira.» Controllo il messaggio. «Dice che la Polizia è a casa di Lewis. Hanno trovato le informazioni su Blackwell. Le dirò che dovrà parlare con la Polizia senza di noi.»

«No. Dovremmo andare.» Sta fissando fuori dal finestrino, con la mano molle nella mia.

Scuoto la testa. «Capiranno, Adam.»

Mi guarda. «Andiamo da Lewis. C'è dell'altro che non sai ed è ora che lo scopra.»

Capitolo Trentanove

Ci sono due auto della Polizia nel viale della casa di Lewis quando scendiamo dall'Escalade. Adam e io saliamo i gradini verso il portico e vedo tutta la gang attraverso la grande vetrata: Lewis, Gen, Mira, Tyler, Jaeger, Cali, Nessa e Zach. Ci sono anche i poliziotti nella stanza, con i taccuini in mano. Sembra che stiano annotando le informazioni.

Mira ci saluta sulla porta, con un abito estivo nero e ci accompagna all'isola che divide la cucina di Lewis dal soggiorno, l'unico posto che resta dove sedersi. Mi dà un bicchiere d'acqua e la offre anche a Adam, che scuote la testa.

«Ha funzionato» dice Gen a Adam una volta seduti. «L'amico di Jeb è riuscito a registrare la conversazione con Blackwell. Stanno ottenendo un mandato di perquisizione per la casa dove Blackwell tiene le escort.»

Jeb è il padre di Gen. «Di che cosa sta parlando?» chiedo a Adam.

Lui è appoggiato al ripiano, con la testa tra le mani. «Ho parlato a Lewis un paio di settimane fa. Gli ho chiesto perché la Sallee Construction non era stata incaricata della ristrutturazione delle suite del Bliss. È sembrato sospetto a entrambi e mi ha messo in contatto con il padre di Gen che aveva aiutato a far condannare Drake Peterson.»

«Hai organizzato tutto senza parlare con me?»

«Adam era già un bersaglio» dice Lewis da dove è seduto sul divano con Gen. «Non voleva che tu fossi coinvolta finché non avessimo saputo di più e avessimo l'aiuto della Polizia.»

Mira allunga la mano sopra l'isola e mi tocca il braccio. «È successo tutto in fretta. Tyler e io eravamo fuori a cena e l'abbiamo appena scoperto. E anche gli altri.»

Uno dei detective si presenta e chiude il taccuino. «Joseph Blackwell è in arresto. Come ha detto il vostro amico stiamo ottenendo un mandato di perquisizione per la casa dove tengono le donne.»

Gen chiude gli occhi e scuote la testa. «Non riesco a credere che Blackwell l'abbia fatto.» Lewis le stringe le spalle. «Quello che è successo a me era brutto, ma il *traffico di esseri umani?*»

«È un crimine federale» dice il poliziotto e dà a ognuno di loro un biglietto da visita. «Contattateci se avete dei dubbi. Vi aggiorneremo man mano che avremo altre notizie.»

I detective se ne vanno e appoggio la testa sulla spalla di Adam, mettendogli il braccio intorno alla vita. «Avresti dovuto dirmelo» gli dico piano.

Lui respira contro i miei capelli. «Non volevo che finissi nel mirino di Blackwell.»

Lo guardo in faccia. «Io avrei dovuto fidarmi che tu facessi la cosa giusta, ma anche tu dovevi fidarti di me. Avremmo potuto parlarne e ti avrei sostenuto.»

Adam annuisce. «Non ho scoperto fino a stasera la

faccenda delle escort. Ci sono state minacce da parte di Paul...» Scuote la testa. «Semplicemente non volevo che ti facessero del male. Non lo avrei sopportato.»

Adam era finito in una posizione difficile. Lo capisco, ma non sono d'accordo che mi nasconda delle cose.

Prima che possa rispondergli, Mira si intromette. «Pensaci, Hayden. Se non avessi ringoiato il tuo orgoglio tante settimane fa e fatto pace con Adam, la Polizia non avrebbe tutto quel materiale.»

Adam mi guarda. «Che cosa intende dire con *ringoiato il tuo orgoglio?*»

Il tempo rallenta. Adam ha perso suo padre questa sera; è esausto, vulnerabile e riesco a leggere i pensieri che gli passano per la testa. «Una cosa stupida, all'inizio, non era niente.»

Mira appoggia il mento sulla mano, appoggiandosi al ripiano. Chiaramente non ha capito che sta causando tensione tra di noi. «Hayden doveva avvicinarti in modo che potessimo scoprire se il Blue aveva ancora la suite che avevamo scoperto Tyler e io, ma non ho mai pensato che voi due diventaste *così* intimi.» Ride, grugnendo un po', e le do un'occhiataccia. «Che c'è? Voi due siete carini.»

«Non mi stai aiutando.» Mi rivolgo a Adam. «Non ascoltarla... Adam?»

Lui si alza di colpo, vacillando leggermente. «Devo andare.»

«Aspetta.» Mi alzo anch'io. «Vengo con te.»

«No» dice Adam con forza.

Faccio un passo indietro. «Adam, quello che ha detto Mira di tante settimane fa non ha niente a che vedere con te e me adesso.»

«No?»

Spalanco gli occhi. Adam sta irradiando rabbia.

Jaeger si avvicina. È uno dei migliori amici di Adam e deve aver letto il dolore sul suo volto. «Che cosa sta succedendo?»

Adam volta la testa e schernisce Jaeger. «Continui a proteggerla?»

«Sono preoccupato» dice Jaeger «per entrambi.» Mi guarda cercando una risposta.

Adam è stato frustrato con me in passato, ma mai così. Ha preso dal lato sbagliato tutto quello che ha detto Mira e so il perché. «Stasera è stata orribile. Per favore, ascoltami.» Guardo Jaeger che ci sta ancora osservando. «Suo padre...»

«Mio padre non c'entra!» scatta Adam. «È stata tutta una bugia?» Indica noi due. «Sono stato uno stronzo con te in passato, ma non ho mai pensato che saresti scesa così in basso. Ben fatto, Hayden. Prendi a calci il coglione quando è a terra.»

«No! Non è così.» Mi si riempiono gli occhi di lacrime. Non a causa delle sue parole, anche se non mi piacciono nemmeno quelle, ma perché mi sta respingendo... usandole come scusa. «Lo stai facendo apposta. Non so perché, ma è così. Se solo ti fermassi a pensare sapresti che cosa provo per te.»

Adam va verso la porta urtando Jaeger con la spalla.

«Vagli dietro. Non lasciarlo da solo» dico a Jaeger. «Lui... Suo padre... Vai con lui, per favore.»

Jaeger lancia un'occhiata a Cali che annuisce rapidamente. Prende le chiavi e va. Lo vedo che parla con Adam di fuori e poi Adam sale sull'auto di Jaeger e se ne vanno.

Poi Mira mi viene vicina e mi abbraccia. «Hayden, oh mio Dio. Sono una tale idiota. Mi dispiace tanto. La Polizia ci ha detto tutto quello che ha registrato nella suite l'amico di Jeb e cos'è successo. Pensavo che il fatto che Adam ti stava proteggendo fosse così bello, non volevo dirlo in quel modo.»

Mi porge un fazzolettino e mi pulisco il naso. «Non è colpa tua. Non è in sé.»

Spiego del padre e nella stanza cade il silenzio.

«Resterai con Tyler e me» dice Mira e annuisco. Vorrei stare con Adam, sostenerlo, ma si è messo in testa che non si può fidare di me.

Non. Si. Fida. Di. Me. Forse sta soffrendo e non si sta comportando nel solito modo, ma il risultato non cambia.

Per tutto questo tempo ero dibattuta tra fidarmi o no di Adam, credendo che le sue omissioni sul Blue fossero una prova contro di lui. Come abbiamo fatto ad arrivare a questo punto?

È l'unico uomo che mi conosceva ed è rimasto con me e ho fatto in modo che tutto ciò che abbiamo condiviso fosse fondato su una bugia. La mia bugia.

Ho omesso ciò che sapevo del Blue. Non era intenzionale, pensavo che Adam avesse parlato con Tyler della suite originale, ma non ne avevo mai parlato apertamente con lui, come trattenuta. Per proteggere me stessa e i miei piani per trasformare il Blue Casinò. E non posso biasimare Adam per aver pensato che gli abbia mentito.

Com'è possibile che *lui* si fidi di *me*?

* * *

Adam

Jaeger e io entriamo nel piccolo appartamento di Hunter usando la mia chiave. Hunt è accasciato sul tavolo della cucina; la mano tesa stretta intorno a una bottiglia di Jack. «Ne è rimasto un po' per noi?»

Hunt solleva la testa. Ha gli occhi iniettati di sangue, la faccia pallida. «Sempre» farfuglia.

Jaeger mi appoggia la mano sulla spalla. «Pensi che sia saggio?»

Fisso furioso le sue dita e poi la faccia. Lui toglie la mano. «Non ti devi preoccupare di proteggerla da me. Tra noi è finita.»

«Chi?» chiede Hunt nello stesso momento in cui Jaeger sospira e dice: «Non è colpa di Hayden. Non parli sul serio».

Crollo sulla sedia davanti a Hunt. «Mi ha usato. È esattamente colpa sua. Non so perché ho pensato che potesse essere diversa.»

«Non essere ipocrita, Adam. Non hai mai pensato a una storia senza impegno con Hayden? All'inizio, prima che cominciassi a fare sul serio.»

Sbatto gli occhi guardando Jaeger. Non riesco a elaborare quello che mi sta dicendo, quindi riduco tutto a semplici fatti. Tutti se ne vanno. Hayden mi ha tradito, la lascio prima che lei lasci me. «È come tutte le altre. Vogliono tutte qualcosa.»

Sbuffo. È esattamente quello che ha detto Paul delle donne. Perfetto, adesso sto citando una testa di cazzo. Ho bisogno di bere.

Hayden non voleva che provvedessi a lei come le altre donne che ho frequentato. Voleva qualcosa di molto più importante. Voleva usarmi per rimediare al suo passato.

Mi fidavo di lei... *Tenevo* a lei. Più che a qualunque altra donna. E lei mi ha usato. «Sono stato un idiota, so come vanno le cose. L'ho sempre saputo.»

Jaeger sospira di nuovo. «Hayden non è così.»

«È la ragazza con cui stavi?» La voce di Hunter sembra più chiara di minuto in minuto. Prendo il bicchiere coi residui di whiskey dal tavolo e allungo la mano verso la bottiglia. «Scaricala» dice. «Non hai bisogno di un fardello simile.»

Sbatto il pugno sul tavolo e Hunter sobbalza. «Hayden non è un fardello.»

È finita, ma non significa che permetterò a quella testa di cazzo di mio fratello, o a chiunque altro, di parlare male di lei.

Jaeger si china sul tavolo. «Non farlo, amico. Tuo fratello ti ha dato lo stesso consiglio che mi avevi dato tu a scuola, lo ricordi? Alla fine le cose a me sono andate bene ma in questo caso ti stai sbagliando. Non perdere quella ragazza.»

Fisso il liquido ambrato che ho in mano. «Niente ragazza» borbotto, bevendo un lungo sorso. Il liquore mi brucia in gola, riscaldando lo strato di ghiaccio che si è formato nel mio cuore appena mi sono allontanato da Hayden.

Capitolo Quaranta

Hayden

Ritorno al lavoro lunedì come se sabato sera non fosse successo niente (niente asta delle celebrità, niente raid della Polizia...). Tutte le tracce dello spettacolo di burlesque e delle celebrità sono sparire, il salone del casinò è attivo come sempre, con i suoi suoni e i suoi campanelli. Gli affari continuano come sempre. Tranne che al piano direzionale. Quassù mancano alcuni giocatori chiave.

Blackwell e i Blue Star non si vedono da nessuna parte, non che abbiamo bisogno di loro per gestire questo posto. Blackwell prendeva le decisioni importanti, ma non capitano tutti i giorni. Il casinò se la caverà benissimo finché nomineranno un Amministratore Delegato ad interim per prendere il suo posto. Alcuni dei Blue Star erano dirigenti, ma comunque la maggior parte di loro lavorava al progetto Bliss e agli altri progetti speciali di Blackwell, ora tutti sospesi. L'unico Blue Star che faceva effettivamente il suo lavoro era Adam che gestisce l'ospitalità e che oggi non si è fatto vivo. E ieri non ha nemmeno risposto alle mie chiamate.

Ho parlato con Jaeger che mi ha detto di dargli tempo. Che avrebbe cambiato idea. Ma non ne sono sicura.

Senza volerlo, Mira aveva detto l'unica cosa che avrebbe reso Adam più vulnerabile e lo avrebbe spinto ad andarsene per sempre. Aveva sottinteso che lo avessi usato per avvicinare i Blue Star. E non posso negarlo perché è la verità. L'unica differenza è che in qualche momento del percorso mi sono innamorata di lui e ho completamente dimenticato le mie intenzioni iniziali. Ma come faccio a spiegarglielo e fare in modo che mi creda quando gli ho nascosto tante cose?

Il seme del dubbio sul motivo della nostra relazione ha messo radici nella sua mente. Altre donne lo hanno usato e sospetto che lo abbia fatto perfino suo padre. Poi tutto succede proprio nel giorno in cui perde suo padre, un uomo di cui cercava disperatamente l'amore? Dopo tutto questo non so come riuscire a comunicare nuovamente con Adam.

Ha detto che lui e i suoi fratelli non erano legati al padre. Che a Ethan Cade non importava di loro. Ma non ho mai visto un gruppo di uomini forti più affranti e vulnerabili di loro quando hanno saputo che il padre era morto.

«Hayden» dice Mira e alzo gli occhi. «Vai a casa.»

Fisso la pila di documenti sulla mia scrivania.

Getto le forbici e una ventina di taccuini nei cassetti, cercando di fare pulizia. Poi consegno a Mira la pila di documenti. «Puoi...»

«Li controllerò io» mi risponde.

Ho di colpo voglia di liberarmi di tutta questa merda. Mi sentivo sporca con Blackwell al comando, contaminata dal suo lurido potere e dalle sue intenzioni malvagie. Volevo rendere migliore questo posto. Ma forse non è il posto. Era il mio passato che dovevo accettare.

Mira mi guarda innervosita. «Vuoi che chiami qualcuno?»

«No. So chi ho bisogno di vedere.»

* * *

Mi fermo davanti a casa di Adam, quasi aspettandomi che non ci sia, ma entrambe le sue auto sono nel vialetto. Niente guardie del corpo, noto. Immagino che non ne abbia bisogno ora che Blackwell è stato arrestato senza poter uscire su cauzione.

Nessuno dei documenti che la Polizia aveva sequestrato puntava a Blackwell. Se si fosse attenuto alla sua abitudine di non partecipare agli eventi del casinò, sarebbe probabilmente stato in grado di incolpare qualcun altro per il traffico di esseri umani e le droghe, come era riuscito a far incolpare Drake Peterson delle precedenti attività illegali. Ma Blackwell era arrogante e orgoglioso del Bliss, quindi aveva partecipato alla grande inaugurazione implicandosi direttamente.

Da quanto ho sentito, la Polizia ha tutto ciò di cui ha bisogno per rinchiudere Blackwell, insieme alle guardie del corpo che avevano nascosto le donne nell'appartamento. Tecnicamente, nel casinò non era successo niente di illegale; non ce n'era stato il tempo. Ma tra la conversazione registrata dall'amico di Jeb e il raid nell'appartamento delle donne, la Polizia aveva tutto ciò di cui avevano bisogno per denunciare Blackwell e molti altri. Avevano detto anche di aver trovato prove contro De la Cruz (il confidente e padrino di Blackwell), prove che cercavano di ottenere da oltre dieci anni.

Mi dicono che non devo preoccuparmi per eventuali

rappresaglie da parte di De la Cruz. L'unica persona che dovrebbe avere paura è Blackwell. A quanto pare, Blackwell e le guardie che aveva fatto assumere a Adam avevano sufficienti informazioni sui traffichi di esseri umani e di droga gestiti da De la Cruz da mandarlo in galera a vita parecchie volte. Fino al processo, Blackwell è protetto in carcere ventiquattr'ore su ventiquattro. De la Cruz è potente e Blackwell rischia la vita perfino sotto custodia.

Busso alla porta di Adam. Gli uccellini cinguettano sui pini sulla destra della casa e in distanza c'è il lieve sciabordio delle onde del lago. È così tranquillo, ma ho il palmo delle mani sudato.

Adam apre la porta. È in jeans e t-shirt, i capelli spettinali e non desidero altro che mi abbracci. Ma la sua espressione impassibile dice che non succederà. «Non è un buon momento.»

«Quando sarà un buon momento? Devo parlare con te.»

Lui appoggia la mano sullo stipite, guardandomi corrucciato. «Così puoi ottenere altre informazioni?»

Mi bagno le labbra. «Hai ragione. L'ho fatto. Ma è successo prima che ti conoscessi veramente.»

«E dovrebbe importarmi? Qualunque cosa ci fosse tra di noi è basata su una bugia.»

«Non è vero» dico fermamente. Guardo la stanza oltre le sue spalle. «Posso?»

Dopo un attimo di tensione, Adam lascia cadere il braccio e apre la porta. Non vado oltre l'anticamera. Non importa come, ma deve venire da lui. Deve decidere. Ma non significa che non cercherò di convincerlo della verità. «So che cosa stai facendo ed è una grande stronzata.»

Lui mi guarda sarcastico, con le spalle tese. «Sei venuta qua per farmi la predica? Stai sprecando il fiato.»

Adam il gelido è tornato. L'uomo che non vuole che nessuno sappia cosa prova veramente.

Faccio un passo verso di lui. «Davvero? Perché hai fatto un errore di calcolo. Mi hai mostrato chi sei. Non il ragazzo ricco e indifferente, ma l'uomo caloroso che farebbe di tutto per la gente cui vuole bene.»

Lui scuote la testa e incrocia le braccia, aggiungendo un ostacolo fisico a quello emotivo. «Tu non mi conosci.»

«All'inizio, uno dei motivi per conoscerti era per capire se ciò che Mira e Tyler avevano scoperto al Blue andava avanti ancora. Significava avvicinarsi a qualcuno che lavorava con i Blue Star di Blackwell. Non volevo conoscere te. Non mi piacevi.»

«Non ti stai facendo un favore» dice seccamente.

Espiro lentamente. Non mi sta venendo bene.

«Non capisci? Mi sbagliavo. E penso che una parte di me, quella che è tutto cuore e niente testa, sapesse che mi sbagliavo su di te. Sei il figlio che è rimasto accanto a suo padre nonostante il modo pessimo in cui Ethan Cade gestiva la sua famiglia. Sei il fratello che tiene insieme la famiglia quando gli altri non si parlano. L'elegantone...» Mi si spezza la voce ma non posso fermarmi e le parole continuano a uscire. «... Che usa un decimo dell'armadio in modo che la sua ragazza possa avere il resto per la sua folle collezione di scarpe.» Le lacrime mi rigano le guance e non m'importa nemmeno. «E sei l'uomo che respinge tutti quando si avvicinano troppo. Perché vorrebbe dire poterli perdere. Proprio come hai perso tua madre. E tuo padre. Ma non devi per forza perdere i tuoi fratelli... O me.»

Il petto di Adam si alza e si abbassa rapidamente, ha la faccia rossa. «Hai finito?»

«Non lo so.» Deglutisco. «Ho finito?»

Adam si avvicina minaccioso, fermandosi quasi addosso

a me. «Tutto ciò che conta è che *io* abbia finito. Che l'abbia fatta finita con te.»

Mi asciugo la faccia. «Certo che è così.» Respiro tremando e vado alla porta. Volto la testa. «Ma sai una cosa? Io ti conosco. Quindi dovrai conviverci, Adam Cade. C'è qualcuno là fuori che ha visto dentro di te, che ti ama e che sa perché l'hai respinta.»

Capitolo Quarantuno

Adam

Soffio via la segatura dal pezzo di legno che sto tagliando nel laboratorio di Jaeger e bevo un sorso dalla bottiglia d'acqua, sentendo il liquido fresco scendermi in gola. Sono qui piegato sul banco da ore, concentrato sul mio progetto, in un posto dove la mente non vaga. Essere in città con i ricordi di mio padre e di Hayden mi sta incasinando la testa. Sto pensando di andare via. Ricominciare da capo da qualche altra parte. Forse New York. Mi mancherebbero quelle teste di cazzo dei miei fratelli ma non so che altro fare. Non posso restare in questa città.

«Tieni il supporto» dice Jaeger a Tyler che è venuto per aiutarlo a mettere insieme un arco gigantesco a cui sta lavorando da parecchie settimane. Ha incorporato uno dei disegni di Cali e il risultato è pazzesco. Un tronco in alto ha un cervo maschio e una femmina vicini, con le teste che si toccano. Forme e spirali formano i supporti dell'arco, creando la scena di una foresta.

«Per che cos'è?» chiedo.

Tyler guarda Jaeg e accarezza la base. «Arco di fidanzamento.»

Non avrei dovuto chiedere. L'ultima cosa a cui voglio pensare è qualcuno che si sposa.

È passata una settimana dall'inaugurazione del Bliss. Una settimana dalla morte di mio padre e dal funerale privato che è seguito poco dopo. E cinque giorni, tre ore e ventuno minuti da quando ha cacciato Hayden da casa mia.

Prendo la vernice per la casetta degli uccelli e mi concentro sul mio progetto.

«Allora, che ne pensi?» mi chiede Jaeg.

Guardo. Aveva detto qualcosa anche prima, ma ero perso nei miei pensieri. «Di che cosa?»

«Cali ha l'amica di un'amica. Pensavamo di farvi incontrare.»

«Mi stai prendendo per il culo? Da dove diavolo viene quest'idea?»

Jaeg ridacchia e Tyler gli dà cinque dollari. «Come pensavo» dice Jaeg sottovoce.

Stanno facendo scommesse su di me? Stronzi insensibili. «Non sono interessato» ringhio.

Jaeg appallottola uno straccio e lo tira sul mio banco. «Prima di Hayden ti sarebbe interessato uscire con una donna nuova dopo una rottura.» Si avvicina e scuote la testa.

«Hai voltato le spalle ad Hayden. Non pensavo che l'avresti fatto. Con le altre, oh, ogni volta. Ma non Hayden.» Si volta ed esce precipitosamente dal laboratorio.

Lo fisso. «Che problema ha?»

Tyler scuote lentamente la testa come se anche lui non riuscisse a crederci. Se ne va allo stesso modo.

Appoggio la vernice e fisso la casetta degli uccelli che

sto costruendo. Non riesco a guardami nello specchio. Adesso nemmeno i miei amici riescono a guardarmi in faccia?

Trasferirsi in una località diversa non è la soluzione perché dovrò comunque convivere con me stesso. Non sono più sicuro delle conclusioni a cui sono arrivato con Hayden. Ero vulnerabile, spaventato, anche se non mi piace ammetterlo. Ho sclerato e ho fatto delle accuse affrettate.

È ora di comportami da uomo.

* * *

Hayden

Non parlo con Adam da quando sono andata a casa sua. Lui non ha chiamato e io ho smesso di farlo. Avrei voluto, ma ho detto tutto quello che c'era da dire e se non ha cambiato idea dopo quello non lo farà mai. Gli ho detto che lo amavo. E ha lasciato che uscissi da quella porta. Non sono solo triste, sono intorpidita.

Pensavo... Non lo so che cosa pensassi. Che avrebbe cambiato idea? Che mi avrebbe perdonata? Ma io l'ho perdonato? Sono stata così dura con lui riguardo al Bliss e, per tutto il tempo, a lui non piaceva quello che stava succedendo, esattamente come a me. Ha anche cercato aiuto e messo fine a quello che stava facendo Blackwell. L'ha fatto *Adam*, non io.

Negli ultimi mesi avevo impegnato tutte le mie energie per indagare su Blackwell dopo essermi resa conto che mi aveva assunto solo per dare una mano di vernice all'immagine del casinò e poi quando avevo saputo ciò che era successo alle mie amiche. Non avrei permesso a Blackwell e agli altri di cavarsela, oh no. Dovevo lottare per gli oppressi.

Che diavolo stavo pensando?

Ero ostinata, testarda... Comunque vogliate definirmi. E adesso vorrei poter tornare indietro perché ho perso Adam. E non c'è niente al mondo per cui ne valga la pena.

Adam è un somaro testardo, ma è una brava persona. Il migliore.

Sento arrivare le lacrime e ringhio. «Maledizione.» Sposto il laptop e vado in cucina, a cercare un fazzolettino. Intravedo un'ombra sul patio posteriore.

«Che diavolo?» Mi asciugo le guance e butto il fazzolettino nella pattumiera, con il cuore che tuona in petto. C'è qualcuno lì fuori...

Prendo un coltello da uno dei cassetti... Poi lo rimetto dentro lentamente. Aspettate un attimo. Conosco la forma di quella testa, delle spalle.

Vado alla porta, la spalanco e resto a guardare Adam a bocca aperta. Ha un braccio alzato e un martello in mano. «Capisco che tu sia arrabbiato con me, ma non osare fare un buco nella parete.»

Lui mi rivolge uno sguardo di sfida, tira indietro il martello e colpisce... direttamente un chiodo.

Esco. «*Ehi.* Puoi dirmi che cosa stai facendo?»

Lui mi ignora – accidenti a lui – e prende una scatola di legno. No. Non è una scatola di legno. È una casetta per gli uccelli. Carina, in effetti. Appende la casetta al chiodo, la raddrizza e infila il manico del martello in uno dei passanti dei jeans. Poi si volta verso di me.

E, oh mio Dio, come mi è mancato. La sua faccia, le mani ruvide ma gentili. «Non dovresti avvicinarti di più» dico.

Non so che cosa farò, ma sono quasi certa che finirà con me appiccicata a lui se non sta attento, e sarebbe umiliante. Una ragazza può accettare di essere rifiutata solo un certo numero di volte. Mi ha portato una casetta per gli uccelli, ma non significa che voglia che torniamo insieme. Potrebbero essere delle scuse per come mi ha parlato l'ultima volta in cui ci siamo visti.

Stringe le mascelle. «Sei ancora la mia ragazza.»

Apro la bocca... E resta aperta. *Che cavolo... È serio?* Cioè, è quello che voglio, ma ha perso la testa. Abbiamo rotto. Non ha senso.

Adam si passa la mano sulla faccia, poi si avvicina. «Non me lo renderai facile, vero?»

«Che cosa?»

Fa un altro passo finché i nostri piedi si stanno praticamente toccando e sono obbligata ad alzare la testa. Per un momento Adam non dice niente. Mi guarda gli occhi, la bocca, poi torna agli occhi. «Avevi ragione. Dopo mio padre... Non potevo perdere anche te.»

Stringo le labbra e mi sfugge un sospiro speranzoso. Non sono solo delle scuse. È di più. «Non mi perderai.»

«Io perdo tutti quelli a cui voglio bene.»

Così sincero e mi spezza il cuore. «Non perderai me.»

Mi abbraccia. «Quello non lo so.» Faccio per tirarmi indietro per discutere con lui, ma non me lo permette. «Ma non mi impedirà di stare con te. Farò tutto il possibile per farti felice perché non voglio una vita senza di te.» Si tira indietro quel tanto che basta per guardarmi. «Ti amo.»

Resto stordita per un paio di secondi in tutto, poi alzo le braccia e gli abbasso la testa finché ho la bocca sulla sua e prendo quello che mi è mancato da morire. «Mi sei mancato» dico tra un bacio e l'altro. «Mi hai spaventata a morte.» Altri baci. «Non farlo mai più.» Ancora bocca a bocca ma questa volta Adam mi piega la testa ed entra in gioco la sua lingua. Mi solleva con un braccio sotto il sedere e spalanca la porta, entrando in casa e dirigendosi verso la mia camera.

Stacco la bocca e gli tengo la testa tra le mani. «Non osare più lasciarmi in quel modo.»

«Mai.» E mi tira di nuovo la testa contro la sua bocca.

Apre la porta della mia camera ed entra. «Basta lavorare da soli» dico mentre attraversiamo la stanza. «D'ora in poi siamo una squadra. D'accordo?»

«Squadra» dice e mi getta sul letto, seguendomi subito e sdraiandosi sopra di me.

«Intendo dire che ci dobbiamo fidare» sottolineo. «Entrambi.»

«Capito» mormora, baciandomi il collo e il seno.

«Adam.» Gli tiro in alto la testa, con le mani di nuovo ai lati del suo viso. «Mi stai ascoltando?»

Adam mi afferra una delle mani e mi bacia il palmo. «Sì.» Poi l'altra mano e bacia anche quella. «Sono qui per te. Per sempre. Basta manovre da coglione e basta respingerti. Nel mio cervello da adolescente, schiavo degli ormoni, penso di essermi innamorato di te la prima volta in cui ti ho vista sui gradini della nostra scuola.»

«Davvero?» riesco a dire a fatica. Maledette lacrime, mi stanno chiudendo la gola.

«O forse è stato il momento in cui ho visto il tuo sedere per aria nel tuo ufficio, il mio primo giorno al Blue?»

Gli do uno schiaffo sul petto. «Questo è un momento serio!»

Sorridendo, lui abbassa la testa e mi bacia la bocca. «È serio. Tutto ciò che ho detto è vero. Non ti lascerò mai. Sinceramente è stata una punizione più per me che per te. Ho perfino quasi cambiato città perché non riuscivo a smettere di pensare a te. Essere vicino e non con te mi stava uccidendo. Mi darai un'altra chance?»

«Se la darai anche tu a me. Sono stata testarda. Mi dispiace tanto non essermi fidata di te.»

Lui sbuffa.

«Che c'è?»

«Tu sei cocciuta e non mi aspetto che cambi. Mi piace questo lato di te. Mi tiene sul chi vive. E parlando di...» Allunga un braccio e mi fa il solletico sotto i piedi, per poi passarmi la mano sulla gamba. «Hai troppi vestiti addosso.»

«Davvero? Ero piuttosto comoda» dico, fingendo di non cogliere la sua allusione.

«Oh, no. Tra qualche momento avrai troppo caldo.»

Inserisce la mano tra le mie gambe e copre il capezzolo con la bocca attraverso la maglietta, trovandolo alla cieca, con una mira perfetta. Gemo piano. «Hai ragione. Fa troppo caldo. Sarà meglio che ti tolga i vestiti anche tu.»

Adam ridacchia e comincia col togliersi la t-shirt. Mi distraggo guardando i suoi pettorali. «Aspetta, troppo in fretta» dico con un sorriso, passandogli le mani sullo stomaco, i pettorali e le braccia.

«No.» Mi tira i pantaloni. «Hai idea da quand'è che abbiamo...» dice agitando maliziosamente le sopracciglia

«Penso di averne idea. Qualcuno aveva deciso che dovevamo astenerci» dico impertinente.

Adam mi slaccia il reggiseno. «Dovrebbero sparare a quell'uomo.»

«Eh, no, me lo tengo. Può essere utile.» Appoggio la mano sulla sua erezione, frustrata dai jeans che ha ancora addosso, con il martello ancora infilato in un passante, mettendosi in mezzo a quello che voglio, e striscio verso il fondo del letto per toglierglieli.

Lascio cadere il martello sul pavimento. Mi piacciono i suoi strumenti, ma non è quello che mi interessa in questo momento.

«Intanto che sei lì,» dice Adam che adesso è sdraiato sulla schiena, con le braccia incrociate sotto la testa, «tanto vale che ti tolga anche tu i pantaloni.»

«È così che andrà, eh?» Prendo un preservativo dalla scatola formato industriale che Adam ha comprato settimane fa.

Lui fa spallucce.

Mi tolgo il top, perché a quanto pare per lui non era importante come slacciarmi il reggiseno, mi tolgo pantaloni e mutandine, scalciandoli via e mi arrampico sul suo corpo.

«Merda» mormora Adam. «È un'immagine veramente sexy.»

Accarezzo la sua erezione, che tende verso l'ombelico e la tiro indietro finché punta verso l'alto. Infilo il preservativo. Adam spalanca gli occhi e mi afferra i fianchi. Mi sollevo e poi scendo adagio finché sono completamente appoggiata con lui dentro.

Adam lascia cadere la testa all'indietro. «Cazzo.»

Gli appoggio le mani sulle spalle e ruoto i fianchi, sollevandomi e abbassandomi lentamente. «È quello che volevi? Che facessi io tutto il lavoro?»

Adam ha un'espressione tirata. Mi ribalta. «Non oggi. È passato troppo tempo.» E poi comincia a muoversi, con una mano sul mio seno, l'altra appoggiata alla mia guancia mentre il suo corpo colpisce tutti i punti che gridano la loro approvazione, avendo dolorosamente sentito la sua mancanza.

Il mio orgasmo non viene a poco a poco, ma mi colpisce come un fulmine. Grido, annaspando per respirare. Quando torno finalmente sulla terra, noto gocce di sudore sulla fronte di Adam, il petto che luccica. Mi ribalta in modo che sia nuovamente sopra e sgroppa verso di me, tenendomi i fianchi, con i muscoli addominali contratti e delineati.

Gli sfugge un ringhio. I movimenti rallentano, diventano irregolari.

Mi mette la mano sulla schiena e mi tira contro il suo petto, punteggiandomi la faccia di baci. Rotoliamo sul fianco e ci fissiamo negli occhi.

Mi è mancato *questo*. Proprio questo.

Dopo qualche minuto la realtà torna a farsi viva e mi rendo conto che devo andare in bagno. Quando torno a letto, Adam mi tira addosso la coperta. «Mi accamperò qui per un po'. Spero vada bene. La mia casa fa schifo senza te.»

Sorrido e lo abbraccio stretto. «La mia casa non è la stessa senza i tuoi completi che occupano tutto lo spazio delle scarpe.»

Lui sorride e chiude gli occhi. «Allora siamo d'accordo. Resto.»

Capitolo Quarantadue

Adam

Sei settimane dopo.

Hayden alza gli occhi da dov'è seduta sul sedile del passeggero sulla mia barca. «Sei certo che sia sicuro uscire di notte?»

«È a quello che servono le luci della barca.»

«Ma sono così piccole.»

Sorrido. «Il lago è grande ed è tardi, dubito che incontreremo qualcuno.»

Lei si siede in punta di sedile, ispezionando l'acqua scura. «Okay. Mi fido di te.» Non sembra molto tranquilla.

Mi fa ridere. «Sei sicura?»

Lei mi guarda di nuovo. «Che c'è? Mi fido di te.» Ammicco perché so che è vero. La mia ragazza trova difficile non essere al comando. Meno male che sono un uomo forte e posso gestirla. Ovviamente non glielo dico, altrimenti mi prenderebbe a calci.

Fermo la barca un po' lontano dalla riva e spengo il motore. «Dove sono le coperte che hai portato?»

Lei si alza, si china verso i sedili di prua e io le afferro il sedere. Hayden volta la testa. «Attacco a sorpresa.»

Faccio spallucce. «So come muovermi. Me lo metti in faccia e io lo tocco.»

Mi ficca in mano le coperte e io ridacchio. «Stai seduta lì per un minuto.»

«Perché?» mi chiede sospettosa.

«Dov'è tutta la tua fiducia, amore mio?» Lei ringhia e stendo una spessa coperta sul ponte posteriore della barca, sorridendo. Prendo il cuscino che mi sono ricordato di portare per allestire quella specie di letto e mi sdraio. Do un colpetto alla coperta. «Ti unisci a me?»

Lei striscia verso di me. «Che cosa stai combinando?»

«Pensavo che potessimo restare sdraiati sotto le stelle in mezzo al lago.»

Lei si rannicchia contro di me e la copro con una delle coperte. «In effetti è piuttosto romantico.»

Guardiamo le stelle per un po', mentre le accarezzo pigramente un braccio. È tutto per finta. Dentro di me sono un completo disastro. «Ho parlato con Levi.»

«Oh?» Hayden mi pianta il naso gelato contro il collo, strofinandolo.

«Hanno letto il testamento di mio padre un po' di tempo fa. Non sono andato. Non ci sono riuscito... Beh, comunque non ero dell'umore di vedere gente. Levi ha detto che mio padre mi ha lasciato una cosa. L'ho ritirata un paio di settimane fa ma volevo aspettare fino a stasera per parlartene.»

Lei si tira indietro e mi guarda. «Va tutto bene?»

«Sì, è tutto perfetto. Beh, non perfetto... Non siamo perfetti e ogni tanto ci faremo ammattire.» Adesso sto blaterando. *Bel lavoro, Cade.* «Quello che sto cercando di dirti è che sei perfetta per me e ti amo. Non riesco a immaginare una vita senza di te e sono stanco di correre avanti e indietro per prendere dei vestiti a casa mia.»

«Allora... Vuoi che viviamo insieme?»

«Sì, certo, ma, Hayden...» deglutisco. Gesù Cristo, perché è così difficile? «Voglio sposarti. Io-io ti amo e voglio sposarti. Vuoi diventare mia moglie?»

Lei resta in silenzio. E immobile.

«Hayden?» Mi chino finché i nostri nasi si toccano. È fottutamente buio e riesco a malapena a vedere i suoi occhi ma penso che stia piangendo. Merda. «Possiamo aspettare. Non c'è fretta...» Hayden si lancia verso di me, mi stringe togliendomi il fiato. «Era un sì?»

«Ti amo» dice affannosamente, come se avesse corso per un paio di chilometri. «Sì.»

La tengo stretta, così grato a mio padre in questo momento. Se non avessi fatto quello che mi aveva chiesto e non avessi accettato di lavorare al Blue, potrei non avere avuto l'opportunità di conoscere Hayden. Forse ci saremmo visti, dato che abbiamo amici in comune, ma non sarebbe stata la stessa cosa. Non l'avrei vista tutti i giorni, non avrei avuto la possibilità di irritarla a morte finché fosse stata obbligata a cedere al mio fascino. Insomma, ho tanto di cui essere grato. A mio padre, a mia madre, ai miei fratelli e a questa donna che ho tra le braccia.

La faccio rotolare sul fianco e metto la mano in tasca. «Non sei obbligata a portarlo come anello di fidanzamento. Posso comprarne un altro, ma questo era nel testamento. Mio padre ha lasciato detto che mia madre voleva che lo avessi io.»

Alzo l'anello che ha un diamante purissimo con taglio a smeraldo circondato da diamanti più piccoli. È carino ma non so niente di questa roba e voglio che ad Hayden piaccia l'anello che porta, qualunque sia.

Lei stringe le labbra e questa volta sono sicuro che le lacrime le righino le guance. Avrei dovuto portare una lanterna, accidenti. «È l'anello più bello che abbia mai visto.» La voce si inceppa e si infila l'anello all'anulare della mano sinistra. «Non osare cercare di sostituirlo. Lo adoro.»

La tiro vicina e le sollevo la mano. E per un momento ricordo questo anello. Come scintillava sulla mano di mia madre. Lasciava che lo facessi roteare intorno al dito.

La guardo negli occhi. «Sto per dire una cosa mielosa, quindi preparati.» Faccio un respiro profondo e sbatto le palpebre per scacciare l'emozione che minaccia di togliermi la patente di maschio. «Non sono mai stato più felice che in questo momento e negli ultimi cinque minuti tu eri nuda, quindi puoi immaginare che altezze ha dovuto raggiungere per arrivare a questo punto.» Hayden sorride e questa volta riesco a vederlo perché la luce viene da dentro. «Ti ringrazio per non avermi mai permesso di sfangarla con le mie stronzate e perché mi ami anche quando sono un somaro. Ci sarò sempre per te... Lotterò sempre per te.»

La bacio e giuro che la luce che brilla dentro di lei si irradia al bacio, scaldandomi il corpo e il cuore che una volta pensavo fosse congelato per sempre.

Epilogo

Adam

«Ce la puoi fare» dico a Jaeg.

Sembra che stia per svenire. Che cosa succede quando un uomo di due metri e cento chili cade in una foresta? Fa rumore?

Jaeg si tocca la cravatta, nervosissimo. «Sei sicuro che non sembri un idiota?»

«Certo che sembri un idiota, ma è giusto così. È quello che si chiama un grande gesto.»

Jaeg impallidisce. «Sto per vomitare.»

«Non vomitare. Sarà una cosa romantica. Datti una calmata, amico.»

Da dietro si sente un abbaiare forte e acuto e ci voltiamo entrambi. Un cagnolino, un bassottino marrone, sfida la forza di gravità e le sue dimensioni e si lancia da un metro verso l'inguine di Jaeg. Mi tiro indietro sussultando.

Jaeg afferra il cane con un'agilità da proprietario di cagnolino. «Ehi, Buddy» dice con la voce acuta da ragazzina che usa quando parla al cane che lui e Cali considerano un figlio. «Come sta il mio piccolino?»

«Jaeg, saranno qui tra poco.»

Jaeg si raddrizza e si schiarisce la voce. «Giusto. Ecco, prendi Buddy.» Mi passa il cane e il piccoletto quasi riesce a scapparmi dalle braccia. «Tienilo stretto. Cali mi ucciderebbe se gli capitasse qualcosa.»

Sbuffo. *Jaeg* mi spezzerebbe un braccio se succedesse qualcosa al cane. «Stanno arrivando. Controllati.»

Jaeg saltella sul posto e l'abito grigio chiaro che l'ho aiutato a scegliere tira sui suoi muscoli da He-Man.

«Calmati, prima di strappare le cuciture» gli dico.

Jaeger scuote le braccia e fa un respiro profondo. «Sono pronto. Vai a nasconderti da qualche parte prima che ti veda.»

Il piano è far arrivare Cali in mezzo alla foresta, dove Jaeg ha fatto trascinare l'arco di legno che pesa mezza tonnellata da me e gli altri. Potrei essermi stirato un muscolo, quel maledetto affare era pesante. Jaeg ci lavorava da mesi ma ha appena riferito a Tyler, me e gli altri quali erano i suoi piani.

«Buddy» sento che chiama Cali. Corro a nascondermi nel bosco, tenendo il cane sotto il braccio come fosse un pallone da football.

Mi abbasso dietro un masso, dove aspettano Hayden e il resto della gang, spiando Jaeger. Hayden mi bacia la guancia e coccola Buddy in silenzio. Osserviamo Cali risalire il sentiero con Gen.

Cali resta a bocca aperta quando lo vede. «Jaeger?»

Gen viene di nascosto verso di noi mentre Cali è distratta da Jaeger e dall'arco.

Jaeger si mette su un ginocchio e Hayden mi stringe il

braccio fino a farmi male, sorridendo accanto a me. «Oh mio Dio!» mima con la bocca.

«Cali» sentiamo la voce profonda e tuonante di Jaeger. «Sei il fuoco, il cuore e l'anima della mia vita. Non sapevo quanto potessi amare profondamente finché non ti ho incontrata. Vuoi diventare mia moglie?»

Un uomo di poche parole, ma funziona.

Cali si arrampica in grembo a Jaeg, mettendosi a cavalcioni e lui si sostiene con una mano sul terreno per non far cadere entrambi. Nessuno di noi sente quello che dicono, ma sospetto che comunque ci sia parecchio rumore di baci sonori.

Jaeger estrae una scatolina dalla tasca e apre il coperchio. Cali fissa il contenuto e questa volta cadono sul serio. Jaeger è sdraiato sulla schiena nel suo tre-pezzi di Gucci e Cali lo sta baciando furiosamente.

«Forse dovremmo lasciarli un po' da soli» suggerisco.

Lewis, Tyler, Zach e le ragazze annuiscono e ce la filiamo con un sorriso sulla faccia. Prendiamo un sentiero diverso che offre piccoli scorci del lago e tiro vicina Hayden, con Buddy sotto l'altro braccio, mentre fisso l'acqua. Il lago Tahoe è trasparente dove l'acqua è bassa, ma blu scuro dove diventa profonda e ci ha riuniti tutti. Come per il lago, in questa città c'è più di quello che si vede in superficie. Ci sono aspetti buoni e cattivi, ma non cambierei niente perché le sfide che abbiamo dovuto affrontare ci hanno fatti diventare quello che siamo.

Abbasso lo sguardo su Hayden e la bacio, grato ogni giorno che mi abbia dato una chance e abbia guardato sotto la superficie.

* * *

Potreste leggere la serie dei Fratelli Cade!

Grazie per aver letto la serie *Never Date*. Se avete un momento, vi sarei grata se lasciaste una recensione per uno qualunque o per tutti i libri della serie, buona o cattiva che sia. Grazie!

Che cosa viene dopo?

Non perdetevi lo spin-off della serie *Never Date*, i Fratelli Cade. Il primo volume è *La tentazione di Levi*, protagonista il fratello maggiore di Adam, il Vigile del Fuoco.

Procuratevelo adesso!

La tentazione di Levi

La tentazione di Levi

La carriera di pompiere di Levi Cade era bruciata dopo un incidente sul lavoro. Poi suo padre era morto e lo aveva lasciato a capo del resort di famiglia che valeva molti milioni di dollari. Ora è obbligato a lavorare con degli inflessibili consiglieri finanziari che gli dicono che cosa fare e ha bisogno di qualcuno di fiducia al suo fianco.

La candidata perfetta entra dalla porta con la sua gonna diritta, una blusa aderente bianca e una massa di capelli biondi che fatica a contenere.

L'unico problema?

È la sorella minore dell'ex che lo aveva tradito.

Diavolo no. L'ultima cosa che Levi desidera è un'altra femmina Wright nella sua vita.

Però... gli è sempre piaciuto giocare con il fuoco.

★Bestseller di *USA TODAY*★

Estratto

«La mia cicatrice è sexy, eh?»

Emily rise mentre lui continuava a tempestarle la pelle di baci leggeri. Lei alzò le spalle per difendersi. «Molto sexy.»

«Mmm, non darmi delle idee, Emily, o non ti lascerò andare a casa.»

Procuratevi la vostra copia di *La tentazione di Levi*

Libri di Jules Barnard

I fratelli Cade

La tentazione di Levi

La sfida di Wes

La seduzione di Bran

La riforma di Hunt

Serie: Never Date

Mai con un amico di tuo fratello

Mai con un donnaiolo

Mai con la tua ex

Mai con il tuo miglior amico

Mai con il tuo nemico

Potete trovare la bibliografia completa di Jules Barnard sul sito: julesbarnard.com/i-libri-di-jules

L'Autrice

Jules Barnard è un'autrice bestseller di USA Today di romance contemporanei e fantasy romantico. Le sue serie contemporanee includono Mai frequentare e I fratelli Cade. Scrive Fantasy romantico sotto lo stesso pseudonimo con la serie Halven Rising che il Library Journal definisce "... un'eccitante nuova avventura fantasy." Che stia scrivendo di uomini sexy intorno al Lago Tahoe o di un mondo di fate inserito nel campus di un college, Jules racconta storie coinvolgenti, piene di cuore e umorismo.

Quando non è in tuta da ginnastica a scrivere, premiandosi con il cioccolato, passa il tempo con suo marito e i due figli in una cittadina sulla costa nordoccidentale del Pacifico. Dice di avere la capacità di leggere mentre corre sul tapis roulant o brucia la cena.

Per conoscerla meglio visitate il suo sito web:
julesbarnard.com/i-libri-di-jules